历史·生命·诗

子张诗学论稿

子张 著

ZHEJIANG UNIVERSITY PRESS
浙江大学出版社

浙江工业大学2015年度人文社科后期资助项目

本书简介

本书是作者近年现代诗研究的新成果，内容涉及民国时期新月诗派、战后新诗与现代诗、新中国建立以来不同路径诗歌的发展。既有宏观的历时性描述，亦有对诸多重要诗人如李广田、穆旦、蔡其矫、吕剑、牛汉、顾城的个案研究，同时作者也梳理了中国诗歌从“新诗”到“现代诗”的诗学演变历程。作者长期致力于新文学特别是新诗研究，这些成果自有其重要的学术价值和意义。

该书作为作者新诗研究的自选题目，有意避开了一些热闹话题，而有心在某些盲点处开拓，特别是所选择的个体诗人，多是较为边缘化的如李广田、蔡其矫、牛汉、吕剑等，因此在新诗和现代诗研究方面有若干填补空白的意义。

题记

1979 年下半年，我进入泰山脚下的师专中文系不久，有两件与现代诗歌相关的活动令我印象深刻。一件是抗战时期著名的朗诵诗人、七十多岁的山东大学教授高兰先生来校，在听了我们同学朗诵的《哭亡女苏菲》之后，鹤发童颜、温和可亲的老先生也以低沉的嗓音作了朗诵示范，动情之处，泪水渗出眼角；另一件是文艺理论课刘凌老师组织讨论 1976 年的“广场诗歌”现象，我听大家多从政治、内容角度谈，就着重讲了自己对这次公众诗歌运动所用诗歌形式的看法，只不过停留在模糊印象层面，无法深入下去，故而会后刘凌老师命我将发言整理出来竟不可得。

除此之外，我印象中还有当时“诗歌热”的种种迹象，比如系内经常举办诗歌朗诵活动，印象最深的就是听瞿弦和朗诵郭小川的《团泊洼的秋天》和《秋歌》，我自己也在本年级晚自习朗诵会上第一次“念”了贺敬之《西去列车的窗口》，稚嫩在所难免，在我，那却是在公共场所登台亮相的第一次。那时班里同学大都订刊物，我订的就是《诗刊》。有一次文学社征文,我还第一次比较正式地写了一组自由诗参赛,给了个"一等奖"——其实并没有写好。

回忆这些事,似乎有为后来混迹于"新诗研究会所"寻找理由的嫌疑。不过这大约也的确是庸人的一般思路,人是有这种寻根问祖的天然倾向的,我亦难免。好在借此可以梳理一下来路,也并非全无意义。

毕业之后,先当了几年中学语文教师,继续写一点诗文,又因为结识了前辈诗人吕剑先生而进一步贴近了"诗",不过都远未达到真正的自觉状态,更远在当时波翻浪涌的"新诗潮"之外。直到 1985 年暑期之后调回泰山脚下的母校,前度学子如今变身为"现代文学"青年教师,才算走上"专业"或曰"学科"的正途。这段时间,一方面零零碎碎地回头复习新诗的模糊面目,另一方面因为吕剑先生以及校内校外几个热心于写诗朋友的感染让我开始关注热闹的"诗坛"。诗成了我日常生活的重要内容,诗写得多且认真了,又以通讯的形式对吕剑新作《凤鸟之梦》作了解读。吕剑收到我的信,很是认同,就连同他的回信一起寄给了济南桑恒昌主编的《黄河诗报》,发表了。应该说,此前此后围绕吕剑诗作写的一些信,是我对当代诗歌进行评论的开始。

比较正式地撰写现代诗的论文是在 1987 年。因为山东省现代文学研究会当年年会确定的主题是王统照、李广田研究,我斟酌一番,决定以《作为现代诗人的李广田》为题写篇论文。我第一次对一位比较重要的现代诗人做出尽可能细致的考察,最后提出了我的看法,即作为诗人,李广田在最后的"被迫牺牲"之前,还有一个在"狂热中"首先牺牲了自己的"诗"的悲剧。在会议中,刘增人老师介绍我认识山东师大吕家乡先生,而此文即受到吕老师的热情肯定;后来文章发表,又很快为人大复印资料中心全文复印。这算是我第一篇受到学术认可的现代诗学论文吧?

那时候,我是想从研究现代山东籍诗人入手,为此也做了一些初步的准备。除了李广田,我当然也关注王统照、臧克家、吕剑、孙静轩,还为朱健诗集《骆驼和星》写了一篇介绍性的评论,标题《一位曾被忘却的诗人和他的诗》虽略显夸张,实则是我真实的感受。最近有朋友去长沙拜望九十二岁高龄的朱健先生,诗人再度提及此文,认为是1949年后第一篇评论《骆驼和星》的文章。我听了只觉得惭愧,因为彼时能力实在有限,文章并没有写出应该有的深度和广度。

我的自知之明是,从研究现代诗的条件如教育、学术素养和学术训练这些方面说,我和我的同代人有无法弥补的先天不足。这是我在对民国教育有所了解并读过一些前人的学术成果后意识到的。古人和外国人就不说了,只要看看民国时期重要诗人和新诗学者如朱自清、朱光潜、梁宗岱、李广田的著作,就什么都明白了。叶公超仅只写过《论新诗》等寥寥数篇讨论现代诗的文章,可那背后的学养、积累又哪里是我这代人所能企及的?

并非为自己的不够努力开脱责任。就微观而言,个人的后天努力当然可以在某种程度上弥补一些先天不足,而从更宏阔的角度看,大的时代、文化背景对一代人的决定性影响或制约又是宿命般无法抗拒的。从这个角度看,"文革”前后的两三代知识分子固然是文化上“无根的一代”，即从小的学术层面说怕也只能是现代学术史当中“过渡性的一代”。我发此言，并非悲观或危言耸听，也同样是我真实的感受。

古人云：知天命，尽人事。凡事皆有两种或两种以上观察方式，或宏观言之，或具体言之，方式不同，感觉就不一样。譬如本集所收长长短短之文，从高处、远处打量，或不足一哂，而从低处、近处看，却也一篇有一篇的具体成文背景，对了解、观察中国现代诗和一些个体诗人的写作或许还能提供一点便捷之处。这是我理解到的本书出版的意义。

1999 年，在张清华兄的促动下，我出版了自己的第一本诗学论集《冷雨与热风》，当时朱德发、袁忠岳老师曾赐序支持，现在将序文附录于书后表示纪念。书中的一部分文章另收入 2010 年新出的《新诗与新诗学》中，还有几篇这次就一并收入本书。《张欣教授访谈》是 2011 年应浙江省中国当代文学研究会内刊《当代文学前沿》之约，由时在重庆读研的王玉哲先生拟题，我以电子文档形式应答的，略略可见我之心路，今亦附录于书后。

谢谢浙江大学出版社宋旭华先生的鼓励和支持，谢谢浙江工业大学将本书列入人文社科后期资助项目。

2016 年 1 月 9 日至 10 日，多雾之冬，子张于杭州午山

目　录

卷一　新诗史论

卷二　民国诗人论稿

卷三　归来者论稿

卷四　续归来者论稿

卷五　当代诗人论

附录

卷一　新诗史论

“创格的新诗”与新月诗派始末

说到新月诗人与“创格的新诗”，人们自然会联想到八十七年前的《晨报副刊·诗镌》，耳熟能详的是徐志摩为这个新诗专栏撰写的开场白《诗刊弁言》里的几句“大话”，一句是：“要把创格的新诗当一件认真事情做。”另一句是：“我们信我们自身灵里以及周遭空气里多的是要求投胎的思想的灵魂，我们的责任是替它们构造适当的躯壳，这就是诗文与各种美术的新格式与新音节的发现。”

不错，对“创格的新诗”的倡导与实验，正是新月社文学活动的一个重要内容，这活动主要由若干诗人和诗论家参与、完成，其成就标志是所谓新月诗派或现代格律诗派的形成。

就在徐志摩、朱湘先后去世，《诗刊》《新月》先后终刊，新月书店停办不久，作为左翼诗人的蒲风在一篇重要论文中提到了“新月派”，自然，他是从阶级论的角度立论的，对新月诗人的评价也是负面的。他说：“另一方面，资产阶级诗人创办的《诗刊》(1930 年 4 月创刊)也出版了将近三期；

在《诗刊》以前，他们早就以新月杂志为大本营，产生了不少诗歌，后来笼统被选集在《新月诗选》(1931)里，这本《新月诗选》可说就是他们的唯一的代表产物。”“事实上他们是太重音节了，常以一定的格律去填上他们的雅逸有闲的内容哩！”他还注意到了后期“新月派”新诗的分化：“在这个时候，新月派可以说业已两分的。像上述朱维基、邵洵美一派，我们叫作香艳派。另一派，是格律派，以陈梦家，朱湘(1904—1933)为代表。但自朱湘诗人自作，以怀才不遇之身勇于跳江(1933 年冬)追随屈原以后，臧克家以新月派的形式来了一个转变，时代复又使陈梦家不能再像以往优游自得，必然走向他所代表的阶层，于是在香艳派也不再浣香时，结束了新月派的生命。”

通常人们以为，新月诗人倡导、实践“创格的新诗”始于 1926 年 4 月 1 日《晨报副刊·诗镌》创办，实则在徐志摩的“弁言”中就曾提到，“我在早三两天前才知道闻一多的家是一群新诗人的乐窝，他们常常会面，彼此互相批评作品，讨论学理”。这指的是闻一多 1926 年初接家人到北京后居住西京畿道三十四号时的情景，而不应是梁实秋以为的 1925 年闻一多初回国与余上沅、陈石孚所住的西城梯子胡同，不过闻一多与“清华四子”相过从、谈诗论理倒不限于西京畿道居所，而早在梯子胡同时就的确开始了，因“清华四子”当时也在这里赁屋居住，闻一多 1926 年 1 月 23 日致梁实秋信“时相过从的朋友以‘四子’为最密”可证。这固然是“诗镌”必不可少的前奏，但若追寻新月诗派探索新诗形式建设的脚步，其实还可以上溯到闻一多留美期间的诗文写作。

比如《死水》一诗,因为发表于《诗镌》,收入1928年的《死水》诗集,就常被认为写于闻一多回国之后,而据梁实秋回忆,《死水》与《洗衣歌》《闻一多先生的书桌》一样,均写于闻、梁二人在美国科罗拉多温泉同修"丁尼生与伯朗宁"和"现代英美诗"两门课时(见梁实秋《谈闻一多》)。这一点非常重要,这意味着闻一多对新诗形式、音节的思考和实验并非回国后甚至"诗镌"创办时才开始,对此,闻一多留美期间写的文章《泰果尔批评》亦足可证明,他批评泰戈尔"是个诗人,而不是个艺术家",因为"他的诗是没有形式的",而"别种的诗若是可以离形体而独立,抒情诗是万万不能的"。

作为"四子"之一的朱湘,其在1922—1924年间创作的诗集《夏天》中的26首诗作,形式也已相当整饬,1925年又创作出广有影响的《葬我》《采莲曲》等作品,那更是不折不扣的格律诗了。

刘梦苇也早在1925年12月发表的《中国诗的昨今明》论文中论及徐、闻、朱、于赓虞、蹇先艾等诗人"无形中走上了很近似的路",且提出"创造新的音韵,新的形式与格调"的观点,故而被朱湘称为"新诗形式运动的总先锋"。

徐志摩曾自谦地表示:"我的笔本来是最不受羁勒的一匹野马,看到了一多的谨严的作品我方才憬悟到我自己的野性……"(《猛虎集·序文》)但实际情景并不如此,1923年他在北京曦社讲演《诗人与诗》时就指出:"诗的灵魂是音乐的,所以诗最重音节。"1924年译介波德莱尔的《死尸》(《UneCharogne》)时又说:"所以诗的真妙处不在他的字义里,却在他的不可捉摸的音节里。"而他1925年出版的诗集

《志摩的诗》,其诗体则是自由体、散文诗和格律体共存而又明显地受英诗影响,英诗中的双韵体、无韵体和十四行体他都试写过。《四行诗一首》未收入《志摩的诗》中,也可以见证:“忧愁他整天拉着我的心,/像一个琴师操练他的琴/悲哀像是海礁间的飞涛/看他那汹涌,听他那呼号!”

每行十音节,以音组划分可分为四音组,韵式为 aabb 式。

可见,在 1926 年 4 月《晨报副刊·诗镌》创刊前数年,闻、朱、徐等一班诗人即已经从创作和理论方面有了充分的准备、深入的思考和长期的试验并取得富有启示性的成就。而《诗镌》创刊则应看作他们在长期探索基础上一次更为自觉的“集合”。

《诗镌》从 1926 年 4 月 1 日第一号办到 6 月 10 日第十一号,虽然只有短短两个月又九天,却因为前期准备充分、积累厚实,可谓厚积薄发,而产出了重要的创作和理论成果,产生了巨大、长期的影响,成为新诗发展史上一个重要的、标志性的事件,也让新月诗人的流派特征通过这一事件凝练成熟,为下一步成果的全面收获与新人的成长奠定了坚实的基础。

据说《诗镌》的创办最早与诗人刘梦苇的一个设想和提议有关,其后蹇先艾、闻一多接受其他人的委托找主编《晨报副刊》的徐志摩商议,于是包括徐志摩在内,大家聚会于闻一多西京畿道新居,达成共识,几天后《诗镌》第一号就在《晨报副刊》第 55 期出刊了。第一号是“三月十八日血案的专号”，除了徐志摩的“弁言”和朱湘的《新诗评》，其余多是与“三一八血案”相关的诗文如闻一多《文艺与爱国》《欺负着了》，饶孟侃《天安门》，蹇先艾《回去》，刘梦苇《寄语死者》等。此后诸号，《诗镌》陆续刊出体现“创格的新诗”理路的创作与论文，创作方面如朱湘《昭君出塞》《采莲曲》，刘梦苇《铁道行》《万牲园底春》，闻一多《比较》《死水》《春光》，徐志摩《罪与罚》《再休怪我的脸沉》《望月》《新催妆曲》《半夜深巷琵琶》《两地相思》等，朱大枬《笑》《松树下》《春光》《落日颂》，于赓虞《春夜曲》等；理论方面则有饶孟侃《新诗的音节》《再论新诗的音节》《新诗话》（一）（二），闻一多《诗的格律》，朱湘的《新诗评》，余上沅的《论诗剧》，徐志摩的“弁言”“放假”和一些“附记”类的文字，以及一篇表示质疑的来信（天心的《随便谈谈译诗与做诗》）。这些理论性的文字，实际上有三个不同路向，一个是正面建设的，饶孟侃、闻一多、徐志摩、余上沅的文章是这样，一个是清算当时诗坛“流弊”的，如朱湘的《新诗评》分别批评了胡适、郭沫若、康白情与俞平伯，而天心的《随便谈谈译诗与做诗》则是对《诗镌》提倡新诗音节的质疑性反响。这三个方面实则从不同角度提出、讨论、充实了关于新诗格律问题的建设理论。

饶孟侃《新诗的音节》从诗的“意义与声音”两重因素相调和角度立论，强调音节之于诗的重要性，也分析了旧诗在这方面的缺陷（太单调、太没有变化），从而就新诗音节诸因素——格调、韵脚、节奏、平仄问题进行了阐述。到闻一多《诗的格律》一文刊载，更是从“游戏规则”角度强调“格律”之于诗的不可或缺性，在文章的第二部分，闻一多分析“格律的原质”有“听觉”“视觉”两方面因素，正是在此基础上提出了他有名的“三美”理论——“音乐的美”（音节）“绘画的美”（词藻）和“建筑的美”（节的匀称和句的均齐），后两种都是饶孟侃未提及的，故而也是闻一多特别补充的，尤其是视觉方面的“建筑的美”。

其实最重要的一点，是闻一多对新诗建筑美与旧诗律诗的区分。他强调三个区别：一、旧诗格律具有同一性，新诗格式是相体裁衣，故层出不穷；二、旧诗格律“与内容不发生关系，新诗的格式是根据内容的精神制造成的”；三、旧诗格式为“他定”，新诗格式为“我定”。这即是说，闻一多所提倡的现代格律诗并非与中国近体诗相同的“定型格律诗”，而是不同于旧诗词的“非定型格律新诗”。

不过尽管如此，某种质疑的声音还是出现了。第八号上署名天心的《随便谈谈译诗与做诗》在肯定“近来的诗，有许多形式是比较完满了，音节是比较和谐了”的同时，提出了问题：“可是内容呢，空了，精神呢，呆了！从前的新鲜，活泼，天真，都完了，春冰似的溶消了！”尽管饶孟侃再度撰文辩解，甚至将“真正能够妨碍情绪的东西”视为“冒牌的假情绪”即“感伤主义”，但亦不能有效回护他们过度追求形式带来的流弊。其实客观地说，《诗镌》提倡、实验现代格律诗，正面意义是主要的，从这个角度看徐志摩的《诗刊放假》，应该说他的总结尚属公正、全面，一方面“我们觉悟了诗是艺术”“一首诗应分是一个有机的整体”“一首诗的秘密也就是它的内含的音节的匀整与流动”，另一方面“发现了我们所标榜的‘格律’的可怕的流弊”。

《诗镌》阶段结束了,“新月诗派”却才初步形成,下一个开端在哪里呢?

1927 年,伴随着徐志摩、闻一多、饶孟侃以及叶公超、丁西林、胡适的南下,一个新的梦想和计划在酝酿中渐渐成熟,到 7 月 1 日,新月书店开张了。

新月书店虽然是个综合性的出版机构,然就新月诗派的进一步发展和影响扩大而言,它在所存在的六年(1927—1933)中也有两方面的工作做得有声有色、扎实有效。其一是新月诗人作品集、文论集的出版,其二是《新月》(1928—1933)杂志和《诗刊》的创办(1931—1932)。

新月书店先后出版的同人诗作集主要有:1927 年的《翡冷翠的一夜》,1928 年的《死水》和《志摩的诗》(重印本),1931 年的《梦家诗集》《猛虎集》与《新月诗选》,1932 年的《云游》、曹葆华《落日颂》与《灵焰》,1933 年的李惟建《祈祷》、朱维基《花香街诗集》,与此相关的书还有梁实秋的文论《浪漫的与古典的》《文学的纪律》,费鉴照的《现代英国诗人》等。这其中,陈梦家编选的《新月诗选》作为一部新诗流派选集,意义是显著的,它实际上带有对新月诗派进行初步总结的动机,书前的长序可谓意味深长。

《新月》杂志并非新诗专刊,但基本上每期都有新诗或诗论栏目,特别是陈梦家、方玮德、林徽因、梁镇、刘宇、臧克家、卞之琳、曹葆华、何其芳、孙毓棠、李广田这些新人的出现,真正显示了作为诗歌流派的《新月》在《诗镌》之后的新拓展。对此,梁实秋正面评价道:“《新月》月刊以相当的篇幅刊载新诗,写诗的人也慎重其事的全力以赴,想给新诗打一点基础,但是成就有限,仅在新诗发展过程中留下一点涟漪,超越了早期白话诗的形态,这一点做到了。”(梁实秋《略谈新月与新诗》)

正是由于《新月》综合性月刊的局限,才有了《诗刊》的堂皇登场。1931 年元月出版的《创刊号》以 86 个页码的篇幅推出了 13 位作者的 18 首诗作,其中有孙大雨的三首商籁体新诗,朱湘的《美丽》,饶孟侃的《叶儿》,方令孺的《诗一首》,更有闻一多的《奇迹》和徐志摩的《爱的灵感》这样的长诗,还有梁实秋的重要文论《新诗的格调及其他》,第二期又有梁宗岱的文论《论诗》。这样,在 1931 年一年内,《诗刊》就出了三期,页码逐期增加,影响也好,大有“繁荣一时”(戴望舒语)之势,徐志摩预备在第四期增加论文的篇幅甚至设想做一个“论诗的专号”,遗憾的是 11 月 19 日徐志摩飞机失事,使这个计划随之泡汤,迟至翌年 7 月底,才由陈梦家最后编成这个“志摩纪念号”的第四期,实际上却也成了“终刊号”。

至此,作为新月诗派的达致巅峰与圆满,似乎可以划下一个句号了。不过实际上,这个句号后面并非空白,而是另一个阶段的开始。一方面,余绪犹存,《诗篇》《大公报·文艺副刊》及其后续《诗刊》继续着新月诗风的探求,但这并非特别重要,重要的是陈梦家、卞之琳、何其芳、臧克家诸人正在由这个新传统出发寻找着新的诗歌美学增长点;另一方面,或许更为重要的还是,从 20 世纪 20 年代初期闻一多等人开启、经《诗镌》到新月书店、《新月》与《诗刊》长达十余年的新诗“创格”实验运动所形成的新月诗派,事实上已经构成了新诗建设的一个新传统，那就是在初期白话诗“破格”之后的“创格”行动，其意义并不局限于具体的“非定型格律新诗”诗体的实验，而在于对新诗形式美学的整体性重视和探索。故而在狭义的“新月诗派”之后，《新诗》《现代》乃至于20世纪40年代西南联大、《中国新诗》诸诗人，以及再后来大陆、台湾重视新诗形式美学的诗人们的探索，也都是在这个新传统的基础上继续开拓的，无论是其正面经验还是负面启示，都在持续发挥着作用，从这个意义上说，新月诗派或许并没有一个最终终结的“末”，而是将不断地再开始。

2013年4月19日 杭州午山

现代城市诗发展述评

从史的角度考察，中国城市诗的产生是很早的，可以说有了“城市”，也就开始出现“城市诗”，尽管在古代，“城市”与“城市诗”作为概念其内涵外延与今天多有不同。最早的诗集《诗经》中的《绵》，追述了周代开始城市建设的传说。诗中叙述了文王祖檀父，率领原来住在窑洞里的人民，到渭水北岸的岐山脚下，卜定周民应在此建居。

唐代，出现了许多描述唐都长安繁华富足风貌的诗章。“昨日入城市，归来泪满襟；遍身罗绮者，不是养蚕人。”这首流传至今的绝句，以道德家的态度对城市上层人士的经济生活发出了感喟。一千年以后，这种道德评价仍极多地出现在现代城市诗中。

对“现代城市诗”做出一番有价值的述评是困难的。首要的难题就是究竟有没有“现代城市诗”？鲁迅在 1926 年评介俄国诗人勃洛克时曾发表过看法，他的看法虽然有其意义,但用于考察整个现代文学史则显然是不充分的。[①]

对“现代城市诗”给予过高的期望和评价是不恰当的;同样,采取一种虚无的态度否定其艰难的萌芽和发展,进而无视其在新诗发展中的独特意义和对未来的启示,当然也无法使人信服。如果暂时摆脱习惯的考察途径,转而从“城市”这一新的角度审视新诗的发展,大概总会发现:尽管三十年中国城市建设并不十分发达,诗人对城市生活还缺少更多的关注,创作城市诗的总体文化背景尚未形成,因此没有出现鲁迅所期望的“都会诗人”,但作为诗的一种“类型”,“城市诗”毕竟随着几个中心城市的近代化而逐渐萌生和发展了。20 世纪 20 年代初期,一些留学欧、美、日本的青年人最先感受到了资本主义大都市的现代节奏,真实地记录下他们的新鲜感和不适感;30 年代,又有生活在中国上海等城市的一批“现代”诗人(他们也接受过西方现代文化的熏陶)用新的感知方式,从新的感知角度体验了城市生活中的“多余人”心态,描摹了他们“梦游者”的情感历程;直到 40 年代后期,中间经过频繁的内战与对外反侵略战争,“九叶诗人”则以批判者的姿态,对半殖民地半封建性质的中国大都市的畸形发展与危机给予了愤怒的斥责。

由于现代城市诗所处的特殊的历史情境,它的发展犹

---

① 鲁迅在《〈十二个〉后记》中说道:“从一九〇〇年发表了最初的象征诗集《美的女人之歌》起,勃洛克便被称为现代都会诗人的第一人了……中国没有这样的都会诗人。我们有馆阁诗人,山林诗人,花月诗人……,没有都会诗人。”鲁迅说这番话时(1926 年 7 月)“现代派”与“九叶诗人”尚未出现,因此不能据此断定现代文学是否有“都会诗人”。

如城市本身的发展一样充满艰难与顿挫。最主要的，是缺少一个坚实的社会现实基础，缺少理想的接受空间与传播媒介，而诗人本身也缺少对城市的敏感和关注城市发展的机会，使得城市诗没有真正地发展成为新诗的主潮，没有产生真正的“城市时代”的“城市诗人”，而这种遗憾就像它所取得的成就一样是值得研究思考的。作为一种文学现象，它的萌芽与发展，顿挫与衰微，都具有同样的史学意义和对未来的启示意义。

就总体而言，鸦片战争以后中国的主要使命是“革命”而非建设，在这一漫长的社会形态转换时期，中国的文化背景呈现出极为复杂的状态。封建的、乡土的中国以其异化的文明自食其果，在一种岌岌可危的状态中被动地、不情愿地接受着西方资本主义文明的冲击，而国内激进的改革者则努力推动这一进程，因此中华民国的建立，标志着孙中山将致力于资本主义的发展。但不久，新成立的中国共产党则选择了马克思学说以拯救民族，在两种道路的长期选择中，本来就极其衰微的民族资本主义的发展严重受阻，始终也没有形成资本主义“企业”的法律基础和社会基础。而抗日战争使乡村与城市都成为抗日的战场，只在战前与战后的几年中，资本主义才在“革命”的间隙艰难地、畸形地有所发展，上海、香港、天津、青岛等城市相对地成为中心。因此，类似欧美资本主义国家出现的“城市文学”与其所赖以存在的“城市时代”在中国并没有形成，在这种大的背景下，如何能出现凡尔哈仑、勃洛克与桑德堡那种拥抱城市的诗人呢？而在艰难的背景下有所萌芽的中国现代“城市诗”，当然只能是仅有较小的发展而又打着特殊的文化烙印的了。

所谓“特殊的文化烙印”既可以从外部形成，也可以从诗人的创作心态加以考察。首先，中国乡土文化的总体状况使艺术家对城市生活尤其是现代城市缺少应有的敏感，有之，则以一种封闭的眼光去审视现代文明的炫目的色彩，以僵化的心态感知机械时代的速度与节奏，这如何能理解城市崛起的意义？所注意的，不过是城市资本主义文化进程中的负面价值，如环境污染，通货膨胀等等，而阶级斗争学说的影响，更使得一些诗人多从道德的角度慨叹贫民的不幸，或以阶级论的尺度去衡量社会的不公。19 世纪比利时诗人凡尔哈仑在《平原工厂》(1911)中关于城市精神将成为主宰的宣言很少出现于中国诗人笔下。第二，资本主义在中国城市的发展由于始终处在被动的、受控制而无主权的局面中，因此呈现出畸形的殖民地性质。这使得中国诗人有一种强烈的屈辱感，传统文化影响于他们的那种“忧患意识”在这种受异族文化侵略(而非“拿来”)的状态下便以一种病态的形式出现，形成了特殊的对城市文明缺乏信任乃至批判、抵制的心态。这两种心态的形成原因虽有不同，但其对发展中的城市所持的态度则是一致的，因此它们便交融在一起，形成一种强烈的“城市仇视”情绪，“九叶诗人”的城市诗对此表现得极为充分。另外，中国社会变革的特殊道路，无产阶级文学的大众化、通俗化等等也不同程度地影响了现代城市诗的健康发展。这种种状况，直到 80 年代才逐渐有所改观，开始出现新的“城市诗人”与“城市诗”，并带上与30—40年代不尽相同的色彩。[①]

现代城市的诞生源于农业大国对西方资本主义文明的开放。最初在诗中感受现代都市的繁华与堕落者,是早期留学日本和欧美的中国留学生。郭沫若与艾青最早震颤于现代都会的脉搏,同时很快调转方向,一个以实际行动投身革命,一个则把目光投向广大的中国乡村。

郭沫若有一个惠特曼式的灵魂,《女神》的一些篇章正面抒写了现代文明的崛起,就实质而言,是蓬勃向上的现代城市精神。《笔立山头展望》面对高速发展中的日本都市,发出了由衷的感慨,但当踏上祖国的上海时,却被这个东方大都市畸形的腐烂震惊了——两种都市,两种感觉,正显示了文化背景的差异。[②]

作为农家子弟,艾青曾诅咒巴黎为"患了歇斯底里的美丽的妓女",曾感叹:"庞大的都会啊/却是这样一个/铁石心肠的生物!"然而又曾为它的魅力所诱惑,他叙述了自己从东方的乡村跋涉而来的历程:"——你不知道/我是从怎样

---

① 1987年学林出版社出版了宋琳、张小波、孙晓刚和李琳勇的诗合集《城市人》,他们一般被评论界称为新时期的"城市诗人"。

② 郭氏在自传《创造十年》(1932)中写道:"……假使那些工厂是中国人在主宰,那些未来派的画幅是中国人画出来的,再不然我自己不是生在中国的人,或许未尝不可以陶醉一下摩登的风物,然而不幸的是我自己和那岸上活动着的和乞丐相差不远的苦力兄弟们是同属于黄帝子孙,神明之遗裔!那时候我没有阶级意识,我只有民族意识。看见自己的同胞在异族的皮鞭下呻吟着,除非是那些异族的走狗,谁也不能够再闭着眼睛做梦。"这种心态在当时的知识分子身上表现得十分强烈,因此是很典型的。

遥远的草堆里/跳出,/朝向你/伸出了我震颤的臂/而鞭策了我自己/直到使我深深的受苦/巴黎/你这珍奇的创造啊/直叫人勇于生活/像勇于死亡一样的鲁莽!”(《巴黎》)。但是,当他身陷囹圄,触发他诗情的却不是大都会的节奏,而是中国乡土人生的悲凉,这个创作细节似乎暗示了艾青最终拥抱的仍将是现实的乡土的中国与革命——这几乎成为所有现代诗人的必然选择。

李金发亦留学法国,他与20年代的“象征派”诗人大都没正面反映城市生活,却非常隐秘地描摹了都市知识青年灰色的情绪和桃色的追求,他们与较后出现于上海的“现代派”诗人有更多的一致。

“现代派”出之于1932年5月创刊的《现代》,此刊物在第四卷发表了19家诗人的42首表现所谓“现代生活”的现代诗,编者宣称它们是“纯然的现代诗”,里面“汇集着大船舶的港湾,轰响着噪音的工场,深入地下的矿坑,奏着Jass乐的舞场”,等等。但批评家对此却有分歧,孙作云认为:“新意象派诗无异议的是都市的文学,他们之取舍题材,是以物质的标准来取舍。这是美国资本主义都市的诗作。中国的现代派诗只是袭取了新意象派诗的外衣,或形式,而骨子里仍是传统的意境。所以现代派诗中,我们很难找出描写都市,描写机械文明的作品。”而黄药眠则从情感的角度,分析了他们“新的都市风的伤感”。①

① 孙作云:《论“现代派”诗》,《清华周刊》,1935年。黄药眠:《目前中国的诗歌运动》,《战斗者的诗人》,光华书店1947年版。

戴望舒常常深入到城市知识青年的精神世界，写出他们不堪喧嚣与混乱而呈示的灰色的心态；路易士则感到“二十世纪的旋风使我迷惑，明日之梦也朦胧”；李心若常写在大城市里的感觉和迷乱；常白的《都会的版图》以一种超然的态度审视不断扩张的城市。徐迟的诗集《二十岁人》出版于 1936 年，他的诗表现了从乡村流落到城市的知识青年的矛盾的感受。他追求城市，将之视为心灵的“肥料”，但又不免用属于田园的心怀念“广阔的田野”（《春烂了时》）。

与此同时，冯至与王统照在各自的长诗中描写了“城市乡村人”的矛盾心态①。而在殷夫等人笔下，城市则成为“革命”的中心。

直到 40 年代中后期，“城市诗”才在“九叶诗人”那里重新焕发出光彩。辛笛、陈敬容、杭约赫、唐祈等较多地表现了 40 年代上海的风貌。用充满敌意的目光审视城市的堕落，以印象派的画风点染大上海的缤纷与苍白，用预言家的姿态宣告在腐烂中荒淫的都市寄生者的沉沦，是他们共同的特点。辛笛笔下常有惊人的画面，袁可嘉则以“人们花十小时赚钱，花十小时荒淫”刻画上海的病态。唐祈更关注城市角落中的“下等人”，如《老妓女》《挖煤工人》《女犯监狱》和《最末的时辰》，长诗《时间与旗》历述了混杂着冒险家、殖民主义者和底层人们的大上海的种种罪恶，预言了它的将

---

① 冯至 1928 年写过长诗《北游》，记录了“我”在哈尔滨的见闻，作者在《〈北游及其他〉序》中曾说：“但是，那座城对我太生疏了，所接触的都是些非常古怪的人干些非常古怪的事……”王统照的长诗《她的生命》，写了一个从乡村流落到大都市的妇女的苦辛。

来。女诗人陈敬容以诗人的敏感描绘“从灰尘中望出去”的“冬日黄昏桥上”暗沉沉的景色，《逻辑病者的春天》以哲学的情思刻画现代人矛盾的心绪：“我们是现代都市里/渺小的沙丁鱼，/无论衣食住行，/全是个挤！不挤容不下你。”杭约赫的《火烧的城》长达591行，写一个中国小城在时代潮流中的起伏，作者既批判了它的漫长的陈陈相因封闭腐朽的历史，也控诉了资本主义势力侵入后它的种种畸变，又写了战火洗礼后的苍白，最后预言它的新生。另一首长诗《复活的土地》的第二章“饕餮的海”全力描写上海这个“荒淫的海”，这个“都市的花朵”或“倾斜的倒悬的塔”的繁华背后的腐败。这首诗体现了“九叶诗人”以现实主义态度批判殖民主义城市的共同倾向，也显示了与30年代“现代派”诗人的不同之处，即从城市知识分子的自伤自悼发展为较为强烈的现实批判精神。

“九叶”之外，马凡陀、彭燕郊、袁鹰、罗迦也写了40年代的城市生活。[①] 他们在关注社会这一点上与“九叶”基本一致，但这种倾向同时预告了诗的“左倾”的危险——当诗抛离了诗而成为一种政治宣传时，诗也就变得支离破碎了。“九叶”之后三十年的历史是城市诗消亡的历史，就不再详说。

---

① 王翊、康镈：《新诗三十年·导言》(1949)中说：“马凡陀《上海的感觉》将都市小景：丰富与贫乏，豪华与饥饿，作了尖锐的对照。过去鲁迅曾说：‘没有都会诗人’。马凡陀的山歌补足了这个缺憾。”彭燕郊1946年曾写过《因为血液》，袁鹰写过《朗诵给上海听》，另外罗迦著有长诗《诱惑的城市》，由新诗潮社收入“海上诗丛”于1948年9月出版。全诗十四章，反映40年代后期上海的反帝民主运动。

本文对“现代城市诗”做如下界定：

中国现代城市诗是在20世纪20—30年代萌芽和发展起来的一个新品种。它较为敏感地接受西方现代文学的影响，以现代美学的审美意识和艺术手段表现半殖民地半封建形态下的中国大都市的形象和心态。由于中国现代城市的畸形发展，它表现出强烈的焦灼和批判意识；又由于中国社会变革道路的特殊性和复杂性，它的发展始终处在一种被动的非自觉状态，到40年代末期渐趋衰微。

现代城市诗萌芽于20年代的“留学生文学”(郭沫若、李金发、艾青等)，在30年代“现代派”诗人那里得到发展，40年代中后期又有“九叶诗人”等作了新的开拓，尽管步履维艰，但他们毕竟为新诗开出了一条新的道路。对此，我们有理由做出客观的理解。

首先，在极其恶劣的创作环境中，“现代城市诗”为自己开辟了一角领地，丰富了现代诗，显示了新诗题材的多样性。虽然就总体而言，现代诗是乡土的、革命的、战争的，但少数对城市较为敏感的诗人却写出了处在一种复杂的文化背景中畸形发展的中国城市的风貌，描摹了穷愁潦倒的中国城市的心态，实际上是写出了中国现代城市的内在创伤，而这也许正是“中国城市诗”的特色。也可以说，城市诗从另一个角度写出了时代的风云，反映了乡土中国另一部分生活的真实。

同时，“城市诗人”与西方现代文学都有着密切的关系，他们都曾留学欧美大城市，培养了对现代生活和现代艺术的敏感。回国以后，又寄身于真实与虚伪、进步与堕落、方便与嘈杂矛盾重重的城市，因此他们都有条件以一种超前的眼光审视中国的现实，有条件将西方现代文学作为他们从事创作的参照，也有条件潜心于在中国还不能得到充分理解的“现代诗”的创作。所谓“现代”，是既包含着观念与生活的“现代”又包含着艺术追求的“现代”特征的。事实上，城市诗人也始终自觉地充任着新诗创作的先锋派。他们对现代诗的艺术发展做出了贡献，关于此点，许多人已做出了认真的评析，这里无须赘言。①

最后，现代城市诗作为新诗的一个品种，就总体而言其发展还是较被动的、潜意识的，三十年中，毕竟没有形成影响较大的创作团体或流派，也没有出现真正的“城市诗人”。究其原因，正如前面所说，主要是创作城市诗的总体文化背景尚未形成。即是说，在整个中国处于农业大国和“革命救亡”的情况下，要求一个诗人能写出惠特曼、桑德堡式的城市诗，实在是一种奢望。因此，作为诗的一个品种，“城市诗”在整个三十年中，无论就其创作观念还是创作实绩，都还处于开创时期。

尽管如此，如果要探索 20 世纪中国城市诗的发展；或者要讨论城市诗发展的理论问题，则仍不能不从 20—30 年代进入论题。而本文微薄的意义大概也正在于此吧？

1989 年 5 月 山东师范大学

---

① 蓝棣之：《现代派诗选 · 前言》，人民文学出版社 2009 年版；孙玉石：《象征派诗选 · 序》，人民文学出版社 1986 年版。

抗战和战后的新诗

概　说

1937年到1949年的十余年中，新诗历经战火洗礼、精神澡雪和自身的经验累积，在与世界范围内的反法西斯浪潮和现代诗亦保持着直接交流的状态中，一方面更为活跃，另一方面又趋于沉潜。

活跃，指的是整个全民抗战和国共内战时期，新诗总是出现在时代的风口浪尖，不遗余力地发挥着属于自己的一份社会责任，由“朗诵诗”“街头诗”“枪杆诗”“抗战诗”“讽刺诗”这些新的诗歌类型即可以想见这个时代新诗的特别职能。按照中国传统诗学理论的说法，这种职能也就是所谓“诗可以群”“诗可以怨”吧？从这个角度看，其实自新诗产生以来，就一直有着自觉、甚至强烈的承担，只不过在“五四”时期和20世纪30年代的左翼文学时期，它承担的主要是个人主义的“启蒙”或社会主义的“宣传”工作，到了中日战争由“九一八”事变演变为“七七”抗战全面爆发时期和紧接着的国共内战时期，它的政治职能相应调整为民族主义的“爱国”和新民主主义的“革命”了。正如当代德国汉学家顾彬所言：

> 再没有哪个阶段的现代中国文学像这第三阶段，即战争年代对中国后来几十年的发展影响如此深远了。一来是对日战争（1937—1945），继而是内战（1945—1949）。这两场战争中的第一场对于新的政治文化的形成至关重要。那个时代的文化转型首先可以用爱国主义暨民族主义、后方暨大众文化、通俗化暨中国化的关键词来概括。即是说，许多先前处于边缘的，构成边缘文化的，现在进入了中心，成为主导文化。①

“爱国主义暨民族主义、后方暨大众文化、通俗化暨中国化”尽管在“五四”以后已陆续成为新文学关注的主题，但相对于“民主与科学”或“个性解放”来说毕竟还居于边缘位置，只有在1931年“九一八”事变发生、民族矛盾日益凸显以后才突然“进入了中心，成为主导文化”。要通过新诗理解这一点并不困难，只要重温一下1935年出现于电影《风云儿女》、后来由美国黑人歌唱家罗伯逊演唱并最终成为《中华人民共和国国歌》的《义勇军进行曲》的歌词和旋律就可以了。“起来，不愿做奴隶的人们！把我们的血肉筑成我们新的长城。中华民族到了最危险的时候，每个人被迫着

① ［德］顾彬著，范劲等译：《二十世纪中国文学史》，华东师范大学出版社2008年版，第178页。

发出最后的吼声，起来，起来，起来！我们万众一心，冒着敌人的炮火前进！”这首歌的歌词，正是一首自由体新诗。它既是民族的，又是大众的和通俗的，当然也是现代的。

沉潜则是这一阶段新诗的另一种面目。关于这一特征，不妨借用当年新诗理论权威之一朱自清教授的话来帮助理解。他在《诗与哲理》一文里着重谈到了抗战以来新诗出现的一种路向，即“从敏锐的感觉出发，在日常的境界里体味出精微的哲理的诗人”，这是指冯至的《十四行集》，朱自清联系闻一多关于新诗好像“尽是些青年”的说法，将冯至这种以表达“耐人沉思的理”的诗称为新诗中的“中年”。[①] 事实上新诗自产生起，就有一种说理、或曰哲学化倾向，到了1936年柯可撰文《论中国新诗的新途径》就“预言”到了“以智慧为主脑”的诗，认为“新的智慧诗却恰恰相反，以不使人动情而使人深思为特点”。[②] 而那时卞之琳的《鱼目集》已经问世且引起了评论家的注意。在战时，除了《十四行集》，西南联大的校园诗人穆旦、郑敏、杜运燮以及路易士（纪弦）的诗风也有着某些哲学、宗教的底蕴而显得颇为沉潜，用理论家袁可嘉的话说，这是“新诗现代化”的倾向，是一种“现实、玄学、象征的综合情形”，它反对的是“以为诗只是激情流露的迷信”，他认为：“没有一种理论危害诗

---

① 朱自清：《诗与哲理》，《新诗杂话》，作家书屋1947年版，第35—40页。

② 柯可：《论中国新诗的新途径》，《新诗》第4期，1937年1月10日。

比放任感情更为厉害，不论你旨在意志的说明或热情的表现，不问你控制的对象是个人或集体，你必须融合思想的成分，从事物的深处，本质中转化自己的经验。”①

在这一阶段，有多位新诗诗人、理论家和评论家通过诗歌评论、理论文章或创作谈关注新诗问题，先后也有不少重要的文章和著作留下来，成为那个时代诗歌文本的注解。诗论著作包括：艾青的《诗论》，黄药眠的《战斗者的诗人》，李广田的《诗的艺术》，朱自清的《新诗杂话》，朱光潜的《诗论》，废名的《谈新诗》；诗论文章则还有艾青的《诗的散文美》，胡风的《关于人与诗，关于第二义的诗人》，高兰的《诗的朗诵与朗诵的诗》，穆旦的《〈慰劳信集〉——从〈鱼目集〉说起》，袁可嘉的《新诗戏剧化》，唐湜的《论意象》，林庚的《再论新诗的形式》等，涉及的问题十分广泛。

朱自清的《新诗杂话》初版于 1947 年，是他在战时有关新诗的考察与思索，涉及的论题既广，所做的思考也富有启示性，颇能标志当时人们对新诗的认识与期待。

比如由冯至《十四行集》而提出的“诗与哲理”问题，由“抗战与诗”的关系，讨论新诗的散文化、自由化、民间化、朗诵性而又回头重寻诗的格律，都耐人深思。

在战时和战后，新诗的活跃或沉潜最终都是由诗人的活动与创作、诗集与诗歌报刊的出版所标志的，而在 1937—1949 年的每一年中，都有新的诗人出现和新的诗集

---

① 袁可嘉：《论新诗现代化》，生活·读书·新知三联书店 1988 年版，第 9 页、第 28 页。

大量出版，专门的诗歌团体、诗歌杂志也不断涌现，如欲一一列举实在困难，这里只能约略介绍一些。

在全民抗战最初的一两年里，伴随着政治上国共两党围绕抗战问题所进行的合作与摩擦，“文协”的组织，文学界的抗战活动也十分活跃。事实上，自从1931年“九一八”事变和上海“一·二八”战事之后，无论是左翼文学界的“国防文学”还是右翼文学界的“民族主义文学运动”，都早已影响很大，类似《抗日救国诗歌》(大东书局，1933)这样的抗战诗集或《我的家在黑龙江》(高兰，1937年5月)这样的朗诵诗也出了不少。“七七”之后，《救亡日报》很快刊发了《中国诗人协会抗战宣言》，诗人臧克家更是发表了《除了抗战什么都没有意义》这样的文章。朗诵诗运动和延安地区的街头诗运动一时兴起。在这些运动中，高兰创作的《哭亡女苏菲》、光未然的《民族战争进行曲》和《屈原》，以及冯乃超、锡金、徐迟的朗诵诗和田间的抒情长诗《给战斗者》、街头诗《义勇军》《假使我们不去打仗》，都产生了强烈的反响。

以胡风、艾青、田间为核心的《七月》诗人群也出现在此时。在胡风、艾青的诗歌理论的影响、带动下，1938年创刊的《七月》以及后来的《希望》《泥土》《呼吸》等，出现了众多青年诗人，也形成了一个风格鲜明、在整个战时影响最大的新诗流派，即“七月诗派”。

差不多与《七月》同时或稍后，广州的《中国诗坛》，西北晋察冀地区，也活跃着许多战斗者的诗人。

随着抗战的持续，沦陷区、上海“孤岛”、国统区、解放区这些政治地理格局的形成，新诗活动与新诗创作的面貌也在发生新的变化。一些重要的新诗理论产生了，艾青的《诗论》特别是关于“诗的散文美”的提法，徐迟的文章《抒情的放逐》，废名的诗论《新诗应该是自由诗》，胡风《关于人与诗、关于第二义的诗人》的诗歌通讯，严辰、王亚平对诗歌“大众化”问题的讨论，李广田对冯至《十四行集》的推崇与对“诗的散文化”的批评，穆旦提出的“新的抒情”连同他对艾青、卞之琳的评论，直至战后袁可嘉的诗论《论新诗现代化》，都对当时和以后新诗的建设发生了重要影响。

诗人的分布与新诗创作以地区言，当然还是整个国统区、大后方最多、最活跃。抗战时期两个影响最大的新诗创作群体“七月诗派”和西南联大校园诗人群，其核心力量大体集中于汉口、重庆、昆明等地。其次是西北以延安为中心的中共解放区，艾青、田间、柯仲平、何其芳固然是其中坚，光未然、方冰、鲁黎、魏巍、蔡其矫、贺敬之、郭小川也已经初试身手，写出了有分量的诗作。

在北平沦陷区，还有燕京大学的《燕京文学》等报刊，不断推出陆志韦、吴兴华的新作。除此之外，路易士、辛劳、番草、徐訏、沈宝基、李长之也是各地活跃的知识分子诗人。

1945 年抗战胜利后，政治格局又恢复到战前国共对立的局面，接着便是三年内战。这个时期，国民党的腐败无能导致民怨沸腾，对民主的追求成为社会政治主流思潮，文学上“讽刺与暴露”的主题流行，产生了《马凡陀的山歌》《宝贝儿》《追物价的人》等讽刺诗。同时，无论在国统区还是在延安地区，也有许多重要诗歌群体出现和重要诗集出版，如上海《中国新诗》和天津《大公报》周围的辛笛、陈敬容、杭约赫、唐祈、唐湜、穆旦、杜运燮、郑敏、袁可嘉，诗集如杜运燮的《诗四十首》，穆旦的《穆旦诗集》《旗》，辛笛的《手掌集》，戴望舒的《灾难的岁月》，陈敬容的《盈盈集》，郑敏的《诗集1942—1947》，徐訏的《四十诗综》，以及何达的《我们开会》，延安地区青年诗人李季的民歌体新诗《王贵与李香香》，等等。

艾青与“七月诗派”诗人阿垅

艾青(1910—1996)，原名蒋海澄，浙江金华人。早年就读于金华浙江省立第七中学，1928年夏考入杭州国立西湖艺术院绘画系，翌年春与老师孙福熙等人结伴赴法留学，在巴黎度过了“精神上自由，物质上贫困的三年”。实际上在习画之外，他开始接触、阅读俄国、法国、比利时的现代诗，如俄国的勃洛克、马雅可夫斯基、叶赛宁、普希金，法国的阿波利奈尔、兰波，比利时的法语诗人凡尔哈仑。在1941年撰写的《我怎样写诗的?》一文中，他明确表示“不欢喜浪漫主义的诗人们的作品”，他不欢喜“那种自满的态度和说教的态度”，他欢喜的是莎士比亚、凡尔哈仑、兰波和叶赛宁。“莎士比亚的联想的丰富，生活的哲学的渊博，智慧光芒的闪烔，充满机智的语言，天才的戏谑……”，“凡尔哈仑是我所热爱的。他的诗，辉耀着对于近代的社会的丰富的知识，和一个近代人的明澈的理智与比一切时代更强烈更复杂的情感。”[1]1931 年 1 月 16 日在巴黎圣约克街六十一号的一次集会，令艾青写出了生平第一首完整的抒情诗《回合》。

艾青于 1932 年春回国，却在当年夏天因从事艺术活动遭拘捕，在上海、苏州两地被关押了三年又三个月，1935 年 10 月出狱，1936 年在常州教了半年书，此后又回到上海，直到 1937 年 6 月。此间是艾青写诗的第一个高峰期，不但在狱中写出了《大堰河——我的保姆》，更在 1936 年自费出版了第一部个人诗集《大堰河》，并很快受到了胡风、茅盾的高度评价。对于《大堰河——我的保姆》这首长诗，胡风评论说：“在这里有了一个用乳汁用母爱喂养别人的孩子，用劳力用忠诚服侍别人的农妇的形象，乳儿的作者用着素朴的真实的言语对这形象呈诉了切切的爱心。在这里他提出了对于‘这不公道的世界’的诅咒，告白了他和被侮辱的兄弟们比以前‘更要亲密’。”[2]

抗战时期，1937 年至 1941 年艾青辗转流徙于湖北武汉、山西临汾、陕西西安、湖南衡山、广西桂林、湖南新宁和重庆北碚等地，1942 年至 1945 年在延安。这八年是艾青诗歌写作的第二个高峰期，写下了一生中最重要的作品，这些作品包括：

1937 年：《复活的土地》《他起来了》《雪落在中国的土

---

① 艾青：《我怎样写诗的?》，《艾青论创作》，上海文艺出版社 1985 年版，第 15 页。

② 胡风：《吹芦笛的诗人》，《胡风评论集》(上)，人民文学出版社 1984 年版，第 419 页。

地上》

1938年:《北方》《手推车》《乞丐》《补衣妇》《向太阳》《黄昏》《我爱这土地》

1939年:《吹号者》《他死在第二次》《秋晨》

1940年:《旷野(一)》《冬天的池沼》《解冻》《无题》《船夫与船》《青色的池沼》《山毛榉》《水鸟》《树》《土地》《太阳》《火把》《旷野(又一章)》《公路》《高粱》《篝火》

1941年:《少年行》《强盗和诗人》《时代》《我的父亲》《黎明的通知》《雪里钻》《村庄》《时代》

1942年:《太阳的话》《野火》《献给乡村的诗》《向世界宣布吧》《风的歌》

1943年:《吴满有》

1945年:《悼罗曼·罗兰》

但是也可以看到,这些诗多数写在1942年延安文艺座谈会之前,此后艾青的诗歌写作出现了奇怪的风格转变与创作低谷,这是耐人寻味的。

艾青在同时期撰写的不少诗论是他个人诗歌美学的表述,这些诗论包括:《〈北方〉序》(1939),《诗的散文美》(1939),《诗论》(1938—1939),《诗人论》(1939),《为了胜利——三年来创作的一个报告》(1940),《我怎样写诗的?》(1941)。

艾青如此表述他对“诗”的理解:“诗是由诗人对外界所引起的感觉,注入了思想感情,而凝结为形象,终于被表现出来的一种完成的艺术。”又说:“诗是诗人的世界观的最具体的表现;是诗人的创作方法的实践;是诗人的全般的知识的综合。”①

在这里，艾青用以表达他对诗的理解时，用了“感觉”“思想感情”“形象”“完成的艺术”“世界观”“创作方法”“全般知识的综合”这些词语，即他认为讨论诗，离不开这些词语所包含的意义。

不错，在另外一些诗论和他的诗里面，这些词语所代表的概念内涵变得更为清晰、具体和形象了。

他在为诗集《北方》写的“序”中说到：“集子是我在抗战后所写的诗作的一小部分，在今日，如果能由它而激起一点种族的哀感，不平，愤懑，和对于土地的眷念之情，该是我的快乐吧。”②“种族的哀感，不平，愤懑，和对于土地的眷念之情”几乎可以视为艾青整个抗战时期的写作纲纽，因为在此后不同的场合，他不断地重复这一点，并且以他最好的诗句做出诠释。比如关于土地，他又说：“不久，我就回到了农村。写了许多田园诗，这些诗多数写的是中国农村的亘古的阴郁与农民的没有终止的劳顿，连我自己也不愿意竟会如此深深地浸染上了土地的忧郁。”比如关于“种族的哀感，不平，愤懑”，他也说：“战争真的来了。这是说，原是在人民的忍耐中的，原是在诗人的祈祷中的，打碎锁链的日子真的来了。这时候，随之而起的是创作上痛苦的沉思：如何才能

① 艾青：《诗论·诗》，《艾青论创作》，上海文艺出版社 1985 年版，第 380 页。

② 艾青：《北方·序》，《艾青论创作》，上海文艺出版社 1985 年版，第 45 页。

把我们的呼声,成为真的代表中国人民的呼声。这样的呼声,从最初的意义上说就是迥异于侵略者的,或是国家主义的,或是军国民精神的一种呼声;这样的呼声,更和封建的军民之间的关系绝缘;这样的呼声,必须把这战争看做和全国人民的生活要求,革命意志毫无相间地连结在一起的一个事件。"①

只有理解了艾青的人格与艺术思想,才能真正理解他的诗。

艾青对土地的感情其实是复杂的。就像鲁迅对他的同胞"哀其不幸、怒其不争"的态度一样,20 世纪几乎所有来自乡村的中国作家都无法例外,艾青的抒情诗也可以定义为广义上的"乡土诗"。在一部分乡土诗里,他时而诅咒,时而控诉,描绘着土地的苦难,基本的情感基调是忧郁、哀恸与愤怒;在另一部分乡土诗里,他又以最高的热情挖掘着土地深处抗争的力量,极力表现土地的复活与解放。而把这两个主题贯穿起来的则是抒情主人公深挚的眷念与爱,与此相关的另一个主题是"自我"的省思,以及对于光明的礼赞。

对土地所承受苦难的表现,见之于《雪落在中国的土地上》《北方》《补衣妇》《乞丐》《旷野》《鞍鞯店》《赌博的人们》《小鸟》《老人》这些作品。《雪落在中国的土地上》是 1937 年抗战初期的诗,它以写实、象征、超现实并用的方法刻画

---

① 艾青:《为了胜利——三年来创作的一个报告》,《艾青论创作》,上海文艺出版社 1985 年版,第 4 页。

受难的乡土中国形象，连同此后的《北方》组诗和《旷野》，不但成为艾青最好的作品，也是那个时期艺术水准最高的现实主义抒情诗。“饥馑的大地/朝向阴暗的天/伸出乞援的/颤抖着的两臂”这是《雪落在中国的土地上》里面的诗句，不仅是饥馑与贫困，还有精神的愚弱与灰色：“而寒冷与饥饿，愚蠢与迷信啊，就在那些小屋里，强硬地盘踞着……”这是《旷野》中的诗句。

但同时，对土地复活、解放的呼号与预言，构成了艾青的另一组诗，还在“七七”事变的前夜，他就写了《土地的复活》以表达对国家新生的期待，《他起来了》塑造了一个复仇者的形象，《鸫》则期待鸫鸟“去唤醒每个沉睡的灵魂”。这类诗当然还包括《黎明的通知》《太阳的话》《野火》《风的歌》《出发》《除夕》《街》《抬》《解冻》，在这类诗中，《向太阳》《吹号者》《他死在第二次》《火把》属于长诗，后三首还是叙事诗。《向太阳》把自然意象“太阳”与众多人类“拯救”者联系起来，描画了战争中的中国向着光明努力的壮丽图卷，《吹号者》与《他死在第二次》分别塑造了两个为“解放的战争而死”的战士形象，《火把》表现的是女性知识分子的觉醒和成长。

艾青诗歌中的“我”，是不容忽视的重要形象。“我”是土地的忠实的儿子，也是为土地的复活而叛逆、而出走、而追求、而奋斗的战士。作为土地的忠实的儿子，也许没有哪首诗像《我爱这土地》更深情、更集中了：

假如我是一只鸟，

我也应该用嘶哑的喉咙歌唱：
这被暴风雨所打击着的土地，
这永远汹涌着我们的悲愤的河流，
这无止息地吹刮着的激怒的风，
和那来自林间的无比温柔的黎明……
——然后我死了，
连羽毛也腐烂在土地里面。

为什么我的眼里常含泪水？
因为我对这土地爱得深沉

——艾青《我爱这土地》

这深沉的歌唱者几乎成为诗人艾青的标志性形象。但是在《少年行》《我的父亲》《献给乡村的诗》《时代》《强盗和诗人》这些诗里，艾青把他对土地复杂而真挚的感情展示得更为细腻深刻了。

艾青是现代自由诗自觉的探索者和创造者。他对诗的形象、意象、想象、象征、联想、语言、造型等体式因素提出了具体的要求，特别是在戴望舒之后更鲜明地提出了“诗的散文美”这一极富现代性的诗学命题。他强调：“散文的自由性，给文学的形象以表现的便利；而那些洗炼的散文、崇高的散文、健康的或是柔美的散文之被用于诗人者，就因为它们是形象之表达的最完善的工具。”[①]当然，“散文美”并不

① 艾青：《诗的散文美》，《诗论》，人民文学出版社1980年版。

是抛弃节奏、排列、音律甚至造型，而只是使这些形式因素亲和诗的本质，即诗的饱和的情绪。且看艾青《雪落在中国的土地上》中的诗句：

透过雪夜的草原
那些被烽火所啮啃着的地域，
无数的，土地的垦殖者
失去了他们所饲养的家畜
失去了他们肥沃的田地
拥挤在
生活的绝望的污巷里：
饥馑的大地
朝向阴暗的天
伸出了乞援的
颤抖着的双臂。

富有口语和散文的自然与活泼但决不散漫，因为这里面有诗人主观对生活的透视和思想，有作者对词汇和句式、节奏、修辞的严格选择与安排，在看似平易朴素的诗体结构中表现出内在的技巧，尤其是后面四行诗句所表现出的超现实画面更是惊心动魄！这样的自由诗就如一个健康结实、骨骼粗壮、肌肉饱满、力量充沛的生命体，它启示人们：自由诗并非排斥艺术，而是更自觉、更深情、更内在地拥抱艺术、实现艺术，而这只能由最富有思想力量和艺术力量的诗人才能做到。如果把握不住“散文美”的“度”而又缺少深厚的艺术素养，自由诗就极有可能失去魅力甚至出现“散文化”的弊端。

阿垅(1907—1967),浙江杭州人,原名陈守梅,笔名S. M、亦门、阿垅等,早年先后就读于上海工业专科学校、国民党中央军官军校等,1937 年以少尉排长身份参加上海闸北之战受伤,后由湖南衡山去延安,在受命赴西安治病之后因交通封锁转去重庆考入国民党陆军大学,先后参与编辑“七月”派刊物《呼吸》《诗垦地》,并秘密为共产党递送情报。1949 年后任职天津“作协”,1955 年因胡风案被关押,十二年后死在狱中。

阿垅主要作品包括:诗集《无弦琴》(1942),报告文学集《南京》(1940 年写,1987 年出版)、《第一击》(1947),诗论集《人和诗》(1949)、《诗与现实》(1951),以及大量诗作的手稿和剪贴稿,直到 1986 年和 2007 年,才分别有诗集《无题》、诗文集《阿垅诗文集》问世。

阿垅强调诗人必须以“群众的心”为心,并由此把握“社会生活底真实和庄严”,“在时代镗然的鼓声中站出来发言”①,他的诗里有战争、马夫、纤夫、老兵、难民,也有“一月的夜的延安”和“悲愤的城”,论者也认为他成籍的遗稿“几乎可以看作世界风云录,看作二次大战中外战场的大事

① 阿垅:《〈新诗杂话〉片论》,《人·诗·现实》,生活·读书·新知三联书店 1986 年版。

记”①。不过，这并非说阿垅的诗仅仅满足于做时代政治的传声筒，恰恰相反，阿垅的诗是真正的诗，是现代的、创造的、有着鲜明个人风格的自由诗。

《纤夫》(1941)有艾青诗意的影响，也是阿垅的力作，它刻画了嘉陵江上逆着风、也逆着江流拉纤的纤夫，以超现实的眼看到了一幅动人的景象：“以一寸的力/人的力和群的力/直迫近了一寸/那一轮赤赤地炽火飞爆的清晨的太阳！”由“纤夫”“风”“大木船”“太阳”构成的意象群，整体呈现出的象征性意义，是这首诗的重心所在。同时，在自由诗的写法上，这首诗也有极具创造性的表现，如这样的诗句：

一条纤绳
整齐了脚步(像一队向召集令集合去的老兵)，
脚步是严肃的(严肃得有沙滩上的晨霜底那种调子)
脚步是坚定的(坚定得几乎失去人性了的样子)
脚步是沉默的(一个一个都沉默得像铁铸的男子)
一条纤绳维系了一切

《读〈吉诃德先生传〉半卷》引堂吉诃德为“同志”，实则是以奇异的对话形式表现一个20世纪民族保卫战争中的战士深沉的思想，这里既有对现实的无情洞察：“而我看出/以愚蠢掩盖天下人耳、目的诸大魔法家不过是诸小酒囊耳，/五颜六色的国家大典不过是以没有动作而动作着的傀

① 周良沛：《阿垅卷·卷首》，《中国新诗库》第8集，长江文艺出版社2000年版。

傴剧！"也有一个战士对自己的勉励："不通过极苦，/世界不能够有极乐。"

阿垅的抒情常常表达一种决绝的生命态度，在《刀》这首诗里，阿垅表达的是"珍藏就是抛弃"和"不是战争/就是毁灭"的道理，与这种决绝态度互为表里的又常常是诗句急促的节奏。

他写了大量爱情诗，《孤岛》《题册》《街候》《对岸》都是佳作，他也写过留给儿子的亲情诗，如《笑着吧，好的》。这里引述他的《题册》，以见其爱情诗的独特风采：

首先，我要活得像一个——人
其次，自然要活得像一个——男子
最后，我要活得像一个——兵

让野蔷薇开它自己底花——
让荆棘长它自己的刺——
让无花果结它自己的果子——

冯至《十四行集》、辛笛《手掌集》与吴兴华

冯至（1905—1993）早在20世纪20年代就以抒情诗闻名，出版过诗集《昨日之歌》（1927）与《北游及其他》（1929），1930—1936年去德国留学，研究文学之余，也听了不少哲学课，如雅斯贝斯的课，对里尔克的诗喜爱有加，这些经历对他在20世纪40年代初创作《十四行集》、小说《伍子胥》和散文集《山水》是重要的准备。《十四行集》由桂林明日出

版社初版于1942年,1949年由上海文化生活出版社重版,全部27首十四行诗均写于1941年,当时作者住在昆明附近的山里,每星期两次步行十五里进城到西南联大外文系授课,“一个人在山径上、田埂间,总不免要看,要想,看的好像比往日看的格外多,想的也比往日想的格外丰富”①。正是这种看与想再次触动了诗人,写出了被评论家称为“沉思的诗”的诗组。

“沉思”是这组诗的特征,似乎也是20世纪40年代中国诗的新趋向。事实上早就有人预言过新诗将出现一种“以智慧为主脑的诗”倾向(柯可《论中国新诗的新途径》),也已经有人写着这种冷冰冰的哲理诗,如卞之琳的《鱼目集》,这种倾向当然也是渊源有自。就欧洲文学传统而言,远有17世纪约翰·多恩的“玄学诗”,近有以《荒原》震惊西方诗界的T.S.艾略特,这种诗风其时也正弥漫于西南联大的校园内,逐渐形成了中国新诗的一个新传统,穆旦、杜运燮、王佐良、郑敏作为这一传统的创造者终于浮出水面了。

冯至十四行诗的哲理,是里尔克诗学、雅斯贝斯哲学、尼采哲学与他个人生命体验、思索交汇的产物,是带着他自己体温的有关存在的沉思:

> 我们的身边有多少事物
> 向我们要求新的发现:

---

① 冯至:《十四行集·序》,《十四行集》,上海文化生活出版社1949年版。

不要觉得一切都已熟悉，
到死时抚摸自己的发肤
生了疑问：这是谁的身体？

——《十四行集·26》

“那在平凡中发见了最深的东西的，是最好的诗人’。”①冯至十四行诗关于存在的沉思，正是通过他在山径上、田埂间所看到、所想到的最平凡的物事而给以诗的体现的。它们有时是集中于某种具体的物事，如第三首《有加利树》，第四首《鼠曲草》，第五首《威尼斯》，第十七首《原野的小路》，第二十三首《几只初生的小狗》，第二十七首《从一片泛滥无形的水里》中的“旗”。有时则并不集中于某一特定物事，而是由眼前所见引发遐想，或由遐想联系眼前所见，如第一首《我们准备着》，第二首《什么能从我们身上脱落》，第六首《原野的哭声》，第七首《我们来到郊外》，第八首《一个旧日的梦想》，第十五首《看这一队队的驮马》，第十六首《我们站立在高高的山巅》，第十八首《我们有时度过一个亲密的夜》，第十九首《别离》，第二十首《有多少面容，有多少语声》，第二十一首《我们听着狂风里的暴雨》，第二十二首《深夜又是深山》，第二十四首《这里几千年前》，第二十五首《案头摆设着用具》，第二十六首《我们天天走着一条小路》。还有几首是直接写人的，即第九首《给一个战士》，第十首《蔡元培》，第十一首《鲁迅》，第十二首《杜甫》，第十三首《歌

① 李广田：《沉思的诗》，《诗的艺术》，开明书店1947年版，第71页。

德》,第十四首《画家梵诃》。

而无论是直接写物写人,还是写个人的遐想,贯穿这一切的却是一种既渺远又幽深的生命与哲学之“思”。即如第六首《原野的哭声》,由“一个村童”或“一个农妇”的啼哭,而产生种种猜想,继而生发出“象整个的生命都嵌在/一个框子里,在框子外/没有人生,也没有世界”的生命之思,以及“为了一个绝望的宇宙”那样带有存在主义的感叹。与此相似的还有第十五首《看这一队队的驮马》,由“驮马”联想到“水也会冲来一些泥沙”“风从千万里外也会/掠来些他乡的叹息”,它们带来的问题就是:

> 仿佛鸟飞翔在空中,
> 它随时都管领太空,
> 随时都感到一无所有。
>
> 什么是我们的实在?
> 从远方什么也不带来?
> 从面前什么也不带走?

第十八、十九、二十、二十一、二十二首从不同侧面表达对生命存在的体验与思索。第二十三首《几只初生的小狗》写来或许更亲切可感,在连续的阴雨天降生的小狗,一出生“就只知道潮湿阴郁”,可是经由狗妈妈在丽日晴空时衔着它们“第一次领受光和暖”,却获得了对于光明、温暖的生命经验,也就种下了对光明永久渴望的梦想与热情,这里出现了更为积极的一种表达。

与这种生命之思互为表里的，就是27首诗的体式都采用了西方古老的格律诗形式“十四行体”（或称商籁体）。当然，以十四行体写汉语新诗，无论怎样也不可能完全照搬其原来的格律，故而冯至称其为“在里尔克影响下采用变体”①。20世纪40年代的诗评家李广田则认为，就如《十四行集》最后一首中的“水瓶”和“旗”一样，“象一个水瓶，可以给那无形的水一个定形，象一面风旗，可以把住些把不住的事体。而十四行体，也就是诗人给自己的‘思，想’所设的水瓶与风旗，何况，十四行体，这一外来的形式，由于它的层层上升而又下降，渐渐集中而又渐渐解开，以及它的错综而又整齐，它的韵法之穿来而又插去……它本来是最宜于表现沉思的诗的，而我们的诗人却又能运用得这么妥帖，这么自然，这么委婉而尽致……”②

辛笛（1912—2004）并不是一个以诗歌数量多著称的诗人，他最重要的诗集《手掌集》由星群出版社出版（1948），包括从他与辛谷第一个诗合集《珠贝集》（1936）摘录的部分以及集外的《风景》等，也不足50首短的抒情诗。但与冯至的《十四行集》一样，《手掌集》也是20世纪40年代比较重要的个人诗集。

辛笛原名王馨迪，江苏淮安人，生于天津。南开中学、

---

① 冯至：《冯至选集·代序》，四川文艺出版社1985年版。

② 李广田：《沉思的诗》，《诗的艺术》，开明书店1947年版，第100页。

清华大学外文系毕业，1936 年至 1939 年，在英国爱丁堡大学英国语文系进修。回国后，任暨南大学、光华大学教授，并兼任上海《中国新诗》编委。除诗集外，另有随笔集《夜读书记》(1948)等。

《手掌集》共分三辑，第一辑“珠贝篇”13 首为 1933 年 12 月到 1936 年夏两年半间所作，时作者在北平。第二辑“异域篇”22 首当写于 1936 年 10 月到 1939 年的三年留学期间，故名“异域”。第三辑“手掌篇”11 首，写于 1946 年 6 月到 1947 年底一年半之间，作者在上海。在每一辑前面，作者分别引述了他所喜爱的几个诗人的诗作原文，第一辑引述的是 G. M. 贺普金斯《春与秋：致一位幼童》中的诗句，第二辑引述了 T. S. 艾略特的《四个四重奏》之一《焚毁的诺顿》，第三辑则引述了 W. H. 奥登的《1929 年》。这当然可以看得出辛笛本人的诗学渊源，特别是他在 20 世纪 40 年代写作“手掌篇”时对西方现代派诗歌的倾心。不过，在辛笛的诗中，现代味与传统味实际上是融为一体的，他并不特别强调自己对西方诗学的吸取。正如他晚年所言：“可以说，我受西方诗歌的影响在大学和海外读书期间最深。而回顾我对中西诗歌研读的历程却是一段一段夹花式走过来。从小念的是中国经史子集与诗歌，中学时代接触到白话文和外国小说译本，翻译上的尝试增加了了解西方诗的兴趣，并进一步阅读中国古典诗词，学院式的外国文学教育并没改变我对中国诗歌的热爱，到异域求学增强了我的现代体验和现代意识，却化解不掉我魂系故国的忧郁，因此完全撇开中国古典文化对我的熏陶而单独谈西方诗歌对我的影响，我想是无法不以偏概全的。中西学养最终是融合在一起对我的诗创作发生作用的。中西诗歌互相印证，互相补充，给我启发。我是中国人，我用方块字写诗，对西方诗歌有选择的接受实际上取决于我的民族审美趣味、忧郁的个性、对时代的敏感和对理想的追求。”①

《手掌集》“珠贝篇”的作品多抒写青春期的人生感喟，《弦梦》中的“往日徒然是青的烟/给他往怅惜里缠”，《夜别》中的“心沉向苍茫的海了”，《怀思》中的“城下路是寂寞的，猩红满树，零落只合自知呢”，《丁香、灯和夜》中的“今夜第一次/我惊见灯下/我的树高且大了”等就都是，相对而言，《生涯》《航》《二月》诸首，更能见出圆整的结构与浑融的意境，也更多一些古典诗词的况味。“异域篇”的多数写于英、法等“异域”，后面的《识字以来》《姿》《月光》《流浪人语》和《回答》则可能写于战后，两相比照，诗思与诗风是不同的。留学时期的《挽歌》《秋天的下午》《十月小唱》《月夜之内外》《寄意》《对照》《再见，蓝马店》《PHAPSODY》《卖轻气球的人》《短意》《门外》《孩子》《零羽》，或短或长，往往还是对于宇宙与生命的玄思，或对于自我的沉想，有不少非常个人化的意象或比喻，诗思跳跃度也大，读来难免晦涩之感，而《休战纪念日所见》《刈禾女之歌》《巴黎旅意》《杜鹃花和鸟》诸首则似乎社会性较强，诗语也明快顺畅许多。总的来说，辛笛的诗，越往后社会性越强，语言也越发明快敞亮，即使对

---

① 辛笛：《我和西方诗歌的姻缘》，《嫏嬛偶拾》，上海教育出版社1998年版。

自我的审视,也由原先冷冷的玄思变成灼热的忏悔和鞭策了。故《识字以来》中有了“我知水性而不善游”、《姿》中有了“可是你是吹弹不起的”、《回答》中有了“我有一分气力总还是要嚷要思想”这样的句子,到了“手掌篇”,则更是通过《手掌》,用了类似超现实的那种凌空俯瞰的写法,对知识分子的自我作了诚恳的检讨和反思:“你已如顽皮的小学生/养成了太多的坏习惯/为的怕皮肉生茧/你不会推车摇橹荷斧牵犁/永远吊在半醒的梦里/你从不能懂劳作后甜酣的愉快/这完全是由于娇纵/从今我须当心不许你更坏到中邪/被派作风魔的工具/从今我要天天拼命地打你/打你就是爱你教育你/直到你坚定地怀抱起新理想……”

与此相关的就是社会批判意识的增强。在“手掌篇”里,这类的诗作相当突出,有时甚至出现了过于直白的政治性宣言,如“你一声声是在诉说/人民的苦难无边/我们须奋起　须激斗/用我们自己的双手/来制造大众的幸福”(《布谷》),这当然是珍贵的情感,也是20世纪40年代后期文学的普遍主题,但不能以诗的艺术出之,动人的力量就达不到。相对来说,《夏日小诗》《寂寞所自来》《憔悴》这几首短小的诗写得更好,完整而蕴藉,也体现辛笛以短诗见长的特色。另一首集外的《风景》(1948)素来受人称赞,是因为用了现代诗的艺术手段刻画了战后中国令人触目惊心的“病容”:

列车轧在中国的肋骨上
一节接着一节社会问题

比邻而居的是茅屋和田野间的坟
生活距离终点这样近
夏天的土地绿得丰饶自然
兵士的新装黄得旧褪凄惨
惯爱想一路来行过的地方
说不出生疏却是一般的黯淡
瘦的耕牛和更瘦的人
都是病,不是风景!

最令人触目惊心的就是前两行,把枕木联想为“中国的肋骨”与“一节接着一节社会问题”,不能不说是神来之笔,这固然是诗人的才华所致,实则也是当时社会问题的尖锐和现代派诗歌艺术的训练使然。在经过接下来的简洁有力的描写之后,诗人又用了“都是病,不是风景”这样斩钉截铁的、断然的否定表达了沉痛的判断,更是给人字字千钧的感觉。这的确是代表辛笛后期思想和风格的精短小诗。

吴兴华(1921—1966),祖籍杭州,父亲是留日医学生,初中就读于天津南开中学,随全家迁居北京后在崇德中学高中毕业,因学业优异连续跳级,1937 年 16 岁即考入燕京大学西语系,1941 年毕业留校任教。日据时期滞留北京,战后燕大复校后重新回校,1952 年院系调整时转入北大。1957 年因外语教学问题对苏联专家提出不同意见而被划为“右派”,1966 年 8 月 2 日“文革”中被迫害致死。

吴兴华早慧,15 岁开始发表诗作,16 岁在《新诗》杂志发表 80 行无韵体长诗，引起人们关注，“就想象的丰富，文字的清新，节奏的熟谙而言，令人绝想不到作者只是十六岁的青年”①。此后他成为燕大师生自办刊物《燕京文学》的主要撰稿人之一，同时在多种杂志上发表诗文和译作。他是抗战时期华北沦陷区最重要的一位诗人，“从他的作品里，读者会看出，他和旧诗，和西洋诗深缔的因缘，但他的诗是一种新的综合，不论在意境上，在文字上。新诗在新旧气氛里摸索了三十余年，现在一道天才的火花，结晶体形成了”②。

吴兴华对西方诗歌传统和中国诗歌传统都有深厚的造诣，在此基础上，他的诗发展成为一种新古典主义的风格，他曾经在诗论中主张诗在形式上融和西洋诗体与中国象形文字各自的特点，他自己的诗作也力图实现中国古典诗歌形式的现代转换。有的学者将他的诗作分为四类，一种称为新格律诗，即用现代白话写的“新绝句”和“新律诗”，如《绝句四首》之四：

肠断于深春一曲鹧鸪的声音
落花辞枝后羞见故山的平林
我本是江南的人来江北作客
不忍想家乡此时寒雨正纷纷

第二类是借鉴传统五言古诗形式的作品，每行固定九

① 周熙良：《介绍吴兴华的诗》，《新诗》第五期，1945 年。

② 周熙良：《介绍吴兴华的诗》，《新诗》第五期，1945 年。

字四音步，如《览古》《拟古》；第三类是五步无韵诗，即西诗所谓无韵体或素体诗，内容大多为“古题新咏”，也有学者称之为“叙事史诗”或以古题材拟“古歌行体”新诗；第四类为直接采用西方诗体，如十四行体、哀歌体、民谣体等多种。

吴兴华的新诗是新诗发展环节中不应忽视的探索和实验，不过也有学者从“化古”“化洋”两方面评价吴兴华，认为其诗“辞藻富丽而未能多赋予新活力，意境深邃而未能多吹进新气息，对于19世纪英国浪漫派诗风也罢，对于中国历史悠久的旧体诗传统也罢，尽管作了多大尝试的努力，似乎在一般场合终有点‘入’而未能‘出’”①，不能不说是一种中肯的评析。

穆旦、杜运燮、陈敬容

穆旦(1918—1977)本名查良铮，是浙江海宁查氏后裔，生于天津，南开学校高中毕业后考入清华大学外文系，1937年“七七”之后随校南迁长沙，翌年又随新编西南联合大学二百余名师生步行至云南昆明，继续读外文系，1940年毕业后留校任教，1942年以教师身份赴缅甸参加中国远征军，亲历缅甸战场与日军的战斗及随后的大撤退，于九死一生的艰难中到达印度，1943年回到国内后却失去了工作，先后辗转于昆明、重庆、贵阳、桂林、沈阳、南京等地，1949年赴美留学，1953年回国后被分配到天津南开大学外文系

① 卞之琳：《吴兴华的诗与译诗》，《吴兴华诗文集》，上海人民出版社2005年版。

任副教授。历经种种政治磨难，翻译了大量英语、俄语经典诗作，并在 1976 年创作了大量抒情诗，1977 年早春死于心脏病突发，享年 59 岁。

穆旦中学时代开始发表诗作，进入清华后发表诗作始用“慕旦”笔名，作品也逐渐多起来，在西南联大更为系统地接触英美现代诗与文论，并先后写了评论艾青《他死在第二次》、卞之琳《慰劳信集》的文章，提出了“新的抒情”的论点，这一阶段的诗歌作品多发表在《大公报》香港版、重庆版、桂林版、天津版和天津《益世报》，以及《文聚》《诗文学》《文艺复兴》《文学杂志》等杂志，20 世纪 40 年代中后期先后出版了《探险队》(1945)、《穆旦诗集(1939—1945)》(1947)和《旗》(1948)三部诗集，然而穆旦却并不为当时诗坛注意，只在很小的圈子内拥有诗名，他的同学王佐良通过《一个中国诗人》最早评论了穆旦的诗。王佐良从抒情品质、文字风格和宗教精神三个侧面给以分析，认为穆旦的诗是“用身体思想”所凝结成的“肉体与形而上的玄思混合的作品”，这构成了穆旦诗歌的重要特征即“纯粹的抒情”。与之互为表里的，则是同样纯粹的、创新的、“非中国的”、与自己的个性“完全适合”的文字风格。

穆旦提出“新的抒情”观点，并解释这“新的抒情”就是要“有理性地鼓舞人们去争取那个光明的一种东西”。又强调说：“我着重在‘有理性地’一词，因为在我们今日的诗坛上，有过多的热情的诗行，在理智深处没有任何基点，似乎只出于作者一时的歇斯底里，不但不能够在读者中间引起共鸣来，反而会使一般人觉得，诗人对事物的反映毕竟是和他们相左的。”[①]所以他要求这样的抒情要有“强烈的律动，洪大的节奏，欢快的调子”，这一论点，是他在对战争时代有了清醒、理性把握之后借鉴英美现代诗经验提出的，体现了那个年代中国新诗所需要的一种抒情精神。

穆旦在1948年年底曾在已经出版的三个诗集基础上重新编订一部《穆旦诗集》，从所存目录看，共收入1937—1948年所作诗歌80首，且分为“探险队”“隐现”“旗”和“苦果”四个部分，这个包含了穆旦1949年以前所有重要作品的集子，应视为穆旦对个人诗歌写作的一次总结。

不过，“新的抒情”与“理性”精神是穆旦对当时政治抒情诗的要求，即那些涉及宏大历史、社会背景的抒情诗，他自己在抗战时期也写过相当数量的政治抒情诗，战后还以“抗战诗录”为总标题发表过包括《退伍》《旗》《给战士》《野外演习》《一个战士需要温柔的时候》在内的一组这样的诗。应该说，穆旦是一个现代型的知识分子，他亲历缅甸抗战前线证明了他参与时代政治的热情，他的诗同样有着丰富的社会历史内容。只不过这种社会历史内容绝非“时代传声筒”那样的激情式宣泄，而经由穆旦个人的辩证与思辨，形成了一种严酷的反思和追问，一种深沉的挖掘和呼吁，因为他所看到的是生活的全部而不仅仅是突显的表层，他要承担的也是对历史全部的责任而绝非一时一地的功利性目标。这样，从他1939年写的《防空洞里的抒情诗》《从空虚

① 穆旦：《〈慰劳信集〉——从〈鱼目集〉说起》，《大公报·综合》（香港版），1940年4月28日。

到充实》开始,到后来陆续写成的《漫漫长夜》《在原野上走路》《五月》《在寒冷的腊月的夜里》《中国在哪里》《小镇一日》《赞美》《旗》《甘地》《七七》《农民兵》《反攻基地》《通货膨胀》《轰炸东京》《森林之魅》《他们死去了》《荒村》《饥饿的中国》《暴力》《牺牲》《手》《甘地之死》诸作,就成为一些以内在的理性为骨骼的思想性作品,这是穆旦与他同时代诗人最为不同的地方。

同样的理智与思想也渗透在他的另一类重要作品中,即他的自我抒情诗或生命抒情诗。穆旦诗中"自我"的形象突出而复杂,是典型的、现代的、分裂的自我,这使他的诗的思辨异常强烈而深邃,形成巨大的艺术张力。这些自我纷争和思辨体现于如下诗作:《蛇的诱惑》《玫瑰之歌》《我》《我向自己说》《神魔之争》《哀悼》《控诉》《春》《诗八首》《自然底梦》《幻想底乘客》《成熟》(亦名《裂纹》)、《忆》《海恋》《三十诞辰有感》与《隐现》等。

在《春》这首短诗里,穆旦一反传统诗"伤春咏怀"之千篇一律,以新的思辨、新的形象表现现代人青春的涌动、焦灼和无援,造成极其强烈的感性效果:

绿色的火焰在草上摇曳,
他渴求着拥抱你,花朵。
反抗着土地,花朵伸出来,
当暖风吹来烦恼,或者欢乐。
如果你是醒了,推开窗子,
看这满园的欲望多么美丽。

蓝天下，为永远的谜迷惑着的
是我们二十岁的紧闭的肉体，
一如那泥土做成的鸟的歌，
你们被点燃，却无处归依。
呵，光，影，声，色，都已经赤裸，
痛苦着，等待伸入新的组合。

然而，“等待伸入新的组合”又岂是易事，在差不多同时写的《诗八首》里，穆旦冷冷地把现代人爱情的绝望感表现得淋漓尽致：“你底眼睛看见这一场火灾，/你看不见我，虽然我为你点燃；/唉，那燃烧着的不过是成熟的年代，/你底，我底。我们相隔如重山！”或者是，一方面：“风暴，远路，寂寞的夜晚，/丢失，记忆，永续的时间，/所有科学不能祛除的恐惧/让我在你底怀里得到安憩——”而另一方面则是：“呵，在你底不能自主的心上，/你底随有随无的美丽的形象，/那里，我看见你孤独的爱情/笔立着，和我底平行着生长！”这种非浪漫主义的爱情观其实并不仅仅限于对世俗爱情的关照，实则也与对普遍的事物本质的认识、洞彻相关。就如穆旦另一首《隐现》中所表达的：“虽然她的爱情限制在永变的事物里……因为那与永恒的结合/她也是这样渴求却不能求得！”

穆旦抒情诗的思想与风格在20世纪40年代是独一无二的。虽然读者可以通过他的诗寻找到他的诗学渊源，甚至不少诗句明显带着化用英美名诗的痕迹，但这是文学影响中常见的现象，并不能因此否定穆旦对中国现代诗的先锋性探索与实验价值。为了加强诗歌表现的广度、深度，他借用了T.S.艾略特喜欢用的诗剧形式，以及传统的戏剧独白体，诸如《防空洞里的抒情诗》《从空虚到充实》《漫漫长夜》《五月》《华参先生的疲倦》《神魔之争》《森林之魅》这些诗章，都至少有两个声音的对话，这是中国现代诗里所缺乏的。又像他的同学、诗人杜运燮一样，穆旦也写有一些奥登风格的、戏谑的、讽刺的短诗，不少历史性主题的作品如《线上》《退伍》《甘地》《野外演习》《七七》《先导》《农民兵》《打出去》《奉献》《反攻基地》《通货膨胀》《良心颂》都是这样。

杜运燮(1918—2002)，福建古田人，生于马来西亚霹雳州，少年时代返回福州读高中，抗战时期考入浙江大学农艺系，因浙大迁校至贵州而到厦门大学生物系借读，1939年转入昆明西南联大外文系，积极参加校园文艺活动并大量写诗，诗作发表于香港《大公报》文艺副刊较多，与穆旦相熟，后以学生身份为"美国志愿空军大队"(飞虎队)和印度"中国驻印军"担任翻译三年，1945年毕业于西南联大，1946年诗集《诗四十首》由上海文化生活出版社出版，在此之前，诗作《滇缅公路》受到朱自清、闻一多等前辈好评。而他的同代人则认为："年轻的杜运燮是目下不可忽略的最深沉最有'现代味'的诗人之一。一般说来，中国的诗坛似乎还滞留在浪漫主义的阶段上，杜运燮却是少数例外的一个。"①

---

① 唐湜：《杜运燮的〈诗四十首〉》，《文艺复兴》第3卷第4期，1947年。

杜运燮的非浪漫主义的“现代味”与穆旦一样，来自英美现代诗的影响，特别是奥登的影响。对此杜运燮在多年后回忆：“奥登等人的诗，特别是他的名作《西班牙，一九三七》和《战时》等，为我们开了新的眼界，使我看到反映重大现实的诗，也可有另一种新写法，而且他们那种写法也迎合像我这样的知识分子的口味：在反映重大社会现实的同时，也抒写个人的心情，把个人抒情与描绘现实结合起来，或者也可通过抒写个人心情来表达对重大社会问题的看法。诗艺上，写得较精炼含蓄，没有直露的毛病；有更深的思辨性，更多的哲理性，较好地发挥形象思维的力量，注意知性与感性的结合。”①

杜运燮的《诗四十首》收入作者抗战后期写于昆明、印度的抒情诗 40 首，和穆旦一样，他的诗时代感颇强，抗战主题和时政主题尤为突出，称得上是奥登风格的政治抒情诗。《草鞋兵》《号兵》《狙击兵》《游击队歌》《无名英雄》《露营》《追物价的人》《被遗弃在路旁的死老总》《一个有名字的兵》仅从诗题也可看出其时代内容。不过，这充沛的时代内容不是以当时流行的那种空洞、表面、感伤的所谓“浪漫主义”抒情呈现的，正如另一位诗人陈敬容所言：“它得用复杂错综的情绪，多方面地（而也就更有力地）发挥诗的功能。它绝不呐喊，绝不一遍又一遍地用政治术语，和标语上，广告

① 杜运燮：《我和英国诗》，《外国文学》，1987 年第 5 期。

上常见的字样。"[1]评论家袁可嘉从"新诗现代化"角度将这种新鲜的抒情方式概括为"间接性，迂回性，暗示性"，他还以杜运燮的《露营》和《月》为例，把"植基于忠实而产生的间接性"提炼为四种具体方式：

一是"以思想感觉相当的具体事物来代替貌似坦白而实图掩饰的直接说明"，实际上也就是将思想知觉化或如 T. S. 艾略特说的"客观对应物"；二是"存在于意象比喻的特殊构造法则"，指的是类似于朱自清所谓"远取譬"，以陌生化的新鲜意象获取一种"惊人的离奇(Far-Fetchedness)"效果；三是"作者通过想象逻辑对于全诗结构的注意(Sense of structure through logic of imagination)"；四是"文字经过新的运用后所获得的弹性、与韧性"。由这四个方面构成的现代诗间接性表现，也就形成了一种"现实，象征，玄学的新的综合传统"[2]。

除了这样的间接性表现，杜运燮的抒情风格确有如袁可嘉所谓"顽童的世界"一面，他的诗既有丰富的时代、时政内容，也有一些个人性主题，但无论赞美还是诅咒，他采取的往往是机智的、诙谐的、戏谑的口吻，出之于喜剧风格，这方面，的确与奥登《战地行》、卞之琳《慰劳信集》如出一辙。《月》以月亮起兴，写美丽月光下惨厉的战争之苦，一一描写

① 陈敬容：《真诚的声音——略论郑敏、穆旦、杜运燮》，《诗创造》第 12 期，1948 年。

② 袁可嘉：《新诗现代化的再分析》，《大公报・星期文艺》(天津版)，1947 年 5 月 18 日。

一对“花瓣”样的“年青人”，“枯叶”般的“异邦的兵士”，“烂布”般的“褴褛的苦力”，还有“满载难民的破船”般的“我”，最后回到月光，说她“有女性的文静，欣赏/这一片奇怪的波澜，露着/孙女的羞涩与祖母的慈祥”。真是举重若轻，淡入轻出，间接抒情的效果的确“惊人”。同样的效果也呈现于《山》《井》《海》《雾》这类咏物的哲理诗。

《滇缅公路》是杜运燮贡献于新诗的杰作，1942年初写于昆明。与前述轻松诗(Light verse)风格不同，这首诗凝重、端庄、深沉，以正面抒情方式刻画了被称为战时中国生命线的滇缅公路“风一样有力”“蛇一样轻灵”而又“鹰一般敏捷”的英姿，而又透过滇缅公路，讴歌了“更不平凡的人”，那“为民族争取平坦，争取自由的呼吸”的人民：

看，那就是，那就是他们不朽的化身：
穿过高寿的森林，经过万千年风霜
与期待的山岭，蛮横如野兽的激流，
以及神秘如地狱的疟蚊大本营，……
就用勇敢而善良的血汗与忍耐
踩过一切阻碍，走出来，走出来，
给战斗疲倦的中国送鲜美的海风，
送热烈的鼓励，送血，送一切，于是
这坚韧的民族更英勇，开始拍手：
“我起来了，我起来了，我就要自由！”

《滇缅公路》称得上中国抗战期间具有史诗品格的作品。

陈敬容(1917—1989),原名陈懿范,四川乐山人,中学时代开始写诗,受到诗人老师曹葆华鼓励,只身到北京求学,抗战初期回到成都加入"文协",在重庆任教,又在兰州过了四年并不美满的家庭生活,1945 年后走出家庭,先回四川,再去上海,先后出版散文集《星雨集》(1946)、诗集《交响集》(1948)、《盈盈集》(1948),并成为《中国新诗》的发起人和作者。1948 年后滞留香港一段时间即奔赴华北解放区,此后一直在北京工作。

陈敬容的诗,是她个人情感的诗性表达,从中可以很容易把握其情感变化的线索。《盈盈集》收录她 1935—1945 年十年间在北平、成都、兰州、重庆写的诗 71 首,以她 1945 年初走出不美满的家庭为界,前面的诗情感低迷,后面的诗自由欢欣,如《飞鸟》第四节:"我从疲乏的肩上/卸下艰难的负荷:/屈辱,苦役,/和几个囚狱的寒冬……"而对于生命中的苦难,陈敬容也学会了坦然承担:"忧患穿刺你如一些针锋,/而你是最坚韧的织物;/贫困也像蛇一样将你咬啮,/但你是富足的主人,/在灿烂的想像的王国。"(《自画像》)这时期写得最好的是《铸炼》《流溢》《船舶和我们》。

《交响集》也分为三辑,第一辑 17 首诗,还是 1946 年头几个月在重庆时的作品,第二辑 16 首则是 1946 年下半年在上海所作,第三辑 24 题仍然是上海时期作品,写于 1947 年。总体上看,《交响集》延续了《盈盈集》后期的自由欢快调子,而又进一步强化了这种自由欢快,视野也开阔了,对社会与人类的关怀增多了,抒情的力度增强了,应视为陈敬容最成熟完满的创作成果。诗人有时好像一个预言者:“在历史的尘砂里/那久久压积的预兆/将要膨胀和扩大//将激起风的呼啸/海的奔腾,同着/无数被封锁的喉咙/热狂地高歌//那大的欢欣将跳跃而出/从每一座小楼/每一所茅屋//于是新的人类/微笑着走来/清晨的土地上/开始播种。”这是《播种》。诗人有时又像一个明察秋毫的洞察者:“河流,一条条/纵横在地面/街巷,一道道/交错又连绵//没有一株草/敢自夸孤独/没有一个单音/成一句语言//手臂和手臂/在夜里接连/一双双眼睛/望着明天。”这是《群像》;诗人甚至有了崭新的、热烈的爱情,要把一切美好的献给所爱的:“给你我生命树上/最红的花,最绿的叶,/给你那经过阳光和风雨的/最丰硕的果子。//你我呼吸里的酒意,/给你我梦寐中的密语,/我是一本用奇怪文字写成的书/而你将从它读到你自己。//昨日的葬曲/远去,/年轻的朝阳/在沉沉的黑海上升起。//给你我顾盼的彩虹,/给你我思想的明星,/给你我最后的叹息,/为了将它从此抛弃。”这是《献属》。诗人抛弃了随后的叹息,变得坚强了,她看到了自己所处的社会的丑恶:“大地腐烂了,/蛆虫爬出来/吸取从垃圾堆里蒸发的气息,/苍蝇们贪馋地/望着战场上的死尸/舐舐嘴唇。//大地腐烂了,/血流出来,/流成河,流成海,/淹没了城市和村庄。//把坦白与无辜一齐冲走,/‘大减价——世纪的良心!’/孤舟上有人高声叫卖。//腐烂。/痛苦的过程。/时代喘息着在等候,/等大地烂一个透熟://那时罪恶的血液凝冻,/新肉在疮痴下面长成,/当创痕终于平复,/来,还你一个新面目!”这是《过程》。多么叫人触目惊心的画面！又是多么斩钉截铁的审判！

脍炙人口的《雨后》《智慧》《力的前奏》也都是这个时期的作品，陈敬容有着真正的诗人的敏锐、真诚与大度，正如她在《陌生的我》里所说："我没有我自己/当我写着短短的诗/或是长长的信/我想试把睡梦里/一片太阳的暖意/织进别人的思想里去。"这真是一种珍贵的、奇异的、灵魂的"交响"。

与这种旷达的气度互为表里，陈敬容抒情诗的意象鲜活透明，节奏奔放明快，体式整饬有度：

我们手握着手，心靠着心，
水默默地向我们倾听，
当一只青蛙在草上跳跃，
我仿佛看见大地眨着眼睛。

——陈敬容《雨后》

这样的诗，透着一种永恒的清新。

1949—1978年的大陆诗歌

概　说

诞生于1917年的中国现代诗，经过三十余年的探索和积累，到40年代后期已经逐渐形成为一种具有新质的汉语诗歌传统。但是在1949年以后，伴随着新中国中央政府的建立和毛泽东文艺思想在文艺领域领导地位的全面确立，诗歌创作像其他文学形式一样，被纳入到为无产阶级政治服务的统一目标当中，开始日益演变为纯粹的政治行为。大多数诗人出于对新政权所具有的政治理想的真诚拥戴，也纷纷将自己的政治热情形诸以诗，倾情赞美在政治面貌上焕然一新的国家政权及其领袖人物："是如此巨大的国家的诞生，/是经过了如此长期的苦痛/而又如此欢乐的诞生，/就不能不象暴风雨一样打击着敌人，/象雷一样发出震动着世界的声音……"（何其芳《我们最伟大的节日》）随后，这种赞美也延伸到了能充分体现社会主义政治理想的重大历史事件和普通人物身上，如胡风的《光荣赞》《英雄谱》直到贺敬之的《雷锋之歌》。这种“颂歌”模式形成的标志性作品也许应该首推 40 年代延安解放区农民李有源创作、后来传遍全国的《东方红》,50 年代初期胡风以“时间开始了”为总标题的《欢乐颂》《光荣颂》《安魂曲》《胜利颂》系列颂歌虽然因为“反胡风”政治运动而招致否定,却实在是当时“颂歌”模式的代表作品之一,何其芳的《我们最伟大的节日》、王莘的《歌唱祖国》等作品也产生了相当大的影响。而 50 年代中、后期郭小川、贺敬之的政治抒情诗则将“颂歌”模式推向一个几乎无法超越的高度。与“颂歌”盛行的同时,由于 50 年代初期“抗美援朝”战争的发生和国内阶级斗争、知识分子思想改造运动的不断升级,以及两大国际阵营之间长时期的“冷战”状态,“战歌”模式也为诗人们所热衷,但这方面除了石方禹的《和平的最强音》等少数作品影响较大之外,却一直少有佳作。同时另一方面,诗人们也试图在“颂歌”和“战歌”的两极之间寻找一个相对更为开阔的抒情空间,即能够最大限度地保持个人的语言方式,又不至于招致苛酷的政治批评。这就是另一种诗歌——所谓“生活抒情诗”的产生。闻捷、李季、李瑛以及艾青、吕剑、蔡其矫、公刘、邵燕祥、孙静轩、傅仇的部分作品代表了当时这类诗作所能达到的水准。也有的诗人力图对生活做出自己的思考或者表现出对诗人“自我”的沉思,但往往由此招致激烈的批评,艾青的《礁石》、何其芳的《回答》、蔡其矫的《雾中汉水》和《川江号子》、穆旦的《葬歌》、邵燕祥的《贾桂香》、流沙河的《草木篇》以及郭小川的《望星空》无不如此。诗歌受到如此强有力的政治批评的左右,在 50 年代到 70 年代的长时期内成为一个奇特而普遍的文学现象。

这种以无产阶级政治标准衡量诗歌的现象，在当时突出地表现在三个方面：一是按照诗人的政治态度对中国现代诗歌艺术传统进行筛选。如臧克家编选的《中国新诗选》（中国青年出版社1956年版）就在“代序”中对“象征派”“新月派”“现代派”所代表的所谓“反动的资产阶级文艺作家”进行了尖锐的批评，而对抗战以后出现的“七月诗派”和40年代以穆旦、辛笛等人为代表的现代主义诗派则丝毫未提。特别是经过“反胡风”运动、“反右斗争”等一系列政治斗争之后，一大批诗人被列入“另册”，完全符合革命时代要求的诗人诗作实际上已经所剩无几。类似的选择尺度还表现在1959年《诗刊》分四期（第6、7、10、12期）刊载的《新诗发展概况》当中。二是以无产阶级政治标准和道德标准规范诗歌创作与诗歌研究。在这种标准规范下，何其芳的《回答》、艾青的《双尖山》和《礁石》、郭小川的《望星空》和《一个和八个》（当时未发表）、阿垅的诗歌理论、王遥的学术文章以及李白凤《写给诗人们的公开信》（发表在《人民文学》1957年7月号）均受到严厉的批判，诗歌创作的道路越走越狭窄。三是在介绍、引进外国诗歌理论和作品时，也运用这种政治标准作为取舍的条件。当代西方的诗歌经验被拒之门外，除了19世纪的浪漫主义诗人，为中国读者所熟悉的当代诗人只有苏联的马雅可夫斯基、伊萨可夫斯基、特瓦尔朵夫斯基和土耳其的希克梅特、智利的聂鲁达等极少数诗人。曾经向世界敞开的诗歌之门此时只留下了一条狭窄的缝隙。

受这种政治标准的影响，诗歌创作的形式也变得日益单一。横向的移植或借鉴已不可能,最后就只好走"在古典诗歌和民歌的基础上发展新诗"这一条道路。因此五六十年代民歌体诗歌和旧体诗的相对盛行就是必然的了。当代民歌体新诗的传统其实早在 20 年代就初见端倪,40 年代的重庆地区和延安地区也有不少诗人尝试,并产生了像《马凡陀的山歌》《王贵与李香香》这类的作品。50 年代以后,民歌形式日益受到重视,甚至艾青也在努力学习创作民歌体的诗作,写出了《藏枪记》这样的失败作品。《阿诗玛》等一大批民间叙事诗也被整理出来。到了 1958 年,更是出现了"新民歌运动"的不正常现象。旧体诗词这种形式,虽然在新文学运动以来始终没有完全消失,但也并未成为一种主要的文学形式。50 年代,毛泽东诗词陆续发表并受到人们的狂热欢迎,特别是 1957 年《诗刊》创刊号集中发表了毛泽东诗词 18 首,更是引起了强烈的轰动。尽管毛泽东本人在写给《诗刊》的信中表示诗歌"当然应以新诗为主体",旧诗"不宜在青年中提倡",但随着越来越严重的"领袖崇拜"现象,旧体诗词的创作却渐成潮流,在"文化大革命"时期,旧体诗词几乎成为唯一流行的诗歌体式。当然,也有些诗人写旧体诗并非迎合时潮,实在是别有寄托,像聂绀弩、赵朴初等人就是如此。当时具有影响的引进诗体只有苏联的"楼梯式",因为它恰巧适合表现那种革命时代的浪漫豪情。

从诗歌创作主体的情况看,50 年代初期的诗坛尽管算不上繁荣,但诗人的分布还是平衡的,既有郭沫若、冯至、冰心、汪静之、俞平伯、冯雪峰这样"五四"时期的第一代诗人,也有饶孟侃、孙大雨、陈梦家、卞之琳、李广田、何其芳、艾青、臧克家、梁宗岱、孙毓堂、吴兴华、林庚、徐迟、王亚平这些30年代成名的第二代诗人，还有抗战以后形成的“七月派”诗人、西南联大诗人群、上海《中国新诗》诗人以及力扬、袁水拍、吕剑、方敬、李季、阮章竞、张志民、柯仲平、严辰、公木、魏巍、沙鸥、方冰、蔡其矫、贺敬之、郭小川等来自不同地区的第三代诗人。但由于随之而来的政治运动如“反胡风集团”“反右派斗争”特别是“文革”的冲击，诗人们纷纷倒下，50年代成名的闻捷、邵燕祥、公刘、流沙河、孙静轩、张贤亮也很快“消失”。1958年以后，诗歌报刊开始在醒目的位置以大量篇幅刊登充分体现“时代精神”的“民歌”和“工农兵作者”的作品，能够公开发表诗歌的诗人大概只剩下李瑛、张永枚和几位少数民族诗人了。

新中国的建立给生活带来多方面的变化，即使在边远地区也是如此。特别是伴随着社会主义经济建设工作的大规模开展，大西北（包括新疆、甘肃、青海）第一次引起全中国人的倾心瞩目。玉门、敦煌、柴达木、克拉玛依、天山，都以其新的魅力进入人们的视野。诗人们清新、淳朴的歌唱，更是把大西北的神奇和富丽渲染得色彩斑斓。在50—60年代，有相当多的诗人为天山南北的牧区和油田写下了众多的诗句。其中，青年诗人闻捷（1923—1971）的《天山牧歌》和长篇叙事诗《复仇的火焰》是最突出的收获。而在甘肃的玉门油矿，从解放区走来的诗人李季（1922—1980）也以其新作《玉门诗抄》和长篇叙事诗《杨高传》再一次赢得当时诗坛的激赏。

在50年代初到70年代末“文革”结束的近三十年中，

除了“闻李郭贺”四位重要诗人外，还有不少影响较大的诗人诗作能够体现当时的诗歌水准。如 50 年代因为保持了诗歌的个人性风格、或因为“干预生活”而遭到指责的艾青、蔡其矫、公刘、邵燕祥的作品。邵燕祥先后出版诗集《歌唱北京城》《到远方去》《给同志们》，赤诚歌唱火热的建设生活。但他并未满足这种歌唱，又在 1956 年和 1957 年初创作了两种不同类型的诗。一类是“干预生活”的社会批评诗。《贾桂香》叙述在“生活比原野还要辽阔，幻想比这大路还要宽广”的时代，一个快活的年轻姑娘贾桂香“受不住主观主义者和官僚主义者的围剿”而含冤自杀的悲剧。表现了诗歌敢于直面现实矛盾的勇气。另一类诗《地球对火星说》《时间的话》力图更深刻、更艺术地表达诗人对生活的思考，由此对其原先的创作风格有所超越。但随着 1957 年的“反右”劫难，这种探索没能继续下去。吕剑在 50 年代出版了《草芽》《英雄碑》《诗歌初集》《溪流集》四部诗集，另有一组写草原风情的《喜歌与酒歌》。他的诗得自汉魏诗歌传统者颇多，用语雅致却又淳朴，意境悠远，古风犹存。《故宫》《登岳阳楼》《唱给湘江》《富春江》《一株不知名的树》《我常常注视着》诸首写得洁净、蕴藉，在当时那种气氛中虽不显眼，但似乎更能经得起时间的筛选。原“七月派”诗人绿原在 50 年代初写诗不少，但因为“胡风集团”问题而进入长期的“喑哑阶段”，但在这 15 年中写的唯一的一首诗《又一名哥伦布》（创作于 1959 年秦城监狱），却意味着诗人对时代和自我的极大超越。作者将 20 世纪的自己与 15 世纪的哥伦布相对比，坚信自己也将驾驶由“四堵苍黄的粉墙”构成的“圣玛利亚”,通过“时间的海”去“发现一个新大陆”。他在“文革”中还创作了《重读〈圣经〉》等诗作。也有一些老诗人,在面临新的生活和新的文学观念时,虽力图调整自己却又力不从心,所作难免失色。郭沫若在这一阶段共出版了10部诗集,但正像他自己所戏称:“老郭不算老,诗多好的少。”为人所称道的诗只有《郊原的青草》《骆驼》几首。冰心在此时创作了一些儿童诗较为清新可读。冯至则一方面否定自己的《十四行集》,一方面以阶级斗争的观念创作了短叙事诗《人皮鼓》和《韩波砍柴》。臧克家在1949年为纪念鲁迅创作了脍炙人口的短诗《有的人》,后来却少有佳作。1956年在青岛写的《海滨杂诗》和1961年的一组《凯旋》显得自然亲切:“脱下了,脱下了,身上和心上的负载。/大海呵——绿色的世界,/一个个轻快的身子,/投向你起伏的胸怀。”(《脱下了》)流露出诗人在敏感的政治生活之中难得的精神放松。田间(1916—1985)在50—60年代是勤奋的,著有十多部短诗集和多部长篇叙事诗,但是这种探索并没有结出理想的果实。

艾青(1910—1996)在进入50年代以后也面临着艺术风格的转换问题。他在乘飞机出访、穿越大西洋上空时写过一首小诗以表现对这种转换的愿望:“这是一个晴朗的早晨/飞机在高空中飞翔/一朵朵白云象在微笑/我的心是阳光满照的海洋//我写过无数痛苦的诗/一边写,一边悲伤/如今灾难总算过去了/我要为新的日子歌唱。”(《这是一个晴朗的早晨》)从此时艾青的几部诗集(如《欢呼集》《宝石的红星》、叙事诗《黑鳗》和1945—1955年的诗选集《春天》,以及 1957 年的《海岬上》)也的确能看出艾青的探索。比如感情基调的趋于从容、轻柔,体式上对民歌体的尝试和格律因素的增多,题材上的国际化倾向等等。有些作品在受到好评的同时也招致机械论批评的非难,如抒写乡情的《双尖山》和描写智利诗人巴勃罗·聂鲁达、寄寓和平理想的《在智利的海岬上》,特别是象征一种坚强人格的咏物诗《礁石》。《珠贝》是一首八行的现代格律诗:“在碧绿的海水里/吸取太阳的精华/你是虹彩的化身/璀璨如一片朝霞//凝思花露的形状/喜爱水晶的素质/观念在心里孕育/结成了粒粒珍珠。”这首诗从咏物入手,以哲理为魂,淡入轻出,从容蕴藉,音律和婉,现代味很浓。其国际题材的诗作中《寄广岛》写得较好,而在叙事诗《藏枪记》中对民歌体的尝试却未能成功。1957 年下半年以后,艾青陷入政治劫难,除了 60 年代初在北大荒、“文革”时期在新疆生产建设兵团写过一些“应景诗”外,直到 70 年代末才又“归来”。

曾经是 30 年代现代派诗人的林庚,50—60 年代继续实验他的现代格律诗。他写了《关于新诗形式的问题和建议》等系列理论文章,梳理了他的新诗格律观。概括言之,这种格律观的要点有三个方面,一是“要寻求掌握生活语言发展中含有的新音组。以四字五字等音组取代五七言中的三字组”。二是“服从于中国民族语言在诗歌形式上普遍遵循的‘半逗律’,即将诗行划分为相对平衡的上下两个半段,从而在半行上形成一个类似‘逗’的节奏点”。三是“要力求让这个节奏点保持在稳定的典型位置上”。从这种理论出发,林庚创作了八言、九言、十言、十一言等现代定型诗。这里举一首他在1963年写的短诗以见一斑：

大海是蓝天下无尘的镜子
小河是清风里明月的忧愁
什么人知道那空间的奥秘
孕育着万象中无尽的风流

——林庚《空间》(1963年秋)

这首诗在形式上的特点是：每个诗行11个字，分成两个较明显的节奏段，上半段为一个六字音组，下半段为一个五字音组。“半逗”是在六字音组和五字音组之间。林庚是当代探索现代格律诗最为自觉的诗人之一。

1966年“文革”开始，整个十七年文学成果被全盘否定，文学界完全变成了“大批判”的战场，诗人们自然是斯文扫地，批判或被批判，以及“下放”劳动成为他们的日课。直到1972年以后，极少数被认可的已成名诗人(往往是部队诗人或工人诗人)如李瑛、顾工、严阵、张永枚、李学鳌等开始恢复在报刊上发表作品，当然也只能是能够迎合当时政治思潮与创作模式的一些作品。同时，诗歌也被作为某种政治工具加以利用，特别是“文革”后期，这种利用到了登峰造极的地步，《西沙之战》式的“诗报告”，“小靳庄诗歌”式的“革命民歌”即是这种政治工具的产物。

在“文革”十年当中，难能可贵的是不少诗人坚持独立写作，从而为那个时代留下了真正意义上的诗歌文本。蔡其矫以《山雨》《思念》《也许》《玉华洞》《祈求》为代表的数十首诗。牛汉以《半棵树》《华南虎》《在深夜》《鹿子》《冻结》为代表的“干校诗”。曾卓的《悬崖边的树》《无题》，穆旦的《苍蝇》《神的变形》《智慧之歌》和《演出》等后期作品，唐湜的《划手周鹿之歌》《泪瀑》等风土故事诗，《海陵王》《桐琴歌》《敕勒人，悲歌的一代》等历史叙事诗以及“幻美之旅”等十四行抒情诗，流沙河的《故园九咏》，灰娃的《山鬼故家》中的某些作品，以及郭小川在“文革”后期在“干校”写作的《团泊洼的秋天》和《秋歌》，一方面留下了他们对那个特殊的悲剧情境的沉思，另一方面也留下了对诗艺努力探索的足迹。同时，一些青年诗人的重要作品通过“手抄本”的形式也在秘密流传。

黄翔(1941年出生)早在“文革”之前就开始了诗歌创作，60年代初写下了《独唱》《长城》等个性非常的作品。“文革”时期是他创作的爆发时期，先后有组诗《火神交响诗》[包括《火炬之歌》(1969年)、《火神》(1976年)、《我看见一场战争》(1969年)、《长城的自白》(1972年)、《不，你没有死去》(1976年4月8日)、《倒下的偶像》(1976年9月9日)、《世界在大风大雨中出浴》(1973—1974年)共七首]和《白骨》(1968年)、《野兽》(1968年)、《火炬》(1969年)、《鹅卵石的回忆》(1969年)、《天空》(1972年)、《爱情的形象》(1972年)、《诗人的家居》(1972年)、《中国　你不能再沉默》(1976年)等。陈明远(1941年出生)把“文革”时期视为他诗歌创作的“第二时期”，“从火的炼狱中，才领悟到‘诗的境界不能仅仅寄托于理想和感情，而只有反复品味人生的体验才能得到升华'"[①]。他在此时写了大量诗作，表达对疯狂和愚昧的抗争，也表达对未来的信念。在写于1976年早春的《春的旋律》中有这样的诗句："挣脱火山灰/和凝固的血污/野生的花束/星星点点地/从铁丝网里钻出/蓬蓬勃勃地/涌上五线谱……/琴啊，在何处？/伤残的手指要倾诉！"食指（郭路生）的《相信未来》《这是四点零八分的北京》更是当时秘密流传于知青群落的抒情佳作。

上海的张烨、王汉梁、钱玉林、陈建华等，贵州的哑默，北京知青芒克、多多、根子、北岛、顾城，福建的舒婷等也先后在"文革"前期和后期开始诗歌写作，为后来的崛起蕴蓄着坚实的力量。

郭小川、贺敬之的诗

郭小川（1919—1976），原名郭恩大，河北丰宁人，生于教师家庭。1933年日军侵占承德前夕随父母逃亡北平，1936年考入北平的东北大学预科班，参加救亡运动并开始发表诗作，第二年抗战全面爆发后中断学业，经太原赴延安参加八路军，在一二〇师三五九旅奋斗剧社，后任宣传干事、政治教员和司令部机要秘书。1941—1945年在延安马列学院等单位学习，其间列席参加延安文艺座谈会。抗战胜利前夕赴冀察热辽新解放区丰宁县长和热河专署民政科长等职。1949年调任《天津日报》，1953年调任中宣部理论

---

① 陈明远：《自叙》，《七家诗选》，中国友谊出版公司1993年版，第171页。

宣传处和文艺处副处长,1955 年冬调任中国作家协会书记处书记兼秘书长,1959 年受到第一次批判。1962 年调任《人民日报》特约记者,1966 年"文革"开始后受到第二次批判,1970 年"下放"湖北咸宁"五七干校"劳动,1971 和 1972 年先后被武汉军区、国家体委借调,1974 年受江青迫害隔离审查并受到第三次批判。1974 年秋转到天津静海团泊洼干校。1975 年受到当时的中央领导人保护,被安排到河南林县,同时受到"四人帮"追查。1976 年 10 月获悉"四人帮"倒台的消息后准备返京,不幸在途中死于烟火窒息。

郭小川的诗歌创作大体经历了四个阶段。从 30 年代中期到 40 年代中期是起步阶段,郭小川在校园和延安开始写诗,留下了《女性的豪歌》《草鞋》和《老雇工》等作品。这些早期诗,初步显示了郭小川诗歌的社会关怀倾向,而诗的主题则是"革命"与"抗战",形式上是自由体。50 年代中后期是郭小川诗歌创作的第一个丰收期,有三类创作代表这一时期的成就。一类是为配合政治工作创作的"政治抒情诗",包括《致青年公民》组诗和《县委书记的浪漫主义》,这些站在时代的政治高度和"大我"立场、抒发共产主义浪漫豪情、以马雅可夫斯基式的"楼梯体"写成的诗产生了巨大的社会反响,同时也使郭小川名声鹊起;另一类是由于较多表现诗人的个人化情感受到批评的抒情诗,主要是《山中》《致大海》和《望星空》等少数作品。在 50 年代中期以后,伴随着政治对文学持续不断的粗暴干预,同时具有党的文艺干部和知识分子双重身份的郭小川不由自主地陷入一个又一个难堪的"斗争"旋涡,崇高的政治理想和严酷的现实斗争、尚未完全窒息的个人意志和绝对不容置疑的政治责任之间时时出现的矛盾一度使郭小川身心俱惫，郭小川既想不辱使命地继续“发言”，又无法真正摆脱焦虑，于是有了《望星空》等作品中那些充满矛盾的自我挣扎。这些作品一经传阅，立刻招致激烈的政治性责难，《望星空》被指责为“主导的东西，是个人主义、虚无主义的东西”，在作协机关的批判更是气氛紧张。还有一类是同样引起争议并遭批评的5篇叙事诗，包括《白雪的赞歌》《深深的山谷》《严厉的爱》（有时被称为“爱情三部曲”）、《一个和八个》和《将军三部曲》。这些叙事诗不仅在内容上对生活作了具有深度的思考，同时在形式上也表现出刻意探索的努力。句式上初步形成后来那种长于铺陈的长句，诗节则在同一首诗里保持统一（如《白雪的赞歌》《严厉的爱》为四行体，《一个和八个》为六行体，《深深的山谷》为八行体，《将军三部曲》大体为十二和十四行）。

60年代前半段是郭小川诗歌创作的又一个丰收期，是郭小川在诗歌艺术上的探索时期，他开创了与时代精神相协调的两种抒情体式“新辞赋体”和“新散曲体”，代表性作品有《厦门风姿》《乡村大道》《甘蔗林——青纱帐》《青纱帐——甘蔗林》《秋歌》《祝酒歌》等。此时的抒情诗，似乎又恢复到统一于“时代大我”的情感模式当中，不过由于艺术上的成熟，时代的豪情通过较为个人化的有节制的表达，显得意蕴深厚。“新辞赋体”融会汉赋中的铺陈、排比、重叠、对偶等手法，采取集短为长的句式和大体对应的行式，形成善于铺陈、渲染、感叹等特点。兹引1962年写的《青纱帐——甘蔗林》中的一节窥其大概：

> 露珠是一样的明澈呀，雨水也一样的清凉，
> 无论哪里的雨露哟，都一样是滋养我们的琼浆；
> 天空是一样的高远呀，大地也一样的宽敞，
> 无论哪里的天地哟，都一样是培育我们的温床。

“新散曲体”融会古典词曲和民歌的节奏特点，形成具有浓郁民族风味的自由诗形式。《祝酒歌》是这类诗的代表性篇目，句式特点十分明显：“斟满酒，/高举杯！/一杯酒，/开心扉；/豪情，美酒，/自古长相随。……且饮酒，/莫停杯！/三杯酒，/三杯欢喜泪；/五杯酒，/豪情胜似长江水。”进入 70 年代，郭小川诗作大幅减少，只在 1975 年形势好转时创作的《团泊洼的秋天》《秋歌》在艺术上恢复了漂亮、舒畅的长句抒情，内容上则在强烈的时代色彩中流露出倔强的自我认知，诗人似乎重新产生了自信，酣畅淋漓地写出一段后来被广为传诵的长句：“战士自有战士的性格：不怕污蔑，不怕恫吓；/一切无情的打击，只会使人腰杆挺直，青春焕发。//战士自有战士的抱负，永远改造，从零出发；/一切可耻的衰退，只能使人视若仇敌，踏成泥沙。//战士自有战士的胆识，不信流言，不受欺诈；/一切无稽的罪名，只会使人神志清醒，大脑发达。//战士自有战士的爱情，忠贞不渝，新美如画；/一切额外的贪欲，只能使人感到厌烦，感到肉麻。”(《团泊洼的秋天》)

政治抒情诗《望星空》写于 1959 年，前后数易其稿，但还是被发现诗中的“非无产阶级”因素。该诗原题《望火

箭》,意在歌颂苏联发射火箭成功①。但在写作过程中,这一时事性主题得到深化,演变为对“人定胜天”的共产主义政治理想的颂赞。然而尽管如此,诗中流露出的某些与政治性情感似乎相悖的个人化情感还是很明显的。全诗共四部分,第一、二部分写诗人在某一个夜晚遥望星空,联想到宇宙之大,人世之小,不禁感慨惆怅:“望星空,/我不免感到惆怅。/说什么,/身宽气盛,/年富力强!/怎比得,/你那根深蒂固,/源远流长!/说什么,/情豪志大,/心高胆壮!/怎比得:/你那阔大胸襟,/无限容量!”第三、四部分写诗人由遐想回到现实世界,在自我批评、自我否定的同时抒发那个时代普遍流行的政治豪情:“我们要把长安街上的灯火,/延伸到远方;/让万里无云的夜空,/出现千千万万个太阳。我们要把广漠的穹隆,/变成繁华的天安门广场,/让满天星斗,/全成为人类的家乡。”应该说,诗人郭小川所表达的这种情感并不缺少真诚,但是否有了这种政治豪情之后就只能否定“宇宙的无限与永恒”呢?人的情感空间和思想空间只能被限定在特定的政治理想层次吗?显然,面对星空的辽阔生发人世无常的感慨也同样是真实的,更何况诗人置身的现实世界并不完美,理想与现实的矛盾处处存在,比起“安详”的星空,“人间还远不辉煌”。但是诗人顾虑重重,他知道这样“真实”和“普遍”的心态在教条主义者面前是通不过的,也就只好在真实地表达了自己之后再“真诚”的否定

---

① 郭小川:《在作协的罪行》,《检讨书》,中国工人出版社2001年版,第175页。

自己！尽管如此，他仍然被指责为“虚无主义”和“个人主义”。

1957 年创作的长篇叙事诗《一个和八个》意在表现“一个坚定的革命家的悲剧”，①同样受到尖锐的批评。长诗写抗日战争时期，一位八路军营教导员王金因叛徒陷害，被错误逮捕，与另外八个罪犯（其中有土匪、奸细、逃兵）关押在随军监狱里。在恶劣的处境中，王金忍辱负重，以纯洁正直的人格感化了那些惯匪和逃兵，在一次突围战斗中，王金从容镇定地指挥押解他们的八路军战士和这些匪徒一起拼死作战，胜利突围。最终王金以自己的实际行为赢得了信任，重返部队。在这部作品里，令人思考的问题是：王金被错误地怀疑和处置的“悲剧”为什么会发生？王金在“悲剧处境”中的坚定性和伟大人格有何寓意？如果考虑到延安时期“抢救运动”和 1955 年“肃反运动”曾经造成的大量冤案，由王金的悲剧而对革命事业中的“主观主义”“命令主义”进行反思应当是很有意义的。而王金那种出淤泥而不染、处绝境而不屈的品质是否也寄托着郭小川对革命者和生命的感慨呢？透过这首诗，可以看到作为诗人的郭小川对革命和人性富有深度的思索。当然，诗作最后的“大团圆”结局，又减损了所思考的“悲剧”题材的意义。

除了王金，锄奸科长、大胡子土匪、粗眉毛土匪的心理刻画和性格刻画也很有深度。总之，《一个和八个》以及郭

---

① 郭小川：《在作协的罪行》，《检讨书》，中国工人出版社 2001 年版，第 142 页。

小川的其他几首叙事诗以对历史和人性的深入思考而成为50年代诗歌的重要作品。

贺敬之(1924年出生),山东峄县人。在家乡读过小学和乡村师范,抗战初期随校流亡,经湖北、陕南入川北继续读书,追随革命并开始写诗。1940年初夏奔赴延安,进入鲁迅艺术学院文学系学习,1945年与人合作创作歌剧《白毛女》,之后曾在华北联大文艺学院工作。1949年后在文艺部门担任领导工作。“文革”中受冲击,“文革”后长期担任中央宣传部、国家文化部领导职务。90年代离任。

贺敬之的诗歌创作有两个重要阶段。一个是40年代的延安时期,另一个是50年代中期到60年代初期。由于早期受《七月》诗风的影响,贺敬之在延安创作的几组作品情绪饱满、格调高昂、语言简洁清爽,体式活泼自由。特别是《并没有冬天》和《乡村的夜》两组诗作,显示了贺敬之的创作才华和现实主义的风格追求。他宣称:“诗,/是工作!//在这里,/诗人和他的诗,/就是/工人和他的铁锤;/就是/农民和他的镰刀;/就是/战士和他的枪。”(《我们这一天》)《乡村的夜》表现山东农村贫苦农民的窘迫和无望,虽然是从阶级压迫的角度揭示现实,但由于作者对农村生活的熟悉,其描述和表现并未流于概念化和教条化,给人真实、细腻之感,鲁南民间的风俗也得以展现,这是贺敬之诗歌创作中往往被忽视的部分,但却是现代乡土诗的重要收获之一。还有一组《朝阳花开》标志着贺敬之早在延安就开始借鉴信天游这种民歌形式。50—60年代贺敬之以政治抒情诗的创作受到当时读者的欢迎,《回延安》《放声歌唱》《桂林山水歌》《雷锋之歌》《西去列车的窗口》或长或短,均成为脍炙人口的名篇。

贺敬之的政治抒情诗在从“大我”视角抒发时代政治激情方面具有代表性。同样是接受延安文艺传统的诗人,贺敬之却没有出现郭小川在创作中遇到的那种个人化体验与社会化情感的不和谐,贺敬之将自我更自然地融入时代的“大我”之中,因此他的诗基本是以阶级代言人的口吻表达特定社会的公共情感。《放声歌唱》写于 1956 年,是纪念中国共产党建立 35 周年的颂歌,长诗以宏伟的抒情结构和楼梯般铺排、延展的句式赞颂了中国共产党对于中国和中国人民的意义。在诗人看来:“在我们心脏的/炉火中,/在我们血管的/急流里,/燃烧着、/沸腾着的,/却有一个共同的/最珍贵的/元素,/我们生命的/永恒的/活力——”,那就是“党”。抒情诗表现了作为政治组织的中国共产党在 50 年代的青春活力和崇高使命,表达了对党发自内心的情感,所以在当时引起了强烈共鸣。《雷锋之歌》(1963)则试图以雷锋这一时代英雄形象的塑造,来建立一种新型的共产主义人生模式。诗人设置的问题是:“历史在回答:/人,/应该/怎样生?/路,/应该/怎样行?”通过追寻雷锋短暂而伟大的人生历程,诗人发现:

> 呵,雷锋!/你白天的/每一个思念,/你夜晚的/每一个梦境,/都是:/人民……/人民……/人民……/你的每一声脚步,/你的每一次呼吸,/都是:革命……/革

命……/革命……

……呵！这就是/这就是/一个叫做/“雷锋”的/中国革命战士的/英雄姿态！/这就是/我们的大地/我们的母亲/以雷锋的名义/给历史的/回应——/人呵，/应该/这样生！/路呵，/应该/这样行！……

甚至在《桂林山水歌》(1959—1961)这样似乎是山水诗的作品里，贺敬之所传达的也还是鲜明的政治理念。“山水”之美成为对“时代”之美的诗化衬托，由山水之美入手，自时代之美升华，是这首诗的抒情结构。“呵！桂林的山来漓江的水——/祖国的笑容这样美！//桂林山水入胸襟，/此景此情战士的心——”这里，仍然是从陕北带来的信天游，用“比兴”手法完成由山水描绘到时代情怀的转化。作为革命诗人，贺敬之的政治抒情诗将这一诗歌体式发挥到了极致。

但是，如果考虑到《桂林山水歌》产生的大陆地区因政治决策失误导致的农村经济大衰退背景，情况可能就稍微复杂了些，作者的写作动机就值得进一步分析和评估了。不能简单地将《桂林山水歌》视为“粉饰太平”之作，而对作者完全从党性和党的政治利益而非从真正的社会现实出发的写作立场却不能不提出质疑。

贺敬之的主要诗集有《并没有冬天》(1951)、《朝阳花开》(1954)、《乡村的夜》(1957)、《放歌集》(1961)，诗选集有《贺敬之诗选》(1979)。贺敬之在“文革”中受到冲击，1972年《放歌集》在严格的限定中得以重版。新时期以来，贺敬之在完成了《中国的十月》《八一之歌》的创作之后，基本放弃了新诗的写作，转而创作一些旧体诗。

蔡其矫、穆旦的诗

蔡其矫(1918—2007)，福建晋江人，幼年侨居印尼，少年时代回国，青年时期奔赴延安，并开始诗歌写作。1958年前后因作品《川江号子》《雾中汉水》和一系列“政治问题”受到批判，主动要求回到故乡福建。在整个“文革”期间，尽管诗人处境始终险恶，但却努力保持尊严，坚持诗歌写作，留下了大量思想深刻、形式完美的抒情诗作，“文革”后期，蔡其矫结识青年诗人舒婷、北岛等人，并给予他们巨大的支持。

从“反右”之后到“文革”时期，蔡其矫诗歌写作的重心主要围绕着“人生”“讽喻”“乡土”“情诗”四个方面的主题展开。最重要的作品包括《波浪》《雨晨》《无题一》《无题二》《冬夜》《桐花》《灯塔》《祈求》《悲伤》《悬崖上的百合花》《答——》《泪》《寄——》《诗》《迎风》《爱情和自由》《木排上》《玉华洞》《丙辰清明》等。

正是在“反右”后和“文革”这段时间，蔡其矫的“乡土诗”创作进入一个新的自觉状态，也正是在这段时间里，诗人以受难者的坚韧态度和思想者的无畏精神维护着自己至高无上的尊严，沉思着社会、历史、人生和艺术，始终保持清醒的头脑，以对“爱”和“自由”的崇高信念支撑着自己，大量的“咏怀诗”“风景诗”和“咏物诗”是这种精神的见证，蔡其矫后来所谓“人生系列”主要也指这些作品。诗人是敏感的，他清醒地体味着生命中的这段泥泞，感受着“苦难的历程”所带来的寂寞和孤独，然而他从不退缩，从不向权威和暴力低头，为了维护自己的尊严和公理正义，他敢于在“批斗会”上拒绝“下跪”，以致被打得头破血流；他敢于当众向滥施淫威的林场“小人”挥拳给以教训。他的痛苦、抗争和沉思都在诗中得以体现。《无题一》(1962)坦言：“我不愿在自己的脑袋里/有另一个人在替我出主意，/与其说像人，不如说像东西/可以随便拿来，随便处理。”在1976年创作的《迎风》里，诗人对一位坚强的女孩由衷赞美，也抒发了自己蔑视苦难的情怀：“所有的飞鸟全不见，/暴怒的风谁敢抗衡？/惟独你不躲闪，迎风站立/发光的脸上仿佛有歌声。”

但是，在这段时间里，诗人创作的最具有思想价值和历史批评价值的还是虽然为数不多但却力度饱满的“现代讽喻诗”，比如《无题》(1963)、《屠夫》和长诗《木排上》《玉华洞》《丙辰清明》《端午》。当然，把这些作品称为“现代讽喻诗”是否恰当还值得进一步讨论。不过《无题》(1963)对“帝国主义”“封建势力”和“愚昧”的愤怒指斥，《玉华洞》对病态社会及其昏聩领导者的暗示性反思，《丙辰清明》对“文革”的批判态度却是毫不含糊的。读者和批评家们早已给予《玉华洞》以深切的理解和高度的评价，有人指出：“长诗《玉华洞》借自然景物的慨叹，从洞中那不闪射的阳光，不发出雷声的闪电，僵化的瀑布和死寂的山峦，延伸为对社会历史的思索。作者把握的是自然对于历史和现实的暗示。他清醒的认识，使他概括地表达了那个时代的不幸和一代人的忧思。”[①]在诗中，诗人抒发的感慨：“被捆缚的猛虎，被蹂躏的花朵，颠覆的锅/无烟的灶，一切都表示/不动便是死亡，停止便是毁灭。”让人联想到艾青几年后创作的《鱼化石》。还有，《丙辰清明》对当代社会历史的反思是多么尖锐、透彻呵！诗人简直是痛心疾首：

权力至高无上
是我们时代的最大祸害
使身心都会焚毁的
篡夺窃取的欲望
仿佛可怕的旱风
很快使大地的作物全部枯干；
在道貌岸然之下
藏着最腐朽的因素……

直面腐朽观念，针砭社会痼疾，显示了中国伟大诗人优秀的传统品质，也坚持了现代人文知识分子的社会良知。

蔡其矫还有柔情如水的一面，这就是抒发对女性之美、爱情之纯、友情之笃深情礼赞的《玉兰花树》《水仙花辞》《曲巷》《赠别》《泪珠》《女声二重唱》《思念》《也许》《悬崖上的百合花》《怀念山城》《端午》等特定意义上的“情诗”。不错，诗人是钟情的，他此时创作的大量“情诗”即是证明。只是，需要特别指出的是：这些诗出现在视爱情为“异端”的岁月，又

---

① 洪子诚、刘登翰：《中国当代新诗史》，人民文学出版社 1993 年版，第 354 页。

是诗人身陷劫难的日子，这些“情诗”具有一种特殊的气质。一方面爱情成了诗人抵抗环境、支撑自己的精神源泉，另一方面爱情也成为彼此相爱的人之间患难与共的理解和信任。在第二个层次上，这爱情又同时是刻骨铭心的友情。女性，对于蔡其矫而言，与性的抚慰同样不可或缺的是美与爱的滋养，如此三位一体的女性显然有着更能打动诗人的魅力。因此在蔡其矫的“情诗”里，爱总是既艰难又纯粹，有身体的渴求而更倾心于灵魂的交融。

“回忆永远是美丽的/但要做了才有回忆，/生活吧，直到死亡来临。”(《无题三首》)“在生活中，我永远和你隔离，/在灵魂里，我时时喊着你的名字。”(《也许》)而有时，诗人的爱甚至化为诚挚的勉励：“只有心灵为诗燃烧的时候/你才光艳照人/如果我能以语言/回答你独一无二的忧虑，请把/别人的悲伤盖过自己的悲伤/痛苦上升为同情的泪。”《也许》写于70年代中期，它以典雅、柔韧的语言，从容、飘逸的风格，自由、舒展的诗体，表达了在严酷的时代诗人对人与人美好情谊的呼唤以及对生活的信念，受到读者持久的喜爱。

当然，即使是赠人的“情诗”，也必然是个人灵魂的真实写照。而且，由于这些“情诗”大都产生在一个苦难的时代，受赠者也往往是被侮辱、被损害的弱势者或抗争者，和诗人有着相同的命运与追求，因此这些诗在表达真挚情怀的同时，也带上了强烈的抵抗黑暗、蔑视强权、捍卫生命尊严的个性色彩，从另一个角度塑造了坚强的人格。

因此，无论是“乡土诗”“咏怀诗”，还是“现代讽喻诗”和

“情诗”，都是蔡其矫以一颗“大爱”之心，熔铸了自己的生命和理想，奉献给那个特殊年代的独一无二的创作珍品。这些诗章以厚重的内涵和精湛的艺术延续了 20 世纪中国诗歌的生命，而又推进了它的发展，使它的历史最终没有中断于封建主义回潮的时代，从而改变了它面临绝境的命运。

1953 年回国之后的诗人穆旦（查良铮），其个人形象被定位为南开大学外语系一名副教授，日常工作就是教学和俄语文学翻译。直到 1957 年，才分别在 2 月、5 月和 7 月的《诗刊》《人民日报》《人民文学》上发表了总共 9 首诗作，作品虽少，但由于不寻常的主题和三家官方报刊的权威性，“诗人穆旦”似乎大有一种以异乎寻常的姿态闪亮登场之势。可以预期，假如没有出人意料的政治波动，穆旦或许就此诗风大变，潜在的左派政治热情将使之成为何其芳那样的颂歌诗人。因为只要这个社会真的按照它所选择的民主制度来改造中国，果能使人人实现理想、得到幸福，则有什么理由不可以“埋葬”那个“我过去的自己”呢？

然而，理想遭到了现实的嘲弄，毫无法律基础的理想政治终被个人意志所取代，诗人的真诚和热情也没有得到理解。1958 年，无论是作为副教授的“查良铮”还是作为诗人的“穆旦”，以往的光荣都不复存在，反而一下子跌入政治的深谷，成了被“管制”的对象。从这一年一直到 1977 年 2 月猝然离世，穆旦生命中的最后二十年，尽管中间有所谓“解除管制”“落实政策”之说，实质性的政治歧视却始终如泰山压顶，其生存环境也始终是狭窄、黯淡、压抑。在被“管制”的几年中，穆旦的文学翻译被迫终止，但从 1963 年起，他又开始见缝插针地翻译拜伦的《唐璜》和丘特切夫的抒情诗，进入70年代，局势稍趋稳定，则对《唐璜》译稿进行第三次修改，随后又选译英美现代派诗人艾略特和奥登的诗作。而诗歌写作则在16年中完全中断，甚至在致友人的书信中有过“文字生涯，看来我是要关门了”（1972年11月27日致杨苡）的哀叹。

可是奇迹还是发生了，1975年上半年，也就是在阅读、翻译他最喜爱的奥登的日子里，因为受到朋友农村下放生活的启发，他竟在疏离奥登诗风多年之后突然写出了一首新的奥登风的诗作《苍蝇》：“……自居为平等的生命，你也来歌唱夏季；是一种幻觉、理想，把你吸引到这里，飞进门，又爬进窗，来承受猛烈的拍击。”温煦而略显悲悯的调子，幽默的、智慧的、酣畅的诗行，似乎真的告诉朋友们：那个曾经被“埋葬”了的诗人穆旦现在“复活”了！

自然这还是一个开端，在随后来到的1976年里，那个有着“太多的话语，太悠久的感情”而饱受压抑之苦的诗人穆旦，就像他所热爱的“民族”在遭受了太多的压抑之后开始酝酿突围一样，开始了他生命晚景里最后的奔突和发光。在一个一个接踵而来的历史事件的阴影里，在对全部完成的诗歌译作进行修订、整理的辛苦中，在与少数几个老朋友和忘年诗友几近秘密的诗学讨论的乐趣里，以及痛苦的腿伤的折磨里，穆旦真的恢复了类似早年时期那种喷发式的诗歌写作，直到1977年2月26日因突发的心脏病而骤然离世。根据诗人生前遗留下来的一份“晚期诗作遗目”判断，在穆旦去世前的不到两年的时间里，他大约创作了60

首长短不一的诗，其中大部分写于1976年。这个创作密度在穆旦的创作历程中是惊人的，超过了他写诗最多的1945年。完全可以预期，若不是猝然降临的死亡，穆旦的诗人生涯一定会更加绚丽地展开。正是从这个意义上，可以说“翻译家查良铮”已接近完成，而“诗人穆旦”则是一个尚未完成的杰作。

穆旦通过与友人的通信，零零碎碎地发表了不少他对诗歌艺术的执着与看法，他有意识地对当时流行的公式化、形式化写作提出批评：“形式化，公式化，代替不了个人的细微感觉，细微感觉则酸甜苦辣都有，到共产社会也除不掉，因此标语口号、政论等等，永远也代替不了诗歌及文学。”[①]他也通过一些诗作讽刺当时的帮派文风，《退稿信》和《黑笔杆颂》即是早年奥登风格的再现，前者挖苦苛刻而愚蠢的编辑，后者痛斥“大批判组”：“到处唉声叹气，你说‘莺歌燕舞’，/把失败叫胜利，把骗子叫英雄，/每天领着两元五角伙食津贴，/却要以最纯的马列主义自封；/吃得脑满肠肥，再革别人的命，/反正舆论都垄断在你手中。”

这里表现出穆旦诗歌一个鲜明的特征，始终保持对社会历史发表意见的现代知识分子精神，对此，他也有明确的态度：“文艺工作如不对社会发表意见，不能解剖和透视，那

① 穆旦：《致江瑞熙》(1977年2月16日)，《穆旦诗文集》，人民文学出版社2006年版，第160页。

就是失职。现在咱们的小说没有人爱看,其道理也在于此吧。"[①]除上述《退稿信》和《黑笔杆颂》,此类诗作还包括《演出》《神的变形》。

《演出》表面上是对极左年代"根本任务论"和"三突出"背景下戏剧表演的讽刺,实际意义则远远超过了这一点,可以理解为对整个时代的概括和反思,最后一节仍以奥登式的嘲讽结尾:"却不知背弃了多少黄金的心/而到处只看见赝币在流通,/它买到的不是珍贵的共鸣/而是热烈鼓掌下的无动于衷。"《神的变形》则是一首艾略特风格的剧诗,以"神""权力""魔""人"四个戏剧角色的对话表达对特定时代人与权力关系的思考,重点是揭示权力对人的无所不在的控制与腐蚀。具体而言,这里有几重关系:一是"神""魔"与"权力"之间无穷的权力欲望与权力对"神""魔"的腐蚀关系;二是"神"与"魔"之间围绕权力而进行的争斗关系;三是"神""魔"与"人"之间统治与被统治的关系。诗人一方面冷冷地揶揄了"神"与"魔"无限的权力欲望,也似乎肯定了"人"的觉悟,那就是"我们既厌恶了神,也不信任魔,我们该首先击败无限的权力!"但落脚点仍然放在了"权力"对"人"可能会、甚至必然会有的腐蚀,以"权力"自信的宣言作结语,透出了对"人"之弱点深深的隐忧:

而我,不见的幽灵,躲在他身后,
不管是神,是魔,是人,登上宝座,

---

① 穆旦:《致杜运燮》(1977 年 2 月 18 日),《穆旦诗文集》,人民文学出版社 2006 年版,第 152 页。

我有种种幻术越过他的誓言，
以我的腐蚀剂伸入各个角落：
不管原来是多么美丽的形象，
最后……人已多次体会了那苦果。

在 1976 年乍暖还寒的特定季候里，如此尖锐和深刻的诗性思考真是罕见！

但在更多时候，穆旦的诗思还是偏重于自我与生命主题，从这个角度理解，穆旦后期诗作与冯至的《十四行集》颇有共同之处，也可称之为“沉思的诗”。

这些诗，包括《智慧之歌》《理智和感情》《城市的街心》《诗》《理想》《听说我老了》《冥想》《春》《友谊》《有别》《自己》《秋》《沉没》《好梦》《“我”的形成》《老年的梦呓》《问》《爱情》《冬》，其中《理智和感情》《理想》《冥想》《友谊》《秋》《老年的梦呓》《冬》，都由两个以上诗章组成，多数诗采用了四行诗节，间有双行诗节、三行诗节、五行诗节、六行诗节，以及汉语无韵体诗节等。

对自我与生命的沉思中，触目惊心的是诗人对“丧失”的敏感与惋叹。《友谊》第一章赞颂友谊的珍贵，第二章转而痛惜友谊的丧失：“呵，永远关闭了，叹息也不能打开它，/我的心灵投资的银行已经关闭，/留下贫穷的我，面对严厉的岁月，/独自回顾那已丧失的财富和自己。”《老年的梦呓》充溢着对所失去的亲人、爱情的缅怀和凭吊之情，流露出无尽的感伤：“那年轻的太阳，年轻的草地，/灿烂的希望和无垠的天空/都已变成今天冷淡的言语，/使回忆的画面也遭霜冻。”不仅是友谊和爱情，“丧失”的还有生命、艺术和理想，“又何必追求破纸上的永生，/沉默是痛苦的至高的见证”(《诗》)，“理想是个迷宫，按照它的逻辑/你越走越达不到目的地。”(《理想》)

然而丧失也不是绝对的，它换来了那叫“智慧”的东西(《智慧之歌》《春》)，也使自己“高唱出真正的自我之歌”(《听说我老了》)，写于1976年12月的《冬》，其中第一章初稿每一节的结句都是“人生本来是一个严酷的冬天”，后经友人“太悲观”的提醒，遂分别改为“多么快，人生已到严酷的冬天”“呵，生命也跳动在严酷的冬天”“人生的乐趣也在严酷的冬天”以及“我愿意感情的热流溢于心间，/来温暖人生的这严酷的冬天”，尽管第二、第三个诗章也还是显得低沉、萧索，第四个诗章却又描绘了一幅蓬勃、乐观的严冬斗雪图，生活在底层的人们丝毫不在乎漫天风雪：“一壶水滚沸，白色的水雾/弥漫在烟气缭绕的小屋，/吃着，哼着小曲，还谈着/枯燥的原野上枯燥的事物。”最后，“北风在电线上朝他们呼唤，/原野的道路还一望无际，/几条暖和的身子走出屋，/又迎面扑进寒冷的空气。”

这是不是表明，穆旦后期的诗尽管有着浓郁的悲观调子，但并非绝望，犹有一种西西弗斯生命不息、工作不止的坚韧精神呢？

食指与其他“北京知青”的诗

食指(1948年出生)，本名郭路生，山东鱼台人，五岁时随父母迁居北京。“文革”前夕开始写诗，“文革”开始后在学校受到一些同学的围攻、“批判”，父亲也受到审查、揪斗，秋天参加红卫兵大串联，足迹远达广州、新疆、延安等地，1968 年到山西插队前后的两三年是他诗歌创作的“黄金时代”，所创作的《海洋三部曲》《鱼群三部曲》《书简》(一、二)、《相信未来》《烟》《酒》《这是四点零八分的北京》在青年读者中流传甚广。1970 年又有回山东老家务农和两年的入伍生活经历，随后因“精神分裂症”退伍回北京治疗并参加工作。

食指的诗以匀整的四行诗节记录和表现了“文革”背景下城市知识青年一代悸动不安又充满期待的精神历程，食指和稍晚于他的芒克、舒婷、黄翔等各地的知青诗人则几乎成为那个时代处在敏感、困惑中的知识青年的代言人，因此他们的作品往往以“手抄本”的形式在许多知青部落秘密流传、不胫而走。正如当时一位知青诗人所说：“是他使诗歌开始了一个回归：一个以阶级性、党性为主体的诗歌开始转变为一个以个体性为主体的诗歌，恢复了个体的人的尊严，恢复了诗的尊严。”“就其内容而言，他主要表现的是青春、幻灭、抗争和固执的希望。这正是当时知青们共同的思想情感。郭路生是他们的代言人。就其形式而言，他采用了我们熟悉的新诗中的严谨的格律体，易于大家接受，没有形式上的障碍。”①

① 宋海泉：《白洋淀琐忆》，《沉沦的圣殿》，新疆青少年出版社 1999 年版，第 237—239 页。

《相信未来》共七个四行诗节，表达在混乱年代经历过“迷途的惆怅、失败的苦痛”的青年一代对未来寄予的希望和执着，诗中反复出现的“相信未来”一语，使人想起普希金的浪漫主义抒情的基调。而在《这是四点零八分的北京》里，诗人显然从离别北京“尖利的汽笛长鸣”中预感到了命运的严峻。《这是四点零八分的北京》写于 1968 年 12 月，是作者告别北京站、乘每天一班的四点零八分的火车到所插队的山西农村过程中写完的，全诗也是七个四行诗节，描述了北京知青乘坐的火车启动瞬间、与前来送行的亲友们离别的场景，尤其是内心的颤动。关于这样的场景，不少经历过的知青后来都有所记忆，在食指的诗里，诗人对这一场景的描述是：

北京车站高大的建筑
突然一阵剧烈的抖动
我吃惊地望着窗外
不知发生了什么事情

接下来，诗人写出了内心的感受：“我的心骤然一阵疼痛，一定是/妈妈缀扣子的针线穿透了心胸/这时，我的心变成了一只风筝/风筝的线绳就在妈妈的手中。”整首诗于迷茫和感伤之中又不失温柔敦厚的赤子之心，触及了那个疯狂年代一代人心灵深处最为真实、敏感、私密的部位，真可谓震撼灵魂的低吟。实际上，在这一年，食指创作了许多指向内心的诗歌，流露出灵魂的伤痛。这些作品包括《希望》《寒风》《我这样说》《还是干脆忘掉她吧》《黄昏》《灵魂》等。

《冬夜月台送别》写于是年冬天，表达了与《这是四点零八分的北京》近似的心灵颤动：

那声声高喊呼叫的汽笛啊/为什么今天叫得这样凄惨/是按到了年轻人不均匀的脉搏/还是看到了车窗上噙着泪的双眼

那日日奔波不停的列车啊/如今却知情地迟迟不前/走你的路吧，命运的漂泊者/流浪汉尝不到爱情的甘甜

如水的月光洗着贫寒的树尖/凛冽的寒风掀扬起年轻人的发卷/俯身拾不到一片寄情的枯叶/愿诗句记下这月台深冬的夜晚

进入 90 年代之后，食指"文革"时期诗歌的价值逐渐得到历史的承认，其诗作先后被集结为《食指黑大春现代抒情诗合集》(1993)、《食指卷》(1997)、《食指的诗》(2000)等多种选本问世。

差不多与食指同时或稍后，北京的大批知青也分赴东北、西南、陕西、山西、内蒙等地插队，其中到河北白洋淀地区的一些如多多、根子、芒克、林莽、宋海泉连同常来白洋淀探访的北岛等，共同构成了一个以白洋淀—北京为活动背景的青年诗歌写作群体，后来被称为"白洋淀诗歌写作群落"。实则，就其广义而言，"白洋淀诗歌写作群落"应包括当时自食指始、以北京为精神故乡的所有北京知青写作者，除上述作者外，还有依群、马佳、方含、江河等。

根子(1951 年出生)本名岳重，据说在 1971—1972 年

间共写作诗歌8首，留存至今的只有《三月与末日》《致生活》《白洋淀》三首。这三首诗都是比较长的抒情诗，表现的都是个人对生活、生命的特殊体验与理解，抒情方式则是现代性的象征与隐喻，故而诗中有繁多、密集的个人化意象，读来比较晦涩，诗体也是参差错落的自由诗。这些方面，与食指颇为不同，但在诗对流行文体的突破上更为显著。从抒情内容方面看，他的诗跟食指的“相信未来”也已经有所不同，而是更多个人意识的觉醒，更多叛逆性，通过他的晦涩的诗行可以感受到这一点。比如《三月与末日》，一反传统的浮薄抒情，披头一句“三月是末日”定下了整首诗的调子，随之对“春天”展开了一反常态的丑化与谴责，而对于经过了十九个、即将迎来第二十个春天的自己，作者却如此宣言：

心是一座古老的礁石，十九个
凶狠的夏天的熏灼，它
没有融化，没有龟裂，没有移动
不过礁石上
稚嫩的苔草，细腻的沙砾也被
十九场沸腾的大雨冲刷，烫死
礁石阴沉地裸露着，不见了
枯黄的透明的光泽，今天
暗褐色的心，像一块加热又冷却过
十九次的钢，安详、沉重
永远不再闪烁

通过"暗褐色的心，像一块加热又冷却过/十九次的钢，安详、沉重/永远不再闪烁"这样的描述，似乎可以断定《三月与末日》是一首关于个人成长的诗，是一个荒蛮年代十分个人化的青春宣言。

多多(1951年出生)本名栗世征，与芒克、根子同为白洋淀淀头村的插队知青，1972年夏天开始写诗，很快就写了很多，并且以当时流行的方式把自己的诗作抄录成册在友人中间传阅，前后一共抄录了三本诗集。20世纪80年代后期，多多的诗选才得以公开出版，并先后出版了《行礼：诗三十八首》《里程：多多诗选一九七二—一九八八》《阿姆斯特丹的河流》《多多诗选》等。

宋海泉如此描述多多和他的诗："毛头(多多小名——编者注)用荒诞的诗句表达他对错位现实的控诉与抗争，以实现对人性丧失的救赎。但是这种救赎，不是以受难而是以沦落，不是以虔诚而是对神明的亵渎，不是以忠贞而是以背叛，不是以荆冠或十字架而是以童真的丧失为代价来实现的。"①

的确，多多的诗有着极其尖锐的内在锋芒，以表达"对错位现实的控诉与抗争"，组诗《回忆与思考》《万象》以及《再会》《大宅》《钟为谁鸣》《吉日》《致太阳》是他那个时期的重要作品。《回忆与思考》包括《当人民从干酪上站起》《祝福》和三首《无题》，共五首短诗，多以超现实的语言方式表

① 宋海泉：《白洋淀琐忆》，《沉沦的圣殿》，新疆青少年出版社1999年版，第253页。

现那个时代特有的荒谬与病象，当然也表达了诗人对其尖锐的讽刺与深沉的愤怒，实在是那个时代不可多得的忧患之作。兹举《无题》之二略见一斑：

醉醺醺的土地上
人民那粗糙的脸和呻吟着的手
人民的前面，是一望无际的苦难

马灯在风中摇曳
是睡熟的夜和醒着的眼睛
听得见牙齿松动的君王那有力的酣声

芒克本名姜世伟，1950 年生于沈阳，后随父母移居北京，“文革”初期曾到南方诸省“串联”，1969 年初与同学根子、多多等到河北白洋淀插队，前后约七年，其间也有不少到外地流浪的日子。1978 年与北岛共同创办《今天》杂志，自印诗集《心事》。后有公开出版诗集《阳光中的向日葵》《芒克诗选》《今天是哪一天》以及小说、随笔集等。

多多后来把芒克称为“自然诗人”，他说：“芒克正是这个大自然之子，打球、打架、流浪，他诗中的‘我’是从不穿衣服的、肉感的、野性的，他所要表达的不是结论而是迷失，迷惘的效应是最经久的，立论只在艺术之外进行支配。芒克的生命力是最令人欣慰的，从不读书但读报纸，靠心来歌唱。”①

作为“自然诗人”的芒克，其生命与自然往往有着内在的呼应关系，发言为诗也往往语出天然、精短简洁，成为浑然一体的“小诗”。他有一首小诗《给我二十三岁生日》，只有三行六个字：“漂亮，/健康，/会思想。”约略可以看到他对自我的期待。然而在他不少作品里，却常常有着冰冷的、死亡的画面，或许这正是他思想的一些侧面吧。“像白云一样飘过去送葬的人群，/河流缓慢地拖着太阳，/长长的水面被染得金黄。/多么寂静，/多么辽阔，/多么可怜的/那大片凋残的花朵！”这是《冻土地》，或属于写实，又显然是在隐喻；“啊，城市，/你这东方的孩子。/你在母亲干瘪的胸脯上/寻找着粮食。”这是组诗《城市》中的一首，将当时的中国城市刻画为饥饿的形象，在其它几首中，还有不少类似的“病意象”如“孤零零的脑袋”“迷路的孩子”“流着唾液的大黑猫”“多病的孩子”“瘦弱的身影”“饥饿的孩子睁大的眼睛”，共同构成了具有时代印痕的超现实诗歌画面。

① 多多：《被埋葬的中国诗人（1972——1978）》，《沉沦的圣殿》，新疆青少年出版社 1999 年版，第 199 页。

“本土的”与“母语的”

——2001—2011 十年诗歌写作观察

在 21 世纪最初十年就要过去之际，关于新世纪十年诗歌的回顾性、总结性文章陆续刊出，每一个观察者都试图从个人角度提出概括，而这种种概括究竟哪一种更具说服力、更可能成为被普遍接受的观察却很难选择，也许莫衷一是反而才接近真实，因为这至少意味着十年来诗歌写作生态呈现出的多样与多变，而非板结化、中心化的。尽管如此，仍不妨引述十年诗歌写作一位在场者的回顾作为一种观察角度：

> 在这十年里，老“今天派”重新出现在汉语的视野里，并为汉诗的经典化和国际化作着最后的努力。我将这一代诗人看作真正的拓荒者，值得我们加额致敬；“第三代”们纷纷回归，虽然群体性的持续精进难遂人意，很多人没能突破“中年”的瓶颈，但他们中的一些人依然堪当导师。他们这一代诗人文本的经典化程度是最高的，他们也通常在剧场的头排就坐；60 后群体则涌现出一些面目清晰的成熟的诗人，无论在个人风格

> 还是创造力上都已非常突出，他们承担起先锋之名；新世纪十年是70后诗人群体真正走向成熟的十年，是诗学理念和个人风格的形成期，也是群体开始分裂为个体的时期。我将赌注押在他们的下一个十年，那将是他们的黄金十年；80后诗人在这十年里逐渐丰满，他们是真正的网络一代……
>
> ——朵渔《羞耻的诗学》

当然，正如这位在场者所言，如此分层式的、整体性的观察，其实仍然很难看清汉语诗歌创作的走向。以出生年代作为诗人代际区分的重要界限也不见得十分严谨。但仍不妨这样说，仅就近三十年来中国大陆汉语诗歌写作者的先锋梯队而言，这个观察对从“今天派”到“第三代诗人”再到60后、70后甚至80后写作群体之间代际关系的描述大体是清晰的。

事实上，除了所谓不断冒尖的新锐，十年来的诗歌现场依然总体呈现五代同堂、众声喧哗的局面。在这十年中，陆续去世的老诗人有杜运燮、曾卓、孙静轩、严辰、辛笛、臧克家、唐湜、林庚、蔡其矫、彭燕郊、袁可嘉、绿原等，其中几位与仍然健在的牛汉、郑敏、李瑛、洛夫、邵燕祥继续保持创作活力，甚至仍然有所突破，或许这是他们艺术生涯的最后一段冲刺，因此殊为可贵。

“今天派”的先驱诗人食指，中坚诗人北岛、芒克、多多、舒婷，以及此后被称为“朦胧诗”的50年代出生的诗人，其历史形象已渐渐凝定，后续的王家新、王小妮等则融入“第三代”，和欧阳江河、萧开愚、张曙光、西川们一起，一方面延续着他们90年代以来的诗学追寻，一方面也在20世纪末第三代诗人所谓“民间写作”对“知识分子写作”的质疑中或边缘化、或另有开拓了。

的确，与相对平静、但在平静中酝酿着分裂的90年代比较，新世纪十年仿佛进入一个断裂与再生的时代，只不过这种断裂与再生，恰好由1999年的“盘峰诗会”奏响了序曲。在此后激烈的、不乏火药味的争辩中，格局悄然发生着改变，所谓“民间的”“中间代的”“70后的”“网络的”“口语的”“下半身的”“底层的”或“草根的”诗歌声音渐渐强大起来，这些形容词渐渐成为人们表述新世纪十年诗歌的常用语汇。

从两个世纪之交和新世纪初的诗歌年表当可以看到这股新兴力量高调亮相的势头：

2000年：1月，诗人黄礼孩在广州主编民刊《诗歌与人》推出“中国70年代出生的诗人诗歌展”(第一回)。该刊16开本，144个页码，收集了55位70年代出生诗人的诗作，并配有诗人的照片和简介。7月，沈浩波主编的民刊《下半身》创刊，以年初南人创建的“诗江湖”论坛为平台。12月，由伊沙策划、黄海主编的民间诗歌刊物《唐》在西安创刊。王明韵主编的《诗歌月刊》在合肥创刊。12月，第九届柔刚诗歌奖揭晓，诗人杨键获奖。

2001年：1月，诗人黄礼孩在广州主编的《诗歌与人》推出“中国70年代出生的诗人诗歌展”(第二回)，该刊为大16开本，共182个页码，发表92位70后诗人作品。2月，诗人刘春在广西主编《扬子鳄》民间诗刊，16 开本 64 个页码，推出 70 后诗人的诗歌和理论以及访谈。6 月，由黄礼孩选编的《70 后诗人诗选》一书由海风出版社出版，共收入 115 位诗人诗作，标志着中国第一部 70 年代出生的诗人诗歌集结集出版，全国各省各地诗歌草莽绿林好汉几乎尽数记录在案。胡续冬个人诗集《水边书》出版。刘春的诗集《远草车穿过城市》出版。10 月，黄礼孩、安琪主编的《中国大陆中间代诗人诗选》出版。2001 年 12 月，沈浩波诗集《一把好乳》出版。

2002 年：5 月，符马活编选的《诗江湖——2001 中国先锋诗歌档案》由青海人民出版社出版。8 月，韩东主编的"年代诗丛"由河北教育出版社出版，拟分四辑，每辑十本。第一辑有：于小韦《火车》、吉木狼格《静悄悄的左轮》、小安《种烟叶的女人》、丁当《房子》、何小竹《 6 个动词，或苹果》、鲁羊《我仍然无法深知》、杨黎《小杨与马丽》、柏桦《往事》、翟永明《终于使我周转不灵》、朱文《他们不得不从河堤上走回去》。

在此后的几年中，"柔刚诗歌年奖"陆续评出的宇向、胡续冬、曹五木、格式、朵渔、潘维，以及另外众多诗歌奖项推出的江一郎、哑石、刘春、张执浩、竖、江非、雷平阳、北野、娜夜、老乡、郁葱、马新朝、成幼殊、路也、卢卫平、田禾、刘川、蓝蓝、安琪、王夫刚、李小洛、余怒、韩宗宝、叶匡政、郑小琼、灯灯、臧棣、伊沙、桑克、谭克修、侯马、唯色、郜筐，这些多数令人感觉陌生的名字，构成了这个十年中最基本的写作力量。

以上诗人，不少是在90年代即已在不同的诗学背景上冒尖、成名的，如具有某些“非非”和“口语诗”血统的伊沙，有着学院背景的臧棣，女性诗人路也、安琪、蓝蓝，男性诗人桑克、杨键、黄灿然、雷平阳，他们虽属于60后诗人，却没赶上“第三代”初创的年代，因此在新世纪被命名为“中间代”，也的确成了新世纪的中坚诗人。而朵渔、江非、郑小琼、沈浩波、尹丽川则更为年轻，是新世纪以来亮相的诗歌新人。

从诗歌现象、诗歌写作倾向的角度看，近十年诗歌艺术虽然总体上是小众艺术或边缘艺术，但就诗歌现场内部而言却依然不断地风生水起、热闹非常，标新立异与诉讼纷争持续不断，颇有些“第三代”衰落之后的小中兴气候。不过多数情况下的命名、宣言、归纳徒然逞一时之快或局限于表层观察，因而未必有效，也无助于完整、清晰地认识和把握这段历史中的诗美走向。如果在与80、90年代的比较中观察，或许在诗歌“写什么”和“怎么写”的问题上总体上可以用“本土写作”和“母语写作”两个关键词表述十年来的诗歌现象与写作倾向。

当然，就十年来的诗歌生态而言，是多样而多变的，“民间派”“口语诗”的立场固然大行其道，而学院风的、知性的、以“难度”和“先锋”相标榜的写作力量依然坚韧。这里的“本土写作”是广义的，是相对于80、90年代文学的对外开放之初以西方现代派诗歌为师、以所谓西方性“现代”主题为表现内容而不涉及中国本土和中国历史的诗歌写作，“母语写作”则是相对于这类诗歌语言上的严重西化和“新文言”倾向。就像20世纪70年代台湾“乡土诗”是对60年代

“现代派”的反拨一样，大陆在新世纪之初吹起的这股强劲的“本土写作”之风，也可以视为对80、90年代诗歌西化写作的一个反拨。

这种“本土写作”和“母语写作”实际上是一而二、二而一的，作为一种诗歌写作意识，它们最初源于所谓“民间派”对“知识分子写作”的质疑与发难，在于坚对“民间”的阐释中已包含着“传统、故乡、母语”的因素，“我从外祖母在落日的光芒中招呼我回家吃饭的叫唤声中感受到存在的价值。在那里，我发现了语言的暗河，那词典最底下的部分，词典的基石，那时代语词中的一切风流奢华都已经被毁灭，只有最基本的词语留下来。最基本的说话，最基本的生活，最基本的世界、人生。”（于坚《答谢有顺问》2002）其后的新锐批评家也由杨键、黄灿然、王小妮、辰水、沈浩波、江非、雷平阳、朵渔等青年诗人作品中体现出的“草根性”开始反思“观念性诗歌”之弊，同时提出了“从西方学习、模仿过来的新诗如何中国化、本土化”的问题（李少君《草根性与新诗的转型》2004）。最充分体现这种“本土写作”和“母语写作”的当然还是包括前述青年诗人在内的众多60后、70后甚至80后诗歌作者通过网络、民刊发布的大量诗作，这些诗作毫不掩饰地透露出诗人们的生存背景和鲜明个性。

首先，这些作者不论是否接受过正规的高等教育，都大多来自乡村，有着对底层、自然、乡土的深刻而执着的记忆和自觉；其次，这种乡村生活经验使他们对80、90年代以来以西方诗学为参照的诗歌写作和观念性诗歌写作保持了一种疏离的态度，而特别关注自身的成长背景、祖祖辈辈寄居的土地以及土地上的自然与生命;第三,与这种对土地亲和、贴近的情感相吻合,他们的诗歌语言平易、质朴,既不是长期以来流行的翻译体语言,也不是那种带着某种意识形态色彩或“新文言”色彩的普通话,而是他们自幼习得的原生态的土语方言和口头语,一种真正的语言之根即“母语”的觉醒;第四,因为要记录和呈现,这些诗歌更乐于采用一种叙事的调子,增强了叙事性,而非凌空蹈虚式的抽象抒情。

在不同地域、不同方言的诗人那里,这些特点却有着共同的呈现,如山东籍的朵渔、江非、蓝蓝、辰水,湖北籍的张执浩、黄斌、刘洁岷、余笑忠,云南籍的雷平阳,浙江籍的潘维,湖南籍的李少君等。安徽籍诗人杨键的《记录》《奶妈》《稻草》《老柳树》《在被毁得一无所有中重见泥土》《丧乱帖》《孤寒、贫瘠》《兄弟俩》每一首都简洁、体贴地呈现乡土深沉的记忆,表达他与这乡土与生俱来的关联,如这样的诗句:“在一棵老梧桐树下飘来一阵炖草药的香味,/我知道,这是我的祖国。/夜里将会有人把药罐摔碎在路中央,/我知道,我的祖国将从药罐里流出”(杨键《在东梁山远眺》)。四川籍女作者郑小琼以广东打工生活为背景的诗作近年为人瞩目,评论者认为:“真实、真切、真情甚至真事是她诗歌的灵魂,正是那种肆无忌惮的逼真,把她的诗跟其他优秀诗人区别开来,她成了跟书斋气息的、旁观的、谛听的,总之是带着中产或者小资情愫的诗的另类”(杨克《散落在机台上的诗·序》2009)。短诗《颤抖》以女工兼诗人的敏锐感应到工业时代钢管楔入大地时“大地的疼痛与颤抖”,以及“湿漉的草叶,等待砍伐的荔枝树/跟随打桩机的节奏战栗",甚至"我经过工地/大地把疼痛与颤抖传给我,从脚到头/从肉体到灵魂,我颤抖不停",这颤抖也给读者以强烈震撼。

"我们的诗人正在成为'温室中的诗人',他们成了这个社会最安全、最少异议的知识分子,他们好像被关在了文学的这座监牢中……我认为诗人就是一种质疑的力量,是这个时代的良心,代表了大多数无法言说的民众的自由意志。"这是另一位诗人叶匡政对当代诗人的批评,或许与这种质疑相关,他在 2006 年创作了长诗《"571 工程"纪要样本》,成为十年来极为罕见的以诗的方式介入历史、激发思想的艺术文本。长诗将"文革"政治背景中产生的政治文献《"571 工程"纪要》与当代诗人的诗性思索镶嵌于一体,参差对照,跳荡扭结,犹如相互咬合的齿轮,在这种紧张而又细腻的互动中散播出深长的意味。全诗九个部分,分别以原"纪要"标题和"五行内外"之"土、火、金、木、水""雷、电、风、空"为小标题,被认为"长诗化用中国传统的五行学说作为阐释历史和观照现实的基本框架,在历史与现实的互文性联系中审视现代人普遍面临的精神沉沦,并试图探究其中的国民性因素和时代症候"。其中第四部分始终回响着有关"木头人"的沉思:"我们都是木头人 /不许讲话不许笑 /还有一个不许动 /就这样我们头发慢慢白了 /皮肤变黑了,皱纹越来越多了 /就这样我们走进生命的冬日",或许确如作者所云:"这是一个文学实验,把一个被人们遗忘的文本,变成一个可以阅读的诗样本,这其中的难度本来就很吸引人……在诗中,两种文本互动,只是想实验史料与文学之间究竟可以达成一种怎样的关系，它们可能的限度”（叶匡政博客——文本界 http://blog.sina.com.cn/yekuangzheng ）。

十年诗歌新人辈出，但限于种种原因，一时还没有公认的大家。这里，以我个人的印象推举两位在“本土写作”和“母语写作”方面或有潜力的作者。

朵渔，本名高照亮，山东单县人，1973 年出生，80 年代在家乡接受最普通的乡村中学教育，90 年代进入北京师大中文系读本科四年，在拥有了一个“铁饭碗”后又亲手打碎了它。2000 年参与发起“下半身”诗歌运动。现居天津。主要作品有三本电子诗集，分别是《高原上》（1998—2000）、《暗街》（2001—2002）和《麻木》（2002—2003），另有《追蝴蝶·朵渔诗选（1998—2008）》和组诗《非常爱》等；文史随笔集《史间道》《禅机》《十张脸》等。现主编诗歌民刊《诗歌现场》。2009 年以组诗《朵渔的诗》和长诗《高启武传》获得华语文学传媒大奖 2009 年度诗人称号。

按照朵渔自己的说法，他虽然在整个 20 世纪 90 年代中后期都在独自琢磨汉语诗歌的技艺，但直到新世纪将临，才开始真正的自觉的写作。所谓“自觉”，其实是自介入“下半身”诗歌运动开始觉悟到的“自由对一个写作的人”之重要，这种自由让他如此阐释“下半身”的意义：“让写作与自己的身体发生关系，它更容易保持一种人性、现实感和常识感。”正是这种对“人性、现实感和常识感”的亲和依次形成了朵渔的“行动的、反抗的、羞耻的”诗学理念。具体到他的诗，正如他自己所言：“我念念不忘自己是个山东人，因为那里有一道我生命的深渊。贫穷的物质现状、在共和国底层的非人般的挣扎,以及儒家文化淤积而成的人伦之链,给了我太多苦涩的礼物。我写作的伦理、情感的基础,就奠基于此。"(《第十五届柔刚诗歌奖得主朵渔答诗人安琪问》2010)其诗作由忧伤的乡土记忆而扩大到对普遍人生的悲悯和洞彻,并将个人际遇与历史命运相互对照,就此而言,写于2009年的长诗《高启武传》是一次"以史入诗"的实验。全诗5个部分,每部分前有小序,又分别标以《河堤记》《翻身记》《粮食记》《牛棚记》和《墓边记》,乡土、人生、政治、历史的内容融于诗境,浑然一体,出于杜甫、艾青、穆旦的传统而又有着现实的思想力量,似乎可以视为朵渔全部诗学思考的集中显现。

雷平阳,1966年生于云南昭通。现居昆明。著有《雷平阳诗选》和散文集《风中的群山》《云南黄昏的秩序》和《普洱茶记》等。2010年以诗集《云南记》获第五届鲁迅文学奖。如果说朵渔的情感基础在山东,则雷平阳的诗意灵感来自云南,他的《亲人》一诗曾经脍炙人口:"我只爱我寄宿的云南,因为其他省/我都不爱;我只爱云南的昭通市/因为其他市我都不爱;我只爱昭通市的土城乡/因为其他乡我都不爱……我的爱狭隘、偏执,像针尖上的蜂蜜/假如有一天我再不能继续下去/我会只爱我的亲人——这逐渐缩小的过程/耗尽了我的青春和悲悯。"然而这里的"云南",似乎又不限于地理概念的"云南",用雷平阳的话说:"我认为我是在书写一片旷野,而不是真实的'云南',更不是旅游手册上的彩云之南。当地域性写作被强横地赋予具体的地名,当区域文明被全球化逼到天空的外面，所谓云南，我视其为世界的灵魂。它的天空住满神灵，让我知敬畏；它的山河之间矗立着英雄的雕像，让我拥有崇拜的对象。大地之上，万物生长，人们肌肤相亲，恩爱有加，让我知道肉身的日常性。它或许是一个乌有之乡，但它又存在于我的身边。有一个地方叫云南，有一个叫云南的地方还没有被工业文明彻底异化，这个叫云南的地方应该获得更多的伟大诗篇的赞美。”（雷平阳《希望纸上有片旷野》2010）除了《亲人》，雷平阳的佳作还有《母亲》《背着母亲上高山》《杀狗的过程》《战栗》等，这些诗被誉为以赤子之心的温润，描绘了大地质朴的容颜以及他对生命正直的理解，同属于真正的“本土写作”和“母语写作”。

2011 年 11 月 杭州

卷二　民国诗人论稿

论作为现代诗人的李广田

应该感谢《李广田文集》的编辑者和出版者。他们以其艰苦的努力，在继李广田散文、诗、评论、长篇小说的单行选本出版以后，推出这部包括作者主要著作甚至一部分日记在内的五卷本文集，从而将一位长期蒙受屈辱的现代杰出文学家的形象作了尽可能完整的恢复，也从而完成了一项历史性的工作，隔断的历史终于渐趋弥合。

除了这一较为重大的意义以外，这部文集因其收录了作者几乎全部诗作才使我有可能写下本文的命题——只有面对着诗人全部作品，我们也才有可能完成这个命题所规定的任务。

李广田，这位以散文作家与文学教授著称的大地之子，最初却是在最缺乏诗意的角落，用了最适于青春时代的诗的形式，郁郁地描摹少年男子一颗“向往的心”的，并且以“汉园诗人”之一的资格受到同时代人的青睐与责备。从此，他一方面尽可能完成着自己的本业（求学、教书），一方面着力开拓着另外的道路（散文小品和文学批评的创作），同时始终没有放弃对诗的追求,迄今为止,已发现的李广田诗作有148首。其中有96首写于1947年前,这个数字恰好与享有更高声誉的戴望舒的总创作量相当。

最初的幻象

李广田走上诗的道路,正是中国现代诗的发展时期,经过了第一代诗人胡适、郭沫若、冰心、湖畔诗人的开拓,现代诗面临着新的探索与选择,闻一多、徐志摩等“新月”诗人融汇中西诗艺,着重强调了对新诗艺术形式的要求,象征派诗人李金发从法国带回了弥漫整个西方文坛的现代派诗风,创造出一种离奇古怪却又颇动人心的诗体,同时,已经酝酿着的《现代》杂志的诗人戴望舒也已凭《雨巷》卓立诗坛,文学界呈现出生机勃勃的气象,李广田带着农民的朴厚,先是在济南省立一师想尽办法阅读新文学已经取得的成就,一方面便跃跃欲试开始了最初的吟唱,当此时,李广田年方弱冠,正是青春骚动,对一切都充满憧憬幻想,同时对一切又都迷惑的时期,他摆脱了那些束缚人心的儒家、佛家关于人生修养的陈腐学说,又不情愿把自己纤弱的神经让革命的圣手治疗,不禁沉溺在诗的天地里,一遍又一遍地描摹着小小少年“向往的心”。

《向往的心》是作者编订的最初若干诗集的一种,共收入三辑抒情诗作44首,在作者生前,只有6首曾经在30年代初期公开发表过,其余大多数直到80年代才在作者的家乡发现并收入《文集》第四卷。据编者估计,这些诗写于

1925—1929年之间。

无论在中国诗人还是在西方诗人笔下,“春天”既是一个传统的意象,也是一个富于象征意义的意象。在诗中,对春天的向往实际上是对人的本性的呼唤,李广田在诗的初期除了在形式上学习新月诗人整齐的诗行,内容上更多地带着湖畔诗人和戴望舒的痕迹,青春浩荡的诗人不厌其烦地描摩着朦胧的春天,希望和爱的柔情蜜意,时而踌躇满志,时而郁郁寡欢。“我每天早早醒来,我望着窗上的白光。欢欣地从床上跃起,欢心里充满了无限的希望。”这些四四方方的抒情,表现的是乳臭未干的少年人的梦想,这些梦想那么纯真,那么美丽,但又那么幼稚浅薄,这当然是不成熟的标志——人没有成熟,诗也没有成熟。

类似的梦想还抒写在《墓》《?》以及第二辑那些呼唤个性解放的篇目中。

第三辑十四首诗抒写的全部是爱情的温馨,洋溢着人生春天的气息。《静静地》写一对年青的爱侣在春夜编织着爱的情丝,《期待》用倾诉的语气表达对爱的渴望,诗人直接借用“春天”的意象,使之成为“爱情”的同义语。

在这些词意浮露在诗作中,有时也不乏触人心扉的篇什。《晴朗的初春》表现对春天到来的恐怖,在诗中,“春天”成为引诱自己毁灭的恶魔,犹如亚当夏娃偷食禁果时的忐忑一样,初萌的本性与理性在内心冲突着,交织着,欲罢不能。这是一首美丽的诗章!感受强烈,想象富丽堂皇,拥有最美的词藻。不逊于何其芳的《预言》和任何一首抒写青春期心态的诗。

与这些交织在一起的便是同样浓重的忧郁感,它们集中表现在《夕阳里》和后来的《行云集》中。

忧郁是人类最重要的情绪之一,从病理学角度讲,忧郁通常是一种正常的而又有可能导致病变的不良情绪。在生活中,忧郁标志着人对自己的命运产生了怀疑,不同的境况会产生不同的忧郁,然而在艺术家笔下,“忧郁”却常常焕发出最美丽动人的色彩。当然要做到此点也绝非易事,第一要看这种忧郁本身是否具备美感,它的真与善的容量究竟有多大;第二还要看艺术家如何表现这种忧郁。高尚的忧郁只有高明的艺术家加以表现才会焕发动人的光彩。

《雨》只有十一行,具有古典诗词的凝炼,“雨”即是起兴之物,也是表达愁绪的意象。读这些诗词,很自然会想起“为赋新诗强说愁”的概括。当然,这种青春期的忧郁基本上是真实的,不一定是“强说”,但毕竟是人生初期一种孩子气的东西,因此不可能产生更多更大的美感,诗人李广田还需要更漫长的经验来扩大,来升华他的忧郁。

整体的美(一):希望的颜色与现实的执着

进入 30 年代,《现代》诗人正红极一时。从校园走向校园的李广田,一方面深受现代派文学的熏陶,与朋友徘徊在汉花园里镂金刻玉,另一方面校园外悲惨的现实世界,外族的入侵又吸引着他的视线和灵魂,他的泥土中的根也使他始终对大地怀着深深的眷恋。

《行云集》的创作,正当作者的青春后期,除了一部分作品仍然属于那种莫名的青春惋叹(特别是第一辑的《秋灯》《窗》《夜鸟》及散佚的《秋的歌者》等)以外,更多已明显地增加了深沉感,诗成为一种人生经验的载体。《过桥》是一首较成熟的作品。前三节回忆三十年前孩子时候伙伴间关于"虹"的美丽的答问,写出少年人不谙世事、耽于幻想的虚妄,理想色彩极浓。第四节时间越过三十年,此时人到中年,过去的梦幻早已不复存在,有的只是一片秋的原野,朋友还天真地问:"面前那河桥象不象虹?"自己却无言以对,只能默默地走过那象征着现实生活的"桥",无言的感慨留给人的回味是深厚的、凝重的,这也正是"欲说还休"的诗境。

诗人曾在《树的比喻》中讲:"当一个人开始写作时,他大概都是不自意识的,他之所以要写作,往往只是凭了一些刺激的反射,一串感情的泛滥,或是一些幻想的狂奏,这时候,他既少生活经验,对宇宙人生自无深刻的认识,他有见必录,有感必发,这自然就是形成芜乱的原因。"①但是《过桥》已非常洁净、洗炼,铅华洗尽,诗境深远,这意味着李广田情感的成熟与诗艺的提高。

但是,这并不是说,诗人从此就再也没有理想,再也不会抒写理想了。作为艺术家,对"希望"和"理想"境界的向往与追求是永远需要的,即使这种理想过于高远,只要健康、美,它就会在诗人的表现中产生美感,甚至会成为一种

① 李广田:《树的比喻——给青年诗人的一封信》,《诗的艺术》,开明书店1944年版。

力量。

《行云》是1933年的作品，这首12行的小诗令人很容易想到奥尼尔的戏剧《天边外》，充满轻柔美丽的梦幻色彩。在诗里，主人公望着天边的白云(诱惑)。幻想着自己能够像一只小小的白船那样远远地去旅行，漂出海外，漂到天边，能够看到一些“喜悦”和“新鲜”。

到了1937年，作者还又写出一首更完美空灵的短章《颜色》，全诗一气呵成，轻松流畅，舒卷自如，描画出一个理想化的幻境，并希望是永恒美好的地方，构想奇特，充满魅力。假如说艺术乃是人类的某种幻象，而这种幻象又必须假以艺术的语言表现、造型，那么我们该承认《颜色》是一首近乎完美的作品。

但对于人类的前行来说，历史、现实、未来从来都是三位一体的，所谓浪漫主义与现实主义乃是这三位一体在艺术创作领域张力极强的两极，对于一个诗人来说，他可以同时兼顾这两种表现原则，当然也可以有所侧重，只要不违反艺术美学的规律，无论哪种表现都是有价值的。早期的李广田偏于向内体验，后来却渐渐向身外开拓，这原因并不难理解。第一，本没有绝对的个人主义和理想主义，即使在艺术创作领域；第二，李广田虽然是新时代的知识分子，但他的根还是扎在泥土中；第三，风起云涌的时代频频敲打着诗人的窗口，诗人感受到最基本的生的艰难，不得不放弃过于悠远的超前的东西；第四，李广田开始接触唯物主义的文学观，重视文学的社会功能。

早在《向往的心》中，他就以“一群猪子”的意象表现人间统治者与被统治者的畸形关系，到了《行云集》时期，描写自己对大地的眷恋、外乡人的客死和虚假的天桥下面悲惨的现实人生，已成为这个诗集的重要内容。《地之子》是李广田最为人称道的作品，乃至成为作者的人格写照，被当作代表作收入各种选本。在《向往的心》里，诗人曾写下过《父母与沙原》《故都》《风雨时节》诸诗，那时他一方面表达对“故乡”的厌倦，另一方面也仍然肯定地说：“我的脚已深深地踏落在地上，我要开始到人间去跋涉。”《地之子》所表达的，也恰好还是这种执着的情感。

当然，比起作者同时期的散文作品，这类现实感强的诗作相当少，偶尔有也是浮光掠影。《上天桥去》长达 102 行，写孩子与爸爸去看天桥（理想），经过一番跋涉，发现在眼前的却是人世间的悲惨。这里：“黄脸、脏脸，死海上的泡沫荡着，荡着，纵有风也不能荡出天桥……”

大学毕业，来到社会之中，人才有可能真正成熟。“汉花园”里另一位诗人何其芳在莱阳乡师的生涯使其人生观、艺术观发生巨大变化，李广田则“由于抗战，这才打破了小圈子生活，由于抗战，我才重建了新的生活态度……对于政治问题，才有了更进一步的认识。对于文学，也确定了新的观点。”[①]1938 年 9 月在为别人题的画册上说：“所谓诗人，就是一种回音吧，诗人不能不回应一切声音，回应一切生活的呼应。”

抗战爆发，艺术创作所需要的安宁没有了，诗人的情感

---

① 李广田：《自己的事情》，《文艺书简》，开明书店 1949 年版。

反而粗壮起来。李广田先是写了通俗的抗战歌词《听信号》,写得有声有色,继之在流亡道上写下了一首沉痛又美丽的悼诗《奠祭二十二个少女》,诗人愤怒地质问:“是谁牺牲了这二十二个‘美丽’的生命!”在李广田诗的道路上,这首诗作为一种风格的转变,犹如《元日祝福》之于戴望舒。

此后他连续写了《消息》《写在老人的胡子上》《我们在黑暗中前进》《消息(二)》,内容无不与抗战有关,其时整个诗坛都在为抗战而歌,《七月》在胡风的主持下,培养了一批年青的诗人,南方的《中国诗坛报》也在为抗战讴歌,艾青、臧克家、田间正是炉火纯青,几乎所有的诗人都自觉地肩起了抗敌的重任,当然在这时候去进行所谓“纯艺术”的创作既不可能,也似乎有辱诗人的人格。无庸讳言,李广田抗战初期的作品尽管是充满了现实感、责任感,但艺术上毕竟是缺少锤炼的(也许我们无法苛责诗人),比较而言,《消息》则新颖活泼。主旨表达得轻松、自然:“故乡的原野该是枯寂的。然而那多沙的土地上一定染了血迹……早晨的太阳照上我的眉宇,跨上马鞍我驰出了小小的城池。”

40年代初期作者在西南联大,写出一些虽与抗战联系不大,但艺术性较高的诗篇,标志着诗人进行着新的探索。1945年以后,却又产生了一组关注现实的作品。《我们的歌》写劳动者的疑问,《山色》写城市的热闹与山中的寒夜,《城市的繁荣》写对“贪婪、暴发的城市”的厌恶、诅咒。《两条腿》讽刺官僚胜利后的忘本,《“我听见有人控告我”》则是为“一二·一”惨案作的,表达了对敌人的愤慨和对自己的不满,闻一多、李公仆的血使李广田抛弃了诗,而成为战士。

整体的美(二):象征世界与空明之境

把《向往的心》与《行云集》及诸多散佚作品比较,我们便会发现,前者无论就诗的情绪还是这种情绪的表达方式都是较为幼稚的,除个别篇章外,大部分属于“有见必录,有感必发”的初学者之作,严格地说,它们还不能算是真正的艺术创作。而在1933年写的《窗》,却明显地呈现出另一种风味。这里已经找不出直接抒情的句子,但悲怆凄凉之气氛却从字里行间透露出来。如果认真寻觅一番,我们便知道作者的情绪是借助一些具体的意象暗示出来的。“窗”实际上是暗示“记忆之门”,“绿纱窗”褪成“苍白”,暗示美好的回忆已成过去。最后“另一座春的园林”暗示我们这是指新的“爱情”,而“独对了苍白的纱窗”只看见“一点白云和一片青天”则是主人公只好在回忆中寻找慰藉,结果却一无所得……

这种意象,这种暗示,用另一种语言表述就是象征。

这说明诗人已摆脱了早期那种试验性的抒情方式,而自觉地进入一个象征的诗的世界,这是成熟,是进步,是诗的实现。

《那座城》中的“城”暗示一段温馨凄怆的往事。整首诗又象征着人世间一切都不过是一种偶然的现象,《老人与海》是一首60行的自由体诗,写的虽然渗然只是一个满头白发的老人的独语,但波澜起伏,富于戏剧性,语言自然流畅,毫无矫饰,塑造了一个虽在暮年而壮心犹存要去海上暴风雨中放歌的老人，由于这个形象是虚拟的，我们得以产生更多的联想，因此这个老人似乎就象征着人类的乐观精神和自信，而“海”则成为某种与人类相对立的力量——这首诗令人想起海明威的同名小说。

写于1943年的《小盒与小刀》是赠给儿童的，但却是构想奇特，富于象征意义的美丽短章。在诗人看来，人生在世，无非“取”“施”二字，因此每个人也就该有两件东西：小盒与小刀。在孩子手里，小盒与小刀不过是实用的文具，但诗人却通过它把我们升华到哲学的高度视之，故而“小盒与小刀”就有了人生哲学的象征意义。这首诗写得雍容自如，空灵温馨，具有永恒的美感。它如《颜色》《早晨》《空明》等也都具有深层的象征意味。

当作者创作这些最为成熟的作品之时，他也正集中精力从事现代诗的研究、批评工作。从诗人最初也是最好的批评集《诗的艺术》中，我们不难看出，诗人阅读了大量西方现代派文学代表人物的理论著作，他似乎特别青睐于奥地利诗人莱纳·马利亚·里尔克，法国诗人瓦雷里和后来获诺贝文学奖的T.S.艾略特的艺术观，而这几位又都是后期象征主义和意象派的代表作家，从李广田批评的作品看，他所激赏的也正是中国现代主义诗人卞之琳、冯至等人的作品。历史证明：这些作品是历久常新的杰作。

由象征进入空明之境，仿佛也是极为自然的事情，但实际上远非如此。仅以40年代的作品看，李广田是矛盾的，忠于艺术还是忠于现实似乎使他举棋不定，同时他又企图将二者统一起来，以至于在他的几乎所有论文中，一再强调

“内容与形式的统一”。在作品中他试图尽力而为，但这种努力并非总是成功，因此本时期的诗显出多方面探索的轨迹。“空明”作为一种诗境，它至少意味着语言的高度洗炼和象征意义的最大限度而使一首诗的艺术张力达到极大——做到这一点是困难的，而超越了某种限度，又会跌入神秘主义的黑洞。

在李广田的诗作中，达到这种境界的不是很多，如要勉强列举一下，我以为30年代的《生风尼》《流星》《访》《灯下》《颜色》，40年代的《小盒与小刀》《早晨》和《空明》是较好的篇什。

《早晨》由某天早晨的错觉和发现（天空微尘翻滚着无数的黎明与黄昏），阐发一种关于生存的哲理，在写法上异常圆熟，将早晨片刻的瞬间拉得长长，虚虚实实，自然地升华，最后达到一种哲学境界。《空明》开首提出三种境界：有人“爱自己”，有人“爱镜子”，有人“爱空明”，然后具体铺展“空明”之境，最后仍然是福音书式的玄妙格言——玄则玄矣，但尚不至于晦。

但是诗人并没有从这条路上走下去，他还是去唱起了“我们的歌”。

整体的美（三）：整齐和错落

《文学论》是李广田40年代后期的讲稿，它标志着其文学思想的系统化。讲到文学的基本特质，他将之概括为三个相互联系的方面：形象的表现，艺术的手段和完整的世界，前二者是手段，后者是结果。当作者调动一切艺术手段潜心创作出一件艺术品从而构成一个完整的世界时，“在这个世界中，自成天地，一切俱足，境界圆满，不可增减。当读者欣赏作品时，也就是走入了这个完整的世界，与这个完美而和谐的世界相对、相融，同时也就感到了自己的生命之和谐。”①这个完整的世界实际上也就是内容与形式的统一。

形式乃是诉诸感觉的外在表现方式，最美好的事物都是最美的内容与最美的形式的统一体。在李广田看来，诗的形式包括章法、句法、节奏、声调、格式、用字等等。诗在本质方面既可以是一种经验，也可以是一种幻想，但如何将这一切恰如其分地表现出来，这就要求诗人按照美的原则创造（或利用）一种与其本质尽可能适应的外在形态——犹如上帝在创造人的时候，不仅赋予他人之为人的质的规定，同时也为他的生存设计了与其质的规定尽可能谐调的形体，随着人的本质的不断丰富和发展，这种外在的形体也应该（或必然）随之得以逐步完善。

但诗的形体在变化、发展方面远比人体的发展活跃、丰富得多。骚、赋、古、近诸体乃至西方的格律体、自由体的革故鼎新令人眼花缭乱，而30年代中国诗坛的兴盛除内容的空前丰富外，同时表现在对诗形的探索创造上。

李广田最初受“新月派”那种被称为“方块体”的影响，《向往的心》几乎全是这种模式。到《行云集》与40年代的

① 李广田：《文学论·第四章》，《李广田文集》第四卷，山东文艺出版社1986年版。

散佚作品，诗形的变化已经很明显了，自由、舒展、巧妙的诗行排列与汉字排列常常使人感到生命的谐调。节数不定，行数不定，即使直接运用已有形式（如《灯下》《乡愁》《丰稔》）也因其内容的高度浓缩，诗意的高度凝练而显得非常得体。《行云》共四节十二行，第一节与第四节各两行，中间两节各四行，这就避免了俗套，而又不失对称之美，节奏舒缓清晰，一韵到底，正符合诗中渲染的梦幻色彩。《颜色》却不分行，一气呵成，与其中的排比句，连环句共同表达出一种轻松但又迫切的情绪。《消息》则在每一个四行节之间，冠以独行节，给人以突兀、峭拔之感，在节奏上也显出了层次。诗人还一直喜欢民歌体，在《向往的心》《行云集》的个别篇章里已时见民歌的结构，据诗人吕剑回忆：1937 年李广田很高兴地提到他的一段民歌体的诗，并说："我所喜欢的乃是这种表现的方法，因为我很久以来就有一个不甚确定的意见，以为中国的新诗将来可能在民谣中找一条道路。"①1945 年他便写出一首"拟民歌体"的《我们的歌》，全诗，两节，每节八行，上节写不合理的现象，下节写正当的愿望，但最后仍以提问结束，意味深长却又含而不露。诗行之间联系紧密，既是排比，也是顶针，造成一种回环往复的旋律。诉诸视觉，整齐洁净；诉诸听觉，自然流畅，民歌可诵可听的特长令人耳目一新。当然诗人同时指出"这只是诗的道路之一。"

---

① 李广田致吕剑（1944 年 10 月 1 日），转引自吕剑：《诗人李广田》，《李广田研究资料》，宁夏人民出版社 1985 年版。

以上诸作大体表现了一种整齐的美感。但另一方面，整齐并不是绝对的。完全的整齐同样是一种形式的异化，结果必然是呆板与僵死，李广田不满于当时诗歌创作中的“散文化”倾向，但在自己的创作中却并不排斥对“散文美”的追求。《行云集》里较长的三首半叙事半抒情的诗在章法、句法、节奏和韵律上，就表现出一种散文的从容不迫、舒缓有致，它不唯没有破坏诗意，反而使诗意产生出质朴的美。后来写的《老人与海》《写在老人的胡子上》《我们在黑暗中前进》《山色》也都是这种更为自由的体式。其实即使在形式较为严谨的格律诗中，也是并不排斥错落之美的。整齐与错落如果并非对立的话，那么它们的结合就该产生一种新的韵律与和谐！

狂热中的牺牲

40年代中期，作为诗人的李广田在写出最美的作品之后，即完全抛弃了这支过于软弱的笔，转身投入直面鲜血的斗争中去，50年代的大部分时间，他又把精力放在了学校教育与行政工作上，直到50年代末期，整个中国陷入一种盲目的狂欢。不是诗人的彭德怀看到“谷撒地、薯叶枯”的景象，忧心忡忡，怒形于色，最终用生命写出一首真正的诗；作为诗人的李广田却在盲目的狂欢中进行了一次诗的冒险。他首先在1957年“试写”了四首，然后又在1958年1至4月间，“一气”写成了二十四首，到了金秋十月，《春城集》出版，立刻受到了诸多褒奖——而这其中，只有诗人的老友卞之琳保持着冷静与矜持，告诉读者："……李广田在他的近作里最好的三五首诗里都保持了真挚、亲切、朴实、浑厚的风格。……缺点就是太松散，不够精炼。这不仅是风格问题，也是内容问题，也就因此，在李广田近作的二十六首当中，我想反复读读的也只是这里提到的三五首。"①时至今日，我以为卞文仍是评价《春城集》最切实的文字。

关于《春城集》等25首散佚诗作，我暂时不拟展开详尽的论述，因为它既不是一种个别现象，也不仅仅是诗歌本身的问题，需要假以更多的沉淀与思考。但是，我却愿意提起一件小小的往事：30年代诗人曾写过一首轻柔的《麦冬草》，伤悼一株在主人住院期间而枯死在案头的麦冬草。诗写得温情脉脉，淡淡的哀伤萦回不已，将近三十年过去，我觉得作为诗人的李广田在一番探险之后，他的诗却正如那株美丽的麦冬草一样寂寞地干枯了——这真是一小小的牺牲啊！

又过了十年，诗人终于在疯狂的年代被迫害致死，我要说在这之前，他首先牺牲了自己的诗。

行文至此，"作为现代诗人的李广田"恐怕仍然没有被清晰地勾勒出来，但我却已感到了笔的沉重。无妨这样说吧：作为诗人，李广田在长长的路上苦苦地探索过，追求过，并且也怀着对生活与艺术的真诚创作出了一些真正的诗，尽管数量不是太多，但既是"真正的诗"则只要一首也就是对中国现代诗歌的贡献。20世纪30年代，中国诗坛成熟

① 卞之琳：《评李广田新著〈春城集〉》，《文学研究》，1958年第19期。

了一大批年青的诗人,李广田无愧于他们中的一个。至于“诗”与“诗人”的过早亡故,乃是错综复杂的主客观原因所致,因而这故事所留下的遗憾与启示也将是深远的。

1987年4月 泰山

20 世纪 40 年代批评视野中的穆旦

一

根据 1996 年出版的《穆旦诗全集》提供的穆旦诗歌作品目录，可知穆旦虽然早在 1934 年就以中学生身份在天津南开学校的校刊上发表诗歌作品，但他真正对具有现代主义倾向的诗歌产生自觉是在抗战爆发后的流亡路上，契机是英籍教师 William Empson 开设的“当代英诗”课程。而从 1937 年 11 月创作《野兽》到 1948 年的十一年，则是穆旦现代诗创作的巅峰时期。在这个时期，穆旦共创作诗歌作品 111 首，占他一生诗歌创作总量的三分之二以上。同时，诗人生前出版的三个诗集也都出版于这个阶段，因此，如果单纯从创作热情和创作量的角度，把这一时段视为穆旦诗歌创作的巅峰时期应该是合适的。如果同时考虑到诗人创作思想和创作风格的转换，则可以把这一阶段视为穆旦创作的第二个时期，或称为“战争时期”。

那么，在这个时期，面对这样一位出现在战时流亡校园里的青年诗人和他那些与流行诗歌截然不同的诗作，诗歌界和诗歌评论家们又是怎样反应的呢？或者说，40 年代的诗人和评论家们是如何评估穆旦及其诗歌创作的意义的呢？

在西南联大，穆旦的身份由学生而助教，创作的诗歌作品主要发表于《大公报》的香港版、重庆版、桂林版和天津版，一部分作品刊登在校园刊物《文聚》杂志上。因此，作为一个具有学院背景的青年诗人，穆旦的影响也是从校园之内开始产生的。从现在所了解的情况看，大约在 1942 年穆旦离开学校参加远征军前后，他已是西南联大校园较为知名的青年诗人①。不过也由于穆旦诗歌的现代主义诗艺背景，特别是那种冷色调的知性抒情风格，他的诗具有晦涩、难懂的特征，也就难以产生更大范围的影响。

除了在校园读者中有限的影响，穆旦也得到了第一流的前辈诗人的推崇。比如闻一多先生编选的《现代诗抄》，就选入穆旦的诗作《诗八章》《出发》《还原作用》和《幻想底乘客》，从入选的作品数量判断，闻一多对穆旦是相当重视的。类似的来自前辈大家的欣赏和推举，还可以从沈从文

① 林元在《一支四十年代文艺之花》一文中回忆穆旦诗歌当年“如宝石出土，便放出耀眼光辉，当时就受到不少读者赞美”。见 1986 年第 3 期《新文学史料》。方敬也回忆：“当时他已在诗坛崭露头角，受到青睐和赞赏，被认为是写中国现代诗出色的诗人。”见《回忆〈阵地〉》，《新文学史料》1992 年第 4 期。

等人的文字中得到证明[①]。

有关穆旦及其诗作的正式评论，比较集中地出现于1946—1948 年。在这段时间，穆旦的第二部诗集《穆旦诗集 1939—1945》和第三部诗集《旗》分别自费在沈阳和由巴金在上海出版。穆旦的诗作产量也在这时达到又一个小高峰，发表作品的园地则除了《大公报》，又增加了上海的《文艺复兴》、北平的《文学杂志》、上海新创刊的《中国新诗》和天津的《益世报》等报刊。不过穆旦仍然不属于那种产生轰动影响的诗人，对他的推崇和评论仅限于具有学院背景的青年学者与评论家。这些评论文章包括五篇对穆旦的专论与书评文章，即：

1.《一个中国新诗人》，作者王佐良，载北平《文学杂志》第二卷第二期（1947 年 7 月 1 日），此前又曾以《一个中国诗人》为题刊载于伦敦《生活与文学》杂志 1946 年 6 月号。

2.《读穆旦的诗》，作者周珏良，载天津《益世报・文学周刊》（1947 年 7 月 12 日）。

3.《读〈穆旦诗集〉》，作者李瑛，载天津《益世报・文学周刊》（1947 年 9 月 27 日）。

4.《读〈穆旦诗集〉》，作者吴小如，1947 年 8 月 21 日写

---

① 沈从文 1947 年 10 月致柯原：“即对读者保留一崭新印象的两位作家，一个穆旦，年纪也还只二十五六岁，一个郑敏女士，还不到廿五。作新诗论特有见地的袁可嘉，年纪且更轻。写穆旦及郑敏诗评文章极好的李瑛，还在大二读书。写书评文笔精美见解透辟的少若，现在大三读书。”见沈从文：《艺术人生》，四川文艺出版社 1998 年版，第 407 页。

于天津（当在此后不久发表于《益世报·文学周刊》）。

5.《穆旦论》，作者唐湜，载上海《中国新诗》第三、四集（1948年8月、9月）。

另外，还有三篇评论将40年代后期出现的、具有现代主义倾向的青年创作群体作为一个整体进行考察，其中把穆旦列为重要成员给以评析。三篇文章分别是：袁可嘉的《新诗现代化》，载天津《大公报·星期文艺》（1947年3月30日）；默弓（陈敬容）的《真诚的声音》，载上海《诗创造》1948年6月号；唐湜的《诗的新生代》，载上海《诗创造》1948年1卷8辑。

二

上述八篇批评文章的七位作者，都是与穆旦年龄相近、趣味相投、出身相同而能够欣赏穆旦的具有学院背景的青年作者。其中王佐良、周珏良是穆旦的外文系同学，袁可嘉、李瑛、吴小如是稍后于穆旦分别进入西南联大或清华、北京大学的，也可视为穆旦的“师弟”，陈敬容、唐湜虽然分别来自西北和东南，与穆旦并不认识，但在40年代后期却与穆旦成为《诗创造》和《中国新诗》的同人，也算是“志同道合”的诗友。因此总的看来，这些评论大体仍属于相对狭小的来自同一个创作群体或批评圈子内部的批评，尽管这些评论也涉及了穆旦诗作的某些不足。

从评论时间看，王佐良的文章《一个中国新诗人》[1]写作最早，是1946年4月写作，同年发表于英国伦敦《生活与文学》杂志6月号，1947年先是作为穆旦在沈阳自费出版的诗集《穆旦诗集》的"附录"，后又发表于北平《文学杂志》第二卷第二期。袁可嘉、周珏良、李瑛和吴小如的文章均发表于1947年。陈敬容、唐湜的文章则发表于1948年。

从评论的内容看，八篇文章选取的角度不尽一致，评论的重心也互有异同，但基本上都是着眼于穆旦诗歌在内容和艺术表现方面的"创新"性质，以及与此相关的东、西方诗歌传统等问题，同时都对穆旦及其诗歌的出现抱以兴奋、期待的态度。

王佐良是穆旦清华大学外文系的同班同学，与穆旦接受大学教育的文化背景完全相同，而且他本人也是一位热心于现代诗创作的青年诗人，他的作品也同时被闻一多选入《现代诗抄》。如果说王佐良是最了解穆旦、也最有资格解释穆旦诗歌作品的人，应当没有什么问题。事实上也是这样，在当时为数不多的评论文章中，王佐良的《一个中国新诗人》不但写得最早，而且感情饱满，文笔生动，见解深刻而独到，同时又提供了一些鲜为人知的有关穆旦冒险经历的史实资料。此文所提出的论点，几乎为此后穆旦评论的写作定下了一个基本的调子。

---

① 王佐良:《一个中国新诗人》，先后发表于伦敦《生活与文学》杂志1946年6月号和北平《文学杂志》第2卷第2期(1947年7月12日)，本节引文均出自这篇文章。

王佐良从“战时中国诗歌”的背景上解读作为“西南联大”青年诗人群之一分子的穆旦。他首先以一个当事人的身份概括了这个“青年诗人群”共同的处境：第一，“毫不有名”，作品只在朋友圈中传阅；第二，对“艾里奥脱与奥登”情有独钟；第三，有着对严酷生活的痛苦的经验。而“最痛苦的经验却只属于一个人”，那就是经历过1942年缅甸撤退的青年军人穆旦。几年之后，穆旦曾把这次死亡般的历程写进了诗歌《森林之魅》。

对于穆旦，王佐良以诗人的敏锐感受着，又以学者的犀利解剖着、辨析着。他的独特的发现和分析集中于三个侧面：抒情品质，文字风格，宗教精神。

在王佐良看来，中国现代知识分子（包括诗人）在面对自己身处的时代、环境时态度是冷漠而轻飘的，除了鲁迅“凶狠的刺人的机智和几个零碎的悲愤的喊叫”，大多数作家缺少应有的敏感和激情。原因在于他们太功利，以廉价的、庸俗的“口头式政治”“闷死了同情心”。而穆旦，这个“没有普通中国诗人所有的派头”的真正的、年轻的诗人，却已经超越了对这种庸俗政治的迷恋，以一个受难者的“焦灼”“痛苦”的心歌唱着。而且这种歌唱并非“模仿”，完全属于自己的声音。从这个意义上说，穆旦的诗具有真正的原创品质，而绝不是第二流的仿制品。受难者的品质，真实的焦灼与痛苦，“用身体思想”所凝结成的“肉体与形而上的玄思混合的作品”，构成了穆旦诗歌的重要特征：“纯粹的抒情”。

与“纯粹的抒情”互为表里的，是同样纯粹的、创新的、

“非中国的”、与自己的个性“完全适合”的文字风格，这是王佐良对穆旦诗歌的另一个认识。王佐良用描述性的语言表达他对穆旦诗歌语言创新的感受：“在别的中国诗人是模糊而像羽毛样轻的地方，他确实，而且几乎是拍着桌子说话。在普遍的单薄之中，他的组织和联想的丰富有点近乎冒犯别人了。这一点也许可以解释他为什么很少读者，而且无人赞誉。然而他的在这里的成就也是属于文字的。现代中国作家所遭遇的困难主要是表达方式的选择。旧的文体是废弃了，但是它的辞藻却逃了过来压在新的作品之上。穆旦的胜利却在他对于古代经典的彻底的无知。甚至于他的奇幻都是新式的。那些不灵活的中国字在他的手里给揉着，操纵着；她们给暴露在新的严厉和新的天候之前。他有许多人家所想不到的排列和组合。在‘五月’这类诗里，他故意地将新的和旧的风格相比，来表示‘一切都在脱节之中’，而结果是，有一种猝然，一种剃刀片似的锋利……”在这段话里，王佐良指出了穆旦诗歌语言在“表达方式”方面对中国传统文学语言的超越和革新，比如语言的力度，组织和联想的丰富，对旧辞藻的屏弃，新的排列与组合，新旧风格的比照所形成的猝然和锋利。而形成这一切新的“表达方式”的原因，王佐良认为应归于“他对于古代经典的彻底的无知”。关于这一点，可能需要进一步讨论。从穆旦对“新旧风格”所做的成功的对比，从他幼时所受的中国传统文化的教育，似乎无法得出“无知”的结论，与其说是由于“对于古代经典的彻底的无知”，毋宁说是对这种传统经验的自觉背离[①]。

最后,王佐良提出并讨论了穆旦抒情诗中的“宗教意识”问题。对此,他的理解包括这样几个层面:一、穆旦“宗教意识”的产生动力来自于对“人身以外的东西来支持和安慰”的渴望,而不是一个普通教徒在普通的宗教或教会层次上的神学诉求;二、穆旦不满足于中国作家传统的“平衡”和“冷漠”的心态,他知道“冲突和怀疑”,所以他“窥探”着“灵魂深处”的矛盾和“事物的黑暗的神秘”;三、穆旦的“宗教意识”还是初步的、年轻的,他是“虔诚”的,“懂得受难”,“却不知至善之乐”,“他最后所表达到的上帝也可能不是上帝,而是魔鬼本身”,因而这种宗教“是消极的”;四、穆旦“创造上帝”的努力、攀登灵魂的山峰表明了“艺术的进展”,是值得称赞和注意的。也正是因为如此,王佐良才第一次从“宗教意识”的层面肯定了穆旦诗歌的创新价值:“穆旦对于中国新写作的最大贡献,照我看,还是在他的创造了一个上帝。”

王佐良论文的意义在于,他以一个知情者和英美诗歌

---

① 穆旦1976年致杜运燮:“总的说来,我写的东西自己觉得不够诗意,即传统的诗意很少。这在自己心中有时产生了怀疑。有时觉得抽象而枯燥;有时又觉得这正是我所要的:要排除传统的陈词滥调和模糊不清的浪漫诗意,给诗以hard and clear front(严肃而清晰的形象感觉)。”见杜运燮编《穆旦诗选·后记》,人民文学出版社1986年版。又,穆旦晚年致郭保卫:“我有时想从旧诗获得点什么,抱着这目的去读它,但总是失望而罢。它在使用文字上有魅力,可是陷在文言中,白话利用不上,或可能性不大。至于它的那些形象,我认为已太陈旧了。”见郭保卫《书信今犹在,诗人何处寻》,收入《一个民族已经起来》,江苏人民出版社1987年版。

热爱者的身份提供了穆旦从事诗歌创作的若干历史和文化背景，也以一个学者的敏锐和洞察力从比较文学的角度对穆旦诗歌的创新价值做出了准确的判断，他对穆旦诗歌“纯粹抒情”“文字风格”和“宗教意识”的分析以其开阔的文化视野和生动的表述奠定了穆旦诗歌研究的基础。文章的缺点是虽然提出了新鲜的观察点和论点，却没有更深入地进行讨论，使论证停留在了“感觉”的层面。

三

在发表时间上稍晚于王佐良的文章，而在观点和讨论角度方面与王文又不无关联的是袁可嘉、周珏良、吴小如和李瑛的文章。它们分别发表于 1947 年 3 月、7 月、8 月和 9 月天津的《大公报》和《益世报》。不过袁可嘉的《新诗现代化》并非专论穆旦，而是将之作为讨论“四十年代以来”出现的“一种‘现代化’的新诗”七个“理论原则”的创作例证给以介绍的，所列举的也仅仅只有《时感》一首短诗。在袁可嘉看来，穆旦这首诗避免了“伤感的抒泄”，“很有把握地把思想感觉揉合为一个诚挚的控诉”，这控诉“沉痛、委婉”因而“强烈”，具有“现实、玄学、象征的综合情形”，其“文字节奏上的弹性与韧性更不用说是现代诗的一大特色”①。

周珏良《读穆旦的诗》首先从比较文学的角度指出了穆旦诗歌中“西洋的影响”，但论述的重心却是穆旦诗歌的个

① 袁可嘉:《新诗现代化》，发表于天津《大公报》“星期文艺”，1947 年 3 月 30 日。

人化特点,这又集中于"情思的深度,敏感的广度,同表现的饱满的综合"。

周珏良通过对具体诗作的引述,认为"穆旦永远是强烈的感受,加劲的思想,拼命的感觉,而毫不惜力的表现"。同时,"情思感觉表现是亲密的结合而成为一个有机体而互相影响,滋长,相成"。就"表现的饱满"效果来说,在穆旦的诗里有三种情形:一种是由"同类的意象有机地垒积起来"所造成,如《春》这首诗里"绿色的火焰","渴求","拥抱","美丽"的"满园的欲望","为永远的谜迷惑着的""我们二十岁的紧闭的肉体","被点燃""却无处归依","痛苦着""等待伸入新的组合"的赤裸的"光、影、声、色"这些"青春"意象群。第二种是时间性的,"情思感觉的展开是高速度地被迫进行,扭转,跳动,在最短的时间中得到了最大的动,因而给人一种充满的意境"。如《赠别》(二)前两行中不同类意象的紧密相跟。第三种"饱满"则即非物理性垒积,亦非时间性展开,而是"从情思感觉这些被表现的东西里直接来的",在这种情形下,"语言只是尽了透明导体的责任",如《森林之魅》《神魔之争》中的相关部分。

周珏良也涉及穆旦诗中的"荒原"主题及其"天真"而"悲剧"的"解决办法",不过他只是轻轻带过,没有深入讨论。

周文最后指出了穆旦诗歌"文字"的两个特点,一是"十分平易"而又"深刻锐利"的语言,二是具有极多的"佳句"并做了列举[1]。

吴小如的《读〈穆旦诗集〉》[2]作为一篇书评，长期湮没，80 年代以来新出的穆旦研究资料一直未见收录，直到 1998 年才收入吴小如的随笔集《心影萍踪》。如果从学术的角度看，文章似嫌单薄，往往停留在印象的层面，点到为止。不过吴文的好处是从汉语诗歌的阅读效果出发，指出了穆旦诗歌值得讨论的两个技术问题。一个是诗句中英语感叹语“O”的借用，另一个是诗歌语言的“锤炼”问题。在吴小如看来，穆旦在诗中“太多”地直接套用英式感叹词，没有考虑到“中国字是单音方块字”的文字特点，造成了形式“与诗的内容本身太欠和谐”，成了“十足的‘洋气’”，阅读时“把有‘O’的字句读上口，立即觉得有点过火”。造成这种情况的原因则是“摹拟”西方诗歌而没有达到“熔成的境界”。而《穆旦诗集》就文字“锤炼”言，则“他并非不懂锤炼，却未能篇篇锤炼，句句锤炼。有些不算太成熟的作品，便也不忍割舍了去。”因为有些诗“显得冗赘、烦琐、重复、枝蔓，成了白圭之玷。”

吴小如称赞了穆旦的“说理诗”，认为“其气魄的雄浑，意味的醰深，较诸那些浮光掠影自命为天才的诗人，用几句时髦的壮语堆砌成拙劣的散文或毫无诗趣的标语口号，从

① 周珏良：《读穆旦的诗》，天津《益世报》“文学周刊”，1947 年 7 月 12 日。

② 吴小如：《读〈穆旦诗集〉》，《心影萍踪》，上海教育出版社 1998 年版。

而便强名为‘诗’的诗,恐怕是不能同日而语的。”

1947年发表的另一篇评论穆旦的重要文章,是正在北大读书的校园诗人李瑛撰写、同样发表在天津《益世报》上的《读〈穆旦诗集〉》。在这篇同样充满热情的评论中,李瑛重申了王佐良曾经指出过的“深湛的抒情”和“创了一个神”的意见,辨析了穆旦诗歌“词句的组织”和对“现代英美诗”的接近,但与王佐良不同的是,李瑛在更多的篇幅里辨析、肯定了一个“看见了光明而转变的穆旦”,认为穆旦在“突破传统”方面的两个特点是“意识的进步”与“旧辞藻的扬弃”。他一方面指出:“《穆旦诗集》不但明晰地记录了穆旦自己多方面的感受,记录了他情绪的波动,生命的发展,而且他足以代表了整个中国小知识分子在苦闷的时代普遍地感到伤害,冷酷,从他这里面,我们可以看出一个年轻人思想经历的过程,在怎样的爱憎里走着弯曲不平的道路,怎样陷在焦忧泥淖中拔不出脚,怎样感到自己的动摇的苦痛,而迫切渴望援手。”另一方面他又看到了穆旦“有时也要突破”“内在的矛盾”的努力,指出“尤其在集子的后半部,他的诗似乎完全划出了个人的生活,他的苦乐,他完成了诗中的意识。诗便是他感情的升华。”最终“已经由苦恼的解脱到积极的行动,他歌唱真理,歌唱围绕在真理旗下的人民,他礼拜甘地,礼拜为真理为祖国牺牲的士兵,他写了‘奉献’的诗。”也正因为如此,李瑛也像王佐良一样否定了穆旦初期诗作中的“神”,认为穆旦的“宗教是消极的”。

李瑛也指出了穆旦诗歌某些句子“冗长”和“辞藻”“生

涩牵强”的弱点[①]。

四

唐湜的长文《穆旦论》[②]完成于 1948 年年初，同年秋发表于《中国新诗》第三、四集。这是当时写得最长、讨论也较王佐良文章更广泛更深入的一篇穆旦评论，他把穆旦置于中外文化对比特别是知识分子心灵史的背景上加以考察，从比较文学的角度讨论了穆旦与 T. S. 艾略特、奥登、莎士比亚、惠特曼甚至歌德以来欧洲诗学传统的渊源关系，更以现代心理学理论分析了穆旦诗歌中“分裂为二”而又“努力”“统一二者”的“自我”形象，“以自然主义的精神，以诚挚的自我为基础，写出他的心灵的抒情，以感官与肉体思想一切，使思想与抒情，灵与肉完全浑然一致，回返到原始的浑朴的自然状态。”自然也涉及穆旦通过“文字的受难”而表现出的“一个真挚的灵魂的风格”。

唐湜首先肯定了穆旦在中国诗人中的独特性，他认为：“穆旦也许是中国少数能作自我思想，自我感受，给万物以深沉的生命的同化作用（Identification）的抒情诗人之一，而且似乎也是中国少数有肉感与思想的感性（Sensibility）的抒情诗人之一。”接着他在王佐良文章的基础上继续讨论了穆旦诗中的“辨证观念”以及对生活的“忠诚”：“他的诗是一

---

① 李瑛：《读〈穆旦诗集〉》，天津《益世报》“文学周刊”，1947 年 9 月 27 日。

② 唐湜：《穆旦论》，《中国新诗》第三、四集，1948 年 8 月。

个辨证的发展过程，一个由外而内，由广而深，由泛而实的过程，而他的思想与诗的意象里也最多生命的辨证的对立、冲击与跃动，他也许是中国诗人里最少绝对意识(而中国大多数诗人却都是浮浅的绝对主义者)又最多辨证观念的一个，而最可贵的是他的生活上，乃至政治上的自觉性的尖锐。他只忠诚于自我的生活感觉，不作无谓的盲目的叫嚣，一种难能可贵的艺术良心，正如纪德的主张：不求生活的胜利，只求生活的忠诚。如果说中国的诗人中也有真正的(不是虚伪的)现实主义者，那么他是可以当之无愧的。"

唐湜用大量篇幅分析了穆旦诗中的"自我"，认为"这样的对自我的无情的分析与折磨，对自然的自我的抗争与机智锋利的讽讥也许还是前所少见的。穆旦的主要业绩我认为是这一部分作品"。不过他也同时肯定了那些具有惠特曼与霍斯曼诗风的抒情之作和奥登诗风的咏物抒怀短章，而又重点解说了《森林之魅》和《神魔之争》两首长诗。在唐湜看来，《森林之魅》"是一篇非常谐和明净的史诗"，它表达了"用自然的精神来统一历史"的观念，表达了"历史的生命的死亡与完成也就是自然的生命的新生与开始"这一类似于柏格森"生命流"的理想。而《神魔之争》"似乎比较繁复些，但仍然谐和，且更多些激越的音色。它可以与最初的《合唱》前后遥相呼应，但规模的宏大，思想的成熟则远远超过《合唱》……有一种文艺复兴时代的新旧传统，基督教与异教的斗争的气息弥漫在中间"。他认为这首诗与当时"内战"的现实有某种关联。

唐湜指出了穆旦通过"自我"而走向"历史"、以"全人格”拥抱“自我”和“历史”的精神。他用抒情的语言给了穆旦最诚挚的理解和称赞:“穆旦,由于忠诚于自己的生活感受,自然地反映了这一历史时代的‘精神风格’,是不足为奇的,他自己也许也半意识地感觉到了这一点,新旧传统在他心里的交战也正是布尔乔亚时代的较健康的意识与落后的传统意识的交战,他的‘第二次的诞生’正是布尔乔亚时代的进步意识的诞生。自我意识旺盛的个人主义与悲剧精神正是一切布尔乔亚时代共有的精神的表现,而穆旦,由于他个人的教养,又使他们有着T.S.艾略特以来的现代化的新传统的光彩。他用他的全人格,血肉与思想的浑合,来表现这些,他以有血肉的搏求者的精神,先知的坚定的直觉与思想家的凝练的风度来表现这些。”

40年代是穆旦诗歌创作的颠峰时期,也是穆旦研究的起点。通过对王佐良、周珏良、李瑛、吴小如、唐湜等人评论文章的分析,可以认为穆旦研究的这个起点是相当高的。这些具有学院背景的批评家们对穆旦及其诗歌作品的评析视角独特,判断准确,解读细腻而深入,为此后的穆旦研究奠定了坚实的基础。

2004年3月28日 杭州

冯玉祥泰山诗与近代启蒙精神

在冯玉祥先生充满传奇色彩的一生中，其军旅生活和政治生活是主要的，因此提到冯玉祥，人们总是以“将军”相称，有时还要在“将军”前面冠以“平民”“布衣”“基督”“爱国”这类修饰语，以彰明其人格特点。这种“将军”之称，就构成了大众心目中的冯玉祥社会形象。但是冯玉祥的“诗人”身份，则并不为大众所知，甚至亦不为现代文坛所熟知。只有极少数的与冯玉祥相熟的同代人曾击节称赏冯玉祥的“丘八诗”，冯玉祥因此在“小众”范围内而有“丘八诗人”之谓。最高的称赞当属周恩来40年代初在《寿冯焕章先生六十大庆》中的评价：“丘八诗体为先生所倡，兴会所至，嬉笑怒骂，都成文章。”[①]与冯玉祥交往颇多的老舍也曾在《泰山石刻序》中对其诗作激赏不已：“那些诗既不以风花雪月为题，自然用不着雕词镶句；他老是歉意地名之为‘丘八诗’，

① 周恩来：《寿冯焕章先生六十大庆》，《新华日报》第2版，1941年11月14日。

其实句句是真，自具苦心也。”[①]茅盾则称冯玉祥为“业余诗人”。他回忆1938年冯玉祥在武汉“文协”担任理事的情景：“文艺界抗敌的联合战线成立后，有力的支持者之一，就是冯焕章将军。他是‘文协总会’的理事。‘文章下乡’‘文章入伍’，是当时文艺界同人致力的目标，冯焕章将军是实践了这两句话的。他写了很多白话诗，他自称为‘丘八诗’。那时大部分的职业作家一时之间还不能改变风格，使自己的作品适于‘下乡’‘入伍’，而焕章将军虽以业余诗人，说到就做到，他这种精神令人不能不钦佩。”[②]另外，诗人臧克家在1986年来泰安寻访冯玉祥故居，曾写下一诗一文，所记均为冯玉祥的泰山诗碑。其诗云：“泰山脚下，一口大坟，埋着一位将军，埋着一个诗人。他把手一挥，末代皇帝溜出了宫门；生平酷爱诗歌，专为穷人苦吟。坟前旷阔，象主人的胸襟；故居庭院里，花木成行，诗碑如林。碑上的诗花，朵朵带着血痕，石头冷冰冰，滚烫一颗心！”诗短情深，极为概括地凸现出冯玉祥作为将军的历史功勋和作为诗人的大众风格。

至于冯玉祥自己，则对他本人的诗人身份也曾在《我的读书生活》中作了极有分寸的认同：“对文学，也引起更深的爱好，而且自己不怕别人笑话的作了许多首丘八诗，将泰山

---

① 老舍：《泰山石刻序》，《老舍文集》，人民文学出版社1990年版，第15卷。

② 转引自于志恭：《冯玉祥先生与“文协”》，《人民日报》第8版，1982年9月16日。

上下的民众生活，风土人情都写了一下。”

实际上，冯玉祥作为诗人，不但有一千四百余首[①]的高产量，而且有雅俗共赏的独特风格。如果说，他一方面是功勋卓著的“布衣将军”“基督将军”和“爱国将军”，那么在另一方面，他则是独领风骚的“大众诗人”“启蒙诗人”和“抗战诗人”。仅就其在泰山读书期间创作的近百首诗作，亦可以得到这样的印象。

冯玉祥的泰山诗，有 48 首与赵望云的速写画诗画相配，镌刻成碑，又以《泰山社会写生集》为题在 1938 年汇编出版。多数诗作则以《泰山社会生活写真诗》为题收入《冯氏丛书·冯在南京第一年》下卷，由三户图书社 1937 年印行。80 年代和 90 年代，又曾以《冯玉祥先生在泰山刻石选》（泰山文物风景管理局 1984 年 9 月）和《冯玉祥将军泰山诗选》为题内部印行。

冯玉祥的泰山诗，形式整饬却不同于格律谨严的近体诗，语言通俗而不同于“五四”新文学开创的自由体白话诗，有民歌风味但又不同于纯粹的民歌。如果一定要探寻其传统，我觉得其诗当肇源于黄遵宪、梁启超以来的近代“新派诗”。形式上如此，内容上、主题上、精神上亦如此。

19 世纪末期资产阶级改良主义运动期间，与政治上的

---

① 据《冯玉祥诗选》编者于舟在《编后记》中云：“冯玉祥先生在世时，前后出版诗集多部。在其《胶东游记》《青峨游记》等著作中，也写了不少诗作。冯玉祥先生自己还编印过诗歌选集。此外，他还在报章、杂志、书信中创作发表了许多诗篇。其传世诗作，总计约一千四百首。”《冯玉祥诗选》，四川人民出版社 1982 年版。

变法维新相呼应，以梁启超、黄遵宪为代表的近代诗人倡导“诗界革命”，主张以“旧瓶装新酒”，形成盛极一时的所谓“新派诗”。其主要特征是：一、以欧洲近代精神为核心的“新意境”，主要是反封建的民主主义精神和强烈的民族主义色彩，以及对科学、对新事物以及新的人生理想、社会理想的崇尚。梁启超在《夏威夷游记》中就说：“将竭力输入欧洲之精神，思想，以供来者之诗料。”二、新语句，主要是采用新名词，吸收口语和通俗语入诗。黄遵宪的名言：“我手写我口，古岂能拘牵？即今流俗语，我若登简编。”三、古风格，指形式上仍运用旧体诗的框架，不做大的突破。可见这是一种改良主义的过渡期诗风。而这种近代文化背景，恰恰是冯玉祥这代人思想、人格、文化修养生成的主要背景。

冯玉祥的泰山诗深受近代“新派诗”风的影响，最突出地表现在对近代“启蒙精神”的继承上。

“启蒙”，在汉语中的意义是“开导蒙昧，使之明白贯通。”（《辞源》），又指“通过宣传教育，使后进的人们接受新事物而得到进步。”（《辞海》）英语 Enlightenmentz 则意为“启迪”，在 18 世纪资产阶级启蒙运动中引申为“用近代哲学和文艺的文化知识的光辉照亮被教会和贵族专制的迷信与欺骗所造成的愚昧落后的社会，恢复理性的权威。”（《中国大百科全书・外国文学卷・2》）19 世纪末期，出于改良维新的资产阶级政治革命的需要，梁启超等人主张“唤起民众”和“启迪民智”，他在《蒙学报演义报合叙》一文中指出：“西国教科之书最盛，而出以游戏小说者尤夥；故日本之变法，赖俚歌与小说之力。盖以悦童子以导愚民，未有善于是者也。”而“今日救中国第一义”为“教小学,教愚民”。为此他特别强调文学通俗化的意义。在这种启蒙意识深入人心的情况下,诗歌在普及性和通俗化方面虽然比不上小说,却也发生了很大变化。一些诗人十分重视采集山歌俚曲,甚至自己也创作民歌味很浓的歌词以“启迪民智”。如黄遵宪的《幼稚园上学歌》之一:

春风来,花满枝,儿手牵娘衣。
儿今断乳儿不啼。
娘去买枣梨,待儿读书归。
上学去,莫迟迟。

冯玉祥的泰山诗中,有一组《德育歌》,也是写给泰山的穷孩子的德育启蒙教育歌,与上述《幼稚园上学歌》十分近似。且看《莫逃学》一阙:

小雨过了出太阳,草又嫩,花又香,
贪玩误了上学堂。误了学,没出息,
先生恼了打戒尺,爹娘知道更生气,
又教同学瞧不起。早上学堂去争光,
知过改过才算强。

其内容形式皆有共同之处。只是冯诗的训诫意味更为突出、更为直截了当一些。而且在结构上冯诗有明显的特点,即前半部分叙事,后半部分说理,叙事是为说理作铺垫的,启蒙的意识十分强烈。纵观冯玉祥在泰山创作的近百首诗歌作品,无一不是充满这种强烈的启蒙意识。由此,我们可以窥见冯玉祥的诗歌观念绝不是“为艺术而艺术”，而是与“兴观群怨”“文章合为时而著，歌诗合为事而作”以及20世纪“为人生的艺术”的传统一脉相承的。

那么，冯玉祥的泰山诗要对谁启蒙？在哪些方面进行启蒙？又是怎样进行启蒙的呢？

从这些诗所涉及的题材可以判断出来，冯玉祥的启蒙对象是被称为“中华民国”主人翁而实际上处于水深火热的困苦之境的劳苦大众。诗中所写，皆为30年代以泰山为衣食之源的山民。有挑夫、轿夫、农夫、樵夫、洋车夫，还有石匠、窑工、泥瓦匠、牧羊人、洗衣妇、小学生，以及香客、和尚和各类摊主。冯玉祥赞其自食其力的劳动精神，同情其贫困落后的艰难处境，同时也毫不客气而又语重心长地指出其精神上的愚昧和病态。如《石工》一首称赞劳动者的健康体魄：“石工生活极劳苦，却得身健体粗壮。臂膀结实胸口宽，筋肉如铜骨如钢。如此身手来工作，任何重责可担当。”在另一首《石匠的野炊》中，则又感叹其劳动力的廉价：“昨夜入城市，粗面已涨价。上月价两块，今已二元八。生活日见难，工资不见加。三人皆苦笑，自愧同牛马。”《小饭馆》批评的是令人痛心的“醉生梦死”享乐主义人生态度，从一个侧面反映了值得全民族反省的病态的国民性：“三朋四友座常满，酒肉茶烟桌上排。上下古今无不谈，大呼小叫把拳猜。终日流连乐忘返，醉生梦死至可哀。朝鲜亡国有此象，晋尚清谈国祚衰。”从这个方面说，冯玉祥的确是不折不扣的“大众诗人”。

因特定的启蒙对象和特定的时代背景，决定了其特定的启蒙内容。具体而言，主要有政治启蒙、道德启蒙、教育启蒙和文明科学启蒙。

政治启蒙主要集中在两个方面，一是批评腐败的政治制度和政治集团，揭示不平等的社会现象。如《人民哪得有安康》所描述的："农村已破产，土匪到处抢，归根说起来，都因政治坏。人民筑起防匪台，免得土匪进攻来。不过只能防私匪，官匪来了人民还得去接差。土匪掠，官匪刮，人民哪得有安康！"又如《小村庄》抨击国民党政府不负责任造成的灾难："小村庄，小村庄，一片衰落的景象！去年旱灾才过，今年又过水荒。说什么农村建设？说什么农村改良？"二是唤起民众抵抗日本对中国的侵略。如《上山的挑夫》《运石》《播种》《新年的郊野》《卖货摊》《小饭馆》《饭时的农家》《同胞》等。《饭时的农家》由和平宁静的农家生活引发对抗战的呼吁："一家和平安乐，景象真是可爱。可恨日本欺我，枪炮步步逼来。我国如不抵抗，亡国惨痛难挨。先要打倒强暴，方能民安国泰。"

道德启蒙主要表现为对自食其力、劳动以及劳动者的敬仰和赞美（如《打柴》），对贫苦大众悲惨生活处境的真挚同情（如《牛啊》《泥瓦匠》《上山的挑夫》），对小学生进行道德教育（如《德育歌》）以及对文人雅士的提醒（如《牧羊人》）。

教育启蒙表现在《牧牛》《小学生的家》诸首当中。《牧牛》由一个八九岁牧童瘦弱憔悴的形貌写到其精神的贫困："为何不上学，工作多苦累。终身为文盲，遭遇实可悲。大众难读书，国家须载培。大量办义学，急务此为最。"《小学生的家》写小学生放学归来对其家人讲述“新知识”的快乐情景，十分活泼可爱。

科学文明启蒙在冯玉祥的泰山诗中显得尤其突出。冯玉祥在泰山读书期间，反对迷信，提倡文明，唯科学是尊。他不但将西溪两旁的小山分别命名为“东科学山”和“西科学山”，而且在诗中时时处处倡言科学、宣传科学。看到上下往来的泰山山轿，他想到的是“大名山，电车造”（《山轿》）。看到旧时农村娶亲的场面，他愤而指陈买卖婚姻的弊端，提倡改造旧俗（《娶亲》）。看到老农赶骡耕地的情景，他想到的是欧美机器耕地的威力（《耕地》）。看到菜农以人力浇园，他想到的是先进的抽水机和人造雨（《浇园》）。看到推碾洗衣的农妇，他想到的是“努力迎头赶上去，电机我们自己装”和“人家机器洗衣物，我们手工多受苦。”（《石碾》《洗衣妇》）看到街头卖吃食的小摊子“食物上，土一层，十人吃下九人病”的情景，他想到的是：“卫生不讲究，科学不看重，事事都落后，还不求改进。”焦虑之情，溢于言表。

冯玉祥并不刻意为诗，或者说他并无意以诗人自居。而其诗歌作品在题材上的丰富性，主题上的严肃性，乃至语言上的通俗性，却少有诗人（包括新诗人）能望其项背。他以启蒙为宗旨，以唤起民众“改革”的行动为最终目的，出于这种宗旨和目的，他决定以“通俗性”作为自己的形式原则。

他选择了“兴”这一最古老的艺术手法。他总是由生动活泼的“社会生活写真”入手，而以深入浅出的生活道理收尾，“先言他物以引起所咏之辞”。温文而又严肃，雅致但却通俗。循循善诱，谆谆告诫，真正是耐心备至。

冯玉祥将自己的诗称为“丘八诗”,一般人仅把这理解为将军的自谦,而我却觉得这个名称实际上意味着一种独立不羁的诗学品格,它实际上是在提醒我们:这些诗不同于一般所谓“文人诗”,亦不同于一些诗人引以为豪的“纯诗”,它们是具有军人风骨和大众魂魄的另一种诗!

遗憾的是,由于种种原因,这另一种诗的启蒙价值和审美价值至今尚不为更多的人所理解,而作为诗人的冯玉祥至今亦不为更多的人所认识,其诗作中一颗滚烫的忧患之心至今还没有得到应有的珍爱。在冯玉祥先生罹难50周年之际,深望喜爱阅读诗歌的人们打开冯先生的诗歌选集①,从中感受一下这位爱国的大众诗人澎湃的激情和盎然的正气。也希望到泰山旅游的人们,一定到普照寺内的冯玉祥纪念馆去看看,站在由赵望云作画、冯玉祥配诗、泰山石工刻制的四十八块诗碑前面,你一定会有一种心灵净化的感觉。

1998年8月31日 海岳书屋

① 冯玉祥诗歌选集在1982年有两种版本面世,除于舟编川版《冯玉祥诗选》(收诗100首)外,另有弗伐、洪志编《冯玉祥诗歌选》(收诗115首,其中选入泰山诗作较多),黑龙江人民出版社1982年版。

唐湜早期文学活动考释

自20世纪80年代以来，由于前代诗人艾青的权威性积极评价和《九叶集》的出版，活跃于20世纪40年代中后期上海《诗创造》《中国新诗》以及北平、天津等地报刊的众多学院出身的诗人，开始被新诗评论界所接纳，陆续得到正面的政治肯定和日益深入的学术研究。作为这些诗人当中的一位，唐湜也终于在他从事文学写作五十年后渐渐受到新诗研究者的关注。当然开始是以"九叶"之一获得一些点评，直到80年代后期才有了专以"唐湜"为题的研究论文，进入90年代后，相关论文开始多起来，直到他2005年去世，以唐湜为论题的专论大约有40余篇①。这些论文主要涉及唐湜的诗作和诗歌评论，与那个年代的整体研究路径相契，对唐湜的研究也主要表现为宏观的俯瞰与文本的阐释，以政治评价和文本审美分析为主，以诗人身世、行踪、际

① 此据芮逸敏《唐湜研究综述》一文提供的数字，原载香港《诗网络》2006年6月第27期，收入《一叶的怀念：唐湜纪念文集》，中国戏剧出版社2008年版，第177页。

遇与其文学写作的互动为内容的历史研究则明显不够。特别是自诗人去世之后,这种关注又逐渐趋于低迷状态。其实,不仅仅是唐湜,除了穆旦,多数“九叶”诗人在进入 21 世纪后似乎都开始淡出新诗研究的视野。此种现象固然有其不得不然的内在必然性,但是不是说这些各有其文学史意义的诗人真的失去了任何进一步研究的价值了呢?

本文无力回答这个难题,但就唐湜而言,个人觉得对他的研究其实还有不少空白处有待填补,甚至一些基础性研究工作都还没做。比如迄今为止,还没有一部哪怕是初级的、粗陋的唐湜传记或较为详备的年谱,这导致我们对唐湜的生平、文学活动与其文学成就之间的关联不甚清楚,也就不能真正把握这位文学史人物的来龙去脉。

笔者感兴趣的,正是唐湜早年大学读书期间时代所给予他的特殊文学机缘,即什么缘由导致唐湜走上了文学写作之路并决定了他的文学趣味选择?他做了什么?以及他在那个时代贡献给了中国文学以什么有价值的成果?

本文认为:作为 20 世纪 40 年代重要的中国校园诗人,唐湜早期文学活动有准备期和自觉期两个阶段,准备期约六年,自觉期则贯穿整个大学读书时期和毕业后一段时间,前后约七年,主要经历了浙江大学龙泉分校和暨南大学(建阳)、上海与浙江大学(杭州)本部、温州从教三个阶段。自觉期的文学活动主要有:1. 以散文、新诗为主的文学写作;2. 参与组织《诗创造》与《中国新诗》杂志;3. 撰写诗论与诗评;4. 译介欧美现代诗。其重要成就表现在:1.《中国新诗》派最为自觉的评论家;2. 对 T. S. 艾略特名诗《四个四重奏》

的最早译介;3. 20 世纪 40 年代抒情长诗的最早实验文本《英雄的草原》。

由唐湜晚年文学回忆录《回忆:抗日战争时期的东南文坛》可知,他在 1937 年春考入宁波中学时就在校刊发表过长诗、散文和评论,这应该视为唐湜最早的文学实践,后来因投身救亡运动而暂时放下文学。进入 20 世纪 40 年代以后,回家乡修养时,就"自然而然地开始了文艺习作"①,在当时的《浙江日报》《东南日报》和《青年日报》的副刊上发表过一些所谓"报章文学",实际上是诗与散文诗,到 1943 年考入战时浙江大学龙泉分校,以抒情长诗《草原的梦》(即《英雄的草原》第一部)为标志,唐湜文学写作的准备期结束,进入自觉期。

这个自觉期,前后大约七年,从时间和唐湜的个人经历看,可分为下述三个阶段:一、浙大龙泉分校与暨大(建阳)借读阶段(1943 年秋至 1945 年冬),约两年半;二、到上海和转浙大(杭州)本部以及昆山从教阶段(1946 年春到 1948 年底),约三年;三、毕业后温州从教并出版《飞扬的歌》和《意度集》阶段(1949 年到 1950 年),约两年。1950 年以后,唐湜经过温州、上海短期从教的过渡,自 1952 年下半年去北京,从此开始步入其文学生涯的中间期。

唐湜生前没有留下系统的自传,以上对早期文学活动各阶段的划分是基于他的人事档案及一些零零星星的片段

---

① 唐湜:《回忆:抗日战争时期的东南文坛》,《新文学史料》,1990 年第 4 期。

回忆做出的判断①。

1988年出版的唐湜早期散文集《月下乐章》所收最早的作品写于1943年，其《前记》交代这些作品的由来也用了这样的说法："从一九四三年到一九四六年，不短的三年间，我在瓯水上游、建水旁的山谷间上着战时大学，几乎三两天就随手写下一两篇'音阶练习'式的散文习作，记录了当时自己心脉的搏跳与感情的波动，也几乎三两天就收到一两篇报刊寄来的刊出习作的剪报，我把它们陆续都贴到一本题为《朝华集》的本子里。"②2003年出版的唐湜总结性的诗集《唐湜诗卷》所收最早诗作也写于1943年，由这些做法不难看出，除了难以辑录一重原因，唐湜对他文学准备期的多数作品并不看重，而大学阶段的诗、文尽管也属于"习作"，作者却有着剪贴出版的设想，说明他是重视的，这与本文"自觉期"的提法也相吻合。

那么，在这前后七年的三个阶段中，唐湜的文学活动是怎样的呢？他做了哪些工作？又取得了什么样的成就呢？

---

① 本文涉及唐湜人事档案现存温州市文化局，由唐湜之子唐彦中拍照提供唐湜亲笔填写简历表格，其中关于大学阶段的内容为：1943.8—1945.8，龙泉浙江大学分校学生，外文系学习；1945.9—1946.1，建阳暨南大学学生，外文系学习；1946.2—1946.7，在家结婚，要去上海经商；1946.8—1948.7，浙大杭州本校外文系学生，学习；1947.7—1948.7，上海诗创造月刊编辑同人（兼），编刊物；1947.8—1947.10，杭州大同日报记者兼副刊编辑（兼），写社论，编副刊；1948.6—1948.10，上海"中国新诗"月刊编辑同人（兼），编刊物。由这个简历可知唐湜大学阶段的求学段落和文学活动兼职情况。

② 唐湜：《前记》，《月下乐章》，海峡文艺出版社1988年版。

第一个阶段是唐湜大学初期，共两年半，前两年在战时浙江大学龙泉分校，后半年借读于迁移到福建建阳的暨南大学。在龙泉分校写作多为散文，少数评论如《三种德性的斗争》《阿左林的书》，长诗《森林的月亮与太阳》(初名，后改为《英雄的草原》)第一部《草原的梦》，多发表于浙江本地报纸《东南日报·笔垒》《浙江日报·江风》《青年日报·语林》。建阳暨南大学借读期间写作少数散文《荒岛上》《散文的春天》《春夜》《窗子》《时间的花》，诗《偷穗头的姑娘》《沉睡者》，完成了长诗《森林的月亮和太阳》第二部《波浪·波浪》和第三部《宇宙的孩子》。

第二个阶段辗转于上海、杭州、昆山的三年是唐湜早期文学活动的高峰期。

1946年春，唐湜初到上海，住宝山路暨南大学①，结婚后本拟到上海经商的唐湜仍然热衷于文学，不但拜见了早在中学时期就深受其影响的评论家李健吾，而且也向后期七月派的刊物《希望》投稿，翌年又由参与《诗创造》而进一步成为《中国新诗》的核心成员。其时李健吾和郑振铎刚刚创刊了《文艺复兴》杂志，与李健吾的交往遂将唐湜推上了该杂志的作者之列，先后在该杂志发表组诗《山谷与海滩》

① 唐湜在回忆录《我的诗艺探索》中讲到这段经历时的表述是："我是1946年春天去上海的，在正在复员的暨南大学里向几个有影响的文艺刊物，如《文艺复兴》《希望》寄去了一些诗、散文和评论……"，给人的印象是他仍在暨大"借读"，但根据其自己填写的人事档案简历，他这次到上海是准备去"经商"的，因此在"有何主要活动"一栏中是空白，据此可知1946年上半年唐湜在上海并非借读"暨南大学"，而是另有目的。

(1946年)、评论《冯至的〈伍子胥〉》(1947年3月)、《陈敬容的〈星雨集〉》(1947年6月)、《杜运燮的〈诗四十首〉》(1947年9月)、《路翎与他的〈求爱〉》(1947年11月第4卷第2期)、《衣修伍德的〈紫罗兰姑娘〉》(1947年12月)。胡风则在他主编的《希望》上推介了唐湜的《地狱中的雕像》。因《诗创造》而结识臧克家、陈敬容、曹辛之。在上海《大公报》发表《果园城记》。

到1946年下半年,唐湜转入杭州浙大校本部,接触欧美现代诗与诗论,开始诗歌写作的新尝试。

在这一阶段,对于新诗史上的唐湜而言,最重要的文学活动应该是1947—1948年以兼职编辑身份参与《诗创造》尤其是《中国新诗》编辑工作的经历了。除了为《诗创造》组织"诗论专号"和为《中国新诗》创刊号撰写"发刊词",他自己,作为诗人和评论家,还有大量作品和作品集问世,如1947年4月为《诗创造》创刊号写《梵乐希论诗》,暑期将诗作剪贴本寄臧克家,由其挑选九首编为《骚动的城》出版(1947.10,星群出版社"创造诗丛"之一),陆续为《诗创造》写诗《鸟与林子》(3辑)、《华盖·古砚教授》(5辑)、《虹》(1948,第1、7辑)。1948年:评论《诗的新生代》(《诗创造》8辑)、《辛笛的〈手掌集〉》(《诗创造》9辑)、《严肃的星辰们》(《诗创造》12辑,"诗论专号")、《师陀的〈结婚〉》(《文讯》8卷3期)、《论意象》《沉思者冯至》《〈七月〉与〈希望〉》(沈寂编《春秋》月刊)、《论意象的凝定》(《大公报·文艺》)、《我们呼唤》《论风格》(《中国新诗》创刊号)、《穆旦论》(《中国新诗》3—4辑)、《佩弦先生的〈新诗杂话〉》(《中国新诗》4辑

“纪念朱自清先生”特辑),译诗《燃烧的诺顿》(《诗创造》10辑“翻译专号”),诗作《剑》《诗》(《中国新诗》2辑)、《手》(《中国新诗》“纪念朱自清先生”特辑)、《庄严的人》《给方其》《断章》(《中国新诗》5辑),诗集《交错集》(未单独出版),长诗《英雄的草原》(森林出版社“森林丛书”之一),编评论集《意度集》。

正是这段时间的锻造,唐湜历史形象的主体部分才得以形成。

接下来的第三个阶段是温州时期(1949—1951)。唐湜在1948年7月浙大毕业后,先在江苏昆山某中学教了半年语文和英语,1949年初回到温州,先后在温州师范、温州市立中学和上海宝山罗溪中学任教①,这段时间的写作不多,只有评论《生命树上的果实》《郑敏静夜里的祈祷》和诗作《给女孩子们的诗——写给一个三八节晚会》。在1950年,以平原社名义自费出版了个人诗集《飞扬的歌》和评论集《意度集》。

关于《意度集》,唐湜曾在该书《前记》中交代由来,大意谓原拟由森林出版社出版,因故未成,结果还散失了《骆宾基的〈混沌〉》《刘北汜的〈山谷〉》《何其芳与惠特曼》三篇文章。“平原社出版的时候,删去了《佩弦先生的〈新诗杂话〉》,增收了《郑敏的静夜里的祈祷》《莫洛生命树上的果实》,连《沉思者冯至》《辛笛的〈手掌集〉》《搏求者穆旦》《严

① 唐湜毕业后先后在昆山、温州的从教经历,依据其自撰人事档案简历。

肃的星辰们》《路翎与他的〈求爱〉》《陈敬容的〈星雨集〉》《虔诚的纳蕤思汪曾祺》《衣修伍德的〈紫罗兰姑娘〉》等，最终共十篇文章。”①

说到唐湜早期的文学成就，当然须有一个衡量的尺度，这个尺度应该就是20世纪40年代的新诗史。

在这个十年里，就新诗状况而言，由《七月》《希望》构成主体的“火线”诗人群体和以昆渝京津沪等城市为依托的校园出身诗人群体影响最大，成就也最高，已然是文学史研究学者们的共识。那么，在这样一个格局中，作为第二个创作群体中的一员，唐湜的个人成就或突出意义表现在哪里呢？

他的成就和意义，首先是与《诗创造》特别是《中国新诗》的成就与意义联系在一起的。作为这两个新诗刊物重要的组织者与参与者，唐湜以兼职编辑身份先为《诗创造》组织了“诗论专号”，后为《中国新诗》撰写了“卷首”《我们呼唤》，相当于发刊词。

《诗创造》的“诗论专号”即第十二辑《严肃的星辰们》是作为“《诗创造》在周岁时呈献给读者的最好的纪念物”（杭约赫《诗创造》第十一辑编后），有袁可嘉论文《新诗戏剧化》、唐湜论文《严肃的星辰们》、陈敬容论文《真诚的声音》、戈宝权论文《关于伊萨柯夫斯基》，还有沈济与李旦关于艾略特、奥登的译文，分量的确是重的，无论在当时还是后来看都有相当自觉的理论意识和意义。

① 方韶毅：《唐湜与〈意度集〉》，《民国文化隐者录》，台湾秀威资讯科技股份有限公司2011年版，第201页。

相当于《中国新诗》发刊词的《我们呼唤》，是一篇带有强烈政治激情的宣言，作者依次提出“严肃的时辰”“严肃的考验”“严肃的工作”。强调：“我们必须以血肉似的感情抒说我们的思想的探索。我们应该把握整个时代的声音在心里化为一片严肃，严肃地思想一切，首先思想自己，思想自己与一切历史生活的严肃的关连。”“我们首先要求在历史的河流里形成自己的人的风度，也即在艺术的创造里形成诗的风格。”（《中国新诗》第一集）

第二，作为20世纪40年代优秀的诗论家与评论家，唐湜的成就有其独特的意义。主要表现在：

创造了不少“第一次”的记录。所谓“第一次”，指对于新文学特别是20世纪40年代的新文学现象进行的开拓性、发现性评介，辛笛、郑敏、莫洛、汪曾祺后来成为占现代文学一席地的重要作家和诗人，而对他们的首次专文评论都是唐湜所为，这些评论至今具有珍贵的文献价值。

不仅如此，唐湜和袁可嘉还同是最早从总体上评论《中国新诗》诗人群体的评论家，最早肯定了这些诗人作为一个重要创作群体与流派的价值和意义。唐湜的《诗的新生代》与《严肃的星辰们》分别刊载于《诗创造》1948年第1卷第8辑和第12辑，还有一篇《论〈中国新诗〉——给我们的友人与我们自己》则刊载于1948年9月13日的《华美晚报》。即如后一篇，从中国新诗历程的大背景着眼，在不满于种种“抗战胜利后中国诗坛乃至文坛上的现实”之同时，唐湜肯定了《中国新诗》出现的意义，也力图揭示其诗学特征：“《中国新诗》的特点（至少是我们几个编辑者的意图）是它在中国历史发展的进步的必然性的基础上接受了世界思想与诗传统的丰富发展的逻辑上的必然性，也就是说，在现实的历史要求的基础上接受了进步的逻辑思想的要求与诗人深‘心’生活的感情要求，而在辩证的统一里结合了它们，强有力的自然发展的过程里有着智慧的自觉的照耀。”①表述不够简洁明快，是他的不足。

在对后来被称为“九叶诗人”成员的评论中，唐湜评论这些诗人的数量最多，先后以专论的形式评论了穆旦、杜运燮、郑敏、陈敬容、唐祈、辛笛、杭约赫、莫洛的作品。

更为难得和可贵的是，在20世纪40年代后期那样一个复杂的诗歌社会环境中，唐湜没有从狭隘的团体利益出发，而是从诗歌美学的角度，在《诗创造》第8辑发表《诗的新生代》一文，最早将《七月》派诗人与穆旦、杜运燮们这些“自觉的现代主义者”“现代的哈孟雷特”并列比较评论，看到了他们深层共同的美学追求，不但给予他们最高的肯定和体贴，且发出深切的呼吁“让这些钢铁似的骨干与柔光的手指，拥抱在一起吧，让崇高的山与深沉的河来一次‘交铸’吧，让大家都以自觉的欢欣来组织一个大合唱吧，该鼓励这么作的，因为这两方正可以相互补充，相互救助又相互渗透呵，因为诗的新生代正要求着自然的与自觉的现代化运动

① 《“九叶诗人”评论资料选》，华东师范大学出版社1995年版，第6页。

的合流与开展。”①

唐湜的评论,并不局限于《诗创造》或《中国新诗》的作者,其评论家的形象其实比人们印象中的“九叶评论家”要丰满、高大得多。事实上,他的批评视野远为开阔,上述诗人和诗歌现象之外,唐湜还评论了冯至、朱自清、何其芳、路翎、汪曾祺、师陀、骆宾基、刘北汜、瓦雷里、衣修伍德、阿佐林、纪德,他其实是有着类似李健吾、钱锺书那样的自觉意识的②。

评论之外,唐湜从他大学时代接受的现代诗学理论出发,又曾撰写了多篇理论文章,某种意义上,他也是一位现代诗理论的思考者。

写于1947年杭州浙大本部的《梵乐希论诗》,通过对“主张古典诗式最力的唯理主义者梵乐希”③诗论的介绍,表达了当时唐湜对现代诗的思考。“诗是情绪与思虑的和谐与洗练的产物,它主要的是意志的产物。”“现代的诗与十

① 唐湜:《诗的新生代》,原载上海《诗创造》第8辑(1948),收入唐湜:《新意度集》,生活·读书·新知三联书店1989年版。

② 可参见唐湜《新意度集·前记》,在此文中,唐湜详细谈及他早期在文学批评领域的自我期许与对文学批评的理想,其中有“我那时企慕着刘西渭先生的翩然风度,胡风先生的沉雄气魄与钱锺书先生的修养,但我更企望在他们之间有一次浑然的合流。”另参见韩石山《李健吾传》第九章:“唐湜成为书评家,也是在《文艺复兴》上起步的,他的文笔酷肖李健吾,声言曾有意揣摩过李健吾的风格。”北岳文艺出版社1996年版,第310页。

③ 梁宗岱:《说“逝者如斯夫”》,《梁宗岱批评文集》,珠海出版社1998年版,第115页。

九世纪的诗不同，它是自觉的，它是思想与情感的交互表现，甚至是思想的感性的表现，带有一定的智的成分，诗是一种人工的艺术，以各种工具'唤起诗境，复现诗境，给诗境以永恒悠远的形式，并从意识的思索里恢宏其境界'。所以诗人并不是一只可以不顾一切的高歌于云霄里的云雀，他只是一只蜜蜂，一个工作艰苦的工匠。""诗固然是情感的表现，但'自然'的情感必须经过人工的淘洗才行。""诗人必须用心寻出一种心上的音乐似的特殊的语言，声音与意义能够相互启示，相互激发……"①透过这些话语，可以见出唐湜已然对浪漫主义诗歌精神的某种超越。

此外，通过《论风格》《论意象》和《论意象的凝定》诸文，他进一步申述了他带有古典主义精神的现代诗观念。他征引保罗·梵乐希的话："意象正就是最清醒的意志(Mind)与最虔诚的灵魂(Heart)互为表里的凝合。"继而发挥："由灵魂出发的直觉意象是自然的潜意识的直接突起，是浪漫蒂克的主观感情的高涌，由心智出发的悟性意象则是自觉意识的深沉表现，是古典精神的客观印象的凝合，而它们的更高的完成则是由于古典精神与浪漫蒂克力量在意象内部平行又对抗的凝合，自然的基础与自觉的方向、潜意识的'能'与意识的'知'的完整的结合，思想突破直觉的平面后向更高的和谐与更深的沉潜，最大最深的直觉与雄伟的意

---

① 唐湜：《梵乐希论诗》，《新意度集》，生活·读书·新知三联书店1989年版，第316—319页。

志的发展。"[1]《论意象的凝定》也说:"而真正的诗,却应该由浮动的音乐走向凝定的建筑,由光芒焕发的浪漫主义走向坚定凝重的古典主义。"[2]

同样,《博求者穆旦》将穆旦视为"中国有肉感与思想的感性(Sensibility)的抒情诗人之一",也是基于这种既古典又现代的诗学思考:"他的诗常常有一个辩证的发展过程,一个由外而内,由广而深,由泛而实的过程;而他的思想与诗的意象里也最多生命的辩证的对立、冲击与跃动,他也许是中国诗人里较少绝对意识又较多辩证观念的一个,而可贵的还是他的自觉性的敏锐。"[3]他引述穆旦诗句"紧握了一切无形电力的总枢纽",认为这是"一种人民的开明政治"。"他的自觉精神的开始。"唐湜认为"我"原是穆旦全部诗作的起点:"因而诗必须先忠诚于确实的个人生活感觉,再扩大到对群的献身的爱。""哈孟雷特该比唐·吉诃德更勇敢,因为他敢触动人类的病痛……""这样的对自我的无情的分析与折磨,对自然的自我的抗争与锋利的讽讯也许还是前所少见的。穆旦的主要的业绩我认为是这一部分

① 唐湜:《论意象》,《新意度集》,生活·读书·新知三联书店1989年版,第13—14页。

② 唐湜:《论意象的凝定》,《新意度集》,生活·读书·新知三联书店1989年版,第15页。

③ 唐湜:《博求者穆旦》,《新意度集》,生活·读书·新知三联书店1989年版,第91页。

作品。"①

第三,唐湜早期的文学成就,还包括他作为英语现代文学的译介者而对于T.S.艾略特长诗《四个四重奏》之一《燃烧的诺顿》的翻译(《诗创造》10辑"翻译专号"),以及对西方现代文学诸如瓦雷里、衣修伍德、阿佐林、纪德的评论和介绍。

这与唐湜大学所读的英语系相关。中国现代大学对外语人才的培养不但开阔了民国新文学的视野,也大大提高了新文学创作和理论的水准,清华大学外语系对中国现代文学的贡献有口皆碑,不待细说,战时浙江大学外语系虽不能与同期西南联大外语系相提并论,然其能产生唐湜这样的优秀学生,似乎也已经值得注意和考察②。在《我的诗艺

① 唐湜:《博求者穆旦》,《新意度集》,生活·读书·新知三联书店1989年版,第93、97、100页。

② 唐湜生前在致本文作者信中,曾忆及他在浙大外文系阅读英美现代诗的情况:"但说句老实话,我在大学(浙大)念书时,只有一两位老师讲到过艾略特、劳伦斯,只偶而提到过,没有象穆旦、运燮、可嘉们有冯至、卞之琳与一位英国现代派诗人燕卜逊们的系统的辅导与教导。我是靠自己找些书来看,接触到现代派的。写这些文章时也还在大学内念书,靠自己的一些敏感与灵感来写评论,48年夏才毕业离校去教书。《意度集》的意度二字,只是'以小人之心度君子之腹'之意,我至今未读过《speculations》这本书,我的'度'是猜度(读'铎')之意。我只读过艾略特的《荒原》与几篇论文,倒也译过他的《四个四重奏》的第一重奏:《燃烧了的诺顿》(发于《诗创造》的《翻译专号》,48年初),未完整地进行对现代诗与新批评的学习。"(1992年9月27日)见子张《唐湜信札小辑》,《一叶的怀念:唐湜纪念文集》,中国戏剧出版社2008年版,第312页。

探索》一文中，唐湜曾追溯他在大学由“浪漫主义的激情”而逐步进入T. S. 艾略特、R. M. 里尔克“一个新的世界”的探索历程，故而能为《诗创造》译诗专号翻译艾略特的长诗《燃烧了的诺顿》。在赵萝蕤1937年出版了她的《荒原》译本后，而能有对“这位大诗人荣获诺贝尔奖金的晚年成熟之作《四个四重奏》之一”的译介，不能不说是填补了某种空白。而且，译文随即所产生的对当时长诗写作的巨大影响也是不能不提及的①。

最后，作为《诗创造》和《中国新诗》作者群中的一个诗人，或许唐湜并不是最突出和最优秀的，其早期长诗《英雄的草原》和诗集《骚动的城》《飞扬的歌》的影响总不如评论

① 唐湜译诗发表后，对当时的长诗写作产生影响，其中一例即唐祈所写《时间与旗》（刊载于《中国新诗》第一集，1948年6月出版），唐湜回忆录《九叶在闪光》谈到：“阿垅把我译的《燃烧了的诺顿》与《时间与旗》作了一段段的对照，说他在抄袭T. S. 艾略特。我认为唐祈的这首十分出色的诗是直接受到了艾略特的长诗的影响，也可以说，是在艾略特的‘时间’的哲理框子里填上了当时上海的现实生活与斗争的各个层面，只是贴得过于近，在潇洒的抒情气氛中嵌入了些战争的火药气，显得有些生硬。可这也不失是一首多角度多层次地反映当时上海市民生活的现实史诗，是诗人的诗艺向现代化迈进的第一个巨大步伐。”唐文载北京《新文学史料》1989年第4期。与此相近的论述还可参见郑敏《唐祈诗选·序》：“从哲学沉思方面来看《时间与旗》和《四个四重奏》有着相似之处，也许是受到后者的启发。”《唐祈诗选》，人民文学出版社1990年版。

集《意度集》,他自己提及早期诗作也会流露不满①。不过,从20世纪40年代长诗写作的角度考察,唐湜倒的确是最早的热情的实验者,《英雄的草原》或许谈不上多么完美和成功,但仍以其独一无二的史诗性构架而成为那个时代的诗歌纪念碑。

本文的重心不在于对唐湜20世纪40年代文学文本的细读或分析,而意在对其当时的文学活动历程做出较为清晰的勾勒和考释,因此它只是一种基础性的研究工作。在撰写本文中,涉及唐湜的人事档案,这方面,唐彦中先生给予本文作者以帮助,谨此致谢。

2014年7月20日 杭州午山

① 唐湜在回忆录《我的诗艺探索》中把长诗《森林的太阳与月亮》(即《英雄的草原》)的写作归入他的"浪漫主义"时期,并视其为"幼稚的抒情诗习作"。在致本文作者信中也表达过类似意见,如"《英雄的草原》是我的浪漫主义时代的习作,文字也粗糙……"见子张《唐湜信札小辑》,《一叶的怀念:唐湜纪念文集》,中国戏剧出版社2008年版,第308页。

中国新诗选粹

胡适的《秘魔崖月夜》

依旧是月圆时，
依旧是空山，静夜；
我独自月下归来，——
这凄凉如何能解！

翠微山上的一阵松涛
惊破了空山的寂静。
山风吹乱了窗纸上的松痕，
吹不散我心头的人影。

十二·十二·二十二

该诗写于1923年12月22日，最初发表于《晨报六周年纪念增刊》，后收入《尝试后集》，此处依据安徽教育出版社1999年10月第1版录入，与人民文学出版社1998年

《胡适文集》(1)相校，个别标点和用词有异。

胡适自1916年开始写白话新诗，并于1920年出版新文学第一部个人创作白话诗集《尝试集》，在受到一班朋友称誉的同时，也受到来自《学衡》诸子的诋毁，胡先骕《评尝试集》谓之“枯燥无味之教训主义”“肤浅之征象主义”“纤巧之浪漫主义”“肉体之印象主义”，且下了“皆仅为白话而非白话诗”“此路不通”的断语。然在胡适看来，以“诗体大解放”为特征的新诗运动，就是要“不但打破五言七言的诗体，并且推翻词调曲谱的种种束缚；不拘格律，不拘平仄，不拘长短；有什么题目，做什么诗，诗该怎样做，就怎样做。”至于说到新诗的音节，一个公共的发展方向便是“自然的音节”，说到“做新诗的方法”，那就是“须要用具体的做法，不可用抽象的说法”(胡适《谈新诗》)。若干年后，有人提出“胡适之体可以说是新诗的一条新路”，胡适随即撰文《谈谈“胡适之体”的诗》，将他“做诗的戒约”概括为“说话要明白清楚”“用材料要有剪裁”“意境要平实”三条，对于“意境”则标举“平实”“含蓄”“淡远”，且认为他自己作品中近于这种境界的是《十一月二十四日夜》一首：“老槐树的影子，/在月光的地上微晃；/枣树上还有几个干叶，/时时做出一种没气力的声响。//西山的秋色几回招我，/不幸我被我的病拖住了。/现在他们说我快要好了，/那幽艳的秋天早已过去了。”

以上大体是对胡适新诗观点的摘要，总括而言，即是：一、解放诗体，追求白话语言自然的节奏和音调；二、形象化而非抽象化；三、明朗、简练，意境要平实、含蓄、淡远。

现在,以这些标准衡量这首《秘魔崖月夜》。

先说本事。依据胡适传记资料和日记,可以判断此诗为胡适的情诗,“心头的人影”指的是曹诚英。原来曹诚英是胡适三嫂的妹妹,小胡适十二岁,胡适与江东秀结婚时曾做过伴娘。1923 年 6 月初到 10 月初,刚刚离婚、在杭州读书的曹诚英正值暑假,与正在杭州南高峰下烟霞洞养病的胡适由相互陪伴而陷入热恋,度过了一段令两人刻骨铭心的同居生活,胡适在离开杭州前夜的日记如此表述:“这是在烟霞洞看月的末一次了。下弦的残月,光色本惨惨,何况我这三个月中在月光之下过了我一生最快活的日子!今当离别,月又来照我,自此一别,不知何日再继续这三个月的烟霞洞山月的‘神仙生活’了!”

而《秘魔崖月夜》则是胡适离杭赴京借住在西山秘摩崖时写的,表达的正是离开心头恋人的孤寂之感和对这段“神仙生活”的怀想。

第一节前两行,“依旧”二字写此时此夜与彼时彼夜之“同”,后两行则转写“不同”,用了“独自”“凄凉”的字眼。第二节由“翠微山上的一阵松涛”起兴,引发出全诗的核心意绪:“山风吹乱了窗纸上的松痕,吹不散我心头的人影。”抒情线索非常清楚,自然而然,势成水到渠成,典型的胡适风格。最后两行应该属于胡适不可告人的灵魂秘语,以至于三十年后在台湾时,仍然将之写成条幅悬挂于身边墙上。

胡适早就注意到“白话里的多音字比文言多得多,并且不止两个字的联合,故往往有三个字为一节,或四五个字为一节的”这种现象,但他初期白话诗所求的“顿挫段落”即节奏的建立基础却是："新体诗句子的长短，是无定的，就是句里的节奏，也是依着意义的自然区分与文法的自然区分来分析的。"故而诗行中很少有规律性的节奏，较为随意或曰散文化，如《看花》《送任叔永回四川》这类作品皆是，而《秘摩崖月夜》则不然，看似句子长短不一，细分析却相当整饬，第一个诗节每行三顿，第二个诗节第一、三行每行三顿，第二、四行为每行四顿，整首诗韵式为"abcb－defe"，读来和谐、匀称，错落中见整齐，几乎已经接近新月派的格律诗了。这是不是意味着，胡适已经不自觉地超越了他自己设定的"自然音节"的界限了呢？

郭沫若的《立在地球边上放号》

无数的白云正在空中怒涌，
啊啊！好幅壮丽的北冰洋的晴景哟！
无限的太平洋提起他全身的力量来要把地球推倒。
啊啊！我眼前来了的滚滚的洪涛哟！
啊啊！不断的毁坏，不断的创造，不断的努力哟！
啊啊！力哟！力哟！
力的绘画，力的舞蹈，力的音乐，力的诗歌，力的律吕哟！

1919年9、10月间作

正如胡适某些诗作、特别是《尝试集》之后的某些诗作突破了他在理论上的"自然音节"说一样，郭沫若的《女神》

《星空》也有这种情况。同样是1919年的作品,《Venus》《新月与白云》是整齐和谐,《立在地球边上放号》《夜步十里松原》却一任情感的自然宣泄,毫不顾及诗的外在音律的均匀温婉,后一种风格是他在早期理论中标举的,前一种风格一方面存在于具体实践中,另一方面在《星空》之后,也得到了郭沫若在理论上的突破性呼应。

《立在地球边上放号》是郭沫若1919—1920年之交诗歌爆发期的作品,也是惠特曼诗风影响的产物,最初发表于1920年1月5日上海《时事新报·学灯》,收入《女神》第二辑。关于这首诗,郭沫若在1925年撰写的《论节奏》中有引述和解释:"我们立在海边上,听着一种轰轰烈烈的怒涛卷地吼来的时候,我们便禁不住要血跳腕鸣,我们的精神便要生出一种勇于进取的气象。……没有看过海的人或者是没有看过大的海的人,读了我这首诗的,或者会嫌他过于狂暴。但是与我有同样经验的人,立在那样的海边上的时候,恐怕都要和我这样的狂叫罢。这是海涛的节奏鼓舞了我,不能不这样叫的。我们可以知道这儿又算有一种具着另外一种效力的节奏了。"他把这种节奏称作"鼓舞调",其区别于"沉静调",他并且说:"有情调的诗,虽然可以不必再加以一定的音调,但于情调之上,加以音调时(即是有韵律的诗),我相信是可以增加诗的效果的。"

而在几年前写的《论诗》里,诗人因为正沉浸于惠特曼诗风,他所强调的还只是以"情绪的自然消涨"为基础的"内在的韵律"。不过这篇《论诗》在逻辑上并不严密,所用的"裸体美人"比喻就像闻一多的"镣铐"比喻一样并不恰当,

“内在韵律诉诸心而不诉诸耳”的说法把“心”“耳”对立起来也不见得合理，倒是在第二封信中所谈“有风”“没有风”引发两种不同心境与不同风格的诗比较全面，“有风”固然可以产生“雄浑”的诗，“没有风”或“小风小浪”怎么就不可以产生“冲淡”“和平”的诗呢？其实，郭沫若所谓“情绪”只不过注意到了“有风”状态下的“非常态情绪”，却忽略了“没有风”状态下的“常态情绪”；另一方面，“内在的韵律”发之于“心”，“外在的韵律”难道不是发之于“心”吗？

明乎此，再来谈《立在地球边上放号》这首诗，也许就轻松多了。不必从社会历史进步、浪漫主义、自由体这些角度立论，不必勉为其难地强调郭沫若开一代诗风的历史贡献，只要明白这首诗写作的具体心境，其“狂暴”“雄浑”以及与此互为表里的“非常态”诗行排列方式当不难理解。

就如郭沫若自己所言：“这是海涛的节奏鼓舞了我，不能不这样叫的”，而“夏秋之交，北半球的空气寒冷了起来，和南太平洋上在夏天晒得灼热的空气生出猛烈的对流，便激起那股大风”。在这种背景中站立在博多湾海边的诗人之感受到“无限的太平洋提起他全身的力量来要把地球推倒”，也同样不难理解了。对于内陆性性格的多数中国读者而言，领略这种海洋性风格的诗可能真的有些不习惯。

不过也不尽然。稍微细心一点，其实可以发现在貌似粗糙、奇突、不均衡的诗行里，仍然隐藏着中国传统诗歌美学的“比兴”结构。这就是七行诗的前四行由眼前的“北冰洋的晴景”（包含“白云”与“洪涛”）起兴，后三行进入热烈的感发抒情（即对“力”的无以复加的推崇与赞美），结构并不复杂。

故而，只须把它视为一首特定情境、特定心境下产生的海洋诗、非常态抒情诗，有着郭沫若青春期个人风格和与惠特曼相似的表达方式的"新诗"，也就可以了。

郭沫若的《笔立山头展望》

大都会的脉搏呀！
生的鼓动呀！
打着在，吹着在，叫着在，……
喷着在，飞着在，跳着在，……
四面的天郊烟幕朦胧了！
我的心脏呀，快要跳出口来了！
哦哦，山岳的波涛，瓦屋的波涛，
涌着在，涌着在，涌着在，涌着在呀！
万籁共鸣的 Symphony，
自然与人生的婚礼呀！
弯弯的海岸好象 Cupid 的弓弩呀！
人的生命便是箭，正在海上放射呀！
黑沉沉的海湾，停泊着的轮船，进行着的轮船，数不尽的轮船，
一枝枝的烟筒都开着了朵黑色的牡丹呀！
哦哦，二十世纪的名花！
近代文明的严母呀！

1920 年 6 月间作

本篇最初发表于1920年7月11日上海《时事新报·学灯》，收入《女神》第二辑，也是郭沫若创作"爆发期"期间的作品。

原诗作者有注："笔立山在日本门司市西。登山一望，海陆船只，了如指掌。"门司市在九州北端，距郭沫若当时所在的福冈一百多公里，应该是郭1920年夏准备从门司回国时登临笔立山头所见所想，作者将写作时间写为"6月间"，恐不确。

如果说《立在地球边上放号》重心在"放号"，则该诗正如题目所写，重心应为在海边的山头上"展望"，并由展望所见抒发对于人生与社会文明的激情。

同一作者的诗，读者从不同阅读期待出发，所见也自有不同。最早欣赏郭诗的闻一多在《女神之时代精神》中将《笔立山头展望》标举为映射《女神》"动"的时代精神最好的例子，认为郭沫若以"火车底飞跑同轮船的鼓进"叫出了他"心里那种压不平的活动之欲"；而在废名笔下郭沫若"因为诗体解放而有诗情解放"，"乃自由滋长，结果是上下古今乱写，没有一毫阻碍"，"简直有一个诗情的泛滥"（废名：《沫若诗集》）。

其实，说它映射了"动"的时代精神也罢，叫出了他"心里那种压不平的活动之欲"也罢，抑或是"上下古今乱写""诗情泛滥"也罢，都只是从某一角度着眼留下的大略印象，对于描述特定时刻作者的特定风格固然没错，但以之概括作者的整体风貌就不见得全面。因为诗是具体的，人却是复杂的、变幻不定的，即如郭沫若青春时期的诗歌写作，也自有“非常态”抒情的狂暴、粗犷和“常态”抒情的恬淡、宁静等等不同面目。与《天狗》《立在地球边上放号》一样,《笔立山头展望》也该偏重于“爆发期”的“非常态”写作。

废名说他“乱写”,我想应该有两重意思,一是说他所抒之情缺乏线索,二是说他抒情章法混乱,缺乏“做”的功力,结果若非“天成”,就容易“滑倒”。这个意见也固然不错,读郭诗,的确常常有不暇思索、尽情抒写、跳得太快之感,有些诗如《登临》《光海》简直就像“意识流”。可是说来也怪,有时又觉得郭诗的魅力也正在这里,他总会给你带来意想不到的震撼和感动,就此点而言,他又是新诗人中最独特、最个人化的。这也就是为什么《星空》在表现形式上似乎更成熟,而《女神》却更能代表郭沫若。

还有一层。《笔立山头展望》换一种读法,也可以读出一点匀整的形式感来。试将原诗16行分开来,每两行为一层次,就会看出诗人在构思时正是这样分层次的,这样,全诗就有六个层次。除了“打着在,吹着在,叫着在,……/喷着在,飞着在,跳着在,……”和“哦哦,山岳的波涛,瓦屋的波涛,/涌着在,涌着在,涌着在,涌着在呀!”两个纯描述层次外,其它每一层次基本都是一行描述,一行抒情,最典型的如:“四面的天郊烟幕朦胧了!/我的心脏呀,快要跳出口来了!”,“万籁共鸣的Symphony,/自然与人生的婚礼呀!”

而且,这样读来,原先那种仅仅歌颂现代文明的主题似乎并不特别突出了,“人生”的主题反而凸显出来。这也符合废名“乱写”的判语,郭沫若的诗情本来就是跳荡不居的。

郭沫若的《鸣蝉》

声声不息的鸣蝉呀！
秋哟！时浪的波音哟！
一声声长此逝了……

读到郭沫若1920年写给父母的家书，其中由“元弟写来的木芙蓉一诗”谈到新旧诗的差异和对写作新诗的观点，似乎可以把它与《文艺论集》中的《谈诗》放在一起看，构成“谈诗四札”，因为它们同属于郭沫若早期诗歌观点的表达。

在信中，郭说：“要做旧诗，就要严守韵律，要做新诗，便要力求自然。诗是表情的文字，真情流露的文字自然成诗。新诗便是不假修饰，随情绪之纯真的表现而表现以文字，打个比喻如像照相。”后面又附了七条做新诗的具体原则，第一条云：“要有纯真的触动，情动于中，令自己不能不‘写’。不要凭空白地去‘做’。所以不是限题做诗，是诗成后才有题。”(1921年12月15日致父母)

这与《论诗》三札中的观点完全一致。

《鸣蝉》的写作也在这一阶段，写于1920年10月2日，博多湾海滨的秋天。虽只有短短的三行，也完全可以印证其“纯真的触动，情动于中，令自己不能不‘写’”的创造原则。由“时浪的波音”可以揣测这首小诗的酝酿一方面和秋天相关，一方面也仍然和海相关，虽然小诗只有三行，然其联想线索十分清晰：先是听到一阵一阵晚蝉的鸣噪，接着是对“秋”的自然联想，将其比喻为“时浪的波音”，这里的“浪”

“波”虽然指的是时间，但又与诗人所在的海洋环境息息相关，亦或是海的波涛才让他产生了对时间的联想和比喻。最后一行紧承前一行，写“时浪的波音”的流逝，“一声声”也说明了“时浪”同时即是“海浪”。

这类小诗，言其写实或象征似乎均无不可，不必定要非此即彼做唯一一种理解，诗人首先是看到了、听到了诗中写到的一切，由此产生“逝者如斯”的悲秋伤感也属自然而然，无形中正应和了中国传统诗歌中的时间主题，对郭沫若这样接受过中国传统文学熏陶的人而言也并不奇怪。郭诗之后新诗史上，朱自清也有过类似的一首小诗《除夜》。两首诗都是自由诗，但诗行内部都比较匀称，朱诗的节奏可分解为：

除夜的|两枝|摇摇的|白烛光里，
我|眼睁睁|瞅着，
一九|二一年|轻轻地|蹩过去了。

郭诗也可以分解为：

声声|不息的|鸣蝉呀！
秋哟！|时浪的|波音哟！
一声声|长此|逝了……

自然，似乎也可以将郭诗转换为另一种形式：

向晚|噪|鸣蝉
阑珊|秋意|逐|逝水
渺渺|怅|无边

这是说，同样的主题，是可以存活在不同的诗体中的。二者之间的不同，照青年郭沫若自己的话说："新诗便是不假修饰，随情绪之纯真的表现而表现以文字，打个比喻如像照相。旧诗是随情绪之流露而加以雕琢，打个譬比如像画画。"然究竟孰是孰非，怕也不好泛泛而论，旧诗并非都靠雕琢，新诗也并非都那么纯真自然。

郭沫若的《蜜桑索罗普之夜歌》

无边天海呀！
一个水银的浮沤！
上有星汉湛波，
下有融晶泛流，
正是有生之伦睡眠时候。
我独披着件白孔雀的羽衣，
遥遥地，遥遥地，
在一只象牙舟上翘首。

啊，我与其学做个泪珠的鲛人，
返向那沉黑的海底流泪偷生，
宁在这缥缈的银辉之中，
就好象那个坠落了的星辰，
曳着带幻灭的美光，
向着"无穷"长殒！
前进！……前进！

莫辜负了前面的那轮月明!

1920 年 12 月 23 日

此诗最初发表于 1921 年 3 月 15 日出版的北京《少年中国》(季刊)第二卷第九期,置于田汉所译《沙乐美》的译文前面。根据原诗,曾有副标题《此诗呈 Salome 之作者与寿昌》,可知此诗与王尔德之《莎乐美》、田汉有关。又据郭沫若回忆,此诗是在其第二个儿子刚出生、田汉自东京来福冈拜访期间写的,"时候是秋天,窗外的庭园中有寂寞的鸡冠花映着寡白的秋阳。白天守了一天,到晚来又眼睁睁地守了一夜。我那首《蜜桑索罗普之夜歌》便是在那惺忪的夜里做出的。那是在痛苦的人生的负担之下所榨出来的一种幻想。"

也许正因为"是在痛苦的人生的负担之下所榨出来的一种幻想",所以才题做"蜜桑索罗普"(misanthrope)即"厌世者"的吧,只是这"厌世者之歌"还并非一味绝望悲凉,而自有一种决绝的幻美之思:不愿做传说中的鲛人偷生,宁愿做在幻灭中陨落却又发出耀眼光明的星辰……

此种幻美之思,倒令人联想到写于此诗之前两个月的诗剧《棠棣之花》中的一节歌词:"不愿久偷生,但愿轰烈死。愿将一几命,救彼苍生起!"词句颇有类同,而《棠棣之花》却更多社会历史内容,态度相当积极入世,"厌世者"虽高歌"前进! ……前进!",也不愿"辜负了前面的那轮月明",毕竟还是一种"幻灭的美光"与"坠落"。何以前后仅两个月,情绪会有这般差异呢? 想来想去,或者还是这样解释稳妥一点:《棠棣之花》是作者社会历史意识的正常流露,《蜜桑索罗普之夜歌》是作者个人生活紧张状态下的幻灭与幻美感受,二者都属于郭沫若但又都不是全部的郭沫若。

还有一点,从这首诉诸心灵作品的文字表现,诸如“我独披着件白孔雀的羽衣,/遥遥地,遥遥地,/在一只象牙舟上翘首”的诗人形象,很能让人想到屈原诗歌中的某种氛围,也许废名的判断是准确的:“郭沫若的新诗里楚国骚豪的气氛确是很重……”,故而尽管此诗与《天狗》《晨安》《立在地球边上放号》那类雄浑、豪放作品调子太不相同,那骨子里的抒情气质还是如出一辙的。

这也是一首自然流露情绪的自由诗。由天海夜景起,以独抒胸臆终,诗行虽长短不一,尾韵时显时隐,而每节八行,组成两个诗节,也还是有规可循的。

郭沫若的《日暮的婚筵》

夕阳,笼在蔷薇花色的纱罗中,
如象满月一轮,寂然有所思索。

恋着她的海水也故意装出个平静的样儿,
可他嫩绿的绢衣却遮不过他心中的激动。

几个十二三岁的小姑娘,笑语娟娟地,
在枯草原中替他们准备着结欢的婚筵。

新嫁娘最后涨红了她丰满的庞儿，
被她最心爱的情郎拥抱着去了。

2月28日

《女神》第三辑以打头的诗为题名又分为“爱神之什”10首、“春蚕之什”10首，又有写自1921年4月以后的“归国吟”5首，《日暮的婚筵》即在“春蚕之什”之列，研究者普遍认为此诗写于归国前的2月28日，即在福冈博多湾时期。

从风格上看，此诗的确不像1919—1920之交所写那类狂放、暴烈的诗作，而应是“爆发期”消退、重新回到柔和、冲淡风格的产物。言其柔和、冲淡，可从“寂然有所思索”“装出个平静的样儿”“笑语娟娟地”这些词句里找到依据，诗人不再汪洋恣肆地大喊大叫，他似乎是在日暮黄昏时节悄悄地欣赏着大海与落日的恋情，以情诗的笔致描画了一幅海上落日的图景，实在是想象奇异、情致迷人。

这样奇异、迷人的幻景仍然是郭沫若式的，学者们认为此诗在描述海上落日时以“婚筵”作比是受到海涅《北海·落日西沉》的启发，考虑到郭沫若对海涅的推崇和《落日西沉》所写太阳（美女）在晚上“被迫重新回到/年迈丈夫湿淋淋的家里/投入他荒芜的怀抱”的情境，这种可能性是很大的。不过这里所谓启发，也只是相似情境下的自然联想或巧合，更主要的还是郭沫若所置身的博多湾海边的确让他看到太多这样的图景，不由得不产生这样奇妙的构想。海涅诗中美女下嫁年迈海神，十分无奈，是个不幸的故事，郭沫若诗中的“婚筵”却热烈、美好、激动人心得多了，因为这是有爱情基础的婚筵，彼此都情投意合，特别是最后一节："新嫁娘最后涨红了她丰满的庞儿，/被她最心爱的情郎拥抱着去了。"真是对美满爱情最真挚的赞颂。

郭沫若是现代中国的海洋诗人，也可以说中国真正的海洋诗是从郭沫若这一代才开创的，《女神》中的海洋意象丰富而奇特，不少诗作都以太平洋为背景。《凤凰涅槃》也有海洋背景，《星空》集不少诗也有对海洋的表现，这是新诗写作中一个值得关注的现象。自然，从这一角度，不能不说《日暮的婚筵》是一首海洋诗。

与风格上的柔和、冲淡相协调，此诗的诗行节奏与诗节节奏也呈现出舒缓有致的特点，两行一节，每行长短匀称，但又没有呆板一致的尾韵，甚至用了一些轻声字在句末，给人感觉很自然、很轻松，也属于自由诗的章法。

刘半农的《教我如何不想她》

天上飘著些微云，
地上吹著些微风。
啊！
微风吹动了我头发，
教我如何不想她？

月光恋爱着海洋，
海洋恋爱着月光。
啊！

这般蜜也似的银夜，
教我如何不想她？

水面落花慢慢流，
水底鱼儿慢慢游。
啊！
燕子你说些什麼话？
教我如何不想她？

枯树在冷风裏摇，
野火在暮色中烧。
啊！
西天还有些儿残霞，
教我如何不想她？

一九二〇，九，四，伦敦。

《教我如何不想她》堪称刘半农最负盛名的诗作。

在“五四”前后留学生文学中，“国家”主题十分突出，既有冰心《去国》那样的小说，更有闻一多的《忆菊》、郭沫若的《炉中煤》这样的新诗，《教我如何不想她》也该属于同类主题的诗作，且影响似乎更广泛、更长久，因为它被音乐家赵元任谱成了歌曲，成了名歌、名曲。

诗写于刘半农初到英国留学之时，题为《情歌》，1923年9月发表于《晨报副刊》，1926年收入作者《扬鞭集》时改为现题，同年被赵元任谱曲，并将题名改为《教我如何不想他》,1928年作为歌曲被收入《新诗歌集》。收入1935年朱自清编选的《中国新文学大系·诗集》时依据的是《扬鞭集》,但在臧克家编选的《中国新诗选》(1956)和北京大学等单位主编的《新诗选》(1979)刘半农条目下却不被选入,或因时代变迁与艺术标准转换所致。

诗以"情歌"形式抒发"国家"主题,或与作者首次将其创造的"她"字用之于诗作有关。鉴于传统汉语第三人称无男女之别,刘半农曾在此前撰文发布以"她"指称女性第三人称的提议,现在通过诗歌写作正式使用起来,这不能不说是汉语与汉语文学发展史中一个值得纪念的事件。

其次,又因为受到欧美语言以女性第三人称指代祖国、民族的启发,刘半农在诗里以"她"代指想望中的祖国,故"情歌"非男女之情,乃故国之情也。

而此诗之所以被赵元任看中而为之谱曲,也与此诗形式整饬、音节和谐、复沓结构有关,这些又都是中国传统诗歌特别是民歌的形式特点。

全诗四个诗节,四个诗节的诗行(每节五行)在长短(节奏)上完全对应,除了前两节首二行外,其它诗节的韵式均为"AABBB",相当整饬。从写法上看,也是中国传统诗歌最常用的"兴",即每个诗节前两行都从眼前(或记忆中)景写起,第三、四行过渡,第五行抒情。按照周作人的说法,"兴"也就是西诗所谓"象征","起兴云者并不是陪衬,乃是也在发表正意,不过用别一说法罢了。"(周作人《扬鞭集·序》)

所以《教我如何不想她》由抒情内容言,其实极其单纯,核心的东西就只有“教我如何不想她”一句话，重复了四次，只是每次重复所用的“起兴”不同而已，首节是“天上飘著些微云，地上吹著些微风。”次节是“月光恋爱着海洋，海洋恋爱着月光。”再次节是“水面落花慢慢流，水底鱼儿慢慢游。”末节是“枯树在冷风裏摇，野火在暮色中烧。”也可以如有学者判断是对一年四季不同景色的描述，以言其情感之绵长。当然，这些“起兴”之景，都不止是“陪衬”，而都与作者的情感息息相关，故由景而情，顺理成章，步步推进，比较符合中国人情感抒发含蓄、内敛的特点。

说《教我如何不想她》更接近“歌”的本质，应该大致不错。

刘半农的《一个小农家的暮》

她在灶下煮饭，
新砍的山柴，
必必剥剥的响。
灶门里嫣红的火光，
闪着她嫣红的脸，
闪红了她青布的衣裳。

他衔着个十年的烟斗，
慢慢的从田里回来；
屋角里挂去了锄头，
便坐在稻床上，

调弄着只亲人的狗。

他还踱到栏里去，
看一看他的牛；
回头向她说，
"怎样了——
我们新酿的酒？"

门对面青山的顶上，
松树的尖头，
已露出了半轮的月亮。

孩子们在场上看着月，
还数着天上的星；
"一，二，三，四……"
"五，八，六，两……"

他们数，他们唱：
"地上人多心不平，
天上星多月不亮。"

一九二一，二，七，伦敦。

此诗为作者留学英国期间所作，发表于当年(1921)8月1日《新青年》第9卷第4号，先后被收入作者的《扬鞭集》和朱自清选编的《中国新文学大系·诗集》等，此处依据

《新文学大系》而将第一行第一字“他”改正为“她”，因“他”或系误植。

刘半农又有“平民诗人”之称，其《瓦釜集》意在“将数千年来受尽侮辱与蔑视，打在地狱底里而没有呻吟的机会”的“瓦釜”不平之鸣呼喊出来，可为佐证。其诗多写实、平民内容，《相隔一层纸》《一个小农家的暮》《面包与盐》皆为人称道。

《一个小农家的暮》可以与辛弃疾《清平乐》(茅檐低小，溪上青青草。醉里吴音相媚好，白发谁家翁媪。大儿锄豆溪东，中儿正织鸡笼。最喜小儿无赖，溪头卧剥莲蓬。)对照来读，也是一首富有平民生活情趣之作。只不过辛词乃口语化旧词调，刘诗为口语化自由新诗，而都极为自然、亲切。

六个诗节，各诗节行数不一，每个诗行声音节奏虽大体匀称，但不绝对整饬，尾韵也不是特别一致。作为一首小叙事诗，总体上是以叙事的自然节奏运行。第一个诗节叙述灶下煮饭的女主人，描述了山柴燃烧的声响和光亮，以及这光亮在她“脸上”和“青布衣裳”上的反射；第二、第三个诗节叙述刚从田里回来的男主人种种生活情态，“调弄”狗、牛栏看牛、向女主人问话三个连续性的动作与话语不但刻画了这个农民的性格心态，也渲染出这个暮色中的“小农家”恬淡、和平、知足的气氛；第四个诗节更以周围景物的穿插(犹如戏剧布景的展示)强化了这一恬淡、和平、知足的主题；第五、第六个诗节转到天真无邪的孩子们身上，写他们数星星、唱歌谣的童趣，最后以孩子们所唱两句民谣作结，一方面是对这幅农家乐图景的一个完满补充，另一方面也是以民谣对世道人心的某种点染——不是刻意渲染，仅仅点到为止。或以为片言警策以讽世，或以为只是儿歌并无寄托，在我看来，这两种看法可能都有点不妥，前者夸大了诗意，后者又缩小了诗意，都有点过犹不及。

又有质疑此诗是否美化了军阀统治时期中国农村现实者，那就更离谱了。穷人自有穷人的乐趣，富人自有富人的烦恼，这乐趣大概正来自知足常乐的秉性，所谓“心平气和”是了。

此诗之于新诗的建设性在于：平民生活，叙事性，日常口语，自由诗节，以及歌谣成分的融入。

周无的《过印度洋》

圆天盖着大海，黑水托着孤舟。
也看不见山，那天边只有云头。
也看不见树，那水上只有海鸥。
那里是非洲？那里是欧洲？
我美丽亲爱的故乡却在脑后！
怕回头，怕回头，
一阵大风，雪浪上船头。
飕飕，吹散一天云雾一天愁。

此诗发表于1919年8月15日《少年中国》第1卷第2期，翌年收入许德邻编选的《分类白话诗选》（上海崇文书局），该书共收入周无两首诗，另一首为《黄蜂儿》。朱自清编《中国新文学大系·诗集》选周无《去年八月十五》，并在

“诗话”部分介绍作者:“周无,字太玄,四川人。录《新诗年选》一首。”寥寥十数字而已。又胡适编选《建设理论集》则收入周无诗论一篇《诗的将来》。

周无(1895—1968),原名周焯号朗宣,后改名周无,改号太玄并以此号行世,1919年正月初一赴法留学,后成为著名生物学家、教育家、翻译家和社会活动家。作为诗人,主要在《少年中国》发表作品,其中《过印度洋》影响最大,胡适在《论新诗》中提到:“初做新诗都带着词、曲的意味音节。……且引最近一期《少年中国》(第二期)周无君的过印度洋:……这首诗很可表示一半词一半曲的过渡时代了”。此诗又曾被作曲家赵元任作曲(1922)流传,后来被选入中学教材,作家魏巍有生动回忆谈及。

《过印度洋》当写于作者留洋途程中,是不折不扣的现代留学生文学。从题材看,此诗将通过海路赴欧留学的经验表现在诗作中,本身就是对中国文学题材的开拓,而形式感亦很强,留下了新诗探索途中的经验,实属难得。关于留学出洋途程的记载,是民国新文学值得关注的话题,这方面的小说、诗歌、散文皆有,如冰心散文《寄小读者》就有生动记载,她还想到易卜生的话(“海上的人,心潮往往和海波一般的起伏动荡。”)和华兹华斯的诗(“I travelled among unknown men,In Land beyond the Sea,Nor, England! Did I know till then,What love I bore to thee.”),她自己则亦有如许心曲:“支颐凝坐,想尽海波处,是群龙见首的欧洲,我和平的故乡,比这可望不可即的海天还遥远呢!”(通讯二十)这些旅行中浮想或思乡的经验,其实恰好可以帮助我们理解《过印度洋》一诗的情感内容。

尤其对于故土情结特别强烈、深厚而又较少漂洋过海经验的中国人，这样的恋乡、思乡心理很容易理解，闻一多《忆菊》《太阳吟》，郭沫若《炉中煤》，刘半农《教我如何不想她》都有类似的背景。《过印度洋》正如题目所示，写的是去国途中“过印度洋”所见所想，故《分类白话诗选》将它归入“写景类”。可它实在并不限于写景，而不过以印度洋海洋之景起兴，寄托其盘结在心头的乡愁。诗凡八行，前三行写海上景，披头一句对偶式的诗行相当有表现力和概括力，继而描述天边的“云头”与水上的“海鸥”，第四、五行以疑问句提示茫茫前途与心绪，核心情感却是“我美丽亲爱的故乡却在脑后”一句，恋乡的惆怅已然表露无遗。紧接着这种惆怅程度增强，于是连续出现了两个“怕回头”，“怕”字将其远别、久别故乡的心灵创伤表现得极为充分，让人想到“近乡情更怯”的名句，都是与乡情相关的特殊心理感应。但是，诗人没有把这种情感肆意夸张、滥用，以一个有修养的中国文人的习惯，太玄先生在这里非常有效地控制住了自己的情绪，“顾左右而言它”，突兀地写出一句“一阵大风，雪浪上船头”，真是典型的中国式抒情。最后一行“飕飕，吹散一天云雾一天愁”，更把这“怕回头”的心境硬是轻轻地给压了下去。这当然是相当巧妙的、举重若轻的表达方式，但其实又不仅仅是表达方式，因为如何表达实在也是作者思维方式决定的，是情感、心理结构的外化，是诗人全人格的表露，故只能说《过印度洋》的表达方式之不同于郭沫若，那不是艺术表现的不同，乃是性格气质的不同。

诗确有词曲遗风，韵律感、形式感都很强，依照作者观点，韵节或节韵乃是诗“特有要素，只有进化改善，没有根本除去的”。但是这韵节或节韵却并非诗的根本要素，根本要素是“美情”，“节韵是用来引起美情”，而“美情的发生，即是音律实体相加之和”。以故，《过印度洋》的韵律感、形式感实在也是诗人乡愁“美情”表达的内在需求，不是独立于这“美情”之外的。换句话说，《过印度洋》一诗，其韵节、实体、美情三位一体，是不能各自独立存在的。

冰心的《诗的女神》

她在窗外悄悄的立着呢！
帘儿吹动了——
窗内，
窗外，
在这一刹那顷，
忽地都成了无边的静寂。

看呵，
是这般的：
满蕴着温柔，
微带着忧愁，
欲语又停留。

夜已深了，

人已静了，
屋里只有花和我，
请进来罢！

只这般的凝立着么？
量我怎配迎接你？
诗的女神呵！
还求你只这般的，
经过无数深思的人的窗外。

一九二一年十二月九日

此诗为冰心就读于燕京大学时所写，发表于1921年12月24日《晨报副刊》，后收入朱自清编选《中国新文学大系·诗集》。

“女神”一语当出自希腊神话，在中国新文学中除冰心外，尚有郭沫若诗集《女神》，然郭所谓“女神”所指并非希腊女神，乃是在中国古籍中被称为“神圣女”的女娲，盖汉语只说“神女”，不说“女神”。冰心熟悉西典，且喜欢用，《信誓》即有“文艺好像……的女神”的诗行。希腊神话中有“文艺女神”缪斯（The Muses）之谓，是宙斯（Zeus）和泰坦尼莫西妮（Mnemosyne）的九个女儿，其中涉及诗歌的就有Calliope（雄辩和叙事诗）、Erato（爱情诗）、Polyhymnia（颂歌）、Euterpe（抒情诗），但冰心“诗的女神”并不确指其中哪一个，或者应该理解为冰心自己心目中的诗歌女神吧，即是说她是以自己的梦想塑造了这位“诗的女神”。

冰心以诗的形式叙述“诗的女神”对她的造访，“她在窗外悄悄的立着呢！”这是第一个诗节的内容。第二个诗节，是对“诗的女神”神态的描述，也是此诗的核心内容：“是这般的：/满蕴着温柔，/微带着忧愁，/欲语又停留。”第三个诗节写“我”向女神发出邀约，第四个诗节表达“我”内心的谦恭与祈求，希望女神也像唤起“我”一样唤起“无数深思的人”。

那么，冰心塑造这样一位“诗的女神”是想表达什么观念呢？“满蕴着温柔，/微带着忧愁，/欲语又停留”的含义又怎样理解呢？不妨引述冰心的话做些解释。冰心在小说《遗书》中表达“诗”的定义说：“我自己的意思是如有含蓄不尽的意思，声调再婉转些，便可以叫做诗了。”在《寄小读者·通讯二十七》中也特别提到她这“诗的女神”，用了“悱恻”一词。看来，“温柔”“忧愁”之外，还有“含蓄”“婉转”“悱恻”，这些风格特质其实也不是不可以表述为“婉约”或“温婉”，对于冰心而言，“婉约”或“温婉”的底子一个是“爱的哲学”，一个是独有的东方女性气质。

冰心写新诗，从一开始就倾向于分行的自由体，但也不是不考虑韵律：“我终觉得诗的形式，无论如何自由，而音韵在可能的范围内，总是应该有的。”(《冰心全集·自序》)在《诗的女神》中，第一、三、四个诗节几乎不押尾韵，往往以轻声字收束，唯有第二个诗节描述女神神态的三行押了同样的尾韵“柔”“愁”“留”，全诗中也是这三行最顺口、顺耳、让人记得住——是不是因为押了韵呢？

诗人之“穷”与“阔”

一

就个人身世而言，郭沫若无疑是20世纪以诗人知名之国人中最为显达的一位了。官至国家最高权利机构副职，身居京城什刹海深宅大院，在那个特定的历史时期，其薪俸和稿酬试看哪一位当代诗人能够望其项背？自然，人们也许会说，位置不过是“荣誉性”的，薪俸也并非得自“诗人”身份，况且此老人身经“内乱”之苦，连丧两子，晚年似乎也并不十分快乐。但无论还是不是“真正的诗人”，能够偶有所吟，即可以借助权威媒体广为流布，人人争相传诵，且稿酬滚滚，毕竟属于前无古人（恐怕也后无来者）之诗坛盛事吧？尤其是，考虑到与郭沫若同时代的大多数诗人坎坷困顿的遭遇，其幸运和光荣真是堪称奇迹。

不过此为后话。上溯到四五十年前，当郭沫若真正是一个大学生诗人的时候，倒也真正品尝过“贫困”的滋味，并且为此还留下另一段诗坛“佳话”。

20世纪初期的中国留学生，虽大多有“官费”可以领取，但也仅能供一人读书所需，若想以此养家乃至致富就近于奢望了。而郭沫若那时则不但因与女护士“安娜”相爱而结婚并养育子女，又与朋友们酝酿着集资筹办文学社团，由此也就不断地陷入“经济拮据”。追求理想从来都要付出代价，郭沫若也只好第一次“别妇抛雏”，到国内寻求出路。不曾想三个月过去，当他带着在上海泰东书局“受赠”的一百块钱加一只可值“四十三块袁头”的金镯重返日本时，见到的“妻儿被家主驱逐”而新居“家徒四壁”的落魄景象不禁令诗人“泪浪滔滔”，因而产生了《泪浪》一诗。又不意诗作发表后，竟引出了国内另一位诗人徐志摩的讥讽。徐在杂记《坏诗，假诗，形似诗》中评论说：“固然做诗的人，多少不免感情作用，诗人的眼泪比女人的眼泪更不值钱，但每次流泪至少总得有个相当的缘由，踹死了一个蚂蚁，也不失为一个伤心的理由。现在我们这位诗人回到他三月前的故寓，这三月内并不曾经过重大变迁，他就使感情强烈，就使眼泪‘富余’，也何至于像海浪一样的滔滔而来！”因此得出结论，说郭沫若“形容失实”。这不点名的讥讽顿时搅起轩然大波，郭的朋友成仿吾竟为此给徐志摩写了一封“绝交信”。

“绝交信”虽然并未真正导致绝交，但此后两人之间毕竟多了一层隔膜，有来往而无合作。直到多年徐志摩空难死后，郭沫若撰写回忆录《创造十年》时提到此事，依旧悻悻不已，难以释怀。

其实，当时身为“阔少”的徐志摩哪里会理解“穷留学生”郭沫若百感交集的心境。不错，若论家世，四川郭家和浙江徐家同为富商，两人小时候都没经历鲁迅那种家道中衰的困苦,但比较而言,徐家所给予独子志摩的宠爱可能远远超过郭家给予沫若的。况且,郭沫若因与安娜结婚,等于和老家的"原配夫人"分手,为避免难堪,也就基本上和老家保持着距离,经济上已不好伸手。再以郭沫若在日本留学时的情况来说,当时在"'成金风(Narikin,日语暴发户)'吹煽着的时候,日本的企业家自然是遇着了名实相符的黄金时代,一切的无产阶级和中小商人倒也还没有梦想到失业和破产的危险。在这时候最受着打击的是没有营业本领的中产人家和没有劳力出卖的知识阶级。"此时郭沫若已在东京帝国大学读书,每月领取的官费由四十八圆增加到七十二圆,而他要负担的除了学杂费,还有一家三人的吃喝和每月的房租,因此为了节省开支,他应成仿吾之请,与他们同租一处房屋,夫人安娜担当起这一门的"家政妇",郭自己则成为"听差",倒也其乐融融。及至后来第二个儿子出生,境况更为窘迫。1923 年,大学毕业的郭沫若带着妻儿回上海谋生,实际上没有理想而稳定的职业,主要就是靠创作和翻译。以他自己的说法,是"过着奴隶加讨口子的生活","连坐电车的车费都时常打着饥荒"。他此时写的自传体小说《漂流三部曲》即是这种贫困生活的写照。实在无法,妻子不得不带着孩子(包括回国后出生的第三个儿子)返回日本。穷,使得这位惠特曼式的诗人越发愤世嫉俗,也越来越走向"左倾"。《我看见那资本杀人》《金钱的魔力》,就从题目上看,也能想象诗人那一腔悲愤。

二

在美国哥伦比亚大学攻读过经济学硕士的徐志摩，其实何尝不晓得“金钱的魔力”？就在他撰文讥讽郭沫若不久，应邀到天津南开大学讲“文学”，课余和友人谈到“是否以文学为业”的话题，徐志摩摇着头感慨：“太难，太难！文学是只好作为副业的。”

不过说归说，徐志摩最终不也放弃了早年欲做中国“汉密尔顿”的梦想而走上了文学这条窄路？只是凭着雄厚的家业而始终左右逢源，始终也不曾困顿到郭沫若、朱湘那种穷愁乃至潦倒的地步罢了。因为“阔”，他不但结交了一大批高朋，又能够投资置办报刊书店；因为“阔”，他也就为另一些朋友所疏远，所看不惯。徐志摩与胡适等人先是搞“聚餐会”，接着组织“俱乐部”，这自然是一批自由知识分子寻求说话空间的表示，但“有舒服的沙发躺，有可口的饭菜吃，有相当的书报看”毕竟只是“有钱有闲”阶层能够摆得出的姿态。同是新月诗人的闻一多和朱湘，皆对这种奢华的贵族做派表示反感，朱湘曾在志摩家里吃过一回早点，摞得高高的绸衣和各式各样的早餐饺子给他留下的印象不得不使他远离志摩。

在和陆小曼结婚前，徐志摩往来于京沪之间，甚至再度出国漫游，基本上没有正式的工作，而竟能过着奢靡的生活，不能不感谢他那身为富商的父亲徐申如。但在和小曼结婚时，父亲因对这桩婚姻不满，却一反常态要志摩自己筹集婚资，婚后父亲分家产也没有偏袒志摩，他的个人生活因与陆小曼结婚而开始出现变化。为了弥补亏空，也为了满足小曼的挥霍，徐志摩开始发挥他经济学硕士的专长，开书店，办杂志，又同时在南方的光华大学、东吴大学、大厦大学任教，死前的半年则又就任北京大学英文系教授，还在女子大学兼课。

据说这是徐志摩最艰困的一段时期，所谓艰困，除了感情上对陆小曼的失望，也包括经济上的拮据。读志摩书信，不时可以看到这位浪漫诗人频频发出的满腹牢骚。抱怨陆小曼的贪吃："你一天就是吃，从起身到上床，到合眼，就是吃。也许你想芒果或是想外国白果倒要比想老爷更亲热更急。老爷是一只牛，他的唯一用处是做工赚钱。"感叹金钱"可恶"："第二是钱的问题，我是焦急得睡不着。现在第一盼望节前发薪，但即节前有，寄到上海，定在节后。而二百六十元期转眼即到，家用开出支票，连两个月房钱亦在三百元以上，节还不算。我不知如何弥补得来？借钱又无处开口。我这里也有些书钱、车钱、赏钱，少不了一百元。真的踌躇极了。本想有外快来帮助，不幸目前无一事成功，一切飘在云中，如何是好？钱是真可恶，来时不易，去时太易。我自阳历三月起，自用不算，路费等等不算，单就付银行及你的家用，已有二千零五十元。节上如再寄四百五十元，正合二千五百元，而到六月底还只有四个月，如连公债果能抵得四百元，那就有三千元光景，按五百元一月，应该尽有付余，但内中不幸又夹有债项。你上节的三百元，我这节的二百六十元，就去了五百六十元，结果拮据得手足维艰。此后又已与老家说绝，缓急无可通融。”这里不妨引用一点资料，看看徐志摩这位“阔太太”之大手大脚：

> 陆小曼租了一幢，每月租金银洋一百元左右，我们是寒伧人家，这个数目可以维持我们大半月的开支了。
>
> 陆小曼派头不小，出入有私人轿车……她家里用人众多，有司机、厨师、男仆，还有几个贴身丫头……陆小曼挥霍无度，想买什么就买什么，不顾家里需不需要，不问价格贵不贵。（王映霞《陆小曼——浪漫孤寂人生》）

为了开辟财源，浪漫诗人甚至替人做房屋买卖的中人以换取些许资金。生命中的最后一段时间，徐志摩在上海北京之间飞来飞去，似乎潇洒得很，殊不知因为“穷”，坐的都是“不花钱”的飞机。他给陆小曼写信：“至于回去问题，我哪天都可以走，我也极想回去看看你。但问题在这笔旅费怎样的报销，谁替我会钞，我是穷得寸步难移；再要开窟窿，简直不了。”

最后诗人死于空难——“不花钱”的邮政小飞机的空难。

不过说句公道话，徐志摩的“穷”实在是“阔”中之“穷”，即便是这段最“穷”的日子，他每月收入也在五六百元左右，差不多相当于现在的两万元人民币，他怎么能算上“穷”呢？而据李大钊引用的资料，20 年代所得“较高”的上海下层劳工“平均计之，苦力月得 15 元，人力车夫月得 8 元。”

在那个年代，写诗本身自然不能挣大钱，无名诗人出诗集也往往要自费，但像徐志摩这样的留学生，高级而稀有的知识分子，只要有人聘请，课有得讲，书有得译，收入也还是丰厚得让大多数人羡慕的。闻一多尽管不能适应胡适、徐志摩等人的贵族化“沙龙”气氛，但他自己却还是不折不扣的贵族一分子。他在回国后分别担任几个大学的系主任和教授，过的日子是富裕的、优雅的、诗意的。至于抗战时期辗转西南联大“穷”得刻图章卖钱，实在是战争背景造成的特殊待遇，那是后话。

三

新月诗人当中，真正比较“穷”的是朱湘，而比较富有的除了志摩，还有一个邵洵美。

朱湘出身其实并不寒酸，父亲朱延熙进士及第，一直是京城或外放的官僚，母亲更是出身名门巨族。因此尽管幼年失怙，但在兄长的照管下，也依然顺利走过了考取清华和留学美国的人生旅程。朱湘之穷，始于清华，那时因与长兄有隔，经济上不肯求之，学费大半有赖于二嫂薛琪英提供，故常常一日三餐“尽啃馒头”。即使这样，毕业时还欠了高等科食堂的饭费和裁缝的工费，最后由同学好友罗念生“担保付还”。在美留学时虽每月有80元生活津贴，但一方面要从牙缝里节省出二三十元寄回国内供应妻儿，另一方转学到芝加哥后开销增大，已经无处俭省，有时连照一张照片的十几块钱都拿不出，逼得爱面子的诗人只好离群索居。

朱湘之“穷”，又来自他的孤傲性情。本来，回国后在安徽大学担任外文系主任，每月有三百块钱，如能妥善安排并维持一点“人际关系”，稳定的生活应当能够有所保障。然而因为对安大的失望，因为与新任文学院长的不睦，他最终失去了安大的教职。此后的朱湘，陷入最深的绝望，北京、武汉、上海，似乎都不欢迎他，到处让他吃闭门羹。因为无钱买船票，被人查出来当众受辱，船到上海，上岸找朋友赵景深借钱，才算赎回了自己的行李。

诗人在饥饿中写下的诗句令人动容：

朱湘，你是不是拿性命当玩
这么绝食了两天，只吞水，气，
弄得头痛，心怔忡，口里发酸；
还是有大题目当前，像甘地
那么绝食七十天，为了印度，
……
你的目标究竟是什么呢，讲！

孤傲的诗人，绝望的诗人，最后时刻的诗人，向二嫂借了最后的二十元钱，上船离开上海。第二天凌晨船近南京，诗人纵身跃入长江……

另一位新月派的邵洵美作为诗人，如今也许已被淡忘，但在20世纪30年代却也足够显赫。其祖父曾是清朝上海最高地方官，“斜桥邵家”名声赫赫，传遍上海滩。父亲虽然不争气，但到了邵洵美，家当也还是“瘦死的骆驼比马大”，因此留学英国剑桥，对他来说也算不得什么大事。回国后的邵洵美，生活经历倒与徐志摩颇多相似之处，只是相对而言，邵洵美似乎比徐志摩更加财大气粗一些，他创办金屋书店，出版《时代》杂志，在徐志摩的新月书店办不下去的时候，竟敢于拿出大笔钱买下来经营。再后来，林语堂的《论语》，新创刊的《十日谈》，也都由他来做发行人。到30年代中期，他已经成了一位成功而且著名的出版家了。

但是天有不测风云，谁会想到大上海解放，这位抗战时积极宣传抗日，上海陷落后犹能保持大节的富豪诗人反而蒙冤入狱，最后贫病交迫而孤寂地死于“文革”之难中呢？他和郭沫若的命运，说来正是南辕北辙。

看来，作为一种精神诉求，写诗并不一定富有，穷诗人阔诗人皆可以写出不同凡响的诗。然而作为诗人，其穷其阔倒真是关系着其世俗生活的质量，有时甚至影响到他的身家性命。但何以穷，何以阔，似乎又难以逆料，家世、机遇、爱情、婚姻，以及个性气质，似乎都能导致一个诗人由阔而穷，或者由穷变阔。但是，似乎还有一种更大的力量，冥冥中决定着诗人甚或一切人的命运，在这个力量面前，人，特别是个体的人，永远是弱小的、微不足道的。

——比如时代。

那裹夹着血雨腥风、呼啸着枪林弹雨的时代，那天翻地覆、改朝换代的时代……

啰啰嗦嗦，已经浪费了不少版面。最后引用百岁老人章克标为《邵洵美传》写的一段话结束此文：“大少爷要挥霍结交，非钱不行；办出版事业、开书店当然需要资本，而且未必一定会赚钱，赔了本时，还得把钱补充、追加进去；做诗人似乎可以不要钱了，古时贫苦而闻名天下的诗人很多，但现代社会，做诗人要结社集会，要出刊物，印集子，参加各种社会活动，到处都得花钱。所以钱是最为必须的一种基础，基本的根基，有了钱才可以各方面有展布。”

说来说去，似乎又回到了“钱”上。

2005 年 3 月 16 日 杭州朝晖楼

卷三　归来者论稿

困境与突围

——蔡其矫"反右"后和"文革"时期的诗歌写作及其文学史意义

一

从 20 世纪 40 年代开始迄今，蔡其矫已经走过了六十多年的诗歌写作生涯。以诗人诗歌写作主题和写作风格的演变为主线，大致可以将蔡其矫的六十年写作历程划分为四个时期。整个 40 年代应视为他诗歌写作的起步阶段，50 年代初期至 1957 年"反右"前夕则为新的开拓探索时期，从 1958 年的政治"落难"到"文革"结束前后的十八年，是他在困境中寻求思想和艺术"突围"的时期，80 年代和 90 年代则是其风格澹定并在多方面寻求新的艺术拓展的时期。在这四个阶段中，后两个时期无疑是蔡其矫诗歌写作最为重要的阶段，同时也是蔡其矫对中国当代诗歌最具影响力的两个时期。

这里且对诗人在 1957—1976 年间所遭遇的政治重围和艺术困境略作考察，同时试图对蔡其矫从困惑到抗争以及思想和艺术上寻求“突围”的轨迹、特别是他这一时期诗歌写作的情况进行初步的勾勒。

对于蔡其矫来说，1957年可能是他生命历程和创作历程中最意想不到的转折点。本来，无论从哪个方面，蔡其矫都没有被怀疑、被否定的充足理由，他的“革命”经历只能令人肃然起敬，他的诗歌作品也并没有与新生政权的政治理想相冲突的地方。但是不幸，从1957年开始，蔡其矫的生活和写作不断受到政治方面的质疑。生活方面从“丁陈集团”问题 、“反苏”问题、“右倾”问题以及“破坏军婚”问题，乃至到“文革”中的“三反”问题和“现行反革命”问题；写作方面则围绕《红豆》《大海》《雾中汉水》和《川江号子》等作品展开的一系列政治性批判。正如诗人公木所言：“这一连串的批判，实质上有一个总的背景……”[①]面对这些突如其来而又逐步升级的政治质疑和批判，蔡其矫尽管不可能理解，但还是尽量做了“检讨”，先是接受了来自中国作家协会的“处分”，主动要求回故乡福建从事专业创作[②]。对“文革”中“造反派”的污蔑，则全力申辩。返回故乡后的开始两年，蔡其矫似乎真的想“将过去自己的创作思想和创作倾向根本扭转过去，按照党所指示的改造自己与劳动人民结合的

---

① 公木为曾阅编《诗人蔡其矫年表》所作补充，转引自曾阅《诗人蔡其矫》，作家出版社2002年版，第39页。

② 参见王炳根：《少女万岁一诗人蔡其矫》第二章第七节《接受批判》，海峡文艺出版社2004年版。

健康道路重新起步”[①]，写了大量“民歌体”作品。然而这种尝试的“失败”却成为蔡其矫重新恢复“自由体”并在创作上进入真正的自觉状态的重要契机。1961 年，他以清丽典雅的语言和舒展自如的自由体创作了《双虹》《三伏的风》等诗作，“结束了三年的民歌迷途”[②]。

而此后的十五年，则成为蔡其矫政治生活最为暗淡、精神生活最为充实、创作生活最为自觉的时期。他像一只欲火的凤凰，在燃烧中焕发出色彩斑斓的艺术生命力。

直到现在，还无法详尽地了解蔡其矫悲剧而充实的个人生活足迹，也无从确知他在这十五年中的诗歌创作总量[③]，但通过诗人后来的自述和友人的记载，以及诗人已经发表出来的作品加以考察，却也能给人留下几个深刻的印象。

一是在这段最动荡、最萧条、个人空间最狭窄的历史中，蔡其矫在经过短暂的困惑后，很快回归到人性和艺术的

---

① 王炳根：《少女万岁—诗人蔡其矫》，海峡文艺出版社 2004 年版，第 97 页。

② 蔡其矫：《简历及著作》，《蔡其矫诗选》，人民文学出版社 1997 年版，第 347 页。

③ 笔者撰写此文主要参考人民文学出版社 1997 年版《蔡其矫诗选》，此集按创作编年为序，收入 1958—1976 年间诗作 64 题，其中包括数首自作民歌和古诗今译（如《诗品》）。最近看到由作者“亲手选定”、刘登翰主编而由海峡文艺出版社 2002 年出版的《蔡其矫诗歌回廊》共八册，其中六册为创作诗集，共收入 1958—1976 年间作品百余首。而据曾阅《诗人蔡其矫》记载，在 1963、1964 年创作的一些诗作如《怀着惆怅的心彷徨旷野》《感激》《思考》《为一人，也为大家》《祝贺》至今没有发表过。

立场，恢复了诗歌写作的个人化原则，并且自此以后几乎从未中断创作，而不管置身于多么艰难的处境之中。福州西郊的看守所，“文革”中的“牛棚”，永安山区的劳改林场，诗人都写下了大量直面人生而又艺术精湛的诗章。

二是诗人不回避生活的严酷，通过诗歌对社会、对历史、对人生、对乡土进行深度思考，而又以个性化的抒情语言加以表达，所写诗歌作品抒情内容集中于社会历史和人生经验两大层面，切入的抒情主题尖锐而深刻，勇敢触及时代的阴暗和敏感的人性秘密。

三是经由翻译和创作得失的反思，进入一个艺术上的自觉时期。他在艺术时空十分开阔的背景上，深度融会西方现代诗歌和中国古典诗歌乃至民间诗歌的表现手段，形成雄浑与飘逸相兼、智慧与情感共存的抒情风格，在大量抒情短章之外，开始创作多首抒情长诗。

蔡其矫在“反右”后和“文革”时期的诗歌写作，以其坚守人性和艺术的自觉、思想的尖锐深刻和艺术表现的丰腴完整超越了历史和个人的极限，完成了对一个拥有真诚和良知、敢于反对一切迷信而又在风中“用双手护住了火焰”的伟大浪漫主义诗人的塑造，和另外少数诗人的作品一起，填补了这一时期中国纯粹抒情诗歌创作的巨大空白。

二

意义应当从特定历史情境与诗人生命际遇的碰撞、冲突中寻找。

为了凸显蔡其矫对时代和自我的超越精神，不妨对诗人和历史之间的悲剧性冲突稍微展开一点进行考察。

从1957年“反右”到1976年“文革”衰微，从时代演变的方面看虽然有其发生发展的逻辑必然性和历史整体性，但具体到蔡其矫本人，实际上有一个劫难程度和劫难性质都有所不同、因而其突围性质和形式以及进程亦有所不同的复杂过程。粗略言之，蔡其矫的“困境与突围”至少经过了下述几个相互关联而又相对不同的阶段。

1.1957年“反右”后来自政治方面的“文学批评”和蔡其矫从“民歌迷途”到1961年恢复自由体诗歌写作，诗人经历了一场诗歌美学上的“否定之否定”过程。

1957年下半年，“反右”斗争开始，蔡其矫原有旅行、写作计划改变，所在文学讲习所被撤销，工作关系转至“中国作家协会”。开始被牵入“丁陈”案件。年底“下放”武汉长江规划办挂职，写作《雾中汉水》。第二年，自5月份开始，《文艺报》《诗刊》《收获》陆续发表沙鸥、袁水拍、肖翔、吕恢文、陈聪以及“宜昌读者”的文章，对蔡其矫诗歌进行批判。批判的目标集中于蔡其矫《雾中汉水》《川江号子》《宜昌》《丹江口·南津关》等近期诗作，批判的性质却是政治性和否定性的。通过批判，得出的基本判断是：“蔡其矫同志在56、57两年的许多诗作，反映了他这段时间创作上的一个极其危险的倾向，就是：脱离政治，放弃社会主义现实主义的基本原则，热衷于追求资产阶级艺术趣味和表现资产阶级美学理想，迷恋腐朽的形式主义。……蔡其矫的错误倾向是对文艺为政治服务这一根本原则的否定。”①

本年夏天，在诗人辗转于湖北襄阳、当阳、江陵、宜昌和四川等地的工地半年后，自成都回北京“自投罗网”，受命参加批判公木会，自己的作品《大海》也被诬蔑为“反苏”，并被“撤销党内外一切职务”。第一次遭遇巨大挫折的蔡其矫在困惑不解中，经个人要求，年底回到故乡福建省文联从事专业创作，陷入三年的“民歌迷途”时期。他不但发动学生大范围地搜集福建各地民歌，自己也抱着热情写了《山歌》《鼓动诗》等民歌体作品。但是正如诗人多年后所说：“大跃进三年，1958 年到 1960 年，我写了大量的民歌体诗，但是没有一篇成功的，我一篇都不收进集子。我觉得有三年时间摸索了民歌也有好处，懂得了民歌不能那样学习，那样是没有出息的，模仿不是创作，经过了三年才懂得这个道理，以后写诗就靠自己独立的见解。”②

那么，蔡其矫是在什么情况下陷入“民歌迷途”的呢？在政治性的“文学批评”和诗人的“民歌迷途”之间有什么关联呢？

事实上，1958 年的政治性“文学批评”并非无的放矢，它的确表露了蔡其矫诗歌写作观念的“不合时宜”性其实由来已久。1956 年，蔡其矫在一篇评论中表示：“应该反对使

① 吕恢文：《评蔡其矫反现实主义的创作倾向》，《诗刊》，1958 年 10 月号。

② 蔡其矫：《在桂林诗歌讲座谈诗歌创作》(1991)，《诗的双轨》，海峡文艺出版社 2002 年版。

诗一律和大同小异的作法，各种风格都应该发挥它的服务作用，应该写得更多变化，更加鲜丽，更加富于诗的力量。”①而1958年政治性的“文学批评”对蔡其矫的责难是：“去年年底，诗人蔡其矫到了大跃进中的长江边以后，曾经决心‘改了洋腔唱土调’，写出一些反映大跃进的山歌来。……可是，当我们在《收获》第三期上读到蔡的新作《丹江口·南津关》以后，却不能不感到失望。这一组诗，不仅在‘腔调’上又回复到‘洋腔’，而且，其中所表露出来的思想感情，和大跃进中的群众的思想感情对比起来，真是相差得太远、太远了。”②

由此可见，蔡其矫是在愈益专横的一元化文艺观巨大的压力下抱着“改造”自己的态度去尝试民歌写作的，政治性的“文学批评”不过是这巨大压力的某种体现。对于文学“为政治服务”的功能，我相信当时的蔡其矫作为一个“革命者”应当不会反对，他从事诗歌写作以来的所有作品也没有丝毫“高蹈派”的痕迹，因此正如艾青也会试写民歌体的《藏枪记》那样，蔡其矫之热衷于民歌试验就并不特别奇怪。然而蔡其矫之所以能够“迷途知返”，是因为他不但是个“革命者”，同时又是一个艺术家，一个充分理解世界现代文学特质的诗人知识分子。经过一番试验和探索，他最终发现了这种极其狭隘的“文学服务论”和缺乏创新性质的“民歌模

① 蔡其矫：《介绍“青年文艺创作选集”的诗歌》，《读书月报》，1956年第3期。

② 陈聪：《不能走那条路》，《文艺报》，1958年第20期。

仿论”的荒谬性，也就有了“民歌不能那样学习”的一番觉悟。于是，1961 年在友人的促进下，他从《双虹》开始恢复了自由体新诗的写作，完成了一次诗歌美学上的“提升”。

2. 从 1962 年陷入“军婚案”重围到 1966 年初获释，是蔡其矫个人生活中最困难的一段时期，判刑、入狱、劳改，加上“党籍”开除、作协会员除名、工资降级，这一连串的打击接踵而至，不啻于灭顶之灾。当然，由一个美丽的邂逅故事引发出的这段遭遇实际上折射出的，不过是现实社会中封建势力的强大。而对于蔡其矫的诗歌写作来说，这段经历导致两个重要收获：一是由对生活严酷性的认识所导致的思想的提升与人格的锻造，二是由对聂鲁达诗歌的翻译所导致的对乡土和乡土诗的自觉。在这段时间，蔡其矫诗歌中的悲剧性因素和冲突性内容明显增强，在深情歌咏女性伟大的同时，蔡其矫一反常态抒发着自己的孤独和寂寞，又坚韧地捍卫着自己的个性与尊严，他的《无题一》和《无题二》应当是这个时期最重要的作品之一，他在诗中呼喊：“我活着不是为别人凑数字，填雄心，我要做一个真正的人。我不愿被谩骂，受冤屈，剥夺生活的欢快我不干。……”“不要让灾难佯装幸福，不要让帝王扮成导师，以宁静光辉的目光观望/不轻信任何漂亮的言辞。帝国主义是敌人！封建势力是敌人！愚昧也是敌人！”

3. 从 1966 年夏天“文革”中被造反派“抄家”并被批判“三反罪行”到 1972 年在永安林场被“宣布解放”，是因“文革”遭遇政治迫害蹲“牛棚”、被“劳改”的另一段困难时期。六年中，蔡其矫先是被批斗两年，因坚决反对诬陷而写了长达87页的《申诉与回顾》为自己辩护[1]。1968年9月至1970年8月蹲入"牛棚",因受杨宪益、戴乃迭英译司空图《诗品》而开始了自己的现代版《诗品》的创造性翻译。1970年8月到1972年底,蔡其矫被遣送至福建偏西南的永安山区林场,以"三反"分子的身份进行"劳动改造",这两年可能是蔡其矫诗歌写作生涯中最为灰暗的两年,因为他基本上没有留下作品。

4.从1972年底被"宣布解放"返还工资到1976年"文革"结束后自林场搬回故乡园坂村,这是蔡其矫诗歌写作活跃而思想性进一步增强的时期,这个时期最有代表性的作品应当是《木排上》《玉华洞》和《丙辰清明》。在这段属于"文革"后期的日子,蔡其矫已经敏锐地感觉到春天来临的气息,事实上在经过最初的狂热之后,高层政界和民间都在涌动着变革的潮水。首先,被"解放"的蔡其矫个人行动的自由度大了,他又可以到各地旅行考察了。同时,在旅行和考察中,他不但与北京的艾青重逢而又通过艾青结识了北岛等青年诗人,也与福建当地的知青文学爱好者建立了密切的联系,其中包括与舒婷的认识,这种双向的交流和鼓励不但让青年人得到了精神和诗艺的支撑,也使蔡其矫增强了对生活和诗歌的信心。在经过一次又一次的困厄,特别是70年代最初两年的孤寂后,蔡其矫在这几年中写出了"反右"后和整个"文革"时期他个人最优秀的作品。同时,

① 参见王柄根:《少女万岁－诗人蔡其矫》第三章第八节《"文革"劫难》,海峡文艺出版社2004年版。

无论是《思念》《也许》《端午》《迎风》，还是《屠夫》《木排上》《玉华洞》《祈求》《丙辰清明》，恐怕也都是这一时期中国诗歌在思想和艺术上保持水准的最具代表性的标志性作品。

三

老年的蔡其矫，曾把他的诗歌作品以抒情主题的不同重新编集出版，这就是八卷本的"蔡其矫诗歌回廊"。《太阳石》和《诗的双轨》分别是译诗集和诗论集，其它六本则是"大地""海洋""生态""乡土""情诗"和"人生"的主题选本。"当然，诗歌意象的暗示性和多义性，常使这种依主题或题材的划分，显得拙笨而愚蠢，读者必会从中拔出一些不合理的地方。"而且这些作品也"并不是蔡其矫的诗歌全集。"[①] 但诗人抒情，总还是有自己的某种指向的，即使是"选集"也应当能看出这种感情"指向"的大概。故这套"诗歌回廊"仍然是考察蔡其矫诗歌写作总体状况的重要资料。

依据这套诗集提供的篇幅，对照每一首诗后的写作时间，即可以发现，六个抒情主题的时间分布并不平衡。其中"大地""生态"两个系列的写作较侧重于80年代以后，具有更多的"当下性"，"人生""乡土""情诗"和"海洋"系列的写作分布则比较均衡，可见它们始终是诗人钟爱的题材。而把时间锁定在1957—1976这个范围，则又发现：诗人写作的重心围绕着"人生""乡土""情诗"。另外，我还想为诗人

① 刘登翰：《蔡其矫诗歌回廊编后》，"蔡其矫诗歌回廊"，海峡文艺出版社2002年版。

补充一个非常重要的主题类型:讽喻

不错,正是在“反右”后和“文革”这段时间,蔡其矫的“乡土诗”创作进入一个新的自觉状态,产生了《九鲤湖瀑布》《闽江》《侨乡的歌》《泉州》《海上乔木的颂歌》《红甲吹》《1932年的园坂》《鼓山》《福州》《紫云洞山》《紫帽山》等作品,其中《九鲤湖瀑布》《海上乔木的颂歌》《鼓山》《福州》《紫云洞山》和《紫帽山》都是长诗。在蔡其矫,“乡土”是他抒情诗一以贯之的主题,早在延安时期的《乡土》《哀葬》《雁翎队》甚至《肉搏》就具有深厚的乡土背景,50年代中期他“创作倾向从惠特曼转到聂鲁达”[①],实际上应视为诗人“乡土意识”的初步自觉,《闽中》《福州》(绝句四首)、《鼓浪屿》《榕树》《南曲》都是这种自觉下的产物。而老年在远游途中写下的以各地风土人情为题材的诗作,似乎应视为“乡土”题材的扩大和“乡土”主题的升华。不过,与诗人各个创作阶段相比,60—70年代却是诗人因特殊原因“回老家”从而真实地贴近、审视并思考故乡乡土的二十年,为此诗人走遍了故乡的山山水水,亲历了故乡的艰难岁月,洞悉了故乡的幽密心声,理解了故乡的兴衰历史。因而此时创作的“乡土诗”,尽管视野还不够开阔,但却已由此及彼、由表及里地透过对故乡山水风物的描摹与赞美,挖掘出乡土深厚的人文渊源。在《东西塔的歌》中,诗人写到:

我们看见泉州的风帆走向世界,

① 蔡其矫:《简历及著作》,《蔡其矫诗选》,人民文学出版社1997年版,第346页。

带着丝绸和瓷器把西方惊醒。
我们看见海盗的刀光闪烁,
把环城的刺桐砍伐净尽。
时间在我们身上浇了青铜
闪闪发光有如爱心!

《红甲吹》将记忆中“闽南民间喜庆的音乐”比喻为“收藏已久的玫瑰”,“水分消失了,可香气长存”。在《九鲤湖瀑布》中,诗人深沉地询问:

你的呼声从不稍息
保有一颗永不疲惫的心
你究竟要求什么?
你又在等待谁?
是不是在你严峻的命运里
还缺乏最必须的东西?

传达出厚重的思想的力量。

当然,在严酷的年代讴歌乡土,除了源于“人对故乡的感情”和聂鲁达的启发,可能也的确含有某种生存策略上的考虑①。

也正是在这段时间里,诗人以受难者的坚韧态度和思想者的无畏精神维护着自己至高无上的尊严,沉思着社会、

---

① 蔡其矫在1981年将乡土题材的诗作结集为《福建集》出版,在自序《诗的空间》一文中,他曾诚挚地谈到“乡土诗”写作的动因,其中说到:“在那些年代里,多变多难的生活,写这种不为人注意的题材,也许是必行的。”见《诗的双轨》,海峡文艺出版社2002年版。

历史、人生和艺术，始终保持清醒的头脑，以对“爱”和“自由”的崇高信念支撑着自己，大量的“咏怀诗”“风景诗”和“咏物诗”是这种精神的见证，蔡其矫所谓“人生系列”主要也指这些作品。它们包括《波浪》《雨晨》《无题一》《无题二》《孤独》《无题三首》《寂寞》《诗品》《新叶》《山雨》《希望》《梦》《冬夜》《地上的光明》《桐花》《候鸟》《乌柏树》《时间的脚步》《尽量发光》《夕阳和落叶》《劝》《灯塔》《荒凉的海滩》《祈求》《悲伤》《悬崖上的百合花》《答——》《泪》《寄——》《诗》《迎风》《爱情和自由》等。诗人是敏感的，他清醒地体味着生命中的这段泥泞，感受着“苦难的历程”所带来的寂寞和孤独，然而他从不退缩，从不向权威和暴力低头，为了维护自己的尊严和公理正义，他敢于在“批斗会”上拒绝“下跪”，以至被打得头破血流；他敢于当众向滥施淫威的林场“小人”挥拳给以教训[①]。他的痛苦、抗争和沉思都在诗中得以体现。《无题一》(1962)坦言：

我不愿在自己的脑袋里
有另一个人在替我出主意，
与其说像人，不如说像东西
可以随便拿来，随便处理。

在1976年创作的《迎风》里，诗人对一位坚强的女孩由衷赞美，也抒发了自己蔑视苦难的情怀：

---

① 《蔡其矫口述实录》，转引自王炳根《少女万岁——诗人蔡其矫》，海峡文艺出版社2004年版，第154页。

所有的飞鸟全不见,
暴怒的风谁敢抗衡?
惟独你不躲闪,迎风站立
发光的脸上仿佛有歌声。

后来聂华苓从美国来北京采访蔡其矫,所写的访问记就以《发光的脸上仿佛有歌声》为题,准确地把握住蔡其矫在"文革"岁月中的从容心态。

但是,在这段时间里,诗人创作的最具有思想价值和历史批评价值的还是虽然为数不多但却力度饱满的"现代讽喻诗",比如《无题》(1963)、《屠夫》和长诗《木排上》《玉华洞》《丙辰清明》《端午》。当然,把这些作品称为"现代讽喻诗"是否恰当还值得进一步讨论。不过《无题》(1963)对"帝国主义""封建势力"和"愚昧"的愤怒指斥,《玉华洞》对病态社会及其昏聩领导者的暗示性反思,《丙辰清明》对"文革"的批判态度却是毫不含糊的。读者和批评家们早已给予《玉华洞》以深切的理解和高度的评价,有人说:"他写洞里不闪射的阳光,不移动的风雨,僵化的瀑布,凝止的雪崩,死寂的浪峰,不发光的圆月。"①评家则指出:"长诗《玉华洞》借自然景物的慨叹,从洞中那不闪射的阳光,不发出雷声的闪电,僵化的瀑布和死寂的山峦,延伸为对社会历史的思索。作者把握的是自然对于历史和现实的暗示。他清醒的

① 聂华苓:《发光的脸上仿佛有歌声》,《三十年后》,湖北人民出版社1980年版。

认识,使他概括地表达了那个时代的不幸和一代人的忧思。"①在诗中,诗人抒发的感慨:"被捆缚的猛虎,被蹂躏的花朵,颠覆的锅/无烟的灶,一切都表示/不动便是死亡,停止便是毁灭。"让人联想到艾青几年后创作的《鱼化石》。还有,《丙辰清明》对当代社会历史的反思是多么尖锐、透彻呵!诗人简直是痛心疾首:

权力至高无上
是我们时代的最大祸害
使身心都会焚毁的
篡夺窃取的欲望
仿佛可怕的旱风
很快使大地的作物全部枯干;
在道貌岸然之下
藏着最腐朽的因素……

直面腐朽观念,针砭社会痼疾,显示了中国伟大诗人优秀的传统品质,也坚持了现代人文知识分子的社会良知。想到在压力面前无数的变节者、苟活者,难免令人失望;但是想到毕竟有鲁迅、胡适、顾准、陈寅恪,又顿然生发民族精神再生之信心!

蔡其矫还有柔情如水的一面,这就是抒发对女性之美、爱情之纯、友情之笃深情礼赞的《玉兰花树》《水仙花辞》《曲

① 洪子诚、刘登翰:《中国当代新诗史》,人民文学出版社1993年版。

巷》《赠别》《泪珠》《女声二重唱》《思念》《也许》《悬崖上的百合花》《怀念山城》《端午》等特定意义上的“情诗”。记得1989年初夏第一次给诗人写信，是缘于对其名诗《也许》《思念》的索解。那时我把这两首诗判断为“友情诗”，而诗人在提供写作背景的同时也承认“爱情和友情的确难分”(1989年6月12日复张欣)。关于蔡其矫与女性的交往，曾阅的《诗人蔡其矫》(年表)和王炳根的《少女万岁——诗人蔡其矫》都有详尽的记载，特别是王炳根的《少女万岁》更是一部求索诗人爱情秘密的“爱情传记”。不错，诗人是钟情的，他的大量“情诗”即是证明。只是，需要特别指出的是：这些诗出现在视爱情为“异端”的岁月，又是诗人身陷劫难的日子，这些“情诗”具有一种特殊的气质。一方面爱情成了诗人抵抗环境、支撑自己的精神源泉，另一方面爱情也成为彼此相爱的人之间患难与共的理解和信任。在第二个层次上，这爱情又同时是刻骨铭心的友情。女性，对于蔡其矫而言，与性的抚慰同样不可或缺的是美与爱的滋养，如此三位一体的女性显然有着更能打动诗人的魅力。因此在蔡其矫的“情诗”里，爱总是既艰难又纯粹，有身体的渴求而更倾心于灵魂的交融。

“回忆永远是美丽的/但要做了才有回忆，/生活吧，直到死亡来临。”(《无题三首》)“在生活中，我永远和你隔离，/在灵魂里，我时时喊着你的名字。”(《也许》)而有时，诗人的爱甚至化为诚挚的勉励：

只有心灵为诗燃烧的时候

你才光艳照人
如果我能以语言
回答你独一无二的忧虑，请把
别人的悲伤盖过自己的悲伤
痛苦上升为同情的泪

当然，即使是赠人的“情诗”，也必然是个人灵魂的真实写照。而且，由于这些“情诗”大都产生在一个苦难的时代，受赠者也往往是被侮辱、被损害的弱势者或抗争者，和诗人有着相同的命运与追求，因此这些诗在表达真挚情怀的同时，也带上了强烈的抵抗黑暗、蔑视强权、捍卫生命尊严的个性色彩，从另一个角度塑造了坚强的人格。

我以为，无论是“乡土诗”“咏怀诗”，还是“现代讽喻诗”和“情诗”，都是蔡其矫以一颗“大爱”之心，熔铸了自己的生命和理想，奉献给那个特殊年代的独一无二的创作珍品。这些诗章以厚重的内涵和精湛的艺术延续了 20 世纪中国诗歌的生命，而又推进了它的发展，使它的历史最终没有中断于封建主义回潮的时代，从而改变了它面临绝境的命运。当然，在那个时代坚持真正意义上的诗歌创作的并不只有蔡其矫，但无疑，蔡其矫是其中最优秀、最富有魅力的一位。

2004 年 7 月/2005 年 2 月 杭州

用男性的欢乐拥抱大地

——诗人蔡其矫在“新时期”的远游生活与诗歌写作

在20世纪的中国诗人中，蔡其矫往往给人留下一种另类和特别的印象。与那些生活范围主要局限于大学校园的诗人不同，只要有可能，他总是选择浪迹天涯的旅行；与那些热衷于庙堂、圈子、名分的诗人不同，他又往往喜欢真正的淡泊与独处，或者喜欢与那些与他一样性近自然的人们为伍。在诗的观念与诗的艺术上，他取绝对开放的态度，融古今中外于一体，但又有所保留和坚持，不肯“为了表现创新而牺牲可读性及清晰的风格”①。

在路上，他喜欢一个人踽踽独行；但当他停下来时，身边总是围坐着许多朋友。然而这位舒婷和北岛当年的朋友与引路人，《今天》派中唯一的“老诗人”，却总是在最热闹的时候选择独自离开，从不公开表态，而只喜欢以写作声援。

他执着于爱和自由，但在将近六十岁以前，却总是遭逢

---

① 蔡其矫：《我的诗观》，“蔡其矫诗歌回廊之八”《诗的双轨》，海峡文艺出版社2002年版，第5页。

网罗，在不自由的状态写下了许多诅咒和抗争的诗。

1977 年，诗人五十九岁，漫长的监禁彻底结束了，“新的历史时期”开启了社会发展的新阶段，也开启了蔡其矫生活与诗歌写作的黄金时代。他找到了最符合他本性和人生观以及审美观的生活方式：独自远游考察，在旅途中写作、交友。

“生活的真实都从感性开始”

可以通过蔡其矫的人生态度和艺术观索解其热衷于独自远游的心理动机，还可以通过对蔡其矫诗作的分析进一步理解这种冲动。因为一个人的行为方式总是与其人生态度直接相关，而一个诗人独特的行为方式还与其审美观、艺术观有关联。

蔡其矫从来都不是那种困守书斋或局促一隅的人，他的血液中似乎有一种行走的遗传或潜质，不知道这潜质究竟是得自他那具有经商传统的家族，还是得自祖母身上流淌着的阿拉伯血统。青年时代为着崇高理想不惜远涉重洋奔赴最贫瘠的山地，壮年时代却又怀着海洋之梦重新去东海、南海追逐浪花。即使在最不自由的年代，他也要立志走遍故乡的山山水水，叩问乡土深处蕴藏着的生活激情。

1976 年之前的“文革”后期，摘去“三反分子”帽子的蔡其矫尽管仍未离开永安，事实上已相对自由，回北京探亲，到厦门会友，洞察历史变迁的蛛丝马迹，因此也就开始了较小范围内的旅行考察并留下了有关永安山水的诗作。1977

年,诗人正式离开果林场,回到家乡园坂居住,又频繁地南北往来于北京、福建之间,也公开参加官方组织的海港访问活动。或许正是这些奔走,再次激发了他生命深处潜伏着的远行欲望,总之,在1981年的青海、敦煌、新疆之行以后,他开始了几乎每年必有一次的“独自远行考察”。对此,他在《简历及著作》中有所交代:“1980年初到武夷山,写《竹林里》等十来首,随后又到从未到过的闽东,写一系列。从此以后发现旅行写作、朗诵、演讲、交友四者结合,是最佳生活方式。”①在1982年,他又曾对友人谈到:“八十年代,我为自己找到另一条道路,走遍全中国,追寻历史文化的痕迹,反照现实。”②曾阅回忆:“蔡其矫还不止一次地给笔者曾阅说:‘题材常常是在最艰苦的地方发现,要获得诗,就得不怕艰苦!长期坐在办公室里有诗可写,我是极不理解的。’”③

这里,透露了蔡其矫本人对选择远行生活的解释,一方面是“最佳生活方式”,一方面为了“追寻历史文化的痕迹,反照现实”,还有一方面是诗人认为远行可以发现创作“题材”,是诗歌写作的源泉。也就是说,“独自远行考察”对蔡其矫而言,既是他的生活观念,也是他的创作观念。

而对蔡其矫喜欢旅行的性格,与他同时代的诗人也都

---

① 蔡其矫:《简历及著作》,《蔡其矫诗选》人民文学出版社1997年版,第348页。

② 曾阅:《诗人蔡其矫》,作家出版社2002年版,第120页。

③ 曾阅:《诗人蔡其矫》,作家出版社2002年版,第120页。

印象深刻而津津乐道。公木首先把他这种“喜欢活动、喜欢生活多样化的性格，对于自然山水、风土人情、社会习俗，具有永不疲倦的观赏与考察的豪兴”归因于蔡其矫得天独厚的坚强体魄、旺盛的生命力以及他独特的华侨出身、教育经历、人生阅历，归因于这一切形成的诗人非同一般的旷达和热爱自然的脾性，“以及他的世界观念、人类意识，特别关注着祖国的盛衰兴亡，自幼养成强烈的爱国主义精神。”还有“自觉意识的世界观、人生观、审美观，充溢着自由心态的生活态度，单纯而深厚、坚韧而谦虚，以及博闻强记、忠于生活的见识。”随后谈到他 80 年代的远游：“假如说，非常时期，局居三闽，也还‘踏遍青山人未老’；那么，到天回地转，进入历史新时期，诗人又开始了一年三个月的单独远程考察旅行。这才是在中国诗史上空前的壮游，论其行踪广袤，远远超过徐霞客倍数的倍数。”①吕剑则把蔡其矫的远游、学识以及其他一些条件一并视为其创作的“生命和源泉”：“老蔡为人朴厚，闲静少言，不慕荣利，亦不嗜交游，但体健神爽，亟喜远游。名山大川，广漠沧海，此城彼村，足迹所至，几遍域内。他对中外古典诗歌、现当代诗歌，无不博览深研，故素养至厚。而又经历了战争、‘运动’的磨练、煎熬，长达四十年。从这种种条件，略可窥见他的诗歌创作的生命和

① 公木：《序曾阅撰诗人蔡其矫年表》，《诗人蔡其矫》，作家出版社 2002 年版，第 4—5 页。

源泉。”①

的确，家族传统、身体条件、个人阅历和教育，可以说都潜在地支配着诗人的世界观、人生观、审美观，具体到蔡其矫本人的写作生涯，似乎还应该包括他对中外古今大诗人生命轨迹和艺术实践的某种感应。在1996年3月撰写的《小传》最后，他谈到对古典诗歌传统中李白和苏东坡的倾心，认为“大约不仅是文学风格的向往，也是对他们的命运有某种感应。因而，也就随他们对自然山水、对旅游、对友情、对艺术的无限倾心，看作是自己生活的导向，一再纵横远行，不计利害，独往独回，自得其乐，仿佛黄昏已至，晚景无忧，惟见众善毕陈，终觉生逢佳境，公私都臻美好无穷了。”②就如他在《横江词》中所意识到的：

自然中有声有色的生活
感情宇宙不带面具
一切无边无际的幻想
都具有大地的壮丽

而写于1988年的《苏轼暮年在桄榔庵》更是通过苏东坡放逐海南岛时的“潇洒如花”表达了一种渴望融入野地的生命理想：

做个流浪民间的老歌手

① 吕剑：《致子张》(2001年8月25日)，见子张《蔡其矫：生活在路上》，《香港文学》2007年4月号。

② 蔡其矫：《小传》，《蔡其矫诗选》，人民文学出版社1997年版，第341页。

踏歌颠步在荒野里

这是对古代诗人的倾慕，也是对自我命运的浪漫想象。其实在蔡其矫的诗作中，这种对于“自然”“大地”“流浪”“民间”“荒野”的亲和态度时时可见，有时是夫子自道式的直抒，更多时候则是借助对先贤的赞美暗诉心曲。在1988年写的《自画像》中，诗人对“自我”的诗性表现十分耐人寻味，先是借“相形家”之说写“第三只眼睛”“竖着看世界/无遮无档/一任风吹日晒”；继而写个人性格和命运，强调对诗的虔诚；第三节一转，表达对“欢乐”的追求：“也许因为生命中有太多痛苦/所以热血总在追求欢乐/对自然/对云水/对花草，对一切形体的魅力……”最后，在如期来临的“黄昏的垂暮”中，诗人似乎略带感伤地发问：

他还能在眷恋中远行吗?

《谢朓楼》写于1985年，三段诗依次表现对他所理解的谢朓“伟大的永不竭止的追求”“不断向时代要求欢乐的权利”的生活态度，最后一段则是诗人的直接介入，表达了他本人对生活的态度：

捕捉心灵的火焰跳动
生活的真实都从感性开始
一切定型观念都是假的
只有变动无常才接近真理

诗为心声，透过这些诗句，蔡其矫对远游的钟爱及其深层潜伏着的生命观、诗学观，应该都可以得以彰显。

“以身长在丈量信仰的一生”

人们注意到了蔡其矫在“新时期”非同一般的“独自远行考察”,但表述略有不同。按照蔡其矫本人的说法,他是在1980年游过武夷山和闽东之后才“发现旅行写作、朗诵、演讲、交友四者结合,是最佳生活方式”的,而后从1981年8月“开始第一次独自远行3个月的考察”,到1991年3月开始第八次长途考察一共是八次。而曾阅的《诗人蔡其矫》则认为1991年这次应为连续九年来第十次单独远行考察,在1992年第十一次到1999年,一共是18年22次。

实际上,无论是八次还是二十二次,指的都是蔡其矫有意识、有准备的除福建、北京两地之外的远途旅行,因为福建作为蔡其矫的故乡是他另一个写作目标即“乡土诗”写作的地理背景,而且因为距离较近和有人陪伴则被排除在“远游”之外。但无疑,恰恰是70年代中后期的故乡考察活动启发了他的远行计划,故而可以把这段时间的省内旅行视为他正式开始独自远行考察的一个序曲,一个准备期。

现在,不妨看一看蔡其矫在1977年至2007年这三十年间的足迹所至,或者可以借此窥探他老年时期诗歌写作的“题材”之源。

1977,福建—北京(郊游),部分相关作品:《清源山》《黄山》《紫竹院》;

1978,福建(永安、园坂、厦门)—北京—广州—福州,部分相关作品:《广州》《肇庆七星岩》;

1979,北京—广东—海南—上海—福建—北京—福建三明,部分相关作品:《槐花雨》《南海》《黄浦江上》;

1980,三明—武夷山、闽东—晋江、惠安,部分相关作品:《竹林里》《石狮》《太姥山》《武夷山自然保护区》;

1981,福建—北京—河南—陕西—甘肃—青海—新疆—北京—福建,部分相关作品:《兰州市郊》《嘉峪关》《敦煌莫高窟》《乌鲁木齐的黄昏》《天池》《达坂城》;

1982,福建—湖南—湖北—河南—山西—内蒙,部分相关作品:《湖南张家界》《桃花源》《武当山》《开封》《云冈石窟》《龙门石窟》《大同九龙壁》《昭君墓》《蒙古歌声》;

1983,河南—北京—河北—山西—陕西—北京,部分相关作品:《牡丹三首》《过延川》;

1984,北京—苏州—杭州—福建—云南—贵州—四川,部分相关作品:《香雪梅》《十里浪荡路》《弘一大师》《大理》《金茶花》《西双版纳》《神农架问答》;

1985,安徽—浙江—苏州—常州—上海—福建—菲律宾—香港,部分相关作品:《秋浦歌》《当涂太白墓》《菲律宾四首》;

1986,广州、宁德—福州—上海—重庆—成都—西藏,部分相关作品:《花市》《在西藏》《拉萨》《达娃》《卓玛》《中印边境密林》;

1987,福建(泰宁、寿宁),部分相关作品:《冯梦龙在寿宁》《寿宁少年》《仙霞岭》;

1988,福建—广西—海南,部分相关作品:《苏轼暮年在桄榔庵》《海南七首》;

1989,福建—广州—广西—云南—北京,部分相关作品:《勐仑植物园》《在芒市》;

1990,北京—广东—海南—广东—福建—北京,部分相关作品:《闽江水口》;

1991,北京—福建—杭州—苏州—扬州—南京—武汉—南昌—岳阳—衡山—桂林—长沙—四川—西安—洛阳—北京—福建,部分相关作品:《烟波岳阳楼》《雾罩滕王阁》《风雨黄鹤楼》;

1992,福建—杭州—福建—北京—海拉尔—黑河—大连—蓬莱—济南—北京,部分相关作品:《黑龙江》《呼伦贝尔草原》《渤海》;

1993,北京—哈尔滨—海南—山东(泰山曲阜)—北京—福建—郑州—福建—北京,部分相关作品:《冰雪节》《火山口》《文昌东郊椰林》;

1994,北京—云南—海南(西沙)—福建—北京,部分相关作品:《昆明》《鹿回头之夜》《永兴岛》《二赴西沙》《遥望南沙》;

1995,北京—福建—广东(梅州、潮州、汕头)—福建—北京—印尼—海南—武汉—南京—北京—福建—北京,部分相关作品:《潮汕绣花女》《南澳岛》《重返爪哇岛》《梭罗河》《岜厘》;

1996,北京—福建—北京—宁夏—北京,部分相关作品:《腾格里沙漠》;

1997,北京—福建—广东(7月),部分相关作品:《虎门欢歌》;

1998，北京—福建—上海—北京—山东—北京，部分相关作品：《长山列岛》《蓬莱阁》；

1999，北京—福建—北京，部分相关作品：《如歌的吉山》；

2000，北京—福建—运河（杭州、山东）—北京—天津，部分相关作品：《运河行》《天津》；

2001，北京—福建—北京，部分相关作品：《云霄将军山》《常山华侨城》《重见鼓浪屿》；

2002—2007：北京—福建—北京（2007年1月3日逝世）。

可以看得出，1977年到2007年的三十年中，他没有一年不在福建、北京两地之间奔波，过的是典型的“候鸟生活”，仅此一点，恐怕除了蔡其矫之外，就找不出第二位诗人了。而三十年中，也只有1977、1980、1987、1990这四年和2001年后的六年是局限于福建、北京两地，其他二十年则都属于长途远行，其中再加上菲律宾、印度尼西亚两次境外之旅，远游实际应在二十二次以上。真如同代诗人吕剑所说：“名山大川，广漠沧海，此城彼村，足迹所至，几遍域内。”①

似乎从屈原开始，中国古代诗人就有了一种“行吟”的传统，多少经典诗作都是“漫游”的产物，唐代甚至有“边塞”“游侠”“山水”诸派，李白更是一位集大成者，足迹所至，无

① 吕剑：《致子张》（2001年8月25日），见子张《蔡其矫：生活在路上》，《香港文学》2007年4月号。

不留下如歌如画的旅游诗佳品。“五四”以来的新诗人具备了出国、留学的条件,本来应该对这一传统有所继承和发扬,但除了郭沫若、艾青等少数诗人的部分作品,称得上现代“行吟诗人”的则鲜见。至当代中国,知识分子受制于政治化的人事管理制度,除了“有组织”的“体验生活”外,更是难得自由。在这种背景下,蔡其矫之有意识地“独自远行考察”,实在是一个异数。其在“新时期”三十年中二十几次远游,恐怕也早已超过了李白、苏轼,创造了中国诗人天涯孤旅的新纪录。

蔡其矫之远游,有他自己的特点,这表现在:

第一、自觉,自助。这与当代其他诗人“有组织的体验生活”完全不同,在体制化的文学写作中,参加官方组织的“访问团”通常被视为一种政治待遇,属于公费旅游,当然也就“没有白吃的午餐”,于是写作就成了一种“命题作文”,难得见个性。蔡其矫除了1979年那次随艾青带队的“海港访问团”去海南访问,后来的远行都是个人行为,而且有长期计划,要“走遍全国”,以图“追寻历史文化的痕迹,反照现实。”

第二、范围广,路程长,时间久。就范围而言,除了台湾、澳门这两个特殊地区,全国各省市足迹殆遍。就路程而言,1981年的甘肃、青海、新疆之行,1986年的西藏之行,1991年的西南之行和1992年东北之行每次都在“万里”之上。就时间而言,连续二十几次远游每次均在两三个月,一直坚持了二十多年。

第三、对诗歌写作影响巨大,所到之处皆有诗作。蔡其矫老年自编诗选集与《诗歌回廊》八册，仅从“目录”上看，就可以看出蔡诗的一个重要特点就是以地名为诗题，许多地名诗成为他后期的重要作品。如《嘉峪关》《乌鲁木齐的黄昏》《伊犁河》《在西藏》《拉萨》《珠穆朗玛峰》《巫山》《神女峰》《开封》《大理》《桂林》《湖南张家界》《呼伦贝尔草原》《天津》《黑龙江》《腾格里沙漠》《南海》《渤海》《遥望南沙》《岜厘》《马尼拉》等等。

写于1987年的《拉萨》，第一节就刻画了从西藏各地磕着长头前来朝圣的藏民：“狂信者爬下，五体投地/以身长在丈量信仰的一生/那是不是我？”从怀着理想四方寻求的角度说，蔡其矫当然也是一个虔诚的朝圣者。只是与藏传佛教的信仰者不同，他心目中的圣者是自然，是生命，是美，是诗。可以说，蔡其矫的“独自远行考察”不但成为蔡其矫老年阶段诗歌写作的主要题材来源，其通过这种“独自远行考察”以“追寻历史文化的痕迹，反照现实”的写作模式也构成了中国现代诗歌史上一个独特的写作现象。

“让诗和生活融为一体”

“让诗和生活融为一体”，这是蔡其矫诗作《谢朓楼》中的一行诗句，写的是南北朝时期山水诗人谢朓，其实更是一番夫子自道，表达了他个人对诗与生活关系的期待。

大约在1999年，蔡其矫将自己的诗分类整理成册，开始分为“环保诗”“海洋诗”“旅游诗”“乡土诗”“情诗”“格律诗”和“译诗”七类，后来以“蔡其矫诗歌回廊”为总题出版时又调整为“大地”“海洋”“生态”“乡土”“情诗”“译诗”七个系列。

这种编选个人集的特点也显露出蔡其矫对诗歌内容或者说“题材”的重视,这当然与他热爱旅行、喜欢变动的个性相关。事实上,从“大地”“海洋”“生态”“乡土”的题名也容易判断出来,他的诗思多从空间展开,由空间入手再转为时间(历史)性与精神性的抒发。

触发诗人创作灵感的方式因个性和经历而显出差异,至少,像博尔赫斯、穆旦这样的诗人可能更喜欢由知识或思想的路径展开诗思。与他们有所不同,蔡其矫对诗的构思通常在旅途中。

现在,我们要看一看蔡其矫在20世纪80年代和90年代的“独自远行考察”对他“新时期”或老年时期的诗歌写作究竟产生了怎样的影响。

以他自己编选的《蔡其矫诗选》(人民文学出版社1997年版)和八卷本“蔡其矫诗歌回廊”(海峡文艺出版社2002年版)为考察对象,最容易观察到的就是这一时期是蔡其矫诗歌写作收获最丰的一个时期。

从1941年到2001年,蔡其矫从事诗歌写作六十年,根据其个人生活与写作历程可划分为四个连续性的阶段:第一阶段为40年代中的五六年,留存诗作不多;第二阶段为50年代,由于政治命运逆转而影响生活、写作;第三阶段为60年代至1976年的十五年时间,是蔡其矫生活的黑暗年代和写作的黄金年代;第四阶段就是1977—2001年,是蔡其矫诗歌写作达到巅峰又趋于衰退时期。

以1997年《诗选》和2002年《回廊》两个选本统计其四个阶段的创作数量：

1997“诗选”：第一阶段4，第二阶段54，第三阶段59（不含译作），第四阶段170，总数287；

2002《回廊》：第一阶段8，第二阶段59，第三阶段94（不含译作），第三阶段309，总数470。

2002年编选的“回廊”是迄今为止收入作者诗作最多的一个选本，但据参与编辑的刘登翰说，这与诗人“全部创作”相比，“恐怕不足三分之二”[①]。那么，从入选者为佳（作者满意）的角度就可以看出，1977年以后的远游时期显然是他创作数量和质量都大大高于前三个阶段的巅峰时期。

第二，从创作内容看，正如前面已经涉及的，蔡其矫的远游直接影响了他的创作灵感，使他的诗作从题材、意象到主题都呈现出突出的“文化地理”特征和“历史—现实”的思考模式，形成了蔡其矫本人以及中国当代诗歌写作的一个独特现象。用诗人自己的话说就是“走遍全中国，追寻历史文化的痕迹，反照现实”。

从这个角度说，蔡其矫的“独自远行考察”的重心就落在了“考察”上面，其“远行”既是一种“历史文化之旅”，也是一种社会现实之旅，且直接对应于他的诗歌写作。

1985年3月10日，他写信给曾阅表示了他在远行中

① 刘登翰：《〈蔡其矫诗歌回廊〉编后》，《蔡其矫诗歌回廊》，海峡文艺出版社2002年版。

的“困惑”:“我去年未能到达西双版纳,只走了石林和滇西北,直到丽江,目睹那贵州和云南的贫穷,总在考虑写作究竟能否单纯描写大自然?是应该把自己的思想与艺术朝向更高目标前进。”[①]这“困惑”证明其远行本身也启发他超越自然之上,进一步思考中国的历史与现实。

再看其具体诗作,无论是“大地”系列还是“海洋”系列,以及“生态”“人生”“情诗”系列,在密集表达对自然、生命、自由这些终极性主题的理解过程中,无不渗透着诗人自己对古老的文化传统与尚在艰难运行着的当代社会文化的忧虑、反思。《中原》一诗,写于1982年,当为诗人河南之行的收获,此诗第一节就流露出诗人对诗歌与历史关系的理解:“绿野流荡泥土气息/总有萧瑟寂寞的情思;历史是诗歌的经线/总要惹起怀古的飞絮!”接下来介入对历史中“水旱与暴政双双统治/造反必定称王/干戈角逐世代不竭”现象的批判,及对这种现象带来的“泪水”“苦根”的哀伤。1983年写的《庐山》,也以深沉的感慨历数避暑胜地遗留下的近现代政治的痛苦痕迹,喊出了“终止苦难的骊歌/寻找遗失已久的诗!”的呼吁。同年写的《过延川》,可能是对自己青春时代的浪漫激情少有的一次感伤凭吊:

那时的青春多么无畏
那时的现实叫战争
花费了大半辈的时光

① 曾阅:《诗人蔡其矫》,作家出版社2002年版,第129页。

眼睛才学会了观看
并且重新找到自己
为你含泪辛酸
为你梦魂萦绕
为你时受鞭笞

较之另一首名气更大的革命寻根之作《回延安》，差异是巨大的。一个激情依旧，一个却陷入沉痛的反思与自省。哪一份情怀更接近真实呢？

《野渡》(1981)、《黄陵》(1984)、《神农架问答》(1984)、《十里浪荡路》(1984)、《横江词》(1985)、《漠风》(1985)、《鲤鱼溪》(1986)、《李贽》(1986)、《严羽沧浪阁》(1987)、《江淹梦笔山》(1987)、《湛庐山》(1987)、《武夷桃花源》(1988)、《幔亭山房》(1988)、《醒梦》(1988)、《雾罩滕王阁》(1991)、《烟波岳阳楼》(1999)、《黑龙江》(1992)、《腾格里沙漠》(1997)、《长山列岛》(1998)、《上海宝贝》(2000)，诸多作品，在将历史与现实对接、对照的艺术表现中，都做得十分成功。而进入21世纪之后写作的《郑和航海》(2001)、《海上丝路》(2001)等长篇作品，在作者也许意味着新的探索和突进，但或许由于提炼不够，篇幅长而散漫，远不如他那些短小隽永的诗味道绵长。

第三，除了“文化地理”性质和“历史—现实”模式的诗思，远游给诗人带来的另一种灵感是由自然和历史人物激发的对生命的沉思，在这些诗里，蔡其矫最充分地表现出一位现代诗人对生命本质最真挚的礼赞，自由、爱情、美，是他使用频率最高的词汇。

“海洋”是蔡诗最重要的意象之一，也是他老年远行考察的一个内容，除了对海洋历史文化的深入挖掘，他更多时候是把蓝色之海视为与人的生命本质相关的一个象征，就像他在《海啊》(1980)、《阳光海滩》(1992)、《防波堤上》(1992)、《醉海》(1992)中所抒发的那样。同样，在“人生”“大地”“乡土”“情诗”各个系列，事实上并不局限于这种刻意标示的主题，对生命、自由和美的吁求从未间断，越到老境，诗人对生命的理解越是清澈透明。这里，仅摘引他那首通过剖析李白而表达自我的《秋浦歌》来看看蔡其矫的生命观念，或可借此进一步理解他之所以选择远行的内在动力：

浪游是为了没有具体对象的爱
到记忆的绿色中去
保持内心的丰满
享受生命的内在赠品
含笑拥抱万有

“独自远行考察”是诗人蔡其矫老年时期重要的生活方式，也是对其诗歌写作具有重大影响的一种行为。但这只是研究蔡其矫在“新时期”诗歌写作的一个角度，即是说，蔡其矫的写作除了与远游有关，同时也还有其它若干因素，诸如交往、阅读、翻译等等。因此，要全面理解蔡其矫的诗，还要有更开阔的考察视野。

尽管如此，这个考察角度仍然是十分重要的，尤其对这位特立独行的诗人来说。因为从 1977 年结束永安农场改造生活、1979 年公开恢复发表诗作，到 2007 年逝世，蔡其矫生命的最后三十年几乎都是在远游和写作中度过的。每年数千公里的独自远行考察，不惟创造了中国诗人游吟传统的现代奇迹，也使他借助历史之眼反窥到现实社会生活和生命深处的秘密，并将之融入诗歌的艺术结构，从而也创造了汉语现代诗融汇中西的奇迹。蔡其矫的“新时期”是他个人生命的老年，却也是他诗歌艺术的巅峰阶段，蔡其矫对汉语现代诗的独特贡献将使他成为 20 世纪后半段最重要的中国诗人之一。

2008 年 5 月 20 日/6 月 3 日 杭州

蔡其矫:纪念特辑与创作年表

《香港文学·蔡其矫纪念特辑》

陶然先生:

4月22日在廊坊"邵燕祥诗歌创作研讨会"上欣逢王光明先生,说起蔡其矫先生逝世和《香港文学》拟出"纪念专栏"诸事,他告诉我:开会前已经收到"纪念专栏"样本,但未细看。我担心拙稿丢失,曾在回来后给您发过邮件询问,不曾想随后也收到了这本4月号的《香港文学》,果然是"诗人蔡其矫纪念特辑"!只是令我大感意外的,是"特辑"而不是"专栏",整整一本,足足收入28位作者的纪念专文,还不包括您撰写的"卷首漫笔"《诗坛独行侠,一去不回头》,以及后面附录的"创作年表""著作目录""评论索引(部分)""文讯下载"。我想,蔡先生如能知道,其在天之灵当深以为慰了吧!活着时,以宽广胸怀拥抱生活、温暖友情;如今逝去,却依旧朗笑于那么多朋友们的记忆中,除了蔡其矫,当今还有哪个诗人能够拥有这样的幸运?

28位作者撰写的28篇纪念文章,除了聂华苓那篇著名的《发光的脸上仿佛有歌声》和舒婷、戴冠青两位女作者的文章,其余25篇皆系纪念专文,或回忆温馨往事,或品评诗人诗作,皆提供了不少新鲜的、有价值的史料或论点,作者分布则主要集中于内地和香港两地。可贵的是,远在海外的北岛也写了一篇长长的《远行——献给蔡其矫》,第一次深情回顾了当年与蔡诗人结识、创办《今天》、一起远游的旧事,更是给当代诗史提供了珍贵的回忆资料。其对蔡其矫与艾青在为人方面的那段比较,也很耐人寻味。自然,这一切都有赖于您的极有远见的创意和组织,也充分体现了各位作者对这位"生前被有意无意地忽视"的大诗人发自内心的情义。或许正如您在《卷首漫笔》中所说:"最后编订目录,篇幅上突破原本的计划:诗人生前备受轻慢冷落,推出一整本的特辑,既寄托我们的哀思,也期望诗人得到应有的评价。诗人洒脱,向来不太在乎名位,何况他已远离尘世,什么也无所谓了。但,我们还是虔诚献上一束心香,供奉诗人在天之灵,愿他安息。"

诗人"生前被有意无意地忽视",几乎所有的作者都涉及这个问题,王光明先生甚至大声疾呼:"真的应该认真对待蔡其矫和他的诗了",然而这样做的目的并非为诗人鸣冤叫屈,"不是为了悼念,而是为了他给我们留下的诗篇和做一个诗人的启示,为了我们习惯热闹而不能承受寂寞的心灵。"仔细想想,蔡其矫之"备受轻慢冷落"的原因,也许恰恰是诗人首先冷落了"庙堂"与"诗坛",叫一个真正的诗人以逢迎权贵或阿世媚俗来换取"名位",如何行得通?既然敢于从铁板似的体制中走出，当然也就甘于寂寞，以及这种独有的寂寞中更大的甘甜和幸福。蔡其矫之成为蔡其矫，不就缘于他的特立独行吗？以故，我不认为被忽视或被冷落是蔡其矫的不幸，恰恰相反，正如屈原之于楚国，李白、杜甫之于唐朝，苏东坡之于北宋，那是当政者的不幸。由官场延伸出来的“诗坛”，更不配拥有这样的诗人。

真正的诗人不怕没有知音。

您的那篇《为了一次快乐的亲吻　不惜粉碎我自己——怀念其矫》，由近及远地回顾与诗人亲切的交往，颇多生动的细节和传神之笔。特别是透过一些小事凸显出蔡其矫极具个性的诗人品格：潇洒、达观、宽容、随和，有时却又执着甚至固执，但所有这些品格又统统可以归为“可爱”。比如仅仅因为对诗的钟爱而放弃一次出版“回忆录”的机会；比如看了一本别人的样本，就率真地道出“臧克家的诗与文，正如其人一样，叫人摇头”那一番毫不世故的话来；又比如在通信中对所谓“风言风语”的回应：“在我看来，名利地位事小，自由快乐事大。生命有限，绝不为别人存在。”再一次决绝地宣告了自己的生存箴言。

如果说大文与梅子、古剑先生的回忆更多勾沉了蔡其矫与香港的特殊情缘（这情缘值得进一步挖掘），则刘登翰、孙绍振、舒婷、王炳根、曾阅诸先生文章的魅力就在于从不同侧面写了蔡其矫与福建当代诗歌的种种关联，这关联似乎也值得深入研究。它如周良沛、邵燕祥、谢冕、秦岭雪、王光明、陈仲义或从人到诗，或由诗及人，也都提出了不少有分量的见解，值得一读再度。

诗人生前,尽管退居"边缘"地带,毕竟也还有知音和朋友们的捧场,以及来自故乡的尊重,目睹两次"研讨会"先后在1986年和2004年召开,《诗探索》和《香港文学》对诗人也是厚爱有加。那么,在诗人身后,这整整一本的"纪念特辑",是否可视为第三次、甚至是更深入的一次"研讨"呢?与前两次不同的只是,诗人自己远游缺席了。

略感遗憾的是,当初寄稿的时候,我忘了将老诗人吕剑评说蔡其矫的一篇短文一并呈上。记得是2001年初秋写信请吕剑先生谈谈蔡其矫,他就回了我这封信。兹录于此,以为纪念:

子张:

前信啰嗦了一阵,兹再补充一点。

关于《蔡其矫》,不知已动笔没有?

老蔡为人朴厚,闲静少言,不慕荣利,亦不嗜交游,但体健神爽,亟喜远游。名山大川,广漠沧海,此城彼村,足迹所至,几遍域内。他对中外古典诗歌、现当代诗歌,无不博览深研,故素养至厚。而又经历了战争、"运动"的磨练、煎熬,长达四十年。从这种种条件,略可窥见他的诗歌创作的生命和源泉。

战争年代的《肉搏》一诗,曾给我留下了深刻的印象,抗日战士的那种壮烈的牺牲,使人感到震撼(不仅仅是感动)。"归来"后诗风有了很大变化,更深沉了,更具个性了,不少诗写得婉约、蕴藉,而又柔中见刚。但也有的写得很明朗。《祈求》《波浪》《瀑布》《玉兰花树》《我愿》……等等,我都喜欢,难于一一列举。而且,我发现,他在语言、文字的运用和锤炼上与我颇有相近之处,甚奇。当然,总的说来,他铸造了自己的风格,我不及他的成就高,应进一步向他学习。

忽忆"文革"结束不久,这时艾青已正式回京,搬至史家胡同一个院落暂住,我和老蔡不期而在艾青处相遇,欢欣之情,可以想见。他当时带来了舒婷的几首诗,其中就有《致橡树》,要艾青和我看看。艾青先看了,我接着看。艾青问我:"这诗能发表吗?"我答:"当然能发表,而且应该发表!"不久,舒婷就在诗坛上出现了,立即引起了人们的注目。舒婷的《致橡树》,不妨视作她的成名作、代表作,但它并不朦胧,后来才有了一些较大的变化。其实,朦胧也是一种美,中国古诗中早已有之,作者只要不故弄玄虚、不过嗜晦涩,不自我装饰,自会臻于健康,使人接受和喜爱。老蔡与舒婷同乡,在她出现之前,老蔡曾给予她不小的影响和帮助。这是不应该忘记的。……

以上所谈,未必准确,仅供参考。

下次再谈。

吕剑再笔

二〇〇一年八月廿五日,上午

吕剑是《人民文学》和《诗刊》创办者之一,50 年代在《人民文学》和《诗刊》与蔡其矫以编辑和作者的身份来往不少,透过这封信,即可以看出其对"老蔡"知之甚多。作为一份文献,或可为《香港文学》补白矣!

我甚至由这期"纪念特辑"想到,以您与蔡其矫先生的长期交往,以及对有关蔡其矫研究文献的长期积累,不妨在"特辑"基础上汇集更多的资料,或陆续刊载于《香港文学》,或编辑出版,比如蔡其矫写给诗友们的大量信件,就不容轻忽,若有这样一部《蔡其矫书信集》,对于研究蔡其矫可太有意义了。

最后,说说"特辑"在史料方面的几处"缺失":a. 大文《为了一次快乐的亲吻　不惜粉碎我自己——怀念其矫》中提到 1979 年您和梅子策划、出版的《蔡其矫选集》:"这是他的第一本选集,比起人民文学出版社在 1992 年才出版的《蔡其矫诗选》,足足早了十三年!"此中有误。一是人文版《蔡其矫诗选》作为犁青主编"诗世界丛书"之一种,出版于 1997 年 7 月,故而接下来的"早了十三年"应改为"早了十八年"。b. 孙绍振《走进蔡其矫》提到蔡其矫"他介绍自己写《大竹岚》的经过"(第 48 页)一句,对应后面所引诗句查 1997 年人文版《诗选》,《大竹岚》应为《竹林里》。c. 璧华《蔡其矫的诗及诗论初探》"明朗清澈的诗风"一节中:"仰望云雾氤氲中向高空四面伸展的大竹的状态——写的是自下而上的景物;然后换一个视角,写自下而上,是对景物产生的感受,描绘竹叶青翠欲滴。"(第 86 页)后一个"自下而上"似应为"自上而下"之误。d. 璧华同文第 87 页"1978 年底中共召开了第一届中央委员会第三次会议"中"第一届委员会"应为"第十一届委员会",此次会议即通常所谓"十一届三中全会”。e. 蔡亮《走遍全中国追寻诗魂的诗人——蔡其矫的大地情怀》最后一段中:“袁水拍批判他的《雾中汉水》等诗是与‘大跃进’唱反调,成为诗坛的‘一面灰旗’”表述似不确切。袁水拍曾在《诗歌中的现实主义和浪漫主义的结合》一文中批评蔡其矫,然“一面灰旗”之说却出自沙鸥的《一面灰旗》一文。

附录《蔡其矫著作年表》较为详尽,对理解蔡其矫的生活与创作的关系颇具参考价值,只是1997年条目似应补入人民文学出版社出版《蔡其矫诗选》一事。2004年条目下应补入:“2004年10月,由中国当代文学研究会、福建省作家协会、晋江市文联举办的‘蔡其矫诗歌研讨会’在福建省晋江市召开。”后来,晋江市文联还编辑一部《蔡其矫研究》论文集,由北方文艺出版社出版。

另外,2005年上半年的《诗探索》,选辑部分论文作为“蔡其矫诗歌研讨会”专辑推出,记得有刘登翰、戴冠青、邱景华、子张等人的文章,后来我曾寄给您一册,不知当时收到没有?

作为一封信,写到这里似已过长。那么,就引述舒婷《当我们坐在短墙剥枇杷——与蔡其矫老师初次见面那天》中蔡其矫写于1975年的《赠——》结束、并希望“纪念特辑”成为对蔡其矫研究取得更大进展的一个期待吧:

远行的花
不曾褪色
长留着顽皮的记忆……

你相信吗
我从你瞬间的眼色
听到浪涛涌升
风帆飞驰
预告明天你不寻常的行程

顺颂

编祺!

2007 年 5 月 5 日 杭州

蔡其矫研究的基础工程:《诗人蔡其矫》

一

说来有趣,当代评论界对诗人蔡其矫及其诗歌作品的研究,竟是从政治性的否定和诋毁开始的。经历过 50 年代后期“反右斗争”的人们不难想起,出于某种政治需要,当时被视为权威的《文艺报》《诗刊》突然连续刊出几篇势头颇猛的文章,给这位虽然从延安出来但却极具个性的诗人扣上了“脱离政治”“反现实主义”“颓废主义”“唯美主义”“形式主义”的大帽子。随后,在越来越趋于极端的文学“革命”运动中,蔡其矫和更多的诗人一样,无声中消失于无形。即使是政治性的“批判”也没有了。

退出被高度体制化的诗坛,对于真正的诗人也许并不是坏事。后来当蔡其矫再度出现的时候,那些曾经诋毁过他的人肯定会大吃一惊,因为他们发现:蔡其矫不仅没有改变自己的诗风,而且也没有像他们所期待的那样放弃创作从而永远消失。蔡其矫一直保持着与历史上那些伟大诗人的对话,一直迈着矫健的步伐行走在崎岖但又迷人的艺术大道上,体验着人世间的温情与华美。更重要的是,作为一个诗人,蔡其矫始终以他独有的风格自由而又坚韧地从事诗歌写作。在整个“文革”期间,蔡其矫是唯一一个每年都有真正意义上的诗歌产品的诗人。

在70年代后期和80年代初期,蔡其矫终于得到了热烈而真诚的关注。他的风格独具的诗作受到了海外华人作家和大陆有见地的评论家的好评。1986年,在蔡其矫的家乡福建举办了第一次“蔡其矫作品讨论会”,与会的评论家对蔡其矫最突出的写作特点给予总结和赞赏。直到90年代,陆续有新的评论发表出来,一些当代诗歌史著作和高校教材也对诗人展开了更多的讨论和评介。评论家们将蔡其矫置于中国现代诗歌的总体发展格局中进行了初步的考察,讨论了蔡其矫诗歌与人道主义、乡土、海洋、中国古代文学传统以及西方现代主义的关系。讨论的结果使不少评论家认识到:蔡其矫及其诗歌的独特价值尚未得到公正而充分的评价。究其原因,恐怕主要的还是一个价值观、价值尺度问题。社会在进步,官僚批评家们却往往抱残守缺,面对新鲜华美的诗章宁肯闭紧眼睛假装没有看见。而某些徒具批评家姿态、实际上却毫无操守、忙于“追星”的“评论家”则更不可能指望他们去主动地发现蔡其矫并提出什么真知灼见。因此总的来说,对蔡其矫的研究虽然已经经过了一个完整的否定之否定的过程,实际上还仅仅处在起点的位置。

学术研究作为一种认识活动和价值评估活动,也有一个由浅入深、由表及里、去伪存真、去粗取精的过程。我相信在50年代对蔡其矫的政治性否定和诋毁进程中,除了官僚批评家公开或秘密的策划,除了御用批评家以实名或化名实施的攻伐以外,是不存在科学意义上的学术研究的。而80年代以来的平反性评论和文本性评论又往往来不及从诗人的身世、血统、性格、气质、学养、经历、交游诸角度入手,写来难免就有管窥蠡测之嫌。尽管俄国“形式主义”和英美“新批评”家们强调文本的独立性,主张文学批评可以不涉及作家身世和社会历史等因素,但我坚持认为,仅仅从文本入手而不涉及创作主体、创作环境和历史背景的文学批评是有缺陷的,作为对文学现象的认识和评价是难以做到全面、公允的。

需要对现代文学的演变进行更深入、更全面的考察。

需要对现代诗人和现代诗进行更扎实、更具深度和广度的梳理。

需要把诗歌史放置在一个更加宏阔的历史、美学、人学的空间重新认识。

除非对蔡其矫及其作品继续熟视无睹,否则就需要思考:研究蔡其矫,我们已做过什么?还需要做些什么?如果蔡其矫研究这个课题能够成立,那么这个课题应该从什么样的基础上展开?

二

前面说到,当代评论界对诗人蔡其矫及其诗作的研究,是从政治性的否定和诋毁开始的。但这并不等于说,在官僚批评家毁灭性的仲裁之外,就没有对蔡其矫的喜爱和欣赏了。其实即使在蔡其矫屡屡蒙受侮辱和打击的时候,他也从未缺少过真正的知音。读者往往是另一种意义上的评论家,他们按照自己的价值尺度选择诗人,但并不像职业评论家那样撰写或发表评论。如果他们真的喜爱一位诗人,就会把诗人当作自己的亲密朋友,或从他的诗里获得信念,或者通过书信向诗人倾诉心曲,或者在偶然机会与诗人相遇彼此成为知交。他们深入到诗人的生活之中,成为诗人生活的一部分。他们中的一些人,甚至会出于对诗人强烈的喜爱和对历史负责的态度,萌发出记录诗人、索解诗人的理性愿望,从而使自己由读者、知友转变为学者。

曾阅,原名曾焕阅,即是这样一位一般意义之上的蔡其矫研究者。

当他以四十年的见证、近十年的心血为铺垫的成果《诗人蔡其矫(年表)》终将面世的时候,曾先生在该书的《后记》中写到:"五十年代开始,我就迷恋诗人蔡其矫的诗歌和他的创作历程。想不到后来能认识他,并跟他亲密交往。四十多年来,无意中积累许多资料。受同人鼓励和鞭策,趁诗人还很活跃,编撰《诗人蔡其矫(年表)》,并有机会获得其矫过目。"而同是延安出身的诗人兼著名学者的公木在看到这部长期积累、数易其稿的《年表》之后"感到非常珍贵",并且表示:"从这个《年表》里可以看到其矫同志一生的诗路历程,这本来是我经常想到的一个课题。"他还为这部《年表》撰写了一篇长序。另一篇序言的作者、北京大学谢冕教授高兴地给作者写信称赞:“这是一本十分完备的资料,尤为重要的是,其间大量引用了年表编者与蔡诗人直接交往的第一手数据,因而更加珍贵。”(见该书第179页)诗人蔡其矫也十分重视这部《年表》,在与作者通信时评价:“你前三年写就的《蔡其矫年表》,我看过几次,不但详实,而且很亲切,特别在文革前后的交往记载,有不少很有价值的数据,是别的作者写不出来的。”(见该书第217页)

这部《诗人蔡其矫(年表)》首次以编年体的形式、以较为详实可靠的资料(许多是珍贵的第一手数据)记录了当代杰出诗人蔡其矫自出生至2001年间的生活、创作历程,其所涉及的时间之长、数据之详实丰富、篇幅之厚重均为前所未有,是一部具有开拓性的学术成果。尤其珍贵的是,作者提供了若干与诗人长期交往中亲历的事件、背景和文字材料,同时在撰写过程中得到了诗人本人积极的答问和补充,一些从未发表过的札记、作品、回忆录、通信首次披露于《年表》。在对诗人蔡其矫的研究中,蔡其矫的家世、情爱生活和“文革”时期的精神世界与其诗歌创作的关系一直是人们较少涉及的,《年表》则对这些情况作了初步的记录和挖掘,从而为深入探求蔡其矫的创作个性、创作动力和创作主题清除了障碍、开辟了路径。另外,蔡其矫是一位重视吸取世界诗歌大师创作经验而不习惯理论表述的诗人,在涉及自己的创作经验时往往吝于笔墨。《年表》通过对诗人无意间闲谈神聊的记载,对这一缺憾有所弥补,使研究者在读到这些偶然的闲谈时能够窥见蔡其矫诗歌创作的一些秘密,确实有豁然开朗之感。比如“1992年”第6条记蔡其矫在作者寓所吃"嫩饼菜"时谈到诗,"很开心地说:'什么是诗?说到底,诗就是点点点……而散文是线线线……小说是片片片……'"形象而生动地记录了诗人对诗歌、散文、小说三种文体特征的独特理解。

如果说,50年代后期的政治性否定和诋毁以其悖离美学规律、反学术的立场从反面开启了蔡其矫研究这一学术课题,70—80年代的拨乱反正意味着蔡其矫研究步入正轨,90年代的追本溯源标志着蔡其矫研究走向深入的话,那么这部《诗人蔡其矫(年表)》就是蔡其矫研究的第三个研究阶段最基本、最扎实、最具史料价值的一个工作,同时它也是整个蔡其矫研究课题能够向纵深发展的一项必不可少的基础工程。

但是,这不等于说《年表》已臻于完善。限于作者本人的视野,蔡其矫与家人、与时代、与同代诗人、与另外一些读者、与他所不喜欢的人之间某些更隐秘的关联,尚未得到更全面的记载。因此,似乎有必要在将来出版一个更完善的"修订本"。

2004年9月9日 朝晖楼

(《诗人蔡其矫》,曾阅编著,作家出版社2002年2月第一版)

风雨忧患六十年

——吕剑其人其诗

小　引

去年早春，我收到了吕剑先生寄来的新版《吕剑诗存》。这是我久已盼望的吕剑新诗结集的最新版本，也是讫今为止较为完备、较能全面反映吕剑新诗创作风貌的一个集子。与 1982 年版《吕剑诗集》相比，它的开本既大，篇幅也扩大了一倍以上，装帧设计也比较理想，朴素雅致，厚重端庄，可谓一部值得收藏的精品。它是与牛汉、蔡其矫、邹荻帆、绿原、犁青、沙鸥、公刘的诗选集一起作为"诗世界丛书"(犁青主编)陆续出版的。除收入不同时期较有代表性的 204 首诗作(实际创作数量当然远不止这些)以外，还有《前言》一篇，并附有 82 年版《吕剑诗集·序》,《吕剑小传》及《吕剑著作简目》。在《前言》中，吕剑表示:"我终生业余写作，写的不多，较好的更少；特别是，战争年代的作品大半散失。但我自信，我总算尽到了一个诗歌作者的一定的本分，而这些诗作，或许多少也还能够反映出历史的、时代的面影，以及个人生活的、心灵的历程吧。”

诗人的谦逊和自信都是发自内心的，正如他那些长长短短的诗句一样，每一行都渗透着诗人的点点心血，都饱含着作者对民族、对家国和对亲朋的真诚挚爱。也正因此，《诗存》一问世，就立刻在诗坛产生了热烈的反响。诗人和评论家，包括作者熟识的友人，先后以不同的方式对《诗存》做出了积极而中肯的评价。苗得雨在致吕剑的长信中说：“您的诗，是您与革命的历史足迹的印记，也是您与革命的历史心音的汇聚。”王燕生指出：“半个多世纪了，何止是个人的荣辱、悲欢？这是时代的刻痕，历史的见证啊！”曾卓认为：“读了《诗存》，才知道你也一直未放下写诗的笔。这种精神是很可佩的，尤其可贵的是在诗中燃烧的那种激情。你的诗风一如当年那样质朴，而内涵和感情则更深沉。你能在日常生活中发现诗，说明你还和年轻时那样有一颗敏感的心。这一部《诗存》，留下了你生命的脚印，是有其分量的。”牛汉则由诗及人，对吕剑追求真理、历经坎坷而信念依然的一生作了深刻的思考：“你近几年的人生境界是异常清纯和清醒的，你的信札流露出极美的人生情意，给我以难得的慰藉与力量。在你的人与诗的长长的逆旅中，尽管充满了灾难与屈辱，但始终坚守住了自己的一颗纯正的心灵，没有堕落，心律没有一点杂音。你是一个经受住种种考验的温厚、正直、善良的诗人。而不少诗人却是已在历史的洪流中沉没，或漂浮到了茫茫的‘天涯海角’（绝路）。在近五十年的相处中，在我的心灵里，你是一个没有污点的人，亮度或许不够强，但却具有永恒的光洁。这个历史的形象（不是印象)十分的鲜明。”

我也在努力地理解着吕剑和他的诗。我取出历年积累的有关吕剑的所有书籍、资料,连同这部丰厚的《诗存》,一页一页地翻,一点一点地想,试图为我心目中的诗人吕剑勾画出一幅较为清晰、又较为准确的画像。同时我也觉得,实际上任何一个完整的形象往往首先是由自我塑造的,或用行动,或用诗行,而诗人更常常是较自觉地捕捉着与自己心灵相默契的意象。而《诗存》中不就有许多这样的意象吗?那隐于众山之中而又蕴藉可亲、平静中孕育着风雷呐喊的“山中湖”;那平凡质朴、历经悲欢、以满树繁星献出一个个壮丽秋天的“红果树”;那生于荒山,长于贫瘠,以热烈的花朵点染着故乡寂寞山野的“石竹花”;那“根须向下延伸又延伸,幼芽向上伸长又伸长”,不畏寒潮风暴,老来犹自从容的“岩松”……不都是诗人吕剑生动的自我写照吗?

透过历史的风烟,我好像看到了一个年轻的歌者在“七百里风和雪”中豪迈而又悲壮的跋涉……

“进入阵地”

从某种意义上说,人往往是其所生活的特定时代和特定环境的产儿。每个人一降生,就注定要以某种方式与他的时代和他周围的环境产生或直接或间接的关联,无论他生活在喜剧时代还是悲剧时代,是中心城市还是偏远乡村。1937—1945 年间的中国抗日战争作为改变中华民族近代以来历史命运的一次伟大的转折点,可以说它造就了一代崭新的中国人，其中包括一代崭新的文学艺术家和诗人。这一代诗人与“五四”时期“革命的一代”之最大的不同，就在于他们属于“抗战的一代”。这代诗人既包括以《七月》《希望》为核心的庞大的诗人群，也包括活跃在战时西南联大简陋校舍中不同艺术倾向的诗人群，还包括在东西南北各解放区、国统区和沦陷区成长起来的各路诗人，他们也许有着种种的不同，但是他们却都属于“战斗者的诗人”。

和大多数现代诗人一样，吕剑又属于中国乡村的儿子，他与“五四”新文化运动同龄，而出生在远离文化中心的鲁中山岭地带，偏远而又落后。小学时期他曾辗转听到过“打倒列强、除军阀”的歌声，初中阶段才通过文白兼有的“国文”课本接触了朱自清、冰心等人的新文学作品。除此而外，他的童年和少年时期所接受的主要是以孔儒文化为底蕴的乡土文化教育。很难设想，假如吕剑当年没有机会越过古老破败的齐长城到博山读书，到济南谋生，又假如不是伟大神圣的抗战逼迫吕剑远离故土、踏上流亡之路，昔日之“王聘之”(吕剑原名)能发展为今日之吕剑吗?

1937 年冬天，吕剑和十几位同伴从济南启程，经兖州，一路唱着嘹亮的抗战歌曲辗转到达当时的后方大城市武汉，临时寄居在汉口汉正街几间阴暗潮湿的屋子里，白天跑书店，晚上则如饥似渴地读书。在朝气蓬勃的大时代里，一个 18 岁的灵魂是多么需要补充新的能量呵！第二年，已经身为宜昌电报局话务员的吕剑阅读了更多的书和新诗作品，读着田间、艾青、臧克家、邹荻帆、蒲风以及刚刚诞生的《七月》上那些充满战斗气息的诗作，吕剑开始在巨大的兴奋和激动中蕴酿自己的作品。吕剑回忆说:“他们的那些诗句,在我的心中引起了回响,使我激动地直想跑出去呼喊,有时简直有‘想飞’的感觉。”终于在1938年夏天的一个不眠之夜,吕剑写出了生平第一首新诗《黎明》,发出了“太阳,顶着黎明出来!”的对于光明的礼赞,并由此结识了第一位热情的编辑龚陟岗和第一位知心的诗友风磨。随后,他陆续发表了《乡村》组诗和《击剑手》《纺车夜歌》《队伍继续前进着》《大队人马回来了》《他和大众在一起》等作品。其中以一位乡村老翁的独白形式写成的《大队人马回来了》刚一在《新华日报》发表,就立即引起了广泛的注意和积极的反响。奔走在流亡道上的李广田在日记中写道:“日报有吕剑诗一首:《大队人马回来了》,甚可读。”而《新华日报》的编辑、诗人袁勃则给作者写信表示热情的肯定,哲学家和评论家的潘梓年在《文艺阵地》上撰文予以高度评价,且全文转引了这首62行的诗作。他赞叹道:“你看是多么动人?就好像自己看到有旌旗招展的大队人马在涌来,自己听当地民众欢声雷动的在跳起来似的。这诗虽不是作者的‘经验之谈’,但却是根据‘一个老头说的’真实材料,因而也就生动有力。”这首诗还与延安诗人天蓝的《队长骑马去了》并称为“南北二马”“抗战二马”,一时传为佳话。《大队人马回来了》也因此成为吕剑的成名之作,尽管他后来一再表示:“此诗在艺术上并不成熟。”

此后,吕剑由宜昌而赴襄樊、沙洋、恩施前线三年,又溯江而上抵万县、重庆,走昆明、经广州而转香港,辗转流徙,时遇不测,最后终于在1948年春初穿过封锁线,进入晋冀鲁豫解放区。这期间，他先后担任"文协"昆明分会、港粤分会理事，昆明《扫荡报》文艺副刊主编、《观察报》新闻编辑、广州《中国诗坛》编委、香港《华商报》副刊主编、《文艺生活》顾问等职，还与戈阳编了一辑"风雨诗丛"。早期诗作则与风磨、鲁丁先后编为《进入阵地》和《夜行诗草》自费刊行，1943年，吕剑曾将五年间创作的新诗作品选辑为一本《人民间》的稿本准备印行，不料被友人在传读过程中遗失。集子未能存留下来，但诗人为其写的《后记》却因收入诗论集《诗与诗人》而得以保存。通过这篇《后记》，我们当能窥见年轻的吕剑从事诗歌创作的动力："我一日不死，我的嗓子一日不被扼哑，我都要学习贴近人民的心灵，继续我的歌唱。要是我的来日的声音能够融化于人民与大地巨大的挺起的声音，有了更丰满的生命，那么，诗集《人民间》就算是这一前进过程的一个起点。""把诗还给人民！"这就是吕剑当时和此后诗歌观念的核心。

就在这种观念的推动下，吕剑创作了以抗战、乡土、民主、进步为主旋律的大量诗作，其中《大队人马回来了》《打马渡襄河》《我的歌是眼泪和朝霞》《什么时候你来呀》《创造》《草芽之歌》和《家乡有座山》诸首则成为脍炙人口的名篇。特别是《大队人马回来了》不仅在大后方反响热烈，在解放区也受到欢迎，延安文艺晚会上还由名演员田冲化装朗诵表演过。半个世纪之后，在纪念抗战胜利五十周年之际，这首诗又被作为抗战名篇受到中国作协推荐。

在全民抗战这个伟大的"阵地"上，吕剑用"泪与朝霞"的诗篇充实了他青春的十年。

共和国之歌

早在1945年的昆明，吕剑就曾做过一个奇异的梦（《梦》），他梦见了一个崭新的即将来临的人民的时代，他在梦中笑着喊着："人民共和国！"多年以后，吕剑在其古稀之年还常常想起这个奇异的梦境，他把这个美好的预言看作是自己"心的渴望"的结果。

这个奇异的梦想在四年之后果真变成了现实，北平由此而变为北京，可以想见吕剑当时会怎样珍爱属于人民的这个真实的"共和国"，谁不为梦想的实现而兴奋呢？从1949年到1957年上半年，吕剑度过了六年多紧张、充实而有意义的生活。以随军记者的身份开进和平解放了的北平，立刻与严辰合编《文艺劳动》，这是开国前北平出现的第一份文学月刊。在参加了第一次文代会之后即留在中国作协筹备《人民文学》的创刊工作，《人民文学》刊行后吕剑任编辑部主任、诗歌组组长，亲切地接待着共和国最年轻的诗人们，这其中就有来自部队的公刘和来自新华社的闻捷。1956年秋冬，吕剑又参与筹备《诗刊》并在《诗刊》创刊后成为第一届编委之一。编务之余，吕剑又拿起了创作的笔。他以真挚的政治热情讴歌他曾经心驰梦萦的年轻国家，并充满激情地寄语活跃的诗坛："来吧，当今的陈子昂！来吧，当今的杜甫、李白！来吧，我们的雪莱、普式庚！来吧，我们的惠特曼、巴勃罗！愿你们群雄并出，别开生面，跨越前人！愿辉煌的诗的时代，带着惊人的气概到来！"吕剑自己，则写了大量的政治抒情诗,如《英雄碑》《寄土耳其狱中》《我听见中国在歌唱》《为了爱情,也为了仇恨》等。这些诗作,热情、单纯、清新而率真,带着浓厚的理想色彩和政治激情。有些作品较为浅露,但另一些作品则形象、蕴藉,不同于当时流行的某些政治表态的诗作。诗人兼诗评家唐湜曾回忆说:“他的诗的抒情气质与当时许多政治诗人不同,十分诚挚,潇洒而自然,政治倾向性是通过抒情来表现的,没有当时的那种生硬的政治表态。”(唐湜 1991 年 6 月 13 日致子张)比如《故宫》《一个姑娘走在田边大道上》《我常常注视着》及《唱给湘江》等,就写得十分动人。

1956 年 8 月和 1957 年 6 月两次愉快的内蒙古之行,还使吕剑创作取得了又一次小丰收,这就是直到 22 年后才得以出版的《喜歌与酒歌》。徐迟诸友赞赏他吟咏草原的几首,包括《井台上》等。吕剑最初写诗,受艾青、田间以及《七月》诗人的影响十分明显,形式以自由体为主,稍后他开始吸收民歌、民谣的节奏、韵律乃至语汇,写出了《家乡有座山》《希望歌》及《拦羊调》等诗。50 年代,这种倾向更为明显。《喜歌与酒歌》就内涵说深度不够,但其对新诗体式的探索意识(包括融合古典诗歌)则较为明确,似乎预示着吕剑要在诗歌创作上进行一次新的突击。

然而好景不长。《诗刊》创刊给人们带来的兴奋和激动尚未消退,惊心动魄的“反右斗争”就拉开了帷幕,《诗刊》遂成为政治斗争的晴雨表和生死场。从 1957 年 7 月号开始,《诗刊》连续刊载“批判”文章,艾青、吕剑、唐祈、流沙河、公刘、穆旦、邵燕祥、蔡其矫、孙静轩、张贤亮等一大批诗人则成为众矢之的。在11月号《诗刊》封底的编委名单中，艾青、吕剑的名字已被抹掉，该期《诗刊》还在《编后记》中宣称："本刊新的编辑委员会业已组成。……我们查出了许多右派诗人来，并对他们的作品进行批判。诗人的队伍经过这样一次整顿，可以说面目一新了。"

这真是"'阳谋'既来，百花其萎！"正如牛汉在致吕剑信中所感叹的："被污辱被打击的原来是如此善良而温厚的一群，这正说明历史的严酷与不公正，让那些历史的真正罪人，在(你)这些诗的面前感到愧疚……"

共和国的道路，原本就是崎岖而漫长的呵！

沉寂与归来

1958年春天，吕剑被"下放"到河北涿鹿农村劳动，1962年才"奉召"返回北京，但却没有回到原来的岗位，只被安排到《中国文学》担任编辑。这样到了1969年11月，吕剑又一次"下放"劳动，这回去的是河南汲县的"五七干校"，回京时已是林彪事件之后的1972年。在这段长长的日子里，吕剑沉寂了。而对于自己两次"下放"的遭遇，吕剑当时似乎并未"牢骚太盛"。他后来反思："'反右'下放劳改，天天记日记，力求认识自己的'错误'；后来到'干校'劳役，真正'汗滴禾下土'，还想'触及灵魂'，戮力改造。直到'文化大革命'后期，这才比较清醒了一点(也并没有完全清醒)。"他还在一篇文章中描述"文革"后期的情形："这一时期我也常常在自己的小屋子里练练字，读读旧诗，玩玩石头。有的朋友就半开玩笑,半惋惜地议论我'岁月消磨'。我不大串门,也绝少有人来看我,但个别老朋友还是有来往的。这样打发日子当然是不足为训的,但当时却也颇甘如此。"

在吕剑的生命旅程中,这段沉寂的时期恰在他的整个中年阶段(38岁—58岁),也是一般所谓最宝贵的年华。因此无论怎样估计这种不正常的政治"待遇"对一个生命个体的剥夺与损害都不过分,对吕剑亦当如此看。但是从中国知识分子思想发展的角度理解,则又是打破迷信、认真反思、解放思想的一个重要契机。经过这段痛苦的炼狱生活,尽管有些人仍然不觉悟,仍然服膺神灵,仍然见风使舵与落井下石,但更多的知识分子还是由蒙昧走向了觉醒,由信徒而成为思想者。吕剑后来反问道:"试想,如果没有那段苦难的炼狱,能出现艾青晚年的第二个创作高潮吗?能写出那些丰富的哲思的诗吗?而如果没有50、60年代的苦难、忧患,能于八零年左右出现那一批'归来者'的血泪的歌、沉重的歌吗?千万不要轻忽了这一段诗史啊!"(1998年4月6日致牛汉)

冰河解冻,百鸟其鸣。伴随着新时期的来临,吕剑和众多受难的"老诗人"也悄然归来了。"改正"之后,吕剑由《中国文学》编辑改任该刊编委。也许是思想的仓门尘封得太久,也许是感情的蓄积叠压得太厚,归来后的吕剑显得格外意气风发,格外精神振作,一反沉寂之态,开始了又一个诗歌创作的"爆发期"。1978年,吕剑在诗刊社举行的诗歌座谈会上与诸位诗友得以重逢,随后到华北油田访问参观;

1979年春，他随艾青率领的学习访问团访问了海南、广州、上海，80年代则又有安徽、山东、福建、辽宁、陕西、山西和巴基斯坦、尼泊尔之行。在北京，在访问途中，吕剑反思历史，总结自我，歌以咏志，不能自已。恢复创作后的作品总量甚至超过了解放前的青年时期。更重要的是，较之早、中期的抒情诗作，吕剑归来后的作品在思想内涵、整体风格方面发生了很大的变化，用诗人自己的话说，那就是“沉思之余而感慨随之，一洗铅华而质实转多”。纵观吕剑新时期十余年之作，就所涉及的主题而言，大体包括如下几个方面：一是历史政治主题。如《我又怎么能够忘却》《故宫行》《秦陵兵马俑》《乾陵无字碑》诸首，主要是对历史上愚民政治、专制政治和“文革”时期极“左”政治的深刻反思。二是生命存在主题，这类诗数量最大，质量也最高，在读者中影响也较大。《一觉》《沉默》《回答》《凤鸟之梦》《我没有死亡》《六十自咏》《双星》《山中湖》《无言》《叶》都是脍炙人口的佳作。《沉默》一诗，以深沉的诘问刻画一位“陷入于人间忧患的沉思”的形象，历史内容丰富而凝重，被牛汉叹为“不朽之作”。诗人在最后写道：

为什么，为什么你沉默不语？
不，我恍若从你这座巨象的心头，
听到了远天隐隐滚来的初醒的春雷，
你似乎正处于某种历史巨变的前夕。

另外，这类诗因其侧重点不同，又可次分为咏物诗、自白诗、赠答诗、题画诗几种，其中的咏物诗又为一绝。如《红果树》《诫鹿》《赠马缨花》《鼓浪屿》《枯根》《无名木》《岩松》都是以物起兴，由物及人、及社会、及历史，真正是“观古今于须臾，抚四海于一瞬”。我觉得最能体现吕剑风格、最能代表吕剑成就的应首推这些以生命与存在为主题的作品。《山中湖》以“琼崖道上”所见“山中湖”起兴，表现了一个深沉、阔大的胸怀。一方面：

仿佛想要遗世独立，
避开外界的一切喧嚣，
你邀来了青峰翠峦，
一重一重把你环绕。
……
无论哪一位风尘仆仆，
跋涉过万里征程，
都会由于你的蕴藉可亲，
享到片刻的难言的宁静。

另一方面则是：

千山摇震，万树呼啸，
天地仿佛都要为之倾翻！
那时你会一反自己的清幽，
发出无上神威的呐喊，
陡立的水柱犹如白龙，
将雨云风雷狂扫怒卷。
直到又一次天开云霁，
再现你的深沉的蔚蓝！

第三是乡土寻根主题。吕剑来自乡土，他的成名作《大队人马回来了》其背景即是战争状态下的北方乡土，后来又有《我的村庄》《家乡有座山》《故乡三首》问世。归来后他最早创作的就是充满乡土气息的《红果树》《采蒲台之歌》《养蚕人》《北山》等乡土诗，随后又写出了《乡思》《晨雾》《土地》《故乡的石竹花》《我喜欢什么》《赠一棵石榴树的主人》《青石关》《土》《水母》这些广为称颂的名篇。有意思的是，晚年的吕剑对自己的乡土之根颇为认同。在1983年写的《土》中，诗人表示："是的，我是土地的后裔。我是一棵树也好，一株草也好，都是从这里伸出的根干。"在1990年的一次通信中，他又表示："我的诗，不少以故乡为题材，我的感情总离不开它，它经常来到我的梦中。我始终是一个'乡下人'，从心性到外表，都是一致的。我相信，我的诗里充满了乡土爱和忧患感，而这一感情是朴素的，真挚的，如同我在另一首《初夏》里说的，它是'泥土一样的颜色'"(1990年9月13日致笔者)。四是民族关系和国际关系主题。前者见之于《喜歌与酒歌》，后者则见之80年代中期出访巴、尼时集中创作的一组作品。这些作品突出的题旨是：友爱、团结、和平、互助。《邻居》一诗，集中表达了这一思想："地球应当象是一个村子，不过住着一二百户人家，家家都能鸡犬相闻，彼此都应肝胆相照。"

在吕剑的"归来"之作中，还有许多短小、轻快、优美的"小诗"，它们久蕴于诗人心中，借助某些客观机缘，出口成诗，是诗情的自然流露。这些作品大都脍炙人口，令人喜爱。如《短歌》："树枝上什么鸟，叫得这样好听？等我来到树底下,它却停止了叫声。树林里什么人,唱得这样深情?等我走进树林子,她却藏起了身影。”

诗的美学

早在40年代后期,吕剑就出版过一册《诗与斗争》的诗歌评论集。80年代中期,花城出版社又出版了吕剑的《诗与诗人》,收入了他历年来撰写的有关现代诗与现代诗人的论文、随笔和通信。这两本书较为集中地表现出吕剑对现代诗的基本立场和美学观点。吕剑并不长于理论建设,也不属于学院诗人,他对诗的认识来自他所生活的乡土文化环境和抗战爱国的时代氛围。他不是生活在天国而是置身于劳苦大众的实际生活中。这就决定了吕剑从事诗歌创作的人民立场和现实主义精神。在1945年写的《抒人民之情》一文中,他表示:“诗,这是一个伟大的字眼,它本发源于人类的劳动生活,它所有的声音、旋律和节奏,是人类劳动生活的抒情,它是人民的群体的歌唱,它既抒了人民的内心的欲求、愿望和斗争情操,也表现了劳动生活的全般风貌和内容,那是美丽而真实的。”稍后发表的《论诗短简》更为简练而全面地表达了他对诗歌创作的意见。他强调内容的重要,强调形式的大众化和通俗性,强调表现的具体可感和自然状态,为此他呼吁诗人抛弃自己的“灵魂的王国”,而“去写大众的事情”。从吕剑的早期诗作来看,他是切实地实践着这些论点的。他的早期诗作,就内容言是对乡土、时代生活的真实表现,就形式言则受艾青、田间以来自由式语体诗的影响，但吕剑特殊的北方农村生活使他对民歌语汇和节奏较为偏爱，形成了他自己的抒情风格，这就是清纯、质朴、亲切、柔婉。虽然也有《打马渡襄河》这样的惊警之作，但大多数却是温和圆转的。吕剑似乎比较乐于用语气词来烘托这种亲切、温婉的气氛，以便减轻战争生活内容给作品带来的硬度。像这些句子："什么时候你来呀？麦穗扬花的时候你来吧！"（《什么时候你来呀》）"今夜的星是老了，新的年轻的星啊，升起来吧，升起来吧！"（《迎接》）"蓝色的山岭呀，你是大地的眉。明净的湖水呀，你是大地的眼。青青的林子呀，你是大地的鬓发。"（《母亲》）"雪水化啦……喝一点雪水；雪水是甜的，像母亲的奶。"（《草芽之歌》）他还喜欢用叙述、复沓、对比等诸种表现手段以加强诗的故事性、可读性和形象性。

吕剑诗的民间性和现实性是一以贯之的。在50年代和70年代末期"归来"之后，他仍然强调新诗的现实主义传统，强调自然、朴素的诗风。他在通信中表示："各种各类风格的诗，我都喜欢，只要它是好诗。当然，这其中自应包括：以单纯朴素的活的现代口语，以生活中概括出的鲜明的形象，自然地、不事雕饰地表现出一种感情真挚、思想深沉、具有时代气息的诗，和普通人民的脉脉相通的诗。"（1981年1月10日致牛汉）"如果自己写的诗，朴素而又并不寒伧，明朗而又并不浅露，优美而又并不流于纤丽，单纯而又并非简直，强烈而又并不剑拔弩张，深沉而又并非故作玄虚，又有点画面，又有点音乐……该是多好！"（1979年2月17日答李沛）从这些话语中可以看出吕剑的诗歌理想。他崇尚质实的美、明朗的美和素朴的美，但经过生活、岁月的磨炼，特别是经过“反右”“文革”的顿挫，吕剑在“归来”后的诗风还是有了某种变化和发展。就总体风格而言，明显地增加了沉郁、凝重的色调，就抒情重心而言，逐渐由早、中期较为表层化的抒情转变到晚年对政治历史尤其是对生命存在的深度思考。虽然吕剑一直反对个人化与抽象性抒情，但如果这个“个人”并非猥琐的极端利己主义者，而是包含着社会和生命全部内涵的自我，如果这种抽象并非故作高深的“纯粹思辨”，而是由社会实践升华出的哲学理性，我认为吕剑应不会排斥，从他对晚年艾青的推崇和他自己诗作理性精神的增长是可以看到这一点的。事实上，吕剑在无意中超越着自己。拿他的后期之作《古潜山之歌》《故宫行》《鼓浪屿》与其早中期作品《希望歌》《故宫》《芦茨》相比，差异是明显而巨大的。

如果要寻求吕剑抒情诗的渊源，我以为大体有三个方面的影响。其一是古典诗歌传统中陶渊明、杜甫、白居易的综合影响，其二是包括《国风》在内的历代民歌以及英国诗人彭斯的乡风、谣风对其抒情方式的影响，其三是新诗传统中艾青、田间及早期郭沫若、臧克家诗风的启发。但在晚年，各种影响都经由吕剑独特的抒情气质融汇为鲜明的吕剑风格。总的来说，吕剑的诗纯朴而又优美，在诗的构思、语言、意象、结构、体式、节奏诸方面都有其鲜明的个人特点。他很少作思辨性抒情，而喜欢从具体形象入手，意象往往取自自然界的平常事物，在富有层次的抒情中逐步深入到事物的核心，挖掘出事物与诗人的契合点。这仍然是一种“兴”的手法。吕剑的语言修养很高,他的诗语准确、优美、从容,有一点“文人”气息。在诗体上,吕剑早期侧重于自由体,中后期又颇重音律,在自由体中加入一些格律手法,如大体谐韵,诗段的复沓、对应,诗句的对偶、重复、对比、递进,这类诗在吕剑作品中较为常见。如《双星》《雪访》《为什么还没有盛开》《初春》《土地》《短歌》诸作。吕剑还有一类无韵体诗,似乎更富于现代感,无韵体源于英诗,现代诗人徐志摩最早尝试以现代汉语创作,此后很多诗人屡有创制,成为一种较受欢迎的引进诗体。无韵体比较适于表达深刻、复杂的情感,而又较少受格律拘束,写来往往酣畅淋漓,一气呵成。吕剑的《鼓浪屿》《土》《赠一棵石榴树的主人》《题曹州牡丹园》《立马亭值雨》《古潜山之歌》《采蒲台之歌》在运用无韵体表达较为内在、复杂的现代情感方面是很成功的。

每个诗人的文化背景和抒情气质皆有不同,其优长和局限都在所难免。与那些最优秀的诗人相比,吕剑的抒情诗也存在某些不尽人意之处,对此,他的好友徐迟、牛汉等都有所讨论。但不管怎么说,吕剑以对历史、对诗的责任感,勤奋耕作,孜孜以求,培育出了带着自己鲜明性格的艺术之花,无论这花是多么素朴、淡雅,都是对中华民族伟大诗歌传统的丰富和充实,都令人尊敬。

不是尾声

作为与“五四”运动同龄的一代诗人,吕剑即将跨入耄耋之境,其从事诗歌创作也已六十周年。从他漫长的生命旅途和诗歌之路,我们可以清晰地看到:诗人一生追求光明、追求进步,始终与民族、祖国、乡土共命运,从未丧失对未来的信念。当他在诗歌创作之路上起步时,就把诗与人民紧紧地连接为一体,以后也从未改弦易辙,只是随着对诗歌艺术的更深入的理解而更好地调整了二者的关系,以艺术的方式使其完美地、和谐地统一起来。而贯穿吕剑诗歌作品始终的情感线索则是强烈的忧患意识。为民族的命运忧患,为国家的命运忧患,为世间一切美好的生命忧患,为我们赖以存在的土地、河海、阳光、绿树忧患……这种刻骨的忧患,使人不自觉地想起艾青的名句:“为什么我的眼里常含泪水?因为我对这土地爱得深沉。”

而对于自己,吕剑却又十分淡泊。就气质言,吕剑显然不属于那种横刀立马、叱咤风云的焦点人物,他拥有的是一个深沉的胸怀和一个隽永的境界。生活也好,诗文也好,他给人的印象是从不剑拔弩张,从不故作姿态,从不哗众取宠,从不顺水推舟。宽以待人但却泾渭不混,直面人生而又雍容自如。胸中块垒,笔底波澜,眉间温情,都在不经意间流露。他的诗和人都十分典型地体现出中国知识分子的文化性格。诗人晚年,与风雨同舟近半个世纪的老伴共居半分园,过着平静而充实的生活。其《半分园志》云:“余一常人也。时遭多难,颠沛流徙,年逾耳顺,始获居室三间,鷦鷯乃有一枝可栖,不可谓不幸矣。而阳台之前,围以短墙,有地可半分,略宜滋兰莳菊,因命之曰‘半分园’……”又有五古一首云:“我园非名园,垂暮聊徘徊。清荫时坠露,瓜豆手自裁。心闲市声远,独善何优哉!岂无澄清志,愧乏命世才。生性厌机巧,惟怜白菊开。好书百回读,兴至佳句催。花间酒一壶,且候故人来。"或许是有意为之,吕剑在编选《吕剑诗存》时,把一首短短的《叶》置于最后以为压卷之作。诗以一片平凡的树叶为意象,写其自春夏而入秋冬的生命过程,表达出一番对生命的深沉感悟,实则是诗人的自我写照:"……当秋天到来,我们就蔚为一个无比斑斓的宇宙,然后飘落到地上,先是与白雪为伴,最后化而为春泥。"

六十年前的今日,19 岁的吕剑写下了生平第一首新诗;六十年后,80 初度的吕剑犹自从容把笔,"不知老之已至"。诗人来信说,他正以诗的形式,写着自己的《童年之忆》呢!那么,且衷心祝愿我们的诗人宝刀不老,风采依旧,答以时代最新最美的诗章!

1998 年 7 月 20 日 海岳书屋

吕剑:《半分园吟草》与《进入阵地》及其他

旧体诗集《半分园吟草》

一

半分园,是老诗人吕剑位于北京车公庄大街街后居室的一个斋名。自20世纪80年代初到2006年,诗人和老伴赵宗珏就一直住在这里,有二十几年的时间。在这二十几年中,除了1985年参加中国文联访问团出访过巴基斯坦、尼泊尔,以及短期出行海南、羊城、苏、浙、闽、滇城、川、鄂、晋外,吕剑离休后的生活基本都在这里度过。

实际上,这只是中国外文局的一处宿舍楼,吕剑由中国作协调外文局《中国文学》杂志社后,分给了他该楼一层的单元房,可喜的是房后有一个小院,地约半分,诗人在院里栽上了几株果树,又养了不少盆花,种了不少石头,使这小院变得绿意盈盈、生机盎然,隔开了烦嚣的市声,成了名副其实的“半分园”。当初迁来新居,友人纷纷以诗相贺,荒芜《题剑兄新居》三首,其一云:“十分春色半分园,香菜生儿韭有孙。添得诗情与画意,午窗飞出读书声。"舒芜《呈吕剑诗兄》则谓:"不辞鶗鴂变年芳,倾盖谈诗理旧狂。人海京华成大隐,半分园里看沧桑。"

舒芜诗中"倾盖"一词,出自九人旧体诗词合集《倾盖集》。该书由福建人民出版社于1984年出版,共收入王以铸、吕剑、宋谋玚、荒芜、孙玄常、陈次园、陈迩冬、舒芜、聂绀弩的旧体诗词,其中吕剑的"青萍结绿轩诗存"有42首。

吕剑是新诗人,抗战时期所写《大队人马回来了》一诗当时影响很大,并在20世纪80年代抗战胜利五十周年时,被中国作协推荐为"抗战名作",新时期又有《故乡的石竹花》《凤鸟之梦》等等佳作,是重要的"归来者诗人"之一。他写旧体诗始于"文革"晚期,据他在《致友人书》中说:"一九六九年放于河南,锄禾养猪之余,每捧诵汉魏六朝唐宋人诗,心窃好之。奈未习诗律,终难成章。后返都门,幸获次园、玄常诸兄指点,始稍稍窥其门径。偶有吟咏,或略寄幽怀,或稍舒愤懑,总又恐罹'莫须有'三字之祸,常不免故为闪烁之词。"

约在1979年夏,诗人在恢复新诗创作的同时,也将历年所作旧体诗编为一集,题作《涓埃集》,80年代参加九人诗词合集《倾盖集》时易名为《青萍结绿轩诗存》,至2004年,又增订为《半分园吟草》,近二百首,交山西一位诗友以宣纸线装竖排形式印刷,今年年初终于印出。我手藏一册,即是由诗人亲笔题签寄赠的。

二

吕剑的旧体诗,体式上多为五言和七言古体,有少量七言律诗或绝句。关于此点，诗人的解释是："因不熟旧体格律，且不欲受其束缚，故写来多为五古，格律诗仅仅偶一为之。"（见《半分园吟草》前言）

除了格律方面的考虑，可能也与他所喜爱的古诗人陶渊明、白乐天有关，因这两位也都是写古体诗的大家。而吕剑之喜爱陶、白，又不仅仅是因为诗体的偏好，实在还是与这两位古诗人的情趣相投。他有一首《梦陶》写道：

忽逢陶元亮，邀我至南村。
有秫成佳酿，有豆盘中珍。
把酒相对饮，篱菊更相亲。
共话躬耕乐，赋诗且弹琴。
君弃彭泽令，我亦布衣身。
君庭罗桃李，我园满玉簪。
世事多反复，惟求守此真。
醉鼾北窗下，同作羲皇人。

又有一首《读乐天》云：

乐天善言志，有体号元和。
长叹生民病，诗为事而哦。
悲悯秦中吟，感慨乐府歌。
老妪亦能解，村寺传唱多。
古人重采风，斯举诚可嘉。
引以观民心，藉以辨正邪。
歌舞醉升平，争媚未足夸。
此意非难喻，乐天独长嗟。

前一首重在表现“独善其身”之节,后一首则重在抒发“兼善天下”的抱负,不但是对两位古诗人情操的歌咏,自然也是对自我心志的表达。吕剑在历经“反右”“文革”之后,对极“左”政治给国家民族和知识分子造成的创伤有了深切的体验,联系历史上的封建文化专制,对在这种文化环境下形成的陶渊明和白居易式的诗人人格表现出深刻的理解或认同。故而他在旧体诗中所写,常常与陶、白诗境约略相契。从大的方面说,诗人的立场总是站在人民的、进步的一边,即使被剥夺了任何公民都应该有的话语权,诗人也本着良知做自己该做的事,而绝不愿意随波逐流,去做装点虚假繁荣或争宠献媚的宫廷诗人。

不过,的确有不少名人、诗人做不到“守真”二字,或主动或被迫沦为佞人,终于在永恒的良知面前受到嘲弄。吕剑有不少诗涉及这类人物,比如《某公》一首:

壮岁尊金陵,玄论摇羽扇。
白头拜蛾眉,劝进宫词献。
浮沉以取容,言色观风变。
北门一学士,自忘骨价贱。
可怜长乐老,苗裔今未断。

诗中“长乐老”,用五代时期典故,以历事五朝、位擅卿相、晚号“长乐老”的冯道比喻今天那些无风骨的人。另外,剑翁还有一首七律《打油贺某公》,讲的是更有名的一位“民主人士”,此公当年曾参加过“五四”运动火烧赵家楼的壮举,但是到了晚年,成了“国家领导人”后反而咒骂起新一代爱国的大学生来,吕剑对此公“先彼北辙后南辕”的态度不无揶揄:“昔日书生今公侯,对镜自须惜白头。”

还有一位“革命诗人”,当年写“山歌”讽刺国民党的腐败,晚年却因为耐不住寂寞而投附“四人帮”,“挟瑟上高台,密奏悦皇颜。整衣复低眉,一弹再三叹。胡笳十八拍,今弄卅六番。旦暮伺颜色,宠列幸臣班。”可惜“迅雷惊夕殿,重雨暗江滩。弦绝主安在?云鬓偏且捐。奇峰难再见,泪下摧心肝。”(见《拍水辞》)这位“革命诗人”,就是穆旦在给友人通信时提到的那位“不过作了几个月高官”的“袁副部长”,穆旦的感慨与吕剑也差不多,他说:“世上报应也还有,有时来得也够快的。所以做人还是凭良心好。人都有‘十年河东,十年河西’的时候,你老赶上风是不行的。”(穆旦:《致郭保卫》1976 年 11 月 7 日)

三

诗,依传统诗学的说法,其本质无非在言志缘情四字。至于“咏物”“怀古”“感时”“记游”,或者“感遇”“山水”“边塞”“风俗”“节令”“友谊”之分,不过是为了便于理解才有所标记,或因为生活方式本来就多姿多彩罢了。

《半分园吟草》一集,若归起类来,自然也可以按“怀古”“记游”“感时”“友情”分类辑成,但诗人并没有这样做,也没有严格以写作时间编序,甚至也没有“五古”“七律”这类诗体方面的标记,我倒觉得更接近“诗言志”的本分。

大概也是因为陶渊明的影响吧,吕剑翁竟然也有一组“饮酒”诗,共十五首,我认为是该集最能表现剑翁情怀的作品。其中写古代诗人阮籍、陶潜、李白、杜甫、苏轼各一首,其它诸首则为写自己"饮酒"的。自然,茶酒诗剑云云,不过借以言志骋怀而已,且看第十三首:

迁化依规律,人生无穷途。
饮者常无梦,澹荡多清娱。
笑彼附凤者,汲汲荣利趋。
不如一杯酒,独诵圣贤书。

除"饮酒十五首",又有"小诗八首",其中《樽酒》所写亦约略近乎前诗。还有《山中三首》中的《杜若》,实在也是平淡自然的佳作:

山泽展平芜,青青多杜若。
香细蜂蝶远,白华共绿萼。
不羡倾国色,野处甘萧索。
何以静如许?素心自有托。

值得一说的,还有一首《读五噫歌》,十余年前我向诗人"求字",他写给我的就是这首只有六句的短诗。诗虽然短,却似乎最能寄托作者情怀。原来,诗人是借东汉梁鸿哀黎民之苦作《五噫歌》的旧事表达自己的心志呢!诗曰:

梁鸿歌五噫,乃触明主忌。
避迹齐鲁间,易姓不易志。
吾亦齐鲁人,百代思同气。

梁鸿事见《后汉书·梁鸿传》和《后汉书·逸民列传》,他本来携妻隐居山中,后来为寻友偶过洛阳,因感帝京崔嵬与民生劬劳而赋《五噫歌》："陟彼北芒兮，噫！顾瞻帝京兮，噫！宫阙崔嵬兮，噫！民之劬劳兮，噫！辽辽未央兮，噫！"结果被章帝知道，大为光火，发布了通缉令。为躲避迫害，梁鸿才不得不改名易姓，率全家先是避居于齐鲁滨海之地，继而又南下东吴打工并死于当地。吕剑这首《读五噫歌》，呼应历来诗人对梁鸿"易姓不易志"气节的赞颂，重在表现自己作为山东人而"百代思同气"的心志。对当代中国历史有所了解的读者，理解这首诗所抒发的感慨或许并不困难吧。

自然，度过了"文革"之劫，中国诗人总算有了较为稳定宁静的生活，即使再有类似于《五噫歌》那样的作品，倒也不见得非要去过流亡的日子了。所以吕剑和其他一些老诗人一样，虽然过了二十年的"改造"生活，毕竟看到了夕阳无限美的景致。用他自己的话说就是："余一常人也。时遭多难，颠沛流徙，年逾耳顺，始获居室三间，鹪鹩乃有一枝可栖，不可谓不幸矣。"至于这居室三间、地约半分的"半分园"，不仅朋友们乐于题咏，就是吕剑自己也有两首诗写到。其一云：

小园不求华，唯求适吾意。
种树三两株，垂荫半园地。
栽花四五畦，红白自相睇。
生生多绿草，茸茸侵阶际。
佳景固乏陈，俗尘喜不至。
晴窗宜写兰，采剪待雨霁。
闭户养微疴，此中有高致。

四

吕剑生于1919年,恰好与“五四”运动同龄,按照中国的传统说法,今年该是诗人九秩华诞之年了。而自1984年至今,我与这位诗界前辈相交也已有二十几年。1985年春节期间,我第一次造访半分园,那时诗人也才六十几岁,刚刚离休,午饭时尚能饮一两杯茅台,热情,幽默,以后又多次拜访,或在积水潭医院,或在车公庄大街,诗人热情依然,幽默依然。2007年我再去北京,在积水潭医院又见到正住院治疗的老诗人,尽管步履有些不稳,尽管脸上显出老态,但也还是热情依然、幽默依然,见面时热情拥抱,分别时由护工搀扶着,坚持送出病房,经我一劝再劝,才站在走廊里看我离去……

想到吕剑长长的诗歌之路,又想到他们这一代诗人大体相似的人生遭际:青春季慷慨赴国难,壮年时无由罹祸殃,改造复改造,流徙复流徙,一顶“右派”帽子一戴就是二十多年。帽子摘下来时,华发已不胜梳,这可真是典型的“中国传奇”呵!

不过,以这种传奇故事换来数百首新诗旧诗,虽然代价忒大,也总算不负此生了吧?因赋八行诗,为先生寿:

投缘民主科学年,壮阔波澜海纳川。
匕首图穷歌易水,诗篇情挚讨烽烟。
长驱万里共和梦,流放几春涿鹿滩?
世纪风云转眼逝,小园独立看秋山。

2008年9月 杭州,“九九”重阳节订正。

《进入阵地》及其他

一、《进入阵地》

在吕剑的回忆中,《黎明》是他1938年夏天写作并正式发表的第一首诗,《进入阵地》则是同年吕剑与诗友风磨、鲁丁三人的新诗合集。对这两件事,拙编《吕剑生平著述年表简编》有如下记载:

> 1938年夏,初次写作新诗《黎明》,依母亲姓以"吕剑"作笔名,投当地《建国日报》副刊发表。结识编辑龚陟岗及诗友王结青(风磨)、纪英才(鲁丁)。陆续创作《乡村》组诗、《击剑手》《纺车夜歌》《"队伍继续前进着"》(冬)、《大队人马回来了》(冬)等诗。
>
> 与风磨、鲁丁自费出版三人新诗合集《进入阵地》,书由宜昌抗战剧团团长冷善远(后去延安,转西安,易名钟纪明)命名,上海杂志公司1938年10月初版,收入吕剑作品:《黎明》《战士的行进》《未寄诗》《伟大的母亲》《为了未完的画面》《近卫的胜利》《歌》《写慰问信》《大江的歌唱》。

可是吕剑回忆《黎明》和《进入阵地》的若干文章并没有准确、详尽的记载,他记忆中的《黎明》只有"太阳,/顶着黎明出来"这样"最后两行",诗集《进入阵地》也没留下三人诗作的目录。由于风磨早逝,鲁丁和吕剑本人都没有保存这本珍贵的集子,故而后出的《吕剑诗集》《吕剑诗存》和2007

年作家版的《吕剑诗抄》,就都缺失了吕剑最初半年创作的新诗。

“年表”中所记《进入阵地》的目录,依据的是贾植芳主编《中国现代文学总书目》,其中“新诗卷”部分正是1983年与吕剑通信了解相关情况的新诗史料专家刘福春牵头编辑的。

去年,友人张期鹏访问了吕剑之后,产生了收集吕剑全部作品集并撰写书话的热情,在极短的时间内,不仅初步完成了一本《吕剑书影录》,而且由刘福春先生提供线索,又通过山东省图书馆和重庆图书馆,终于辗转找到了当年这本《进入阵地》,复印之后特地寄给我一份,使我见到了吕剑与友人自费出版的第一本诗集的风貌。

吕剑在复刘福春信中提到,《进入阵地》“每人诗十余首,约共收诗五十首,内容均为歌颂抗战与追求进步、光明之作,三十二开本,艾绥作序,莫越木刻封面。”(1983年8月25日)没有实物,这些回忆只能想象一下,不能产生更深、更准确的印象,而有了这个复印件,可就清楚多了。

首先,诗集为竖排,繁体,版权页注明“中华民国二十七年十月初版”,“著者”的名字顺序为:鲁丁,吕剑,风磨;发行人为萧亦五,印刷者为扶群印刷所,总经售为上海杂志公司,实价:每册国币贰角。

其次是封面。因系复印,色彩无从分辨,但构图并不复杂,在竖排矩形图案中,除了上端自右至左“进入阵地”和右侧下端“鲁丁,吕剑,风磨著”这些繁体字外,最集中、触目的就是左下侧十分夸张的战斗主题的漫画木刻造型:一只巨大尖锐的笔锋直指一个矮胖、丑陋的日本军官。

进入目录页,依次是:

莫越:封面设计

鲁丁:谁都怀着杀敌雄心/回老家去打/武汉自唱/怀祭/送海亭重征/参观归来/东山,你我相见了/起来哟,鄂西的人们/诗的座谈会上

吕剑:9 首如前述“年表”记载

田风磨:送钟同志国刚再出征/写在陈翠雨日记前页/深夜小景/我们吆喝一声/时代的号手/谁说我们是流亡人/去多喝点风沙/鞭子抽吧/默祝

这样看来,吕剑所说“每人诗十余首,约共收诗五十首”的回忆似不确切,因为实际上每人只 9 首,共 27 首,而艾绥的序文亦不见有,不知什么原因。

正文 53 页,如今看来只是一个薄薄的小册子。而我倒是很喜欢民国时期这样小容量的诗集,因为诗集本来不在于厚,乃在于精,闻一多的《死水》是 28 首,冯至的《十四行集》是 27 首,艾青的《大堰河》只有 9 首,阿陇的《五弦琴》也不过 19 首,都不影响它们作为新诗的经典个人集。不像如今的诗集,本子越来越厚,分量越来越轻。

再说《黎明》,也不是如吕剑记忆中的“三十来行”,而是 29 行,最后两句亦非“太阳,/顶着黎明出来。”但诗的第一节确有相近的诗意:“黎明/打开窗/轻风拂着我的黑发/我看见了/从东方/从山林的那边/从血的原野里/涌现出来/新的太阳”,接下来写“我”的歌声如何“去迎接/太阳”,又以一个倒装句的形式叙述“我”“在窗口/在光明的照临下/在

新生的时间的流里""开始了/工作"……整首诗,有着较浓重的艾青抒情诗的风格,可以想见吕剑最初的诗艺渊源。

《进入阵地》终于被发掘出来,这是令人高兴和值得感谢的,期鹏并且有继续寻找吕剑与友人第二本诗集《夜行诗草》的设想,这又让我充满了期待之心。

看看奇迹会不会出现。

2012年11月23日 杭州

二、《我的童少年时代》

期鹏兄将吕剑先生的《我的童少年时代》整理、打印并以电子邮件示我已有数日,在忙于一部教材编写的间隙,今天一口气读完了这部诗歌回忆录的全部三十九首诗。伴随着内心的欢喜与阅读引发的激动,一些记忆重被唤醒,关于吕剑,关于莱芜,关于文学或诗歌,突然有了言说的冲动。

先找到吕剑先生2005年11月6日来函及附件多种。此函重点所谈就是这部诗集的整理,他说:"在这一阶段,我把写于一九九九年的《我的童少年时代》又看了一遍,只有个别词句改动了一下,没有大改。全诗四十首,约两千行,在我看来,还比较亲切。今将其《序》和《目录》寄上,请指正。"附件除了《序》和《目录》,还有其中一首诗《奶奶的石榴树》的发表剪报一份。

我提到这封信,是想说明两点。一是这部诗稿之于老年吕剑的重要性;二是这部诗稿自1997年开笔到1999年完成,除了部分诗章公开发表或收入文集外,一直没能以诗集的形式出版,到今天已拖了十多年!

说这部诗稿重要,当然并非要把它放到文学史的框框中去评估,而是说对于创作新诗六十年、在经过 20 世纪 80 年代第三个创作高峰之后的“归来者”诗人吕剑来说,竟然在八十岁前后又产生了以诗歌形式回忆自己儿童少年时代往事的热情,写下了近四十首(其中个别作品写得稍早)忆旧之作,寄托了他对故土莱芜的一腔深情,这不能不说是一个小小的奇迹。也就在同时,他还应我约请,为我编辑的《泰山现代诗卷》写了两首更为浪漫的抒情诗《登岳》和《乡望》。我觉得这组诗稿,对于理解诗人老年心态,特别是他那份强烈、深厚的故土情结,具有十分重要的意义。

其次,在吕剑的创作生涯中,有几次主题相对集中的写作小高峰,一次是 1956—1957 年两次内蒙之行的草原主题,后来结集为《喜歌与酒歌》得以出版;另一次是 1985 年巴基斯坦、尼泊尔之行的和平友谊主题,遗憾的是没有专集出版;《我的童少年时代》应该属于第三次,可称为乡土童年主题,数量又足够出一个集子,似乎完全应该公开出版。吕剑自己也有这种愿望,不少朋友也先后做过努力,可或许是因为诗集出版困难,一直待字闺中长达十多年,这不能不说是一个较大的遗憾。

吕剑的故乡莱芜,地处古代齐鲁两国分界线的鲁国一侧,也是泰山山脉向东延伸的丘陵地段,齐长城、齐鲁长勺之战旧地、齐鲁两国之间重要的关隘青石关,距离吕剑出生的地方——莱芜口镇林家庄很近。所以吕剑诗中涉及他少年时期到地处古齐国境内的博山读中学的经历用了“出国留学”的字样。本来这一带古时有许多故事发生,文学作品中理应有丰富的记载和描绘,可惜莱芜本地没有成长出较知名的文人,也就不能在文学作品中对莱芜有相当的表现。到了民国时期,因为时代风潮的原因,这才有了吴伯箫、吕剑这样走出莱芜、在新文学范围内有影响的青年作家和诗人,写出了像吴伯箫的《马》《羽书》这样的散文名篇,像吕剑的《家乡有座山》《故乡的石竹花》这样的新诗佳作。假如要了解新文学作品中的莱芜形象,我们不能不到吴伯箫的散文和吕剑的诗歌当中去寻找。

吕剑诗歌创作的各个阶段都有关于故乡莱芜的篇什,在诗中也用了不少带有莱芜方言色彩的词汇和表达方式,我在论述吕剑的文章中曾经谈及。但是这部《我的童少年时代》在这一方面好像更自觉、突出一些,比如词汇方面所用的“俺娘”“俺爷”“红扑扑”“场院”“咋呼”“天井”“家雀”“泉子”“扎猛子”等等,又比如童年记忆中的莱芜乡俗文化“逛庙会”、听“莱芜梆子”,“辞灶王爷”“摊煎饼”等等,还有民国以来带有时代政治色彩的活动和事件“红枪会”“军歌”“军训”“草把子市”“放足委员”等等,都让人在阅读中既感到亲切,又获得不少关于莱芜乡土文化和莱芜近代史的知识。故而在我看来,这些活泼、生动的风俗性儿童诗歌,是值得作为文献编入《莱芜市志》《莱芜乡土文化读本》这类书籍加以留存的。

自然,这种特定的文化内容若是以散文随笔形式表述可能更好一些,而吕剑用诗歌所写倒也简洁可读。因为这样一来，虽略去了不少细节性内容，但诗歌所要求的抒情、意象、集中却把一些最重要的东西保留了下来，就像特写镜头，把记忆中最深刻的印象集中起来呈现和叙述，给人留下的印象也同样深刻。“萤火虫”“燕子窝”“金牛山”“秃妮子山”“第一辆自行车”“水湾”“煎饼”“拴娃娃”这类富有鲁中山区特色的生活事象即是如此。

现在，这部书稿终于有了付梓的希望，真是令人十分欣慰。至于这其中原委，期鹏兄已在《编后记》中作了详尽的交代，不再赘述。我想说的只是，只要是籽粒饱满的果实，最后总会被有缘人发现和收获。吕剑先生以诗歌抒写对故土的怀想与牵挂，虽历经坎坷与曲折，也总归不会为家乡有缘人忘怀的，《我的童少年时代》之问世，恰好印证了这一点。

2012 年 8 月 25 日，农历壬辰七月初九于杭州

三、以泰山尊贵的名义

数年以前，诗人吕剑先生为我正着手编著的《泰山现代诗卷》写了一篇散文诗式的序文，题为《泰山在我心中》。他怀着对泰山的殷殷深情回顾了自己作为“泰山的儿孙”与泰山结下的深厚情缘，回顾了 80 年代初他登泰山而没有看到壮丽的日出景观又没有留下诗章的遗憾。他在文中写到：“当时我和我的同伴们一鼓作气地由中天门一直登上了南天门，登上了泰山的绝顶，真是‘登泰山而小天下’，心胸为

之一开。我们当晚宿于玉皇阁宾馆,预备明早一观海上的日出。但是很可惜,远处云雾弥漫,我们竟没有看到。而且不知为什么,我也没有诗。我觉得很对不起泰山。"

我也常常替诗人感到遗憾。我曾多次在通信中向这位前辈诗人建议:为当代人的泰山创作一首诗,这一方面可以给泰山增加一份祝福,另一方面也可丰富我的《泰山现代诗卷》。

前年秋日,吕剑先生来信向我透露:他正在构思这首新的泰山诗!

而今年早春,已届八十高龄的老诗人突然寄来了刚刚整理好的两首新作,其第一首即为《登岳》。诗人以澎湃的激情记述自己在泰山极顶的幻美之旅,为即将进入21世纪的人类庄严祈祷:"祝福咱们的这一小小的地球,祝福咱们的恒星行星分外光亮,祛除一切权势、战乱和灾害,达到界界平等,'天人合一'的境况,如果各个星球上也有生灵,都能驾着飞船自由来往。世世代代,世世代代,共享生存的和平与安祥,宇宙大同谁道会是梦想?"

连诗人自己都觉得惊讶,他竟然在晚年写出了这样一首"幻想的、浪漫的"诗作。

这是诗人经过一生的探求在晚年所做的一个最灿烂的梦想,也是热爱和平、渴望发展、谋求世界大同的所有当代中国人以象征着团结、稳定精神的泰山的名义向全人类和未来世纪发出的和平请柬。

诗人独立于泰山之巅,放眼五洲四海,感到小小的地球触手可及,数十亿不同肤色、不同文化背景的朋友也并不遥远。因此诗人作为“文明古国”的一员,以应有的博大胸怀,盛情邀请这些朋友来伟大的中国做客,大家“一同啸歌,起舞若狂。”

接着,诗人提议召开一个“人类与万有生灵的协和大会”,会场就设在雄伟的泰山。而诗人自己则满怀激情地献上了这篇祈求人类和平、幸福的“贺词”。

诗人的畅想和梦幻是美丽的,表达了当今世界和平与发展的时代主题。其抒情风格则令人联想到八十年前第一代新诗人郭沫若的《晨安》与《立在地球边上放号》,豪迈、热烈、辽远。所不同的是,郭诗人所处的还是一个损不足以奉有余的弱肉强食的时代,中国也只有任人欺凌的资格。而八十年后的今天,中国人民依靠自己的努力奋斗,已完全可以理直气壮地向霸权主义者说“不”了。有了中国和众多发展中国家的参与,“宇宙大同谁道会是梦想?”

让我们期盼着在泰山之巅召开的“人类与万有生灵的协和大会”如期来临。(2000)

悲剧情境与诗的诞生

——牛汉的《温泉》

一个没有或缺乏悲剧意识的人会觉得牛汉的诗过于沉重，他或许因此始终无法靠近牛汉；一个过分喜爱精致与智巧的诗人也会不理解牛汉，他大概会认为牛汉的诗过于粗拙。

是的，牛汉正是来自北方旷野中的诗人，身上流通着蒙汉两个民族的血液。这个人，正像他的名字一样高大、健壮、凝重而响亮，他的诗亦如其人，显示出骨子里的桀骜不驯。牛汉的诗，是在烧焦的大地上重新萌芽的树桩，是在高原的烈风中从容前行的驼铃，是蒸腾到天空化为彩虹的血液，是囚禁于地狱深处的人子的歌声……

从40年代到80年代，牛汉已经出版了八部诗集，写了数百首抒情诗，每个时期他都留下了为读者喜爱的诗篇，40年代作为“七月诗派”的一员写的《鄂尔多斯草原》和《在牢狱》，70年代在“五七干校”的向阳湖畔写下的《华南虎》和《悼念一棵枫树》，80年代复出后创作的《海上蝴蝶》和《海伦·凯勒》等等。但是，如果要选出最能显示牛汉诗的特殊性格和特殊魅力的作品，恐怕还要数他70年代写于“文革”

时期的“温泉”组诗。

“文革”十年，是一个悲剧时代。在共和国的这段曲折中，人们经受着最严峻的考验。而新的契机也常常孕育于末日来临之际，人类的新精神正是在厄运中萌芽和坚执地生长着的，灾难往往是人类精神的试金石。人们不是在“欲悲闻鬼叫，我哭豺狼笑”的情境中终于发出了“洒泪祭雄杰，扬眉剑出鞘”的金石之声吗？这不禁使人赞同黑格尔说过的一段话：“人格的伟大和刚强只有借矛盾对立的伟大和刚强才能衡量出来，环境的互相冲突越多，越艰巨，矛盾的破坏力越大，而心灵越能坚持自己的性格，也就越显出主体性格的深厚和坚强……因为在否定中能保持自己，才足以见出威力。”[①]在一个价值颠倒的时代，正直而刚强的人格尤为可贵，因为这一方面显示了人格本身的力量，同时也给那些萎靡的生命以热情的鼓舞，向他们透露出潜伏在人性深处的良知和勇气的闪光，并唤发出他们被外力和自身压抑已久的生命的冲动。

这正是一个诗人无可逃避的庄严使命。

我们的时代曾产生过许多拥有广泛而持久影响的诗人，但是在“文革”的悲剧氛围之中，大部分诗人却“被迫”搁笔，因而不得不丢掉了对诗的钟爱。只有极少数诗人依然在极端艰难的情况下坚持创作，用手指在胸膛上刻写着无法发表的诗行，如曾卓，如绿原，如牛汉，如蔡其矫……同时一群年轻的诗人也正像蚯蚓一样耕耘在深厚的土层下：北

---

① 黑格尔(美学)第一卷，第227页。

岛、顾城、舒婷、苏阿芒……虽然直到现在，他们都还没有成为艾略特、聂鲁达、索英卡、布罗茨基那样的世界性诗人，但由于他们直到现在仍在钟爱着诗，使他们从而有可能成为中国和世界性的伟大诗人——这取决于他们自己艺术生命力的强弱。

为了便于理解牛汉的“温泉”组诗，但愿以上这些话并非多余。

牛汉将自己的诗理解为“情境诗”。

作为一个诗学概念，“情境诗”来自于歌德和法国现代诗人保尔·艾吕雅的论述。歌德在《谈话录》中借用词典的解释说：“情境是一种现象，是与行为的主体、对象、地点、原因、方式或时间有关的事物的这个或那个方面。”①

艾吕雅在1952年一次演讲中说：“真正的诗应当反映现实世界，也应当反映我们的内心世界——那个我们幻想出来的变了样子的世界，那种当我们瞪大眼睛观看生活时在我们心中出现的真实。”他进一步说：“为了获得构成现实世界的一切，需要有勇气把事物和感觉、爱和恨、颜色和形式、时代和国家，以及威廉·布莱克‘人们彼此雷同，但又各有差异’这句话所指的那些特点和特性合为一体。诗人要把自己的感受、自己的判断、自己的想象，他需要战胜和改

① 《歌德谈话录》(朱光潜译)，人民文学出版社1982年，第6—7页。

造的现实世界融合起来。”①

这里,艾吕雅既强调了“现实世界”之于诗人的重要性,同时强调了诗人的主动精神。“情境诗”所谓“摆脱间接性”并非意味着主客观的相互剥离,而恰恰是二者的融合。牛汉对“情境诗”做出了自己的理解,认为“任何一首真正的诗,都是从生活情境中孕育出来的,离开产生诗的特定的生活情境是无法理解诗的。”②而他“文革”期间创作的数十首作品正是“五七干校”那个特定情境的产物,也即是那个特定时代、地点、原因、方式、对象与诗人本身碰撞所形成的情感与思绪的升华,是对于诗人和悲剧时代的艺术的记录。

牛汉的这组诗,集中地反映、创造了一个特殊“悲剧情境”。在那样一个悲剧时代,置身于那种悲剧氛围,承受着那样的悲剧命运,一个将自己与时代真诚地融为一体的诗人,他瞪大眼睛感受生活时所出现在心中的只能是那样一种真实。这诚如心理学家荣格所揭示的:“……一位诗人,先知或领袖,不知不觉地都要受到当代使命的委托,他用语言和行动指出一条每个人在冥冥之中所渴望、所期待达到的目标与大道——不论这个目标所带来的结果是好是坏,是拯救还是毁灭了那个时代。”③

《温泉》是牛汉复出后出版的第一个诗集,收辑了他写

---

① 保尔·艾吕雅:《论情境诗》,《法国作家论文学》,生活·读书·新知三联书店1984年版。

② 牛汉:《蚯蚓和羽毛》代序《对人生和诗的点滴回顾和断想·关于情境诗》。

③ 荣格:《揭示心灵奥秘的人》。

于1970—1976年间的28首诗作，这些诗的意象构成主要是一些动植物及若干人物（包括诗人自己）。但无论是什么意象都渲染出浓郁的悲剧氛围，也许说“渲染”并不恰当，因为那些人与物本身就遭受着巨大的不幸，就置身于一个悲剧情境，在与天相接的山岩上筑巢的鹰，被关进铁笼脚趾被剪掉的华南虎，在狩猎者的枪口前奔跑的麂子，被伐倒很长时间犹自吐出清香的枫树，年年被砍掉枝叶的灌木丛巨大的根块，遭到践踏仍然默默茁长的车前草，还有人类中的不幸者贝多芬、冯雪峰……这些人与物，或是一些弱小的生命，或是受伤的困兽，或是落难的英雄和革命者，他们本来应该拥有更适于他们生存的天地，应该有表达生命的更充分的自由，而他们却似乎受到命运的嘲弄，被不公平地贬黜在不应由他们去充实的地狱……

悲剧就是要摹仿一个与我们相似的人“遭受不应遭受的厄运”①；“再现一种巨大的不幸，是悲剧的唯一职能。”②诗人牛汉仿佛受到了这种启示，在那个缺乏诗的时代却留下了对那个时代诗的记录。《贝多芬的晚年》向我们展示了贝多芬失去听觉之后的痛苦：“三十步以内的前面/明亮的小溪/像记忆在流动/但没有声音/绿色的树丛/在风的抚动下/深深地弯曲，/倾倒/但没有声音/风车巨大的翅羽/旋转啊旋转啊/卷起草地上的叶片和羽毛/象一个美丽的白色的

① 亚里士多德：《诗学》，第37页。

② 叔本华：《意象和表象的世界》，《西方文论卷》下卷，上海译文出版社1979年版，第333页。

太阳/但没有声音/……天地间为什么空空洞洞/像掏去了心脏”。《冻结》(1974)写了“暴风雨过后”在“荒凉的湖边”一排小船被“冻结在厚厚的冰里”而且被冻结的不仅是船本身,是“连同浆,/连同舵,/连同牢牢地/栓着它们的铁链。”诗只有短短的九行,却创造了一个完整的“悲剧情境”。

这种“悲剧情境”表现了那个时代一种特定的真实。

然而仅仅指出这种悲剧意向的选择还是不够的,这只解释了牛汉诗的外部组织。牛汉之为牛汉的更重要的地方在于,他创造的“悲剧情境”同时包融着一种深沉的浪漫主义或者说理想化的指向,在他的诗中遭受种种不幸命运的人同时也是与命运抗争的不屈的形象,这就使他的诗带上了悲壮的色彩。

《华南虎》是牛汉桂林之行的收获,但不是一般的纪游诗。诗人将见闻凝聚、升华为人生与大时代的象征,成为一种人生经验的艺术造型,让它释放出长久的魅力。诗人描绘了这只被关进铁栏的老虎的种种形态,写出一种置身不幸而仍然从容镇静奋力与命运抗争的精神。诗人着重写了这只老虎被剪掉趾爪的怵目惊心的悲剧性场面:“我看见铁笼里/灰灰的水泥墙上/有一道一道的血淋淋的沟壑/像闪电般耀眼刺目!”通过这些,诗人看到了“一个不羁的灵魂”。牛汉后来谈到这首诗的创作过程,认为“我的心灵似乎更容易被那种辽阔与壮美的境界和大自然中某些能够引人震惊的、在困境中坚毅不屈的现象或生态所触动……”而对于那只虎的趾爪,诗人说:“应当让滴血的趾爪掠空而过,让虎爪的受伤的血,一滴一滴,像灼热的熔浆,灼痛那些沉闷而麻痹的灵魂！”

一棵被伐倒的枫树三天之后“枝叶还在微风中簌簌地摇动”，贝多芬在失去听觉之后则“向静默的世界/挥着拳头/仿佛猛击着一排看不见的音键”，一片羽毛自由地飞升，年年被砍伐的灌木“挣扎了几十年/没有长成一棵大树”，“但却不甘心被闷死”，故而它的根在深深的地下“凝聚成一个个巨大的根块”。而诗人自己则在那个年代的深夜里用手指在胸膛上刻写着无法发表的诗行……

再现不幸与痛苦形成的悲剧当引起人的同情，且能净化人类的灵魂。而写出不幸之中对这种不幸的抗争而形成的悲剧，却又增强了人类前行的信心，使悲观的人得到鼓舞，使迷途的人看到光明，在这种自信中提高了人自身。

牛汉的这些诗虽然还显得有些粗陋，因而在诗的整体效果上还不尽如人意，但他是刻意追求着自己期望达到的艺术境界的。他的诗及其着力创造的“悲剧情境”为70年代的中国诗填补了空缺，增加了重量。

甚至可以说，牛汉70年代的这组诗显示了牛汉诗创作中最属于他自己的性格，这不仅使牛汉的诗达到了他自己的高度，而且有可能影响他将来的创作。从牛汉的近作中我看到牛汉正是在那个起点上继续突进的。

1989年6月25日 山东师范大学初稿

牛汉研究二题

让历史在历史的视野中显现真实

牛汉先生：

从电话里听到您熟悉的声音，使我倍加怀念数年前两度造访您八里庄“新居”时的情景。记得那时“新居”不通邮路，亦不通电话，从“人文社”乘公共汽车到十里堡，再往北步行很远才打听到您卜居的那座高楼。而这个地址还是辗转通过史佳姐了解到的。

这几年我虽然没机会重访八里庄，但却不断地借助媒体感受到您匆忙的步履。您在八月五日的大示中恳切地谈了对当代诗歌创作界和评论界的看法，您特别指出目前一种“不涉及历史的苦难与血泪，而过多地片面地以欧美近代诗歌为座标来论断中国新诗的得失”的批评现象，我以为这实在是对新诗评论界的当头棒喝。对于此种现象，郑敏先生在近年多篇文章中也屡有指陈。她在《文学评论》今年第四期上撰文(《新诗百年探索与后新诗潮》)指出：“经过世纪下半的几十年的实践，不少评论家、诗人和诗歌读者都感觉到当前新诗创作与理论进入一种停滞不前，缺乏生命力的状态，向西方借鉴成了依赖性的借债行为，在近一个世纪告别汉诗自己的古老传统后，向拼音语言的诗歌文化借债，显然遇到了语言与文化双重的困难。由于古老的东方文化传统与汉语语言都不可能向西方文化和拼音文字转化，而借贷来的西方诗歌文化与诗歌语言又不可能被缺乏本土、本传统意识的诗歌作者与理论家很自然地吸收，食洋不化的积食病明显地出现在诗歌创作和理论中。”恰恰从这些地方，我觉得世纪末期的中国诗坛正在认真地、踏实地而不再是浮躁地寻找着新诗发展的新的契机。总的看来，80 年代的诗坛“热闹”但缺少根柢；90 年代的诗歌“主流”消隐，但却表现得较为冷静，也较为内在。我以为这很可能是一个真正的反省期和探索期。而您“冷静地思考了这些现状，并没有简单地肯定或否定。”实际上也正表明了一种理性探求的意向。

您在信中指出的一些不应归入“归来者”的诗人，使我警戒，促我进一步通过切实的调查研究从而凸现出历史的真实。吕剑老在来示中亦表示此文“有的地方不够准确”，他还要“再看两遍”并提出看法。我期待着这种“历史的见证”，心里充满感激。

昨天在资料室翻阅暑期中的杂志，看到了您发表在《人民文学》7 月号上的《旧作与断想》，这使我觉得非常想说点什么。几年以前，我通过邮路从上海诗人宫玺先生那里借到您的《温泉》集，以《悲剧情境和诗的诞生》为题写了一篇幼稚的评论。我当时是满怀崇敬地去看那二十几首“地下”诗作的，而且我以为那就是当时创作的全部作品了。现在才知道那二十几首诗不过是全部诗稿的二分之一，而没有整理、发表的作品中也还有与《温泉》不同风格的一些诗作，如这次发表的《旧作八首》中的《三月的黎明》。不同在哪里？我以为您的大多数诗都聚焦于生命受难的“悲剧情境”，抒情意象大多为自然界和人世上的落难者和伤残者，抒情语言则往往显得悲愤、凝重和突兀，就好像大海退潮后裸露的礁岩，犬牙交错，质地坚硬，挥发着浓浓的海腥味。这次发表的《死亡的岩石》《蛇蛋（之二）》《坠空》也还属于这种作品。而《三月的黎明》却是温馨的、宁静的、优美的，表达了自然界如期来临的春天的执着，它使我想起曾经看到过的19世纪俄罗斯风景画家列维坦一幅著名的油画《春潮》。沙皇统治下的土地从未因残暴和屈辱而显得沮丧，艺术家也从未因置身困境而拒绝赞美春天的生机。那么，发生在70年代之初非人的悲剧情境中的这个令人振奋的“春天的故事”，谁能说它不是历史的真实呢？历史并非古板的一个平面，诗人的心灵更应该辽阔无垠，他不但能为灾难树里程碑，也还要透过现实的烟云看到人类永恒的信心。只有那些读不懂中国历史的人才会在《三月的黎明》面前“看不出历史的悲痛，容易引起误会和曲解。”

艾青和曾卓觉得《奇迹》太“空灵”，不像牛汉写的。从诗的语言风格看的确如此，因为这些语言以及诗体都有点软性，有点柔媚，还有点飘逸，整齐而从容，很难把《奇迹》与《悼念一棵枫树》并置一处。但是，如果透过语言的层次，进入意象、主题层面，则《奇迹》仍然是典型的“牛汉风格”，只有牛汉的眼睛才能在高耸的峭壁上看到那样的“奇迹”！

总之，对于那个已成为历史的时代，这八首“旧作”也已随之成为不可重复的历史写真；而对于诗歌艺术而言，这些“坚韧而有弹性”的诗行却仍然使我感到异常的新鲜。您是善于从最没有诗意的地方发现诗的人，您给那些极其平凡的物象注入了深沉的思想和美丽的灵魂。我在上次信中也曾谈到：您对生活的观察往往独到而深刻，常常出人意料之外地有所发现并感悟极深，似乎把生活翻转过来看到了它的背面及内里。

现在，我怀着敬意引述您的这句话：“我仍然坚定地写中国的现代诗，写中国的痛楚与梦想。”与此同时，我又读到了郑敏先生发表在《文学评论》上的文章，其中也有一句令人眼睛发亮的话：“诗人在这污染严重的现实中应当是一只高空中的鹰……”。这是多么坚执的声音，多么真挚的情怀。

我从大示对当代诗坛的“感触”受到感触，拉杂谈到了对历史和历史情境的历史性态度，写下来请您指教！并期待着早日读到您的《诗选》。

谨祝

笔健！

子张

1998 年 8 月 29 日

牛汉与蔡其矫

一

有一段时间,我对“文革”时期诗歌创作的状况甚感兴趣。因为从已经发表出来的一些作品知道,在“反右”之后“文革”之中这段“斯文扫地”的非常年代,诗歌其实并没有真正消亡,它只是为时事所迫转入潜伏状态而已。这个发现使我异常兴奋,打算将这些秘密写作的诗章编成一部特殊的诗集,或者可以因此改写被称为“凋零期”的“文革”时期的文学史。我已经先后看到了年轻的苏阿芒、食指、顾城、北岛、舒婷和陈明远的诗作,也慢慢收集到了中老年诗人曾卓、穆旦、牛汉、唐湜、绿原、流沙河的部分作品。

面对这些不同寻常的诗作,我坚定地认为:这些作品尽管当时未能公开发表,但它们即已产生,就理所当然地成为了历史,也就应当纳入历史研究的视野。文学作品是作家对民族和人类灵魂的记录与解释,“文革”时期的秘密写作正是此时国史与心灵史的真实写照,不能以是否发表为判断其历史价值或美学价值的尺度。

当诗人拒绝以某种僵硬的意识形态改造自己,而执着于对时代、对社会、对生命的独特感受从事创作的时候,他的作品是只能刻写在自己心灵深处的。就如牛汉 1974 年在“干校”时感受到的:“有时候/在深夜/平静的黑暗中/我用手指/使劲地在胸膛上/写着,划着/一些不留痕迹的/思念和愿望/不成句/不成行/象形的字/一笔勾成的图像/一个，一个/沉重的，火辣辣的/久久地在胸肌上燃烧/我觉得它们/透过坚硬的弧形的肋骨/一直落在跳动的心上/是无法投寄的信/是结绳记事年代的日记/是古洞穴岩壁上的图腾/是一粒粒发胀的诗的种子”。

牛汉的“干校诗”使人意识到，在严酷的、蒙昧的年代，在野蛮而血腥的生活里，真正的诗人总是不能停止歌唱，他的思想者的灵魂不能停止自由的飞翔。经过时间的淘洗，他那些作品以其诗人洞察的眼透视出生活的真实与秘密，最终将浮出水面，为历史所传诵。他的诗还令人联想起流放者屈原的诗。

和牛汉一样，蔡其矫也拥有一个不羁的诗魂。而与牛汉不同的是，他更喜欢以一种柔媚的语言表达坚凝的意志。早在60年代初期，他就通过一首《无题》坦言：“我活着不是为别人凑数字，填雄心，/我要做一个真正的人。/我不愿被谩骂，受怨屈，/剥夺生活的欢快我不干。/我不愿在自己的脑袋里/有另一个人在替我出主意，/与其说像人，不如说像东西/可以随便拿来，随便处理。/就是无形的脚镣手铐我也痛恨，/我不能忍受样样事情都遭禁止，/不准愁，不准说苦，/不准唱自己嗓音的歌。/要知道，心是不能搜索的。/我要思想，我要理解，/我要爱，我要恨。”整个“文革”时期，他在劳动和漫游中创作了几十首充满忧患的诗作。他倾心赞美黑暗中的“灯塔”：“仿佛是作为自由的报信者/闯进这萧索的时代，/为了播送欢乐/忍受暴风骤雨的袭击/挺身和苦难斗争/生活是由愤怒和对人的热情构成。”

在动荡的年代，他写起了新的《诗品》。他力图表现现实的窘迫和心灵的坚强。因此，一方面是："发狂的北风卷起了河水，/林中树木都为之摧折，/人在如死般的痛苦中/只是徒劳地呼唤求助"，另一方面则是："站在心灵纯洁的高处，/彻底脱离人为的限制，/如先祖那样远离现在/为伟大神秘不辞孤独。"

珍惜自由的诗人永远年轻。他只关注灵魂本身，而几乎从不注意自由之旅会使他付出什么代价或得到什么荣誉。直到今天，牛汉、蔡其矫还在自由地跋涉与探索着，他们已经成为人们心目中的圣者，而他们自己却对此熟视无睹。

二

在图书馆的旧书库里，我发现了牛汉在新中国出版的第一本诗集《在祖国的面前》。这是诗人 1950 年 12 月至 1951 年 5 月间创作的 16 首"抗美援朝"题材的自由诗的结集，由北京天下出版社竖排印刷出版，当时印了五千册，也是一个不小的数字。从书后纪初阳撰写的《付排小记》获知，这本诗集是纪初阳为作者"集拢成册"的，他引用牛汉的来信谈到这些诗作产生的历史和心理背景：牛汉将这些作品视为"伟大的革命事业"的"一些附产品"，是一种"政治行为"。由此可以想见当时还只有 28 岁的诗人牛汉的政治热情。

诗集作为参加"抗美援朝"战争（牛汉当时被分配到沈阳东北空军政治部文艺科编《空军卫士报》文艺副刊）的情感写照，充满了对当时政治生活的热情歌颂，应当属于特定时代具有特定历史内容的政治抒情诗。其基本特点自然是“无我”,“因为,我们并没有什么个人的事业,我们的一言一动,它都不能不是同我们的党、祖国、人民血肉相关的。”

但是在历经苦难和忧患的年代进入老年之后,牛汉回首往事,发出的已是严酷的苛责和审问。他在《致吕剑的信》中说:“我们当年的那种内心的经历:单纯的歌唱或欢呼,是不能用愚昧式的浅薄全部否定的,那些历史的真实,现在一些年轻人是不理解也不谅解的,但历史原本就是如此地真实又严酷,不应当回避。”在同时编选的《牛汉诗选》中,他没有保留一首50年代的诗作,使这部重要的“诗选”成为一部令人深思的“头尾集”。诗人自问:“我这个‘理想主义’是不是仍属于‘幼稚’和‘单纯’的行为,抑或是一种软弱的表现?”而我要说的是:这既不属于投机者根据风向的变化而涂改自己的投机行为,也并非不敢正视历史血泪心存虚弱的怯懦表现,而是诗人通过对历史和自我的沉思做出的痛苦却又必然的超越性选择。作为知识分子的诗人,他面对的应当永远是自己的良知,为此他即不怕暴露,也敢于否定。当韩国友人要编写牛汉“诗全编”而坚持把这部分“抗美援朝”题材的作品收入时,牛汉还是答应了。他觉得:“这样就把我这个人和诗,历史地如实地赤裸裸地显现在人间,从我的欢乐、悲伤,以及许多于今见不得‘真理’的东西,以及我的曲折的人生经历,全部交给历史去剖解。”

无独有偶,蔡其矫在为“诗世界丛书”编选《蔡其矫诗选》时也对自己曾经有过的“迷途”做出冷静的反思。应该说,在50年代和60年代,蔡其矫是少有的勇于抱持自己的诗学观从事诗歌写作的诗人，他也因此付出了惨重的代价。但即使如此，蔡其矫仍然毫不宽容自己哪怕是点滴的妥协。比如已成为他代表作之一的《川江号子》，在收入《选集》时被诗人删去了结尾部分的六行："……歌声远去了，/我从沉痛中苏醒，/那新时代诞生的巨鸟/我心爱的钻探机，正在山上和江上/用深沉的歌声/回答你的呼吁。"按照当时的流行观点，写诗要表现"时代精神"，要突出无产阶级政治力量，《川江号子》有意无意地添加了一个"光明的尾巴"，其实是削弱了诗的表现力。多年以后，蔡其矫回顾自己的写诗历程，对这种因天真和幼稚而产生的"颂歌"表示忏悔："进入建设的初级阶段，一味天真，以为光明前途在望，无须艰苦斗争，还是配合实际唱颂歌。""而社会多变，经历这土地的风云，有些诗歌会随时光的流逝而灭迹。时间的淘汰和沉积是无情的；艺术的仲裁是无情的。"(《蔡其矫二十首·小序》)将《川江号子》的"光明尾巴"毫不迟疑地删去，应视为诗人对自我的一次深刻反省。

也就在创作了《川江号子》之后不久，蔡其矫的政治厄运开始，他回到家乡福建，身不由己地陷入时狂性的民歌运动之中。他出于对诗歌表现艺术的探索热情，既搜集、编辑福建民歌，自己也试写民歌体。但三年之后，他发现这次探索徒劳无益，忍饥挨饿写出来的大量民歌全是"废品"，他果断地从"迷途"中拔出脚来，继续写适于自己的自由诗。新版《蔡其矫诗选》选入了几首"民歌体"，倒也能够使人想见诗人当年的"热中"和今天的坦然，更深切地理解诗人"只有经过苦难之后，只有付出十分沉重的代价之后，才终于找到自己的声音”的一番觉悟。

还是鲁迅那句话：真的猛士，敢于直面惨淡的人生，敢于正视淋漓的鲜血。

三

牛汉和蔡其矫在进入老年之后，联系自己的创作个性，对自己的血统和文化之根产生了新的认知。

蔡其矫的特别之处在于：他生长在东南海滨的侨乡，童年和青年时代闯荡印尼、新加坡、缅甸的南洋生活赐予他一个健康的文化之胃。在对中华文化非同一般的热爱中，蔡其矫始终对异域文化敞开自己的胸怀，既不数典忘祖，也不固步自封。有时我觉得蔡其矫就像他倾心瞩目的故乡的“榕树”：

它的青铜一样四处伸展的纠缠的根，
即使最坚固的岩石也要被分裂，
但是慈祥的长须在空中飘荡，
却爱抚般地拂弄着光明的大气；
它的枝桠豪爽地让许多生命栖息，
低处有寄生的弱草，高处有安巢的雄鹰，
它巍立在路边向下伸出四围的手臂，
好象要把地上万物都一起向高空举起。

有着这样的一种性格，蔡其矫就和整个世界建立起了不间断的相互依存、彼此呼应的内在关联。在漫长而残酷的禁闭和流放岁月，蔡其矫也曾经感到孤独、寂寞，但却从未向邪恶势力低头认罪。他亲近自然，赞美女性，真诚地和全国各地的年轻人交朋友,从他喜欢的先贤那里吸取生命的动力。他成为他的故乡几百年前"最先行的灵魂解放者",李贽的知音:"一生追求做个真正的人/决不踏前人足迹/从盘石中挣扎出来/为完美的人性作斗争/到处散播反抗种子"。

20世纪最后一年的最后几天,已经八十二岁的诗人联想到自己血统中的异族成分,感慨地说:"也许是阿拉伯人的血统和蔚蓝色的海风海浪,雕塑了我独特的性格。""很多人不知道,我的祖母就是波斯人后代。……这种异域色彩造就了我的文化氛围和气质,海洋的蓝色文化成为我生命的基色。"

如果说孕育蔡其矫诗歌的是蔚蓝色的海洋文化,那么对牛汉而言,粗犷、辽阔、碧绿又苍黄的北方草原和蒙古沙漠就是诗歌的生命之源。

牛汉出生的地方在晋东北的定襄县,这里距沙漠和草原还有不短的路程,然而牛汉却从小对沙漠和草原充满梦幻般的憧憬。"由于我的家族的历史与故乡人们走西口的说不完的故事,我的心灵从小就像有着血缘关系似的向往沙漠,我觉得沙漠是世界上最悲壮最不可驯服的地方。它空旷得没有边沿,而我向往这种陌生的境界。"他最初的诗歌里充满"沙漠"和"草原"的意象,他在他的成名作《鄂尔多斯草原》中向人们倾诉:"在漫天遍野的/大风沙囚禁的草原上/在墓堆一样的蒙古包里,/我低哑地歌唱着,/那是/多么苍白的声音呵!"

牛汉将自己在"干校"的住所命名为"汗血斋",后来不在“干校”了，牛汉仍然把自己的书斋称为“汗血斋”。因为他崇敬草原上传说中的汗血马。他有一首描写汗血马的抒情诗，在对梦想里的汗血马的刻画中，牛汉仿佛看到了自己的游牧民族血统：

汗血马不知道人间美妙的神话
它只向前飞奔
浑身蒸腾出彤云似的血气
为了翻越雪封的大坂
和凝冻的云天
生命不停地自燃

越到老年，牛汉越是固执地认同自己诗歌的“野性”，他把这种野性归根于他身上流贯着的蒙古人血液。他说过：“我的祖先是蒙古族，蒙古人不愿定居的野生野长的游牧习性，与我的梦游似乎又有着某种血缘和宿命的关系。我的祖先能征善战，过着逐水草而居的流动的生涯。他们总骑在马上向远方奔跑着，搜索着猎物。我的这种不愿意被安置在一个指定的地方或小圈子里的难以驯服的性格，可能有民族传统的基因。”

蔡其矫和牛汉在老年的“寻根”之举，可以看作是诗人通过对异质文化的认同而产生的主体意识的自觉。

四

牛汉和蔡其矫，一个是北方游牧民族的后裔，一个是南洋华侨的子弟，不同的文化源头和共同经历的时代风云铸就了他们相通却又不同的创作个性。牛汉浑然而遒劲，蔡其矫柔媚又坚凝。而难得的是,他们却能够相互欣赏,彼此之间有着深厚的默契。

在他们二人当中,我最初接触的是牛汉。我惊叹于牛汉血脉奔张的"干校诗",写了一篇专论《温泉》的《悲剧情境和诗的诞生》。文章发表后,曾寄给蔡其矫先生过目,蔡先生除了肯定文章写得尚可,对我选择"牛汉"这个课题也表示真诚的鼓励。他在来信中说:"牛汉也是我最能谈得来的好友,每次回京,我们都常聚谈。他的风格,还可以放大范围,写他的一生和艺术成就。"遗憾的是,我辗转于纷纭琐屑的"烦恼人生"之中,对自己倾心的课题至今没能深入研讨,辜负了蔡先生的期望。

蔡其矫与牛汉"最能谈得来",在牛汉的文章中也能找到若干旁证。牛汉写过一篇《浅谈飘逸》的文章,对蔡其矫的艺术风格表示由衷的称赞。他谈到第一次阅读蔡其矫诗歌的印象:"他的诗,猛地一下震惊了我的蛰伏的灵魂,他的诗不是用当时流行的那种规范的辞句写的,是一种我多年没有感触到的清新而亲切的境界,完全是另一个新的词语世界。写得那么自在、自然,所有的词语都在流动,是透亮的,似有深远的钟声飘荡着,是从海底升起的波浪。"随着更频繁和更深入的交往,牛汉对蔡其矫的诗歌风骨有了更理性的理解。他接着写到:"近十年来,天南地北到处有蔡其矫时隐时现的身影。他总是突然降临在我的寒舍,呷几口茶,吸一支烟,没头没尾的谈谈诗。渐渐地我从他的诗和他的生命之中,感触到了一种艺术的氛围,就是前面说的那个飘逸的风骨。"

诗的风格因诗人秉性的不同而异彩纷呈，秉性和风格各不相同的诗人而能够相互欣赏，总该有什么隐秘的缘由吧？我常常想：蔡其矫和牛汉，无论是诗是人，都存在着很大的个性差异，究竟是什么原因使他们彼此之间充满信任和赞赏的友情呢？是共同的悲剧命运？是威武不能屈的共同意志？是因差异而产生的互补需要？总之，这像一个充满诱惑的谜，牵引着我的视线和思路，不能自已。

牛汉与蔡其矫，蔡其矫与牛汉，像养育他们灵魂的原野和大海，升腾着神秘而魅人的光华。

2000 年 5 月/2002 年 4 月 泰山

卷四　续归来者论稿

一位曾被忘却的诗人和他的诗

——朱健的《骆驼和星》

直到1981年，曾经崛起于抗战时期而又受难于漫长岁月的“七月诗派”才再一次以群体的姿态现诸中国诗坛。《白色花》选录了20位作者的诗作，这其中，朱健是唯一的山东籍诗人①。数十年来，朱健“为诗而苦恼，为诗而欢乐，为诗而受难”。然而迄今为止，他的诗与人并不为读者熟知，他曾一度被歪曲的历史所遗忘。

“你要经受得住寂寞。”——四十年前，诗人李广田曾这

① 《白色花》，牛汉、绿原编，人民文学出版社1981年版。这并不是一部严格的流派选集，作为“七月诗派”的流派选本可参考周良沛编的《七月诗选》，里面收录了三位山东籍诗人的作品，即朱健（杨竹剑）、白莎（晁若冰）、艾漠（贺敬之）的早期诗作。

样鼓励朱健；四十年后，朱健将这句话写在对老师的追忆中①。他侠骨柔肠，是一个为丰富这大地而来的铁汉，他的诗句充满对祖国、对人民的爱心和对自由的向往。

1986 年，他的第一部诗选集出版。《骆驼和星》，一本精美的小书，收入他人生三段近百首诗作中的 35 首。

朱健写诗始于 40 年代初，那时中国成为二次大战的东方战场，正处于水深火热。经过长途跋涉，他随流亡的山东联合中学到达四川，并在这里读完初中。

他后来把这两年视为"一生最幸福的际遇"之一。他不但在这里成为革命者，也是在这里与诗结缘。作为优秀的诗人和国文教员，李广田在恶劣的环境里游刃有余，将古今中外文学大师的杰作尤其是活跃于当时诗坛的艾青等人的诗介绍给他的学生，结果把朱健引上了诗的道路。

朱健最早的诗作我们已无法一睹风采，但通过《骆驼和星》中的早期诗作，我认为在 40 年代初期他已无愧为一位成熟的诗人。同"七月诗派"的其他诗人一样，朱健的诗首先是时代风云的抒写，每一首诗几乎都是那个特定时代的艺术折射。但需要指出的是：朱健发表诗作主要见于《希

---

① 朱健以本名在《抗战文艺研究》1982 年第 4 期上撰文《罗江杂忆——记李广田老师》，追忆了自己跟随李广田求学的历程："在李广田老师和方敬老师的启迪和指引下，我走上了革命道路，同时终生保持了对文学的强烈爱好——虽屡经坎坷，却至今不悔；不仅不悔，而且总是怀着感激的心情，把在罗江受业的两年，看作一生最幸福的际遇之一。"当时朱健为罗江国立第六中学第四分校初二和初三年级学生，李广田为班导师和国文教员，陈翔鹤、方敬均在此校任教。

望》，那正是《七月》的后继，因此这种折射已呈示出新的色彩。民族战争即将胜利，政治局势出现转机，民主的呼声日渐高亢。朱健无由步入抗战的队列，却秘密深濡于革命的“读书会”，猜测着“莫斯科上空第一次升起了红旗，列宁怎么抬起头来望着天空……”。他辗转甘陕，在一个偏僻小县的汽车站上卖票验票。此时他“生活上困苦，精神上荒凉”，而能够清醒地感受这些，乃是中国诗人感时伤世的情怀使然。于是，一个黑暗、郁闷、无声的奴隶国家的形象跃然于诗中，那无以复加的压抑感给读者以共鸣的机会。在这里，夜不断蔓延扩大，进而成为一张“四面八方全罩进去的黑网”，而“冬天”，而“密云期”，“肺结核菌，成团地飞滚着”，活跃着的只是那些“天神”“秃驴”“垃圾的悬崖”和“臃肿而斑癞的疯狗”。这当然是一个非人世界，在这里生命只能被疯狗撕咬，任病菌侵蚀，为长夜吞没……朱健以诗人的敏感刻画出这个世界的衰朽与绝望，渲泄出一腔悲愤。

现存空间的黑暗，激发诗人去追寻人类理想永恒的幽光，与那丑恶世界相抗衡。朱健通过“我”——一个倔强的光明的追求者，预言一个幻美的诗境即将来临。在诗中，它主要是一种自然意象，如“星星”“太阳”及与之相关的风、小河等等，有时直接以理想的社会意象寄托，如“毛泽东”“人民”等。而“我”则介乎现实黑暗与幻美诗境之间，健康、顽强、果敢，《问讯》表达出漫漫黑夜中的焦灼，《夜呵》则处处迸发出勇气和力量，《沉默》又成为对火山爆发的预言。“我”的欢乐和爱无不显示出一种男子的豪壮之气。

在朱健的早期诗中，《骆驼和星》有着突出的地位。这首长达二百二十六行的神话寓言诗的主要情节是：一、十万年前中国西北部原为一片大海，星海相恋遭天神贬谪，沧海乃成戈壁；二、一位老瞎子率众请愿反被暗害，人民将之厚葬，坟头隆起成为高原；三、人民要使沙漠重变海洋又被天神鞭挞为驼，天神之鞭则化为乌拉尔山纵贯南北；四、幸存的人与骆驼相约共存亡，并计划着跨过乌拉尔山，幸存的星星在悲泣中跌落，聚为星星峡；五、十万年后考古队伍发掘出一对刻着字的铁环（其实是老瞎子的遗物），上面是关于美好未来的预言：乌拉尔山溃倒，星返天宇，海复汪洋，驼峰化作白帆，人民幸福自由……

“神话是照亮腐朽人生的电光”，而《骆驼和星》则是“从一个深沉的胸怀里成长起来的故事”[①]。朱健的诗多有奇丽的想象，这首诗更是反抗权威、呼唤民主、预言未来、寄托作者社会理想的力作。诗中的老瞎子令人想起希腊神话中的普罗米修斯，他敢于触犯天条，为民请命，并从容就死，预知未来，这个形象暗示出诗人的人格理想，而全诗渲染出浓郁的神奇、悲壮的气氛。由于意象的神话化处理，诗的意义亦随之象征化了。“神话→诗→意义”之间的距离拓宽了诗的艺术空间，神奇的意象组合充满美感，这就使它既保有那个时代特定的象征内涵，又获得在未来时空产生多重意义的可能性。40年代的诗往往是悲愤的结晶，朱健的诗当然并不例外。但如果要找出朱健的独特之处，我以为他比其他的诗人更多一些富丽的理想色彩，而且在意象的营造上

① 胡风致朱健信。转引自朱健与本文作者的通信。

也有自己的特点，除了自然意象和社会政治意象，他还善于摄取美丽的神话意象并获得成功——这可能是他有意为之，但也可能是妙手偶得。

50年代的诗作我们尚难以窥其全貌，从《公园》《故乡》诸篇，我们却可以知道诗人在为理想社会的实现兴奋着，诗中充满童真般的欢乐。但由于诗人所感知的尚属于社会的表象，还无法进行更深沉的思考，故诗意在纯真之外显得轻浅浮露。客观上，这也是当时整个诗坛的处境使然。而控诉白人种族偏见的《在密西西比州，在美国》却闪射出灼人的灵光。

这之后是长达20余年的沉默。1978年诗人再度惊蛰，一组纪游诗标志着朱健的苏醒与升华。廿年磨难并非虚度，“诗人在困难中通过自己的攀越，走到了一个新的阶段”（吕剑语）。《在临江门》表达了劫难之后爱的执着，而进入1981年初春，诗人则频频命笔，写出一组炫人眼目触人心魂的诗稿——当此时，中国诗坛石破天惊，一批青年诗人正以其幻灭的悲剧促人反思，不意“噩梦”却同时出现在年近花甲的朱健笔下，《噩梦》以冷峭、奇突的比喻极写丢失自我之后的悲怆。历经一场空前浩劫，人们发现失去的绝不仅仅是几个官衔，某种虚假的荣誉和一段永难补偿的时间，还有许多比这些更重要的东西。对一种愚妄之境的疯狂追求带来了扭曲和异化，一切都失去了本来面目，这就是贫困和蒙昧的报应。《噩梦》的艺术效应令人想起挪威表现主义画师蒙克的《呼号》。

但朱健仍然富于理性，或者说，经过顿挫，他对信念反而更坚执了。在《噩梦》《雾》和《影子》之后，诗人平静下来，极写对美的向往，表示他虽然失去了过去，但决不因此再抛弃现在和将来。泪水只为昨天涌流，新的一天却明亮繁华，因此"不要在早晨哭泣"，而要用心灵的网去捕捉那些传播幻想的精灵。在《天真》中，他不无自豪地宣告："在风沙扑面的长途跋涉中，我保卫了自己泉水一样清亮的天真。"

这不禁使人追忆往事。数十年前，当这位"有紫光的肩膀，有充沛的血液"的青年启步人生的时候，李广田曾告诫他的学生：一个作家必须忠实于自己的信念，忠实于艺术，不能把艺术变成欺世媚俗的工具——那样做，一个真正伟大作家的"艺术良心"是通不过的。

数十年后，朱健犹自坚执信念，奋然前行，正如戈壁滩上从容不迫的骆驼。他的诗名并不为更多的人所熟知，但由于他足迹的深沉有力，相信历史终不会将他忘却！

星垂平野阔，月涌大江流……

1988年3月6日 泰山

秋山方郁郁 璀璨起烟霞

——邵诗说"变"

一

通常,由于一段特别的"国史"或当代"国史"一段特别时期所造成的汉语诗歌的顿挫,人们习惯于把邵燕祥归入"归来者"或"复出"的诗人群。在1980—1985年间的六年间,邵燕祥一手写诗,一手为文(杂文),成为那段时期最活跃的中年诗人之一。其诗人之名,常常与公刘、白桦、流沙河、胡昭、孙静轩、昌耀等有着共同成长经历和政治遭遇的诗人列在一起,而其杂文家之名,更已为人熟知。单就社会影响力而言,杂文《论不宜巴望"好皇帝"》和《人是有尾巴的吗?》似乎已超过了诗作《假如生活重新开头》与《愤怒的蟋蟀》。不过,在这六年间,邵燕祥出版的诗集是八种,杂文集却还尚未问世,从创作数量上看他主要还是一位有成就、有影响的"归来者诗人"。

可是随后,这种情况很快发生了变化。最显著的标志是:在1986—1996年的十年间,邵燕祥却出版了十九种杂文随笔集，而只有四种诗集。这给人留下的印象是，作为诗人的邵燕祥已然渐渐淡出，作为杂文家和思想者的邵燕祥方才步入炉火纯青之境。以至于在将近二十年之后，王伟明对诗人进行访谈时，提出了因访美而“弃诗就文”的疑问。

即使是在1997—2006年的又一个十年间，就出版的著作说，邵燕祥的二十八种回忆录与杂文随笔集更是远远多于两种诗集（香港版的《短诗选》和大陆版的《打油诗》）。如果说“变”，不知这算不算创作文体与数量比例方面的“变”？

另一方面，也还存在一种说法，就是王伟明在访谈时问到过、诗人本人也数次提到过的“杂文比新诗好”以及“旧体诗比杂文好”。无法核实说这些话的人提到的“新诗”是作者哪一阶段的作品，也不知道说这些话的具体背景。而在诗人，却有着属于自己的苦衷和辩解：“我以为，在我的写作生涯里，首先是自由诗，写了大半辈子，虽有很多败笔，其中毕竟有我的梦、我的哀乐、我心中的火和灰……”（《自序》，《邵燕祥诗抄·打油诗》）

那么，如何看待诗人邵燕祥在1986年以后诗集出版远不如文集出版的数量这一现象？又如何理解所谓“杂文比新诗好”的评价以及诗人自己的辩解呢？

不错，在1986年之后，邵燕祥在言论、思想方面的社会影响远远超过了他的诗人身份，写作的重点也的确已不在诗歌方面。但另一方面的情况是：正如诗人回答王伟明提问时所说：“那段日子没有弃诗就文（以后也从未弃诗就文）”，在临近20世纪90年代以至此后的二十年（1988—2006）里，其对现代诗的写作反而呈现出令人惊讶的自觉状态。只不过除了《也有快乐 也有忧愁》和《邵燕祥诗选》，绝大多数新作没有单独结集出版而已。如果说，在言论、思想方面的自觉大幅度提升了邵燕祥杂文思想力度的话，那么这种自觉同样对其诗歌写作产生了重大推动力，可以说，此时的邵燕祥已经从早期单纯、热情的政治抒情诗人，因年龄、思想、艺术等诸种因素的影响，转变为一个沉思型的思想者诗人。一个诗人的成就显然不能仅仅从诗集数量的多少加以评定。

至于“杂文比新诗好”，也还有需要推敲的地方。一是所谓“好”，其含义是什么？是思想性更强因而社会影响力大还是艺术上更具功力？二是这里所说的“新诗”是邵燕祥所有的新诗作品还是某一阶段（比如 50—60 年代或者 70—80 年代）的新诗作品？这里不去推测其具体所指，且说个人对邵诗在近二十年间思想、风格、艺术表现诸侧面嬗变的点滴印象。

二

还在 20 世纪 80 年代之初，邵燕祥回忆过自己作为新中国建设者和青年诗人对当时所谓“政治抒情诗”从不自觉到自觉的个人经验，由人民日报文艺组的来信使他“比较明确了‘政治抒情诗’这个概念，力求从政治的高度来处理工业建设之类的题材了”。此后，尽管这种全心全意的忠诚并不被理解，甚至反复遭到质疑和诘问，其从事写作的“政治的高度”还是保持到诗人“归来”后的 20 世纪 80 年代。因为在“归来”之初，虽已有“伤痕文学”“反思文学”依次出现，而“伤痕”还只是与“时代”同步、对政治创伤浅层次的个人倾诉，“反思”也不过是站在主流政治的角度以今日之“是”反思昨日之“非”而已，离“五四”文学的宗旨尚远，更遑论真正意义上的现代启蒙主义或理性式反思。因此，对20世纪70年代末直至20世纪80年代初邵燕祥类似于“伤痕”“反思”式的抒情诗，我以为仍然可以视为特定意义上的“政治抒情诗”的延伸。

要达到真正意义上的现代启蒙主义或理性式反思，客观上固然需要形成滋养启蒙精神和理性精神的文化环境，但更需要的是主体个人的启蒙与自觉。以这个标准检验当代诗人甚至所有从事文学写作的当代文学家，不管他是工农兵文学家还是知识分子文学家，恐怕没有几人能够经得起检验。20世纪的前半段曾经有鲁迅、胡适，20世纪中后期除了陈寅恪、殷海光和顾准，能够在任何时候都秉持强韧的理性自觉精神的勇士即使有，也往往为此付出惨重的甚至生命的代价。

大多数人只能做到在外在文化环境的推动下逐步由蒙昧状态开始自我启蒙，在“归来者”当中，穆旦、蔡其矫可能是最早摆脱政治迷信的诗人，而在20世纪80年代，整个文学、文化界开始大声疾呼“人道主义”“文学现代化”“主体性”的气氛中，邵燕祥从先驱和后进那里获取精神资源，逐渐成为在“思想解放”(姑且借用那时的流行语)方面走得最远而又义无反顾的一个。不过他所使用的不是“思想自由”或“启蒙主义”这些术语，而是以“良知”或“良心”透视社会历史特别是当代社会政治中的黑暗。而且，这种“思想解放”也并非一次性完成，而是逐步深化、由情感体验渐趋理性思考的。

“良心”“良知”，现代版《辞海》均以《孟子》为典范例句，并说明前者谓“本然之善心、仁义之心”，后者“指天赋的道德观念”(所谓“不虑而知者”)。可知属于儒家学派的道德术语。而在今天，一般说都不是特指，比如“良心”乃指“存在于内心的是非、善恶之认识”，却仍然属于道德范畴。至于这道德所含的具体的是非标准，是否与“五四”以来的“人道主义”和“启蒙主义”一致，则应到邵燕祥的诗中去寻找答案。

1979 年 12 月 9 日的诗《地平线》已经出现了“人”的形象:“每一个普通人/都要像人那样生活。”1980 年 2 月写的《谜语》标举出了“良心”两个大字;1982 年的《长城》提出了“天地间/只是一个问题:/作人/还是作奴隶?”1986 年元旦写的《拟哈姆莱特》又一次提出了“是人? 是畜类? /这还是一个问题”的问题。这种种宣告与提问，就如年轻一代的北岛所要求的“在没有英雄的年代里/我只想做一个人”，固然是另一种意义上“时代的最强音”，但从艺术的角度着眼，却显得浅显、浮泛，“人”只是一个影子，没有血，也没有肉，而且缺少具体的历史背景，感觉不到切入“当代生活”的灼痛感。反而不如 1956 年的《贾桂香》那样真切，尽管那个“呐喊”还属于生命本能而非自觉的反应。

在 1994 年“百花”版的《邵燕祥诗选》中，我以为压卷之作《最后的独白》是以人道主义的“良知”审判当代政治独裁的不可多得的力作。这是关于人类历史上第一个社会主义国家最高领袖的一首诗，独白者是与这位领袖共同生活了十几年而终于郁郁寡欢开枪自杀的年仅三十一岁的妻子。作者称其为“剧诗片断”，令我揣想，若是写出全剧，该是多么宏伟的史诗！且说这个“片断”，有9段是主人公的“独白”，最后一段是“诗人的话”，似乎只是轻描淡写地提示：“一个不期望历史理解的/三十一岁的俄罗斯女人的魂灵/在人海里发现了寻找她的眼睛。”实则暗示了时间（历史法则）对暴力和专制必然的审判。在主人公的9段“独白”中，透过柔弱、孤独但却选择了独立的倾诉者对那位“克里姆林宫里的疯子”最后的告别词，“我憎恨你/像你憎恨世界”，女性的尊严和暴君的冷酷渲染出的戏剧般的紧张感扣人心弦。奇特的是，除了少数直白式的宣告（“也许能忍受没有爱情的家庭，但不能做不受尊重的人。”“我走我自己的路”），这首诗主要由女性化的、柔韧细腻的心理性语言构成，力量饱满而又有节制，反而更能触动阅读者的心弦。

表面上看，《最后的独白》是一出“家庭剧”，其所涉及的却是当代社会历史一个尖锐的问题：政治制度自身的问题与领袖人物个人的政治作风、个性特征与道德品质的问题。因为在整个20世纪，社会政治制度及其领袖人物对人类生活的影响之大，不得不使人们思考这个问题。特别是社会主义国家在这个问题上出现的相似的历史教训，更促使人们深思制度本身与领袖品质究竟有什么内在的关联？《最后的独白》以诗的方式，从家庭或女性的视角进入这一问题，让读者看到一个政治上的“疯子”在家庭当中又是如何的粗暴、冷酷，究竟是这种个人品质影响了其政治决策还是政治制度的缺陷强化了个人品质？但不管从哪个角度思考，都令我想起从小耳熟能详的另一位共产主义领袖的名言：道义上的灭亡必然导致政治上的灭亡。

那么，这种问题仅仅是当代政治才会遇到的吗？

似乎正是为了回答这个提问，邵燕祥在写出《最后的独白》将近十年之后，又写了《金谷园》。巧合的是，该诗也是一个政治和道德题材的诗，其主人公也是一位与政治人物有特殊关系的女性"绿珠"，不同的是，悲剧主人公绿珠是距今一千六百多年的东方女子，不为"自尊"而是为"野蛮"殉葬、"生逢乱世的一个出身寒门的弱女"。绿珠坠楼殉节，或许不失为一个具有东方传统道德内涵的美丽故事，然以理性的、人道主义的道德观视之，则不过是一个彻头彻尾的生命悲剧，它映射出的也只是男权文化以及与其互为表里的专制文化对女性尊严的践踏与剥夺。只是，诗人似乎不希望绿珠仅仅作为殉葬品而死去，他试图赋予绿珠以某种对自我、对生命的自觉：

听项羽唱到"虞兮虞兮奈若何"
虞姬知道到了必死的时刻
一下认清了西楚霸王这个英雄
你也从"奈何奈何"认清了石崇
人生短暂而痛苦殊多
做富贵者的玩物，算什么人生
与其再沦于缇骑，不如撒手

告别曾经做过的那些好梦

在那样的时代，在绿珠这样一个出身寒门的弱女，能否像20世纪的娜捷日达·阿利卢耶娃以死亡捍卫女性的自尊，是令人怀疑的。但诗的重心似乎并不在这里，而是对逼使绿珠做出殉葬选择的那种野蛮文化的道德性反思。一方面是："一颗闪现又委弃在荒烟蔓草的明珠/诉说千百万被蹂躏的草根的无辜"，另一方面则是："活着，不得不为主人取悦客人/死了，谁说是情愿以身命相殉？/我要问历史：是自杀还是他杀/历史告诉我：夺色谋财又害命"。还有，在诗的最后一节，诗人表达了对艺术的期待：

但，经过了八王之乱以至奥斯维辛之后
世间仍有诗，诗比野蛮更长久

不妨把1956年的《贾桂香》和这两首长诗并置在一起考察，同与不同，变与不变，也许会显得更为清晰。诗人笔下的三个悲剧性的女性人物，尽管有着"上下两千年、纵横十万里"的距离，而命运却惊人地相似，这固然值得深思，而更值得思考的也许还是诗人在写作这三首诗时的观念性或曰思想性动力。

在20世纪50年代，邵燕祥接受的"党性"文学观念，要求诗人必须从"政治的高度"实则是从文学工具论出发去从事写作，但另一方面的诗教却又告诉他"文章合为时而著，歌诗合为事而作"，还有一点，也许是诗人自己并未意识到的，即作为一个具有潜在自觉性的"人"的天然的道德力量的支撑，才使他暂时忘掉了"党性"(或者认为与"党性"并不冲突),写出了《贾桂香》那种从"人"的立场出发的诗作。

故而,当邵燕祥以白居易和别林斯基的理论为《贾桂香》辩护反而被"嗤之以鼻"的时候,诗人"陷入深深的困惑"实在是自然不过了。革命的理想是美丽的,革命的实践却令人意想不到的复杂。鲁迅早就说过:革命是教人活而并非教人死的。然而一旦涉及具体的人,无论是革命者还是被革命者,情况可能就完全不同了。

《贾桂香》有发自生命深处的激情的呼吁,但缺少的是透彻的、坚韧的思想的力量,而几十年后的《最后的独白》与《金谷园》,已经是革命者和人道主义者的作者在道德自觉和理性建立之后的思想性产物。相比之下,后两首诗的厚重、辨证显而易见。

思想本身并不就是诗,然而如果没有对人和历史的深度思考作支撑,诗的灵魂似乎也就无所依托了。

三

最近阅读一部关于当代启蒙文学的著作,其所引述的康德一段话不妨照抄在这里作为理解邵诗的参照:"我们是有理性的存在物,我们的内心道德律使我们独立于动物性,甚至独立于感性世界,追求崇高的道德理想,摆脱尘世的限制,向往无限的自由世界。这才真正体现了我们作为人类的价值和尊严。"(康德:《实践理性批判》,商务印书馆 1996 年版,第 164 页。)内心道德律的要求使人性最终抵达启蒙人格的完成,故作者接着申说:"人性启蒙的过程于是成为自由与自律相统一,理性与信仰相统一,欲望与意志相统一的过程。完成了这一过程,人就不复是单纯由欲望决定的人,即'欲望的人',不复是单纯由情感决定的'情感的人',也不复是单纯由理性决定的'理性的人'或'单面的人',而是真正成为启蒙了的、道德的和自由的人。"(张光芒:《中国当代启蒙文学思潮论》,上海三联书店 2006 年版,第 12 页。)

这当然是极高的精神境界,但毕竟是属于人所能达到的境界。只要一个人不甘于被蒙蔽,还有着对自由的追求,则其与生俱来的道德意识总会突破种种内心的欲望和外界的压力而助推整个人格的启蒙与自觉。这大概也就是"知识分子改造政策""虽然有效、然而有限"并最终失败的原因。不错,时至今日,仍然有大量的所谓"知识分子"道貌岸然地捍卫着令他们丧失良知与判断力的东西,但这种现象,除了暴露出其蒙昧和膨胀的私欲而外还能说明什么呢?欲望与无知压倒了道德意识,人格的启蒙也就谈不上了。

再说邵诗之"变"。我以为,20 世纪 50—80 年代,邵燕祥的"政治抒情诗"其实并不仅仅是政治责任或"党性"的产物,也是作为诗人的内在真诚的产物,因而至今读来,也还能感受到那个时代的某种真实感,《贾桂香》是如此,《地球对着火星说》也是如此。问题只在于,这种"真诚"还只是单纯的信仰、情感而不是上述"自由与自律相统一,理性与信仰相统一,欲望与意志相统一的过程"。到了 20 世纪 80 年代后期,或者从《我的乐观主义》《关于犹大》甚至《也有快乐也有忧愁》这部诗集开始,那种单纯的热情渐渐退去了,随之出现的是对世界、对生活丰富性、复杂性的体认。《最后的独白》《金谷园》写了不同时代、不同国度女性的柔弱与自尊，而柔弱与自尊的背后则是共同的“野蛮”，“野蛮”不应当是人的本质。然而在人类的社会活动包括政治活动中，“野蛮”却又如影随形地影响着这些活动。这就是社会生活“现代化”过程中的矛盾和难度，更是20世纪社会主义政治制度建设中普遍存在的矛盾和困难。对这一切，苏联和当代中国知识分子都有着切身的体验，如果在经历了数十年的“苦难”之后最终以人格的启蒙获得理性，从而找到超越、摆脱这种困境的路径，或许就是对人类文明极其有意义的贡献。我愿意将邵燕祥的杂文和诗看作是对此一路径的个人性的探索。当然，这探索并不孤独，胡适、鲁迅、陈寅恪、殷海光和诗人穆旦早已走在前面。

也只有在获得这样一种思想力量和人格力量之后，才能谈得上诗的升华，由此获得的风格的成熟和诗艺的提高才具有了意义。不错，与《贾桂香》比较，《最后的独白》《金谷园》以及不少的抒情短章，在整体抒情风格上，在细微的诗艺构成上，也都有了容易感知到的新的语调、新的色彩、新的成分。当我说到“新”的时候，多少有点犹豫，因为“新”的含义在这里并不确定，以之描述邵诗之“变”是否准确尚需斟酌。因为这“新”是相对于“政治抒情诗”时期的邵诗而言，对于整个新诗传统，这种“变”毋宁说是“旧”的，或者说是一种奇异的“回归”。譬如说诗体，较之马雅可夫斯基的“楼梯体”，《最后的独白》所用的戏剧独白形式与《金谷园》所用的十四行形式是最传统的；譬如说语调，较之早期激情的直白式的“前进”,20世纪90年代以后《五十弦》《母语写作》那种对“失败人生”的沉思和絮语,更像是无奈的“退却”。自然,有些因素是无所谓新旧的,譬如修辞和整体风格方面的“变”,诗章内的跳跃、空白增多了,诘问和辩难增强了诗思的张力,沉郁和澹定融汇为秋日黄昏般的苍茫诗境。诗人似乎说过:“从我个人的爱好来说,作为诗的读者,我是那种情感型,而不是理智型的。”(《读任洪渊》)然就其近年的诗作来说,仅仅以“情感型”视之似已失之简略。特别是2000年以后冠之以“母语写作”的数十首抒情短诗,虽仍不失“抒情”的本分,然这种“情”的根柢却基于对社会历史、对生命、对自我的理性沉思。人渐沉着诗渐老,如果“老”并非一定意味着进化论意义上的“落后”乃至“无意义”,而是生命与艺术境界的臻于自由,则我愿意用这个字表达对邵诗之“变”的理解。

“老”,是完成但不是终结,是生命最高的和谐与一致。

我不否认对这些诗句的喜爱:

战后三十年,陈尸现场/只为了证明真诚之为虚妄/一个游荡的灵魂隐入书里/找来找去,找不到失踪的自己

归来啊灵魂,走向末日的审判/曾经交给了上帝还是撒旦/沧海横流,日月穿梭一瞬/愚蠢的单恋,一个人的命运

一个早慧的诗人,不结果的谎花/谁能告诉我,自杀还是他杀/做破了的梦,再不能忍受强奸/未来:能不能把梦做得好一点

矛盾。悖论。自我的冲突与纷争。一个真实的生命感受到的紧张与无奈。但最后的转折:“惟一的安慰把心撕裂/手上没沾过别人的鲜血”,却没有把这种紧张保持下去,反而重新归于平衡,顿然使诗情的浓度和诗章的结构出现了松动之感。这固然不止是诗艺问题,只是这现象究竟算不算一个“问题”,却还需要细细推敲。

四

逐日青春路,
苍茫看菊花;
秋山方郁郁,
璀璨起烟霞。

一个人文主义者的美丽黄昏。

2004 年 4 月 4 日/4 月 12 日 朝晖楼

木心诗集六种札记

小　引

木心最好的文学作品是诗，创作量最大的也是诗，故以身份言，木心首先当为诗人。据王净整理《木心著作版本知见录》（《梧桐影》“木心纪念专辑”）辑录，大陆广西师大出版社出版木心诗集凡六种，占了已出13本文学著作中的近一半。这是只就书目而言，如就篇目言，则诗作数量排第一位是无可置疑的。在现代诗美学和艺术造诣方面，木心更仿佛天马行空、独往独来，孤悬于当代流行“诗坛”之外，实有大诗人之气度。此六种诗集以出版日期先后为序，依次是：《西班牙三棵树》（2006.9），《我纷纷的情欲》（2007.1），《巴珑》（2008.9），《伪所罗门书》（2008.9），《云雀叫了一整天》（2008.10），《诗经演》（2008.10）。然我看到的，已不是这些最初的版本，而是稍后出版的另一种版本，比如《西班牙三棵树》《我纷纷的情欲》皆为2009年1月第一版，2011年1月第三次印刷；《伪所罗门书》等四本则为2013年5月第二版第一次印刷。前两种是作为一套八册(另六册分别为散文集、小说集、谈话集)木心作品集整体推出,后四种与散文集《爱默生家的恶客》亦作为一套五册木心作品集整体推出。去、今两年我依据由校图书馆借出的新版本做了些许零星札记,皆因服膺于木心诗作之种种匠心独运的微妙之处,而作以心会心之期,或标记,或评点,或引证,不一而足,愿同好者有以教我。

对我个人而言,这也是继续研读木心诗作的基础工作,故拉拉杂杂,不成系统。需要说明的是,作为阅读札记,诗集顺序则未必与出版先后一致。

第一种:《我纷纷的情欲》

该集分三辑,共收入 121 首诗作。即第一辑 46 加第二辑 3 加第三辑 72 等于 121 首。

木心之诗,首先从诗体上说,已不好截然说是“新诗”“旧诗”亦或“自由诗”“语体诗”,因为用哪个概念似乎都不十分准确,或只能称其为“现代诗”?比如此集,总体上应该是自由体、语体,但也有形式上的“旧体”或“文言”,如 115 页《思绝》即为传统的七言四句古体,29 页《参徐照句》是五言(改古人个别词句),21 页《大卫》又是四言体。木心对诗体有个人思考,对流行的诗体分类也有个人看法,在《文学回忆录》中怀疑“自由诗”的“名称有问题”(《文学回忆录》第 868 页)。

难得的是,该集作品都在篇末注明写作日期。除《英国》(1944)、《阿里山之夜》(1948)、《思绝》(1956)三首,其它作品均写于1987—1996年间,应该是木心赴美后中期作品,创作时间上晚于《西班牙三棵树》。

我标记的诗:

《我纷纷的情欲》(1990):“尤其静夜/我的情欲大/纷纷飘下/缀满树枝窗棂/唇涡,胸埠,股壑/平原远山,路和路/都覆盖着我的情欲/因为第二天/又纷纷飘下/更静,更大/我的情欲”。此诗很性感,但未必是狭义的性。从具体所写,更像是写下雪之夜所看到的雪的生机,诗题径改为《雪》就明白了,那么,诗中的“我”即是拟人了。若不改诗题,则更显张力,“我”是无限大的生命冲动,在整个世界翻涌,故有“纷纷”“大”“满”“覆盖”这些形容词或动词,而又将“动”置于“静”中,真乃绝境。

《肉体是一部圣经》(1993):“生活是一种飞行/四季是爱的衬景/肉体是一部圣经”。

《论悲伤》(1994):“我时常悲伤地/去做一件快乐的事//悲伤是重量/我怎样也轻不起来//雅典山头/大堆目眩神驰的悲伤//现代人,算了/引不起我半点悲伤”三个点跳,点到为止,不露形迹。有句:“得不到快乐,很快乐,此之谓悲观主义。”(《文学回忆录》第615页),可参照。

《论陶瓷》:“愿得/陶一般的情人//愿有/瓷一般的友人”,这样的情人、友人,哪里去找?木心讲《红楼梦》时有说:“要写超现实的美男美女:意淫。”(《文学回忆录》第502页)

《五月窗》(1996),不老的心。

《夏风中》(1996):“我知道,浮来氽去的/都不是我最后的情人/那最后的一个将会来临”。

《择路》(1996)《泡沫》(1996)《晚声》(1996)

《咆哮》(1996):“人,从前是有灵魂的/又叫做心,画出来很好看/大战后,灵魂猝然失落/先还在问失落了什么/稍后失落感也迷茫失落了/头脑披满长发,没有记忆/胴体和四肢里尚留记忆/歌手们嘶声嗥叫跳踊/不是头脑在唱,是什么呢/是肩和背在唱,手和脚在唱/悲凉,直着嗓门咆哮/这是肩和背的悲凉,脚和手的悲凉/扭摆着,比划着,无知已极/这是大幅度无知已极的悲凉”。

《中国的床帐Ⅱ》(1996):“中国的床,阴沉沉,一张床就是一个中国”。木心曾谓:“不要纠缠于地方色彩。”(《文学回忆录》第 317 页)又谓:“我童年在乌镇所见,几乎家家户户都有见不得人的丑事暗暗进行。”“我想了三十多年,要不要翻中国的底,顾虑重重。”(《文学回忆录》第 438 页)这首小诗或者是木心极少数“翻底”之作,而表现力极强,有超现实写法。

《它们在下雪》(1996):“雪就越下越大/我是说雪朵的大/从未见过这样大的雪/像绣球花,飘飘绣球花/不停,尽飘不停/我开了门,直视/雪朵也快乐自己的大/小的也有孩子手掌那么大/必是好多雪片凑在一起/松松,虚虚,团团的白/地面屋顶很快就全白了/雪的浩浩荡荡的快乐/我的快乐就比不上/雪是飘的　我呆站着”。

《是爱》(1996):“好像是爱/一点点希望/还得云淡风轻/昨日,买家具二件/本世纪初的长柜/上世纪中叶的高橱/那橱,沉,乌幽幽/我仿佛咬了十九世纪一口肉/独行侠的家不能称家/鹰的巢,悬崖峭壁/诗稿积于柜,书本列于橱/我的悬崖峭壁哪/愿无言而倚偎,听落地的钟/滴答滴答的童年少年”。

以上诸首,作为体现木心美学的诗作,要点之一就是无论所写的情绪、心境还是所用的文字、语句、节奏,都给人一种超级宁静之感。木心的诗拒绝“朗诵”,而宜乎“默读”,甚至根本不必读,直接用眼睛看就是了,木心诗是视觉诗。“我有意识地写只给看、不给读、不给唱的诗。看诗时,心中自有音韵,切不可读出声。诗人加冕之夜,很寂静。”(《文学回忆录》第 803 页)强调“诗是诗,歌是歌”与“微妙的默契”(《文学回忆录》第 982 页)又谓:“诗的纲领:一出声就俗。”(《文学回忆录》第 1068 页)此之谓也。

《歌词》(1975):“你就像天空笼罩大地/我在你怀中甜蜜呼吸/你给予我第二次青春/使我把忧愁忘记/我是曾被天使宠爱过来的人/世上一切花朵视同尘灰/自从我遇见你/万丈火焰重又升起/看取你以忠诚为主,美丽其次/可是你真是美丽无比/你燃烧我,我燃烧你/无限信任你/时刻怀疑你/我是这样爱你”,该诗注明 1975 年写,确有歌词节奏,可以唱的诗,与后期主张(“文字不要去模仿音乐”,《文学回忆录》第 804 页)大不一样。

第二种:《伪所罗门书——不期然而然的个人成长史》

广西师大 2008 年 9 月一版一印,八千册,价 29 元。

该集分七辑共79题诗作，前有2005年写于纽约之短序，另有2000年《附录》一篇。

Solomon，大卫之子和继承人。

《伪所罗门书》似假托所罗门“箴言”“诗集”名义（故称“伪”，类似鲁迅《伪自由书》用法），以诗体记录作者欧洲、非洲游历，故诗题所涉皆为洋味如《汗斯酒店》《荷兰画派》《入埃及记》者，凡7辑79题（首）。另有类似序言的一段，似可解释书名来历，云：“以所罗门的名义，而流传的箴言和诗篇，想来都是假借的。……最后令人羡慕的是他有一条魔毯，坐着飞来飞去——比之箴言和诗篇，那当然是魔毯好，如果将他人的‘文’句，醍醐事之，凝结为‘诗’句，从魔毯上挥洒下来，岂非更乐得什么似的。”

这，似乎是解释其诗乃假所罗门的魔毯“挥洒下来”，然“将他人的‘文’句”一语所指为何呢？莫非集子中的诗皆有所本乎？

不借助作者其它可以佐证的文字，似乎该集的诗句不好读通。如第二首《窥视与劫掠》写到“我的眼睛转向北边/一里远的小教堂”，接下来有“我童孩时期住过好几年”，疑问是：这里所写究竟是现在游历的欧洲还是童年时期的记忆？又如第三首《第六年呀》写到“幽暗的老教堂”，又写到“拉丁文学校在城里”，最后说“我是男生九年制的第六年呀”，疑问是：这里的“拉丁文学校”和“第六年”是作者自己的经历还是另外某人的？是在中国还是欧洲？再如第五首《荷兰画派》，第一行“我是初次来到这座临近北海的城市”，第七行则是“看来我在这里哥哥的家中要住一段时间”，疑问是:这座城是哪座城?“哥哥”是谁?最后一首《山茱萸农场》写个人的经历,有“一所英国公校把我熨得平平整整/旋踵入剑桥,国王学院卒业/1939年漫游西欧,逛了大半个美国……”,这个“个人”是作者自己吗?作者有这样的经历吗?

这些疑问,在《迟迟告白》中得到解释,一些读过木心作品的读者也问过这些问题,木心的回答是“梦游”,事实上是“我从上海到纽约,什么地方也没有去过。”“而后来我盘桓英伦,遍历南北欧,反而畏于描摹目击亲炙的那一切……”(《鱼丽之宴》第81—82页)

第三种:《西班牙三棵树》

该集2006年9月1版1印已达万册,2011年1月新一版三印为九千册,一版16元,新一版八册总价160元。

书前有《引》,写于1986年,解释书名及诗作来历。所谓“三棵树”云云,非树也,乃西班牙酒名,“诗集无以指唤,才袭用一种酒的牌名……”,然也并非“与我何涉”,作者前面交代:在曼哈顿上城区麦德逊大街白鲸酒吧啜饮“三棵树”,“写长短句,消磨掉像零碎钱一样的零碎韶华……”那么,这三辑共58首新旧体诗当全部写于作者初到美国的几年吧?

《引》又有说明:“待要成集,乱在体裁上,只好分辑,分三辑。”分辑的根据是“体裁”,则第一辑33首与第二辑6首在我判断应该是一般抒情诗跟叙事诗的区别,第三辑19则诗文交互参差,说是“诗话”“笔记”或更为确切,且为文言繁体字排版,亦或原文如此。诗文交融,难分彼此,然足见诗人心志。试加标点辑录《其十六》,以见一端:“壬戌夏末,予筹赴新大陆,整饬烦苦,犹老女乍嫁,仓皇自理妆奁。八月杪,沪郊虹桥机场临飞,默占一律:沧海蓝田共烟霞,珠玉冷暖在谁家。金人莫论兴衰事,铜仙惯乘来去车。孤艇酒酣焚经典,高枝月明判凤鸦。蓬莱枯死三千树,为君重满碧桃花。”此辑或可与《诗经演》对照研读,以见木心旧诗根柢之深厚。

我初次阅读标注的一些:第一辑中的《夏夜的婚礼》《十四年前一些夜》《泥天使》《JJ》《斗牛士的袜子》《雪后》《论拥抱》《如歌的木屑》《甜刺猬》《再访帕斯卡尔》,第三辑中的《其六》《其十一》。

《论拥抱》,如作情诗看,真是绝好的情诗。但要说到它的好,仍须读者自己感觉,感觉到了就好,感觉不到也枉然。木心谓:“真正伟大的作品,没有什么好评论的。”(《文学回忆录》第391页)即此意。

台版与大陆版,均将此集列为木心诗集之第一种出版,从写作时间上看,是对的。

第四种:《云雀叫了一整天》

木心诗集,共两辑,有《后记》一篇。甲辑收诗作103首,乙辑为无题单行诗,共699则。《后记》隐约可见此集写作背景,最后一句“我决意在此结束这本诗集”,“此”指的是作者游历欧洲时的德国吧？因有“我合法地站在德国的土地上了”“九月的法兰克福……”诸句。时间呢？整本诗集没有一首诗落下可靠的写作日期，只《唯音乐如故》一首的后记有“1981”字样，又有《二十世纪的最后一天》一首，那么写作下限可能是2000年年底，但这要旁证。

旁证不如木心自己的尾注，按说木心应该有篇末注明写作日期的习惯，《我纷纷的情欲》有，何以这本没有？原稿本是这样的吗？不注明写作日期，莫非是从艺术策略着眼？抑或是出版时抹掉了？

对生活的记录、回忆与遐想，又有文化的怀乡（《明季乡试》128页，《清嘉录》其一、其二，《农家》178页）与慕濡（《加拿大魁北克有一家餐厅》131页，《我与德国》134页）。《火车中的情诗》写火车上遇到的恋爱中的青年，《格瓦斯》忆写1959年在北京莫斯科餐厅喝“格瓦斯”之事，《而我辈也曾有过青春》写二战结束上海艺专生活，《修船的声音》（82—83页）回忆少年时代对外面世界的神往。“黑色青春”。《二十世纪三十年代的美国》写经济大萧条人们对“同甘共苦”的感受。《梦中赛马》写人生的感慨（49—51页）。也有一些即兴的、机智的、甚至琐碎的小品或游戏之作如《论诱惑》《巴黎六条新闻》《爪哇国》《时间囊》《论德国》，旅行记如《伏尔加》《多罗德娅》。读书札记、谈艺录如《象征关》（34—35页）、《古希腊》（38—39页，读周作人《知堂回想录》）。

单行诗《人香》162页：“地球本来是带着人香而飞行的”。

风格近于淡远、平实、戏谑、自然，机智而非抒情的。没有特别“艺术化、人工化”的雕琢痕迹，口语风，古风(《白香日注》99页、《谑庵片简》103页、《天慵生语》105页)，几乎没有流行的八股气或修辞风。诗体则自由体为主，偶有古体如《如偈》(荣辱万事过，贵贱一身兼。避秦重振笔，抖擞三百篇。楼高清入骨，山远淡失巅)、《拥楫》(四言体情诗)、改作(如改作周作人回想录《北京秋》109页，《京师五月》改自富察敦崇《燕京岁时记》，《西湖》“略明末王思任句”)。

漂亮的小诗：《惠特曼》：五月是鸟的月份/是蜜蜂的月份/是紫丁香的月份/是惠特曼的月份

《论悲伤》：不过我所说的悲伤/和别人所说的悲伤是两样的

《春》：迎春送春是说说的/春天又不是一个人

我将《我》这类诗称为“单行诗”，木心很擅长写这类诗，且意味隽永。木心谓之“俳句”，实则与日式俳句形式上未必有关联，而从言简义丰角度又是名副其实的，如《我》：“我是一个在黑暗中大雪纷飞的人哪”，真有说不出的好。

第五种：《巴珑》

该集广西师大出版社2008年9月第一版第一次印刷时，印数8000册，定价28元。收20世纪80年代—20世纪90年代语体诗35首(据评论家春阳云，原集37首长诗，删掉两首，所删《米德兰》与《倒影之倒影》，乃《明天不散步了》与《哥伦比亚的倒影》两文的诗歌形式的版本。)，个别写于1984(《门户上方的公羊头》)、1985年(《波尔多的钟声》)，多数写于1988—1993年间。又除个别篇目(《明人秋色》《洛阳伽蓝赋》),似多为作者的“旅外诗”,诗题如《巴珑》《罗马停云》《东京淫词》《从薄伽丘的后园望去》《圣彼得堡复名》《波斯湾之战》《在维谢尔基村》《共和国七年葡萄月底》《萨比尼四季》《西西里》《智利行》《魏玛早春》《维苏威烬馀录》《埃特鲁里亚庄园记》者,可知。然“旅外”,不见得是实际的旅行,而更多时候是以精神旅行的方式,或假以古之人口吻,故此种旅行,或常常是想象中的天马行空,类似的情况在《伪所罗门书》等集子中亦有,此亦木心诗一特质耳。

大量诗作以“典籍”入诗,或曰改作、化用、移用,或如作者自谓“凑泊”(32页《兰佩杜萨之觋》后记),似为木心诗之一特征,或可称“学人诗”乎?此集中《东京淫词》(1988)后注云“本篇每撷永井荷风散文句,但为诗故沉吟久之”,《伦敦街声》后注云“参自约瑟夫·爱迪生(Joseph Addison)的一封信”,《兰佩杜萨之觋》后注称内容取自意大利作家朱塞培·托马西·迪·兰佩杜萨短篇小说《莉海娅》(Lighea),《明人秋色》摘录自明人谭元春,《塞尔彭之奠》则“和合”怀特(Gilbert White)自己的文句及戈斯(Edmund Gosse)、卡尔佩伯(Nicholas Culpepper)、赫德逊(W. H. Hudson)他们的一些小节或单句为诗,《萨比尼四季》从西塞罗《论老年》“忍不住抽取数节,锻炼周纳,罗织了此首八十余行的诗”。《末度行吟》取自福里特尔(E). Friedell的《现代文化史》,“抽剥了其中的若干细节”(第120页)。《洛阳伽蓝赋》由杨衒之《洛阳伽蓝记》提炼出(第175页),《智利行》的灵感得自哥伦比亚作家加西亚·马奎斯(马尔克斯?)关于智利导演米格尔·利廷事迹的报告文学(195 页)。最后一首《埃特鲁里亚庄园记》与意大利古代作家盖·普林尼(Pliny the younger,61—113)的书信集有关,“在二百四十七帖中,我择了致弥提乌斯的之一,致塔西陀的之二,试加分行、断点、叶韵,删之增之蘧蘧结体……”(第 244 页)

此种作诗法,木心自谓“用假口袋,装真东西”,具体做法则是:“我尽镶嵌工匠的心,生怕斫伤它,又不免要略施切割琢磨的伎俩,某些环节,我技穷了,只好用自己的东西垫上,也是这些地方,最有相视莫逆的乐趣。”(第 244 页)

网上有署名“王陌尘”的论者,称之为“诗人从书中找到了一条重现历史、文化的通道,将散落在历史尘埃中的枯萎的词句编排成颇有情趣的新篇章”(上海图书馆网站·读者园地《品味人类精神的醇酒——读木心诗集〈巴珑〉》,作者王陌尘)。或者,也可以说是借他人酒杯,浇一己之块垒。

是的,“酒杯”!“巴珑”(PARRON)者,“西班牙马德里的酒壶”也,同名诗《巴珑》中有描写:“巴珑是玻璃的,圆肚细颈长长尖嘴/执其颈举而倾之,酒出如幽泉/仰面张口接饮,递来复递去……”此诗写于 1988 年,写的是西班牙马德里的酒店生活:“奏乐,唱,可扭的东西都剧烈扭/一千五百余家小酒店夜夜马德里”然语间多含揶揄讽刺:“狭街窄巷多转折,背影消失得快/青石板块块沾野史,凉雨滴着淤血/跳舞斗牛骑士画师底里全是假/晃来荡去的外国游客一身全是蠢货”,又如:“到如今酒是便宜人是疏懒午间偷情是长/海盗儿孙只落得站着玩玩吃角子老虎/既然罗马会完,世界也要完”,最后又有“夜雨潇潇,到了只剩神话还像话的地步”一句。另外,形式上该诗似乎用了“戏拟”,不但有戏剧化场景,又似是“我”与“公爵”的对话。

不少诗有对现代史事的敏感。《从薄伽丘的后园望去》副题为“柏林墙拆毁有感”,《圣彼得堡复名》《波斯湾之战》更显直接。当然多数涉及的历史是古代史。

也有很中国味的诗境。除了《明人秋色》《洛阳伽蓝赋》这些整篇中国背景的诗,还有一些片段,如《雪掌》在描摹北美雪景中融入的两行:“在中国江南,此名春雪/春雪不足玩,儿童鄙视之/何以北美的春雪滋润如腊雪……”(第51页)

情诗。《雅歌撰》:“我良人/我爱/我的佳偶/你美丽全无瑕疵/你舌下有蜜有奶/你的脚趾使我迷醉……”然木心若干“情诗”,未必以具体人物为对象,往往是艺术情怀的寄寓。在木心,艺术是他的宗教。

自然物象。《槭 Aceraceae》,将之喻为“木本情人”,写得俏皮、情趣盎然:“我只要风和日暖观赏你/槭材要做成器具到市场去/你要去就去,明天才许去/享尽这槭叶丛里的饕餮夜色”。

风俗景观之咏:《末度行吟》,“抽剥”福里特尔(E. Friedell)《现代文化史》中“若干细节”,展示“十世纪上下的欧陆风俗景观”,更意在“在乎住着走着的人”。

当情诗写的宗教诗或曰信仰诗(对艺术),《五岛晚邮》。何谓“五岛”?有网友释为“指纽约的五个区”,也许吧。或许真如一些读者认为的,此诗是《巴珑》里最好的一首。最为洋洋大观的一首。

又,35首诗并不都是长诗,真正较长的是该集后半部分的十余首,《共和国葡萄月底》《末度行吟》《五岛晚邮》《西西里》《洛阳伽蓝赋》《智利行》《魏玛早春》《夏夜的精灵》《维苏威烬馀录》《埃特鲁里亚庄园记》。

诗集的插页有图片可鉴。

木心乃十分知性的诗人,表现之一即是在过去和域外的时空间自由穿越。若以缺点视之或为"掉书袋",若以特点视之或为"诗的修辞",此点颇似T. S.艾略特或博尔赫斯,也只是"似"而已。

第六种:《诗经演》

该集初由台北"元尊文化"出品,1998年6月1日,书名为《会吾中》,页数:344,定价:NT250,装帧:平装,ISBN:9789578399969(以上网络信息)。

至广西师大2009年4月版,书名改为《诗经演》。

此集是木心诗集中最为特别的一种,彻底的复古,因为他回到了《诗经》的四言体和欧洲的十四行。收四言古体十四行诗300首,前263首由《诗经》出,后37首称"外篇",出《庄子》《孟子》《论语》《老子》。

春阳为各诗作注释,书末另有春阳《注后记》一篇,对《诗经演》有所解释。

实则与《巴珑》《伪所罗门书》中一些诗作一样,是对古典的"改写",此为木心喜欢的一种写作方式。此集中的多数即为对《诗经》的改写,还是那句话:借古人酒杯,浇自己块垒。如《怀里》一诗,即由《豳风·东山》改作,表达他在北美的怀乡之情:“我徂北美/慆慆十载/我来自东/零雨其濛/我西曰归/腧心东悲/蛸蛸者蠋/蒸在桑野/敦彼独宿/亦在车下/伊威在室/蠨蛸在户/不我畏也/里可怀也”。

台湾网涉及《诗经演》主题时,用了“情史政怨”一词,谓:《诗经演》三百篇,以《诗经》古语为材料,演绎情史与政怨。形式上以四言为主,粗拟十四行体。中国诗与欧陆诗全般无涉的格式,在此宛然合一。文艺复兴与春秋时代,作为木心神往的两个文化源头,本诗集的格调从中流淌而出。

论情,如《朝出》,出《郑风·出其东门》,最后六行为:“野有瑶草/瀼瀼露零/清扬婉兮/适我愿兮/与子偕隐/肌肤相敬”,《彼采》《将骐》《投之》《同袍》等,皆然。

2013年10月6日/2014年8月10日 杭州午山

诗，在无休止的追求中

——木斧简论

感人的歌声留给人的记忆是长久的，但聆听感人的歌声却往往出于偶然的机会。如果不是这样一次偶然的机会，我也许直到现在不会接近“木斧”这位坦率而倔强的蜀人；而如果木斧不在十年动乱之后重新返回诗坛，并且凭着他的坦率与倔强连续出版了《美的旋律》《缀满鲜花的诗篇》《木斧诗选》以及《诗的求索》等诗集与诗论，则谁又会知道这位诗人曾经是少年流沙河心目中的“名人”呢！木斧，在诗的道路上起步甚早，而坎坷却又太多，当残酷而荒唐的政治动乱宣告结束，一代人的生命却已进入寒霜季节，木斧也将届于知天命之年了。或许木斧并不是那种代表了一个时代的诗人，但通过木斧和他人生各个段落留下的诗章而窥测个体生命与大时代的密切关联，寻找一些有参考意义的诗的轨迹，我想还是不无可能的吧！

木斧从事创作的第一个阶段，是从1946到1949这三个年头。1946年，还只有14岁的木斧(他的本名为杨莆)，便以西北中学学生的身份参加了《学生报》副刊的编辑工作。这之前，由诗人方然发表了他第一次的投稿(一篇署名

“默影”的小说）。方然以一个尽责的编辑的热情，给了这位中学生继续创作的信心和勇气，也同时引导他走向了政治革命——那个时代，恰恰是抗战胜利后另一个抗争时代的开始。

在革命中写诗，在写诗中革命，年轻的木斧成长得极快。中学毕业，他考入四川省立艺专，参加编辑《建设日报》所附诗刊《指向》和《学生半月刊》副刊《锻炼》，结识了一大批年轻诗人，这其中就有流沙河。多年之后，流沙河为《木斧诗选》写序时回忆木斧曾对他产生的影响：“在我，木斧是渡船，载我去新诗之彼岸。”又评说木斧那时的诗作：“他写自己，也写时代。他有鲜明的社会意识，知道自己的‘脆弱’和时代的伟大。风雨意象概括中国的30年代和40年代，准确，纯净。”

三年之中，木斧写了大量诗作，刊登在当时进步报刊的副刊上。这些诗，多为直抒胸臆的短章，诗人以直面人生的态度，控诉极权政治的黑暗残酷。如写于1949年8月的寓言诗《讲故事》就简洁警策，使人怵目惊心：

有这样一个故事：
有一个国家不准人说话
一个人正在问为什么不能讲
自己的脑袋已经掉在地上……

这个故事没有讲完
因为讲故事的被抓去杀头去了……

全诗只有六行，然而社会讽刺效果是何等强烈。“故事”无疑是夸张的，但这种夸张却成为时代真实的放大。而作为寓言诗，它的含蓄又造成了诗的象征意义，使这荒唐的“故事”既是一个具体时代的写照而又不限于此。同时全诗的语言之简洁峭拔也显露出作者特殊的风格和力度。

这些早期诗，以其强烈的现实批判精神和直白式的抒情风格焕发出鲜活的时代气息。在抒情内容上，这些诗承继着殷夫一派的政治抒情诗，而在抒情形式上，则更多地受着田间那种“鼓点诗”的影响。在木斧这或许并非一种自觉的追随，但他所投身的现实，所接近的救亡诗乃至讽刺诗（他自己也写过《致山姆大叔》这类讽刺诗），以及他个人的气质，似乎都决定了这种诗风的形成。木斧有一首《血，不能白流》：“腥风血雨中你们要记住：/墨写的谎言/遮不住/血写的事实！//血/不能白流/血债/要用血偿还！”其诗情多么像殷夫的《让死的死去吧！》，而在语言和诗式上，又让人想起田间那首《给战斗者》。由此可以看出一个诗人的起步在多大程度上受着他所存在的时代的影响。木斧在他的回忆录式的诗论《诗的求索·难忘的会见》中说过：“如果离开了那个革命大风暴的时代，如果我不是在白色恐怖下冒着生命危险参加革命，如果我没有对灾难深重的祖国和人民抱有满腔热忱和期望，我不可能走向诗歌创作的道路”。这恰好是对他早期诗作风格形成原因的注解。

此外，木斧还偏爱美国诗人惠特曼、俄国诗人马雅可夫斯基的诗，我想他所喜爱的大约也正是这些诗人的作品所拥有的那种阳刚之美吧？不过惠特曼之为惠特曼，除了汪洋恣肆的豪放气派之外，主要的恐怕还是他那博大的胸怀，或者说那种崇高而庄严的“人类意识”，而马雅可夫斯基也正因其对整个祖国的拥抱才成为大诗人的。1949年的木斧，年龄尚小，脚步还限于天府之国，在诗的视野上还有所局限，要想成为惠特曼那样的诗人，年轻的木斧还需要进一步开拓自己的襟怀，还需要准备迎受更多的痛苦和爱，进一步磨炼自己的诗笔。

但就在这个时候，成都解放了。中国进入了建设时期，举国上下洋溢着欢乐气氛，诗人们纷纷唱起了礼赞的歌曲，这对于“穷而后工”的诗来说，是否一种繁荣的信号呢？

50年代的最初几年，是中国大陆文坛的春季，尽管在主题和情感风格上单调了一点，但那种“木欣欣以向荣，泉涓涓而始流”的气象着实令人感到目眩神迷，诗人艾青将他此时创作的几十首诗章集为《春天》，正好昭示着这个文学季节的特点。

在这最初的欢乐中，曾经热切期盼胜利的木斧当然也要表示他的欢欣。他不光写诗，还创作了大量更为活泼、更接近大众读者的小说、活报剧、快板乃至通讯报道。然而当作者在三十多年后编选《木斧诗选》的时候，却只严格地剔选三首，后来又在《缀满鲜花的诗篇》中补加两首。这些诗，失去了愤怒与呼号，随之出现的则是欢乐的礼赞：对解放了的祖国，对兄弟民族月琴手，对理想在盐场闪光的普通劳动者。《小姑娘》一首用了一种近似民歌的形式，描绘了一位为解放军洗衣裳的农村小姑娘的欢乐，格调轻松，语言清爽，节奏明快有致，也许可以表示木斧诗风开始向轻柔温馨转变。

但是随着政治上的风云变幻，木斧的新探索和新努力刚刚开始就不得不陷入停顿了。1955 年，还在四川农村基层工作的木斧莫名其妙地成了所谓“胡风分子”。于是，周围所有的人脸色一变而为铁青，晴空中爆发出“声讨”的惊雷。此后的 20 年，木斧诗的道路就基本上被堵塞了。这期间，他虽然被证明“不是胡风分子”，但无形的帽子仍然压在头顶，他虽然拼命地保护自己的笔，但 1957 年《星星》的被迫停刊隔断了他与读者的最后联系。1966 年“浩劫”开始，木斧又作为“漏网的胡风分子”而找不到藏身之地，随着流沙河因《草木篇》遭受的厄运，木斧精心剪贴的诗稿也荡然无存……

十年政治动乱带给祖国的是愚昧和疯狂，作为诗人兼革命者的木斧理所当然地被否定了。其实，被否定的又岂止一位木斧？木斧和他的诗所受的困苦折射出我们国家在走向现代化的道路上出现的困顿和坎坷。

好在木斧在生命的厄运中没有失去诗人的真诚，尽管他也曾赌咒发誓不再写诗，但凭着对生命的执着，凭着他性格中特有的倔强，木斧把自己像酒一样密封起来，深深地埋进蜀地的红色泥土之中。正如他的同龄人流沙河所说：“辍笔，不是因为他懒，而是因为他倔。不顺心的歌他是不唱的，他是老实人。”

1978 年，随着政治上的拨乱反正，时代发展到了民族复兴的新时期。木斧这坛尘封多年的烈酒猎猎地燃烧起来了：“我撞击着自己的胸口，我向自己发问：滔滔的流水为什么冲不破心灵的闸门？心底在唱歌，张口发不出声，脉搏在跳动，呼吸压住了胸，我的泉水为什么不往外涌流？”

像大多数经历过十年动乱的中老年诗人一样，木斧也在沉默中爆发了。是历史在循环吗？是诗人又回到了青春时代吗？还在30年前，对着黑暗令人窒息的山城，木斧曾写下过呼唤在沉默中爆发的诗句，到了今天，木斧又一次做出斩钉截铁的选择。从1978年到1987年，木斧写了二百多首诗，俨然成了一位高产作家。当然，诗的价值是不好仅以量的多少来衡估的，但二百多首诗毕竟是沉甸甸的果实呵。它意味着：作为诗人，木斧还有蓬勃的生命。

经过了20年的困厄，中国的诗坛出现了新的转机。首先，一大批年轻的诗人对着荒诞岁月提出了疑问，像泣血的杜鹃一样痛哭失声了，而许多老诗人如艾青，中年诗人如吕剑、牛汉、绿原、蔡其矫、孙静轩也在痛苦的蜕变中再度崛起……木斧和他们一样也在作着新的探索。这种探索表现在情感风格上，就是明显地增加了对历史的哀痛与反思，从而超越了50年代的轻柔俏丽。《悼》的字里行间，低回着对自己引路人的怀念之情，《佚文》与《哭须弥山》则对着浩劫留下的一片废墟痛心疾首：

我来看你，龙兴寺，你在哪里？
我捶胸顿脚，看不见你的踪影
我呼天唤地，唤不回你的声音
这里曾经毁去了一个封建的碉堡
这里曾经建起了一个兴旺的农村

你悄悄地走了，龙兴寺
我再也无法将你找回
农兴村成了一个没有源头的地名……

《误解》写诗人登峨眉山遇见群猴，群猴却纷纷逃避，诗人的呼唤徒然增加了它们的惊恐。这是为什么？诗人最后落笔："小猴狲，当年受过惊/直到如今/余悸犹在心……"这不正是对浩劫之后人们心灵创伤的曲折映射吗？《误解》中的"小猴狲"是个惊恐的意象，与牛汉《麂子，不要朝这里奔跑》中的"麂子"和吕剑《诫鹿》中的"鹿"以及他另一首《凤鸟之梦》中的"凤鸟"都是同类的意象。这种意象典型地象征出历经动乱之苦的人们的心态。

木斧也在探索着新的形式，同时仍然保持着当年行笔的率直、语言的纯净和意象的突兀峭拔。《桃花恋》《鼓浪屿的性格》都给人以新鲜的感受。许多诗的触觉也异常细腻，如《收工》的结句："疲乏悄悄地爬上双腿/他牵着牛儿坠入黄昏"，从容之中平添了一种古典诗境的温馨，形式上也多了一些格律成分，似乎表示诗人在做着新的试验。

艺术的生命正如人的生命，在于不间断地运动和无休止的追求。然而木斧却在对自我的超越中感到了某种困惑。他在《诗的求索》中写道："在革命战争年代，我一开始写诗就找到了同我的气质相吻合的表现形式，我的激情也倾泻出来，我因此掩盖了我当时所看不见的一些缺陷和弱点，我的诗风后来也没有发生多大变化。"但是，这困惑却也表现出了木斧的可爱，因为敢于承认自己的困惑正是能走出困惑的契机，发现自己局限的同时也许会寻找到新的大陆。当然另一方面，由于岁月的流逝和年龄的增长，新的探索和追求或许会异常困难，但江山代有才人出，生命是能够在更为年轻的一代人身上延续的。对此，木斧当可以宽怀了，一如他所喜欢的“黄昏”那样“虽然步履艰难/却坚定不移地走下去/你不畏惧黑夜，也不嫉妒早晨……”

而且，我们相信宝刀不老的“木斧”，一定会发出更响亮和更悠长的伐木声的。

坎坎伐檀，其斧也坚；
漫漫蜀道，其声也远；
如火如荼，馨香百年！

1992年11月30日修订

（文中引文均出自流沙河《木斧诗选，序》和木斧著《诗的求索》一书。）

木斧：执着与追寻

一

1986 年春末，诗人木斧从四川赶来山东参加“臧克家学术讨论会”。会后，他与人结伴来泰安登岳，由我充当“导游”。

其实我不善导游，最多只是“奉陪”而已。从山脚乘车到中天门，大家指点江山，激扬文字，仿佛有许多话要对泰山言说。而从 20 世纪 40 年代就走上诗坛的木斧却极少说话，只闭着嘴巴悠悠然东看西看。下了车再到索道站，先要经过一座长满柏树的山坡。一爬坡，年近花甲、身体微微发胖的木斧开始显得有点吃力，脸上冒出了细细的汗珠，这时我就伸出手去“拥护”他一下。他不拒绝，也不称谢，还是默默地流着汗爬坡，直到走完这段难走的坡道。

缆车给泰山增加了神奇，却又减少了一份神秘。当我们在一瞬间飞上月观峰，走过南天门时，木斧已显得轻松多了，又露出了那种悠悠然的神气，而且终于张开了嘴巴。他笑眯眯地“号召”大家:“赶快写诗呀!”自己却不知从哪里掏出一小瓶酒,仰起头咕嘟咕嘟喝起来(这倒像个诗人了!)。同行的女诗人袁成兰“恭维”木斧:“杨老师(木斧本名杨莆)在前面走,诗从风衣上往下飘,我们怎么接得住……”

在巍峨的“记泰山铭”摩崖石刻前,吉林的田敬宝先生忙着为大家拍照。随后几个人一鼓作气登上玉皇顶,领略了岱顶清凉的山风。下山时,木斧又说话了:“山上再好,也不能呆一辈子,还得下去呵。”

第二天,木斧要去曲阜参观“三孔”,诗人孔孚正在那里等他。当我把这位喜欢静默的诗歌前辈送上火车时,他拉住我的手说:“回去我给你寄书!”

果然,他的著作源源不断地寄来,充实着我家小小的书橱。不久,又收到他一首描写泰山“天街”的诗作:

云中挂着一条街
挂上悬崖……

二

上面这篇短文,是我 1994 年 6 月追记陪诗人木斧登泰山而写的,写了却没有正式发表,是否寄给诗人,自己也已经淡忘了。

一转眼,二十年的岁月已成为过去。二十年当中,我既无缘蜀道,诗人木斧也再未有泰山之旅,除了书信往还,竟没有再见面的机会。前几年,我已经卜居钱塘,辗转向北京《稻香湖》艾砂先生打听木斧的新址,不久却突然收到两本新书,小说集《汪瞎子改行》和《木斧短文选》,一张刻录了他京剧表演的 DVD 光盘,连同一句“你在找我吗”的亲切问语。

我知道我又找到这位乐天派的诗人了。

而且,就在《车到低谷》这部诗选集之后,一部 2002—2006 年的新集子《瞳仁与光线》又印出来了。诗人以他独有的短句子写了自序,他说:“我并不是不知道我已经老了,而是我心里揣着青春,我还在写诗。”还有一段诗的“宣言”:

不是我不肯让道
噩运抢占了我的青春
现在我的诗还没有吐完
梦还没有醒转
我又硬着头皮来了

诗仅仅属于青年吗?文学史好像从未做出这样的结论。诗的动力来自生命,却并非仅来自青春。如果真有所谓“年高诗亦衰”的现象,也只能理解为诗人生命力的衰退或兴趣转移所致,而不能据此以为诗必然与老年无缘。

我这么说,自然也不是为了证明木斧已经攀登上诗的珠穆朗玛雪峰,只不过想说明即使在诗创作上,也存在“众生平等”的基本道理,而拥有青春活力的歌者也不必以汝明媚“春色”故作“骄人”之姿态焉。

老人自有老人的从容,就像青春自有青春的激情,激情与从容不都是美的吗?对于诗人而言,根本是要把这些美通过诗表达出来。我欣赏木斧对老年人的日常生活所作的

勾勒,因为其中自有一种生活乃至生命的真意在:

品茶之余,沉思
写几行诗,倦了
哼一段京腔
累了,铺开宣纸
涂几笔淡墨
不觉日已西沉
休息就在其中了

这真是铅华尽洗、一如本色的一种人生与笔墨,但又似乎是木斧一贯的风格,并非进入老年之后才有的刻意追求。翻翻木斧80年代甚至早年的诗作,那种执拗、朴拙、率直的性格及其语言表述不是一直都有的吗?而且,他还不乏幽默与愤怒。唯一不够强烈的可能是楚人差不多都具备的那种浓郁的浪漫与神秘,但也许我没看出来,也许他的浪漫与神秘是潜在的。说到幽默,就再读读《我的书桌》《窦娥冤》《游湖》《猫》那几首吧,是不是令人感觉神清气爽?《我的书桌》是不是大有《闻一多先生的书桌》的韵味?比较而言,中国诗歌传统中较少幽默,李白、苏东坡、辛弃疾多一些,现代诗里受英国玄学派影响也有一点,但也还是不够,所以有那么一位、两位就特别难得。木斧老来迷京戏,且主攻“丑角”,而“丑角”是京戏中最具幽默感的角色,不知道木斧诗里的幽默是不是得自这里?他往往在诗里借“丑角”之口表达出另一番生活景致,效果正像俗语所谓“哪壶不开提哪壶”“歪打正着”。所以这个集子里头,以戏曲题材写的那组诗可能是木斧独有的创造,或者也可以把它们称作“丑角独白诗”?

愤怒能出诗人?不可一概而论。一要看愤怒得有没有道理、有没有价值,二要看愤怒得有没有力度、是不是真实。发自肺腑、不可遏制、为了维护正义和人格而愤怒,本身就是美的,再出之以或呼啸如潮、或奔涌如血的诗句,那就更具有了振聋启聩的艺术力量。木斧的诗里就时常有着这样的力量。我还记得他刚恢复创作时写过一首《哭须弥山》,是一首关于“寻找”主题的愤怒的诗,那种在一瞬间爆发出来的“天问”动人心魄。现在,在《瞳仁与光线》里,我又发现了木斧的愤怒。我说的是《瞳孔》,或者也还包括《寻楚》。

《瞳孔》,我猜诗人是从一张伊拉克儿童在战争中的特写照片上得到灵感的。因为在伊战中,这样的照片太多了:无家可归的未成年人永远无法理解发生在他们家园中这场战争的意义,他们只能睁着充满惊恐的眼睛被动地注视着一切。诗人就从这惊恐眼神的特写入笔,像一个孩子那样用一连串愤怒的质问构成了全诗。质问,是的,愤怒的质问,这就是这首诗主要的修辞方式,此时此刻,这样一种修辞方式与画面中孩子的眼神竟然呼应得那么好!有的时候,我觉得木斧写诗总忍不住把谜底直白出来,难免缺少了海明威所说的“冰山下的部分”。但是,这首诗只问不答,把谜底留给了读诗的人,反而更有力量。

和过去的《哭须弥山》一样,《寻楚》也是一首关于寻找的诗,充满忧愤和激越的情感。但和《哭须弥山》有所不同的是,诗人寻找的并非一个毁于“文革”浩劫的“农兴村”,而是“楚”，一个久远的、巨大的文化幽灵，一种独特然而似乎早已失落了的民族精神，一份厚重的心灵遗产。我不敢确定我对《寻楚》的理解是否准确，但我的确觉得《寻楚》是这部诗集中最有重量的一首诗。

在木斧的作品里，《寻楚》算得上较长的诗了，以“楚呵，你在哪里?”的五次反复询问相贯，使整首诗一气呵成。内在的激情随着作者不停地寻找而升腾，精灵一般的“楚”，时而“沿着杂草丛生的山路向北而去”，时而“化为了江向东而去”，时而又在历史的迷雾中变得无影无踪，直到最后，“水位已经升高，湖面已经平稳，狂放的精灵已经坠入江底，我沿着李白的诗路乘隙而入”，终于“又听到了两岸的猿声”：

悬崖呵，波涛呵，归来吧

楚一定还在我们的嚎啕声中

是的，一切都并没有消失，因为一切原本就在我们的心中，如果曾经丢失，那是因为首先丢失了灵魂。

对于诗，亦可作如是观。

“年龄并不是写诗的先决条件”，“诗是我的青春”，“我又硬着头皮来了”[①]……

一个多么倔强的老头儿!

---

① 木斧：《自序》，《瞳仁与光线》，四川出版集团、四川美术出版社2006年版，第1页。

三

写到这里,总觉得还是没有提炼出木斧诗歌创作的“灵魂”,或者说还没有找到一个能够概括他诗歌写作灵魂的“关键词”。我又想到,木斧对自己老年以后的诗歌写作,似乎始终有一种强烈的对自我突破的期待,而又似乎有一种难觅知音的遗憾。也是在1994年,木斧为他的另一本诗集《我用那潸潸的笔》撰写“后记”时就很认真地谈到对自己前后期诗风的评价问题:“对于我的诗,大抵上有两种看法,一种认为‘诗风一如昔年’,另一种认为诗风有大的变化。我不便介入,诸君不妨看看石天河和吴开晋最近对我的评论文章就明白了。”而对于公刘对其后期诗作“淡”的印象,木斧则以退为进地回敬以“而无味”的幽默。他坦率地表白:“如果说我用那潸潸的笔写了大半辈子的诗,写老了还不如我的孩提时代,我是很伤心的,我还得无休止地追求下去。”[①]在这段话后面,他还提到自己从美学家王朝闻“写诗意味着做诗,做诗不是玩着文字游戏”的提醒中获得“悟性”。

我又打开木斧的一部部诗集,搜索着,寻觅着,思考着木斧这些自我表白究竟包含着怎样一些不能为人理解的苦衷。渐渐的,当我把木斧的身世和他的诗对应着考察时,“关键词”似乎显露了出来,这就是“执着”与“追寻”。

先说两个词的词典意义。

---

① 木斧:《后记》,《我用那潸潸的笔》,四川民族出版社1994年版,第178页。

“执着”，通常写作“执著”，《现代汉语词典》的解释为：“原为佛教用语，指对某一事物坚持不放，不能超脱。后来指固执或拘泥，也指坚持不懈。”同一部词典对“追寻”的解释是：“跟踪寻找。”①

对于木斧而言，“执着”应当理解为他对于诗的态度，而“追寻”，我指的是其诗歌作品、主要是他老年时期作品的一个核心主题。

在文坛上，木斧其实是个多面手，他能写童话，小说创作也有自己的特色，老年时期更是爱好广泛，画得一手好画，甚至迷上了京剧，成了舞台上的“名丑”。可是，木斧在谈到自己时，总是把诗视为自己最为钟爱的文体，或者看作是自己的生命、自己的青春。之所以如此执着，自然与木斧的诗歌观念有关，木斧在1984年写过一篇《我为什么写诗》的短文，强调的是诗与时代生活的一体化关系，强调的是诗歌产生的外在的、客观的条件，强调的是客体对主体的唤醒而不是主体对客体的审视或者拥抱，因此他把“重新恢复创作”理解为“回到诗的岗位”。应该说，木斧这样的诗歌观在那个时代是较为普遍的，但其局限也是显然的，所以胡风们、穆旦们对“主体”的强调才显示出特殊的纠偏的意义。50年代以来的当代诗歌之所以普遍地流于萎靡，根本的原因也是由于主体的缺席，诗人完全被“时代”淹没，只是被动地去“讴歌”“反映”“表现”时代，所谓诗人也就只能沦为“时

① 《现代汉语词典》(修订本)“执著”“追寻”条目，商务印书馆1998年版。

代的传声筒”,不论这个时代是崇高的还是卑琐的,是人性的还是反人性的。

二十年后,木斧似乎意识到自己“对诗的观念有些细微的变化”,这表现在他对自己“诗不是写出来的,是压出来的,逼出来的,喊出来的”的观念作了一个补充,加上了“诗是悟出来的”一条。他发现“解放以后,我的诗出现了一个曲折地流向低洼的状态。”如何解释这种现象?他的看法是:“扪心自问,这时候的诗并不都是在感情冲动无法遏止的状态下喊出来的,‘而是想通过诗的手段表达某一个应当歌颂或憎恶的题旨’;写诗写得随便,强调自然流露忽视了艺术上的加工润色,强调单一的自然、朴素,放弃了丰富的新颖的表现手法,致使我的诗变得太直太露,渐渐退去了诗的韵味。”①

不过“悟”绝不仅仅意味着“艺术上的加工润色”,也绝不仅仅意味着“丰富的新颖的表现手法”,而是一种主体获得解放产生的精神飞跃,是主体对客体的超越和洞彻,如果从这个意义上理解木斧的“悟”,那当然是对于“压、逼、喊”三种写诗境界的大超越。对于木斧这一代诗人来说,如果有所谓老年“变法”的可能,真正革命性的“悟”其实就是主体性的获得。主体觉醒了,艺术上才可能突破,或者说这种突破才有了价值。否则,一味追求新颖的表现手法,最后可能就是“买椟还珠”,就是“赶时髦”。

---

① 木斧:《后记》,《我用那潸潸的笔》,四川民族出版社 1994 年版,第 179 页。

木斧的“执着”正表现在对“主体”焦灼的、甚至是痛苦的“追寻”过程中。当我从这个角度去打量木斧80年代以来的诗作时，我发现了他那些审视自我的作品中一个突出的主题：“追寻”——跟踪寻找。

寻找什么呢？寻找“我”，寻找曾经沉睡的“主体”。

仔细检索木斧1978年以来的诗作，可以发现以“寻找自我”为主题的作品为数实在不少。《自传》(1979.12)、《溪边》(1980.8)、《寻觅》(1980.8)、《黄昏，我在思想的长廊上散步》(1982.2)、《我的泪水在泉州》(1988.7)、《梦魇》(1989.10)，在这些有关“寻找”主题的诗作里，我觉得存在两个不同层面的寻找。一开始，像当时多数“归来者”诗人一样，木斧寻找的是经过二十多年政治遭遇而模糊了的“旧我”，这也是一种“复原”，就如《寻觅》中所言：“我要寻觅的/不是陈旧的痕迹/不是逝去的时日/我寻那失去的胆量/那热烈追求理想的/一颗滚烫跳动的心！”继而，木斧对自己的血缘之“根”开始有所自觉，标志是在80年代中期他写了不少表现回族和穆斯林文化的诗作，这是他的“寻根”之旅，“我的祖先是漂泊的民族/我的泪水是泉州//清真寺的月亮升起来了/我的泪水是流淌的珠宝”，这种“寻根”，也许还不够深入，达不到小说家张承志那种信仰的层面，但毕竟是一种民族的、血缘的、文化的自觉。他甚至写过一部以回族女性史为主题的长篇小说。

直到进入21世纪，木斧的“自我寻找”仍在继续，写出了几首短小然而内涵深厚的佳作。比如诗集《车到低谷》中的《痛苦》《转》《手》《落》《细节》《门》《图像》《老年无梦》，我觉得这些可能是木斧老年时代最重要的作品。因为它们是诗人直面自己时的一种沉痛然而清醒的自我认知，而这对于一位年过七旬的老人来说，并不是容易做到的。

人到老年，对自我的认知或者也是因人而异吧？但似乎大多数容易陷入对自我的迷醉状态，或者至少是对自我的原谅与宽解，所谓“别跟自己过不去”“忘掉过去”“向前看”是也。木斧却偏偏对自己不依不饶，一而再、再而三地拷问自己的内心。《痛苦》只有短短的三行：

洞开你的心房，放我进去
即使是零下九十度的冰凉
即使是火山口上的喷浆

我以为一个志得意满、自鸣得意或者心如古井、超凡脱尘的人是不可能会如此渴望“痛苦”的，能够这样跟自己过不去的人必定是一位思想着的人。在这些诗里，我们还能看到原来那个耿直、倔强、质朴的木斧，但好像又不尽然。因为木斧不仅仅在肯定自己，更重要的是他竟然不断地奚落自己、责问自己、否定自己，我不敢贸然把这种品质称作“忏悔”——因为他似乎并没有什么需要忏悔的东西，但我却敢于说这肯定是一个坦诚的诗人最美好的品质之一。

从单纯而渐渐分裂，意味着成长；而由分裂重新回到单纯，却显现出智慧。

我似乎慢慢读懂了木斧，但是又如何敢保证呢？

2006年10月28日/2007年1月4日

跨过世纪的彩虹

——野曼抒情诗论

一

诗人野曼在1999年年底为自己的诗选集撰写《前记》时，回顾“与诗结缘”而又因诗受难的个人身世，在不胜感慨之余，也对自己走过的“坎坷的诗路”认真地作了一番回顾。他一方面认同评论家“两个春天”之说，另一方面却又特别提到自1954年秋到1980年因受“胡风案”牵连而度过的“悲愤交织的25年”，他说：“这漆黑的历史云烟，仿佛是刚刚从眼前掠过。这早已化为尘烟的一切，我也早已一字不留地全部删去，而留下沉重的思索空间。”

我以为，“留下沉重的思索空间”这九个字，不经意间提炼出野曼对自己“创作生命的第二个春天”的理解和认知，应视为索解野曼中老年时期文学写作和文学活动之特质的关键词。联系他在这篇《前记》后半部分对“第二个春天”所做的更多阐释，当更能显现其“思索”的结晶：

> 而诗，作为人类精神的最高的载体，它首先必须成为诗人体现生命价值的载体。它不只蕴涵人们对于生

命价值的感悟，而且沸腾着人们心灵的喧哗与追求。

人老了，仍然不断进取，求新，求美，面向东西南北，拿来须有益，能取之则取之，以促进传统向现代转化，此乃首要诗事！

为诗，也是为生命。诗是生命的喧哗，生命的追寻，生命价值的最高体现。而生命又是属于人民的，它为人民而存在，而悲悲喜喜，而追求，而献身。

从这些话里，可以看出野曼作为诗人前后一贯的诗歌观，也可以看出他在“第二个春天”对于诗与人类精神、与生命价值、与世界诗歌传统关系的新的打量和思索。

如果说“人类精神”是野曼诗学的一级关键词，那么从野曼个人的政治信仰延伸出来的“人民”应该属于野曼诗学的二级关键词，而作为人民之一员的“生命价值”则可以视为野曼诗学的三级关键词。当然，所谓一级、二级、三级，是就其在野曼诗学中的层次而言，但三个主题却又是相互贯通、生生不息的。这样，就诗的精神内涵或者思想观念这一层面而言，野曼诗学就呈现出类似下图的精神结构：

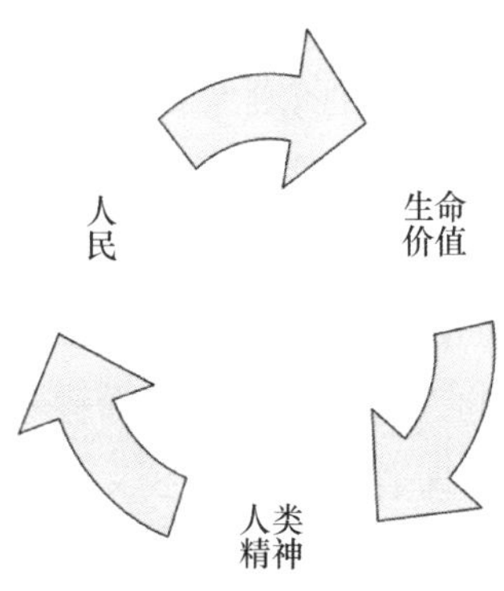

同时,就诗的美学或艺术观念这一层面,联系野曼在《我的诗观》一文以及在《诗刊》社"访谈录"中的表述,约略可以用"诗美=生活美与心灵美的相互结合、融化、升华"标示其诗学的艺术追求,而将生活美与心灵美加以"结合、融化、升华"的诗艺则是对诗歌艺术三个传统(古诗传统、新诗传统、西诗传统)的"化"。

关于诗艺,野曼在新时期以来的二十多年中通过自己的写作实践和《华夏诗报》的积极"争鸣",若干次提炼出态度鲜明、反响热烈的诗学原则和写作倾向,最引人注目的就是"新诗辉煌"说、"新诗传统"说和"一个坚持,两个拒绝"说。不管诗歌理论界对这"三说"还有多少不同的争议,但这"三说"的提出无疑表明了野曼及其主编的《华夏诗报》作为中国当代诗学观念一种"倾向"的客观存在。

这种倾向,就其渊源而言,应当上溯到"左翼文学"或者"普罗诗歌"的传统,即是说与蒋光慈的《哀中国》、郭沫若的《前茅》《恢复》、殷夫的《孩儿塔》以及"中国诗歌会"的诗风一脉相承。但在野曼写作初期的十年(1938—1949),他"被火红的诗引上了一条红色之路"之"火红的诗",应当是产生于抗战时期蒲风在广州主编的《中国诗坛》杂志上"面向群众"的诗作和"七月派"诗人的作品,抒情主题是双重的,既有"革命"又有"抗战"。这自然是阶级意识和民族意识高涨时代的强调政治功利的诗歌观,作为从中学时代就卷入政治革命的热血青年野曼,接受或者形成这种时代必须却又不无偏颇的诗歌观实在是必然的。不过,即使是野曼的早期作品,似乎也并非简单化的对于"阶级斗争"观念的概念堆积，而是同时包含着人类精神、人民意识、生命价值以及鲜活的艺术形象的。我以为，要索解野曼各个时期的诗，其思想精神与艺术的这个源头是不能忽视的。

二

2001 年花城版的《野曼诗选》共收入作者各个时期 261 题 307 首抒情诗，另有一首长诗《女性的光环》因篇幅问题仅列入目录。这些作品按创作时间先后分为七卷，第一卷为早期(1938—1949)诗，中间五卷为“第二个春天”(1978—2000)诗作，第七卷即是长诗《女性的光环》，作者标注创作时间为 1961—1978。看得出，即使从创作量上也可以说野曼诗歌创作的重心在于“第二个春天”，但是当我首先读了第一卷中的 17 题 34 首早期诗作后，却感觉到这些诗作与野曼的诗歌观一样，同样不应当忽略过去。它们既奠定了野曼诗的精神基础，在美学上似乎也有着独立于后期诗作的意义。

我在通信中这样表述对其早期诗作的印象：“就如年轻的生命，生机勃勃，饱满柔韧，处处可见美丽的句子”。这种表述是浮浅的，但却是真实的。因为透过那些诗句，的确可以感觉到洋溢着青春气息的生命之饱满有力。时代是健康的，诗人又那么年轻、健壮，感受着整个民族和一个崛起的阶级的战争的力量，从这样年轻诗人的灵感里爆发出来的观念、意象、词语、修辞就像生命本身那样跳荡奔突、蓬勃灵动，新鲜而又自然，轻盈同时质朴。

战争的、动荡的时代和奔放的、激昂的胸怀会不自觉地选择自由诗的节奏，况且在野曼之前或者同时“诗的散文美”已经成为一个新的诗美观念而得到广泛认同，在此种背景中野曼初期诗作完全以自由体式表达诗情就毫不奇怪了。同那时多数诗人一样，野曼借助自由诗那种伸展自如的弹性结构或直抒胸臆，或刻画形象，或描摹情境，不少诗段因诗思灵动和刻画细腻而给人留下深刻印象：

呵，土地，土地！
我不由自主地喊出声来
我要让我的歌
喷射出原始的爱力
跟田庄上所有坚硬的犁尖
一齐插入这肥嫩的土地
犁开那在收割的日子里
袭来的饥饿
那在阳光下袭来的悲泣

——《泥土一样色调的诗》

有些短诗，如《绿色书简》《箭在弦上》两个组诗里的作品，往往令人想起艾青、田间、邹荻帆同时期的一些诗作。还有《积雪期》中的风雪意象，也跟艾青《雪落在中国的土地上》、邹荻帆的《雪与村庄》一样，为那个时代留下了深沉的象征性画幅。

这样的节奏、意象、画面、抒情是青春的、美丽的，它们共同表达出的主题却是政治性的“革命”。不用说，诗人本能地站在旧时代(封建的和资产阶级的)叛逆者的立场上,为了“爱”(阶级的“爱”)而去“仇恨”。故而在野曼的诗句中,与对理想、梦境的憧憬互为表里的,是处处充盈着行动的热情,大量的战斗性的动词主题词,譬如《银发飘飘的歌者》里那位“以剑代诗”“向人民哭泣的地方奔去”的歌者,《枪边的梦》里“握住枪/握住土地,握住吸血者的意志”,《给蜜蜂》里“扑向敌人”的蜜蜂,《我的射击》中的“射击”,《我的歌》里“对乌鸦发出/致命的袭击”,《我带着阳光回来》里的“否决”,等等。

这是诗直接参与行动的表现,是诗人“以诗代剑”而不得不做出的选择,是诉诸行动的时代要求于诗人的“非常态”形式的文学书写。在这样特定的时代,一些常态的、或者比较渺远的生活只好被遮蔽。就新文学而言,“五四”时期的启蒙主义主题也就往往被置于较为次要的位置,只有少数作家或理论家如胡风、路翎、穆旦能兼顾这更深刻的主题。可喜的是,《野曼诗选》的第一首,写于 1938 年的《妈妈,我和妹妹的春天——写给妹妹华珍》(不知是不是野曼的处女作)与此后的多数作品不同,它涉及的是“五四”启蒙主义文学中的“女性”主题。同样一个花期少女,在妈妈眼里流露的是因“什么都变得好了/只是差一点是个女的”而产生的遗憾,在哥哥看来却又是:“而我/和你/有什么差异呢/比如湛蓝的大海/我们有一颗辽阔的心/比如春天的绿树/我们有一颗青葱的生命……”妈妈要让妹妹重复她自己“生活就是眼泪/女人就是眼泪的来历”的命运,哥哥却要对妹妹说:“你长了翅膀/要你自己乐意栖息那一株树/你自己的船只/要你自己才明白/飘向那一个海……”

记得萧红有一首小诗:“这边清溪唱着,那边树叶绿了;姑娘呵,春天来了!”写出了一个女性因为自信而发出的欢呼,野曼这首诗的最后一段也表达了对妹妹把握自己命运的动人的呼吁。我觉得,《妈妈,我和妹妹的春天——写给妹妹华珍》是野曼早期一首特别的诗,因为特别,更显珍贵。

三

我原以为,作为一个“归来者”诗人,野曼会如他自己所言在1954年到1980年的25年中“稿纸上一片空白”(《野曼诗选》第二卷“卷首”)。事实上并非如此。从林紫群、茨冈编的《野曼档案》看到,野曼在“文革”前是在《广州日报》理论版工作,也编副刊,也写了“不少报告诗”。“文革”中也在反反复复的“改造”中没有间断写作。自然,在极端政治化的时代,能够发表的作品很难做出超越性的思考。故而在这部《野曼诗选》里,除了《女性的光环》标明写作于1961—1978年间,《牛栏情思》标明写于1968年以外,并未收入那些“报告诗”,只在2005年银河版的《野曼世纪诗选》中以“挽留的小叙事诗”的形式选录了六七十年代的几首诗作。

1980年“归来”之后开启了野曼诗歌的“第二个春天”。《爱的潜流》(1982)、《迷你情思》(1987)、《花的诱惑》(1989)、《浪漫的风》(1994)、《风流的云》(1999)五部诗集是这“第二个春天”结下的诗的果实。但是野曼仍未停止诗路跋涉，他在进入 21 世纪后的诗呈现出更多的思考特征，在 2005 年出版了一部属于 21 世纪的《野曼世纪诗选》，收入了世纪初年创作的数十首短诗。

按照对“新时期文学”进程的一般描述，通常把主题的范围依次表述为“伤痕”“反思”“改革”“寻根”等等，美学或文体方面的演变则主要在“现代化”或“现代派”的问题。如果以上述流程作参照考察野曼八九十年代的诗歌写作，也可以看出其诗在诸方面或隐或显的对应与不尽相同之处。大体说来，《爱的潜流》是归来初期富有激情的抒发，愤怒、欢呼、感慨、赞美是这种激情的特点，诗情在酣畅之余缺少了一点节制、一些含蓄，故我认为作为“第二个春天”的开始，这部诗集只能算作一个过渡，一次对自我的重新召唤和调整。到了《迷你情思》和《花的诱惑》，对历史和人生的反思一下子密集起来、强烈起来，诗体也“瘦身”为较多格律因素的短诗，这些诗不但跟《爱的潜流》大有不同，跟他早期的诗风也大相径庭，新的高度出现了。而《浪漫的风》和《风流的云》又有所开拓，诗人和时代从历史的阴影里浮出，站在了新的生活起点上，如同早期对“乌鸦”、对“长夜”发出“袭击”和“否决”一样，此时诗人野曼自觉地使自己成为社会进步的见证者，其作品也就成为一份诗化的历史文献。如果从野曼对政治信仰和国家利益的自觉与执着角度，将他定位为一位热诚的、勤勉的、时代的诗人，应当是能够令人信服的吧？

归来后的野曼写诗，思考的因素大大增加，令人联想到布莱克关于“诗是经验”的名言，也令人联想到朱自清所谓

“新诗中年期”的观点。其实，由情感而转换到经验、理性的岂止是野曼一人？艾青、绿原、公刘、邵燕祥也都是这样走过来的。野曼的思考往往以集束或诗组的方式出现，力图从生活现实中发现历史的、社会的、人性的以及自我的“扭曲”之处，提出问题，发出警策之言。写得最集中、最好的是“昨日的思考”和“鸟苑沉思”两组。“昨日的思考”中的《关于时间》《坎坷的路》《灯问篇》《呵，黄昏》是对自我和命运的思考，正视“伤痕”和“黄昏”而保持健康、积极的人生观是它们的情感特征；《为践踏者速写》《爬的印象》《圆的生活》《老的画像》《写给一颗印章》《〇的奖赏》《老榕》是对社会众生相的速写与沉思，对“庸俗”和“退化”的轻蔑又从另一个角度揭示了诗人自己对生活的态度；《可怕的回声》却是对历史悲剧所造成的心灵创伤的警示：“但是呵，我也意识到一代人的过错，将在几代人心上敲响可怕的回声。”写于80年代末期的“鸟苑沉思”系列着眼于日常生活现象，抒写生活的各个侧面，或由生活的各个侧面引发出对人生问题的思索。一方面，“鸟苑”弥补、充实、美化了日常生活，改变了“非正常”年代那种极端政治化的、枯窘的生活方式；另一方面，有了“鸟苑”的生活似乎又出现了另一些病态的、令人不快的现象。比如《笼里笼外》所感慨的：“笼里，动听的歌/被扣上了金锁/笼外，还在搏动的心/却被锁在笼里”似乎是对这首诗的进一步诠释，作者又有一首《囚＋囚》揭示一种人生悲剧：

他，曾被禁锢
已失落了开花的年龄
也失落了飞的渴念

只捡回一个精致的鸟笼
把收敛的翅膀囚于笼内
与笼中的鸟一同起居

弱者呵，总是
从这个笼里走到那个笼里

与“鸟苑沉思”有着同样沉思内涵的“写于北部湾”“写于乐山大佛峰顶”以及其它一些纪游组诗，野曼也往往倾注自己的人生观于其中。看得出，就像他在早期诗作中无意流露出的对“行动”的热情一样，老年的野曼也一再表达对“静止”“缄默”“锈蚀”的嘲讽，又一再表达对“动”的生命的赞美。也许和艾青等人一样，一个有着“革命”信念的诗人总是倾向于“改变”和“发展”，总是信仰“生命在于运动”那样的进取精神吧？

也正是出于这样的信念，他又从“乐山大佛”的造型中看出了因为“积淀过于沉重，绿苔汹涌恣肆”而“生命在纷纷剥离”的悲剧，同时看出了“人”因为“膜拜”而“完全失落了自己”的悲剧；由“圆满的茧”而看到了“美丽的棺椁”因而“终于封闭了/青春的呼吸”的悲剧（《最高空间的抒情·圆满的茧》），由曼谷“金砌的皇宫”看到了导致灭亡的“暴虐”

(《金砌的皇宫》)。这一切没落与腐朽,皆为诗人所不齿,他喜欢的是一切健康的、运动的、生长的生命现象。即便是数亿年前形成的森林灰烬,他愿意挖掘的也是那曾经蓬勃的生命运动:

火山遗落的熔岩上,
有如涛似浪的绿云浮荡;
这是奇异的绿的童话,
在万丈深渊中蓬勃生长。
它证明灰烬也有顽强的生命,
人们可以从毁灭中
索取绿满天涯的春光!

所以,我以为,在《浪漫的风》里,诗人之所以对因为"改"而迅速崛起的中国给以那么热情的咏叹和赞美,绝不仅仅是诗人的社会责任感使然,更深的动力应当来自他对"运动""改变""发展"观念的信仰。这其实也是他个人生命的动力。

从这种生命的信念角度解读野曼诗,或许最能体现其精神的当推《飞的感想》《亲亲多瑙河》《风流的云》《第一个高度》这些言志的诗作吧?

四

可是还不够。因为诗人虽然年老,却并未真正老去,也并未停止感受和思考,也并未放弃他所钟爱的诗歌。

因为我们在2005年出版的《野曼世纪诗选》当中,又看到了野曼的火焰。

这火焰由生命的宣言和沉思构成。

《生命的宣言》《我大声喧哗》《人生的定位》《自传补遗》《当生命的坐标忽然倾斜》《碑》《我曾经死过一次》《我昼夜兼程的追寻》以及《山的回忆》诸篇构成了这部诗选最有份量的一辑。其主题是对生命的思考。

如此集中地思考生命本身,可能与年龄有关。毕竟,耄耋之年是容易使人对自我存在产生某种自觉的。但是,似乎又不是所有的老年人都会如此沉思"黄昏"的意义。然而野曼有了这样的自觉,有了对生命黄昏的绝不悲观消极的审视,正是在这些诗里,我好像感觉到了"七月"诗人群那种强烈的、澎湃的、汹涌的生命感和主观性,那种浩荡的主体精神的燃烧。

这些诗里,有两首短诗以其本真和凝练凸显出来,似乎可以视为野曼全人格的写照。

《生命的宣言》:

生命如果是/一勺油/它就推动轮轴运转/以最高的频率/或者借大风/以烈焰/同夜色对峙/即使"卜"然一声熄灭/不留下/一滴泪

《碑》:

无疑,我会老去/我那挺直的脊椎/便是我的碑

在我撰写第三段的时候,我没有论及野曼"第二个春天"时期的诗体风格,现在不妨补充几句。

从 80 年代的大量抒情诗,其实可以很容易看出来野曼

诗风与其早期的差异。诗体方面从参差跳跃的自由体转换为大致整齐匀称的半格律体(也有个别民歌体的尝试),诗行拉长,节奏趋缓,每行大约四到五个“音组”(或“顿”),如平原地区的江流,幽深而舒缓。典型的诗段如下:

大佛/诞生于/芸芸众生的/热汗,
却/获得了/震慑众生的/威力;
造神者/树立了/心中的/偶像,
却同时/为自己/写下了/荒唐的/历史。

说它“典型”,不意味着诗人只乐意用这样一种体式,而是说这种较早期诗体更为舒缓、柔和的节奏标志着进入中老年阶段后情感、心智、感受方式的变化与调整,生命的色彩与节奏显得更丰富了。可是从21世纪写的这组“生命的宣言”看,感觉又恢复或者又注重起了自由体。这是不是意味着一种新的人生境界出现所导致的“随心所欲而不逾矩”现象呢?

有人“老来渐于诗律细”,有人又可能“还它格律,放我歌喉”,这固然并非判定风格优劣的律条,但似乎的确可以看出不同的心境和艺境。前者可能意味着圆熟或工巧,后者可能显现出旷达或飘逸。

由《生命的宣言》和《碑》,我读出的则是一个劳动者诗人的欢乐与自豪。

2007年7月6日 杭州

卷五　当代诗人论

顾城的旧体诗和寓言诗

一

北京十月文艺出版社在2005年年初编印了一本别致的顾城诗集，书名一正一副，正题是《走了一万一千里路》，副题是《顾城首度面世的诗手稿》。但是看了书，却又感觉无论正题还是副题，都有点问题。

且从“目录”说起。全书共有三个目录，其一“总目录”包括全书的三部分内容：一篇“编者序”《顾城的〈古意〉〈走了一万一千里路〉及十二册诗手稿》，接下来分别是《古意》和《走了一万一千里路》的简目。其二是“《古意》200首目录”，目录后有“编者”注一条曰：“除标 * 的诗目外，此次出版所有诗均为首度面世。”如果“此次出版所有诗”指的是《古意》200首，则查目录，有19首是标了 * 号的。就是说《古意》200首中有181首属于“首度面世”，这与书的副题虽然略有参差，也还说得过去。其三是“《走了一万一千里路》104首目录”，后面也有“编者”一注：“标注 * 的诗目为

《顾城诗全编》遗漏的诗作,有的亦为首度面世。"查目录,带 * 号的是18首。104首之外,还附录了不在其手稿册但已发表过的另外12首寓言诗。但第二个编者注未免令人糊涂:说"标 * 的诗目为《顾城诗全编》遗漏的诗作",那么没有标 * 的是否已收入《顾城诗全编》呢?如果这样,那书名《顾城首度面世的诗手稿》出入可就大了。另外,《走了一万一千里路》中标注 * 的18首既已为《顾城诗全编》所遗漏而又未另外发表,则此次出版就是"首度面世",何以"有的亦为首度面世"呢?

又:明明是《古意》和《走了一万一千里路》两部手稿,而又差异颇大,前者为旧体诗,多数未发表,后者为寓言诗,少数为"首度面世",为什么却只用《走了一万一千里路》做书名正题?

可在书的内封之后,"总目录"之前,却又出现了一个类似封面的插页,按不同字体、字号排了四行字:1.顾城首度面世的诗手稿 2.顾城的旧体诗和寓言诗 3.古意 4.走了一万一千里路

似乎这才是一个比较完整的书名,因为第二行"顾城的旧体诗和寓言诗"字号最大,且是黑体,表明应为主题性的书名。那么,又何以不直接拿来做书名而故意绕来绕去呢?

不知道编辑是怎么想的。

二

不过,这的确是顾城辞世后所出版的一本别致的诗集,

让读者看到了顾城诗歌的另一面。

这“另一面”即是顾城自1969年至1993年间写出并留下来的200首旧体诗。据顾乡说，顾城写诗始于1966年九岁前后，那时他在读小学三年级。顾城自己也有回忆：“我是上小学时开始学写这类诗的，随写随丢，待长大后才渐渐认真起来，前几年甚至还整理了一番，自命《白云梦》”(1983年3月30日《南昌晚报》)。《白云梦》是顾城在20世纪70年代初期写的一组七律诗的名字，随后开始整理旧体诗作品时拿来作集名，1992年又改以另一首诗题《古意》作集名。

在顾城生前，一般情况下他自己很少谈及这些旧体诗，读者也无从获知他写作旧体诗的情形。我拿出北大“五四文学社”1985年编印的那本《青年诗人谈诗》，所能找到的顾城最早的“诗作”也还是新诗，是上学前由他“口授”，由姐姐“执笔”的“明信片诗”：“星星在闪耀，月亮在微笑。我和姐姐呵！等着爸爸回来了。”而关于旧体诗，他那时提到的是随父搬迁到蓬莱海边“奉命”写出的“当时最通行的七言”：宽肩能尽千潭水，请步跃上万重山……还有一次，在回答王伟明的提问时，他曾提及对“古诗”的喜欢以及“学习古诗”“悟其神”与“摹其形”的“两种方法”。

联系这些零零碎碎的回忆，倒有助于理解顾城当时热衷于旧体诗写作的缘由。首先当然是作为有诗歌天赋的顾城同时有条件较多地阅读、领悟古典诗歌，自然而然受到浸染；其次从大背景说，正如顾城所言，包括七言律诗在内的旧体诗“当时最为通行”。何以“最为通行”？因为有《毛主席诗词》之巨大影响在也！通行到什么程度？只要翻翻“文革”后期的《天安门诗抄》就知道了。

如此说来，旧体诗虽然旧，反而是“文革”时期最时髦的“新文体”，是最典型的“旧瓶装新酒”，这新酒通常就是当时的时代最强音。顾城的“宽肩能尽千潭水，请步跃上万重山”约略体现出“农业学大寨”时代的壮志豪情。这自然只是时代的回音，谈不上个性。

但若以为顾城的旧体诗全是这样的腔调，那也不对。200 首旧体诗并非写于一朝一夕，大体经过了三个阶段，每个阶段的诗思诗风均有变化。1973 年顾城 17 岁，随父亲由蓬莱转济南，开始学习“马列”并“鼓励自己以积极的姿态面对社会、面对人生，并且相信自己肩负使命，必须对人类有所贡献。”（顾乡为顾城《自赠》诗所作注释，见该书第 54 页。）直到 70 年代末 80 年代初，顾城的旧体诗一方面写作量大，另一方面社会性强，诗艺也颇成熟，这一阶段应是顾城旧体诗写作的成熟阶段。而 1973 年以前则应为学步时期，80 年代中期以后旧体诗写作量大减，但诗味却深厚起来，颇有禅意和“从心所欲而不逾矩”的境界。

说顾城中间一段的旧体诗社会性强，是言其年岁稍长，社会意识萌发带来的抒情内容的变化。其实这社会性因作者思想、观念的发展而前后又有不同。开始是融入时代主流文化的热血激情，譬如 18 岁那年写的《自赠》：

> 狂飙过横世，两极风雷惊。千江溢大海，万峰破长空。

满怀革命志，一腔战斗情。扬笔书时代，我为人类生！

此后写的《双恨》《未寄》《秋望》和 1976 年为悼念周恩来写的《悲风》《叹清明》等等也应属于这类作品。但同样写于 1976 年前后的另外一些诗，尽管仍然有时代的共同性因素，却也不无独立的思考，表明顾城思想的升华。像《秋林》《颂一天人十口四心》《长安候》《戏答》《震旦歌》《官感》诸作，因为留下了时代另一面的真实而足具传世的可能。《长安候》刻画老辣，颇得老杜和乐天之神："侯爵云中走，岂非无缘由。无德共缺才，老算加深谋。风来信风倒，潮至随潮流。大官必叩首，小民应杀头。一幕盗花戏，心计全泄漏。"《震旦歌》写唐山地震灾难，给人沉郁顿挫之感，信手录存于下，以见诗人心路：

国人悲愁寄荒古，今时长奏太平歌。焉知人平地不平，夜半忽而起洪波。

巨厦三荡沉海底，尘飞火扬满天河。生者谁不疑噩梦，可哀身痛心如蜇。

万千欢欣皆尘土，赤足听任玻璃割。一城断壁百万鬼，地开半边天难合。

举世惊惧欲相救，天朝岂能受外货。束腹自然长吐气，血染两颊好颜色。

满野冤魂何需渡，中华本来愁人多。山颓千里雁难住，白日黄月空穿梭。

日沉月落京畿明，遥听鼓瑟迎宾国。关帝剐骨名四海，百姓何吝血肉播。

古时贾者黄金马，今日假者红旗车。春至秋往颂旗手，潮来汐去呼功德。

幸而死者不知悲，生人犹自得欢乐。风吹海角阴云起，白骨天涯谁人说。

其中“古时贾者黄金马，今日假者红旗车”两句后被作者圈掉，但表现对“四人帮”时期国政之忧虑情怀，沉沉溢于言表。若非文本犹在，难以想象它是出自顾城笔下。不过，这类诗的存在，倒的确能够呼应诗人那首有名的《一代人》：

黑夜给了我黑色的眼睛，
我却用它寻找光明。

“寻找”，这《震旦歌》应该就是一首关于“寻找”的心曲。

通常人们谈到顾城，往往在其名前冠之以“童话诗人”的称谓，在指认其纯粹、透明之外，似乎多多少少含有某种幼稚、浮浅、任性、偏执之意。这实在有点冤枉，既对顾城认识不够，也表现了对“童话”的偏见。在深通世故的人看来，安徒生也罢，海子也罢，顾城也罢，大概都仅仅意味着不成熟吧？

不妨把这些社会性的作品视为顾城“金刚怒目”的一面。

也有对自我、对生命本身的审视和期待。有一首1975年写的“长短句”《小院陋》就意象卓异、个性鲜明：

小院陋，砖皆松，木皆朽；窗蛹尺蠖，苔附蜗牛，碎纸煤烟透。

小院陋，却有香椿秀，拔地十三尺，亭亭过墙头；

南街车马，北府高楼，都不瞅；独拜蓝天云，欲乘清风觅自由。

顾城少年时，曾自号“顾不上”，颇具风采。他有《怀古诗哲十章》，为自己喜爱的屈原、李白、杜甫、柳宗元、李贺、白居易、苏轼、李清照、陆游、辛弃疾各写一首五绝表达敬意，后来又加上庄周、陶潜，遂成《十二章》。而且还为自己写了一首《顾不上》借以言志：马骏非鞍镫，无缰自千里。但若恋升粟，槽头死老骥。由此也可看出顾城当时的气概。

也有些旧体诗可与其语体诗相得益彰。譬如那首表达迷惘和错位感的语体诗《小巷》，在其旧体诗里也有一首同题的骚体诗：小巷深兮何以去？我入巷兮何为期？棘掩门兮草蓠蓠，秋已往兮春未及。表达的是大致相同的主题。

80年代以后，顾城的旧体诗写作渐少，而1987年出国后陆续写下的二十余首在风格上却大异于此前诸作，诗体变得古朴起来，几乎全是四言或五言诗，诗语诗境也老去如偈了。除了一些孤云怀乡的人间情怀之外，大多却是类似存在主义的哲思，不知道对于顾城而言，这种人生之悟意味着什么。

《言外》：寻尘无尘/寻人无人/若道不寻/世上无坟

生者不测/死者不为/观天以云/小虫相厮

天上有云/地上有人/有人无钱/忙个不停

《青山》：青山有明月/寺久不闻钟/闲来取云径/惟

听雨在松

《绝字》:生也平常/死也平常/落在水里/长在树上

《“空山不为空”》:空山不为空/空心才是宗/若得空为意/方觉好人生

《“鸟与声俱去”》:鸟与声俱去/长林空寂寂/天光荫草木(墓)/为人知此意

三

顾城的“寓言诗”或者也可以叫做“故事诗”,可能因为采用了伊索式的叙事结构和克雷诺夫寓言诗的诗体形式而称之为“寓言诗”。但作者写到后来,渐渐脱离了刻板的寓言诗结构,即不再沿用先讲故事后表达哲理的方式,而往往把原先写成的结尾部分删掉,或干脆寓理于事,不再泾渭分明地分开。这当然是技巧上的提高。不过与其旧体诗写作相对应的是,这些“寓言诗”无论就数量还是就思想内涵,也有前后期的种种变化。

1972 年到 1975 年,作者只留下不多几首,其中一首颇有政治寓言意味的《副上帝的提案》显示了青年顾城对社会的关心。1977 年到 80 年代初期则数量极多,分析其写作动力,一是容易发表(特别在顾城未出名之前),二是的确有感而发(特别是结婚后在上海居住的半年)。因为“容易发表”,作者难免要考虑“指导思想正确”以及如何“符合时代精神和时代前进的方向”,故讽刺对象偏重于当时比较流行的社会现象;“有感而发”是由于作者不习惯那种非常实际的市民生活指南，所以《最后的鹰》《毛虫和蛾子》《"火鸡"的理想》《车轮的学问》《大熊》诸篇既有对世俗的强烈讥讽，也有一种"雄鹰掉进饲养场"里的无奈。

由作者为这部诗稿写的两则题记就可以感觉出其思想、心境的变化。一则写于1978年，是四行小诗："思想，就是思想，为什么要在故事中躲藏？好像孩子在饼干上面，涂满新鲜的果酱。"另一则写于1992年在德国时，是一段散文："讽刺多有点荒诞，于一时一事，及至真荒诞，便成大讽刺，已不是对某些不合存在的事，而是对存在本身了。"

这"对存在本身"的寓言诗并不多，十五首而已。写作时间是1989年11月至1993年2月，属于作者出国后辞世前之作。如若熟悉加缪的《西西弗斯神话》或者萨特的《恶心》或者钱锺书的《围城》，我想要读通这几首有关"荒诞""大讽刺"和"存在本身"的寓言诗也并不困难。兹举三首：

之一《实话》：陶瓶说，我价值一千把铁锤
铁锤说，我打碎了一百个陶瓶

匠人说，我做了一千把铁锤
伟人说，我杀了一百个匠人

铁锤说，我还打死了一个伟人
陶瓶说，我现在就装着那个伟人的
骨灰

之二《土拔鼠》:土拔鼠在挖土
有人问
土里有什么
土拔鼠说:土里有土

之三《预报》:“还有十分钟,火山爆发!”
“是吗? 那么我还来得及种一点芝麻。”

这就是当时诗人顾城观念中的“存在”与“荒诞”。

然这究竟是一种洞彻还是一种沦陷,仍是一个需要追究的问题。

2007年7月19日 杭州38°高温中

从语言到心灵的旅行

——刘纳学术著述记略

刘纳先生是属于新时期一代的现代文学学者。和大多数这个时期的青年学者一样，刘纳先生是在60年代大学毕业之后经过了“文革”，当了十年中学语文教师才又走上较为纯粹的治学之路的。一个偶然的契机（“五四”运动50周年）使她把自己的学术起点定位在当时正趋于活跃的“五四”新文学研究这个重要课题上。围绕这一课题，她在80年代初期先后撰写了《“五四”小说创作方法的发展》等多篇学术论文。1987年春，这些论文结集为《论“五四”新文学》被收入“新人文论”丛书，由浙江文艺出版社出版。这套丛书在当时曾以其坚劲的学术锐气在学术界引起热烈反响。

而刘纳先生的论文则以丰富鲜见的史料和真挚清雅的文笔引人入胜。选题、感悟、叙述皆有新异之处，又常在不经意间流露着女性学者独具魅力的妙悟。她通过对初期新文学作品中“童心”美的考察，认为当时新文学前驱们对“童心”的追求“不但与渴望新生活的时代气氛相一致，而且，它反映着新的审美理想。”她比较研究文学研究会和创造社两个作家群的异同，注重他们与传统民族精神的联系，又从朱自清对传统文学的概括受到启发,从而较深入地阐述了新文学与传统文化之间深刻的传承关系。在作为附录收入此书的《辛亥革命时期至“五四”时期我国文学的变革》一文中,她比较早地把学术研究的视野扩展到新文学与晚清文学、辛亥革命文学的内在关联上。在看到辛亥革命时期文学改良进步性的同时又特别指出了它“遗落了个性解放”的重大缺陷。

刘纳先生由“五四”新文学向“近代”文学所作的学术延伸很快结出了新的果实。一部更具有个人风格的学术文集《颠踬窄路行》在1995年由作家出版社出版了。

《颠踬窄路行》是“莱曼女性文化书系”的第一本,也是以考察“世纪初”“女性的处境与写作”为主题的有关“女性文化”的一部著作。此书不但标志着刘纳先生学术重心向近代文学的延伸,而且也标志着她开始对于“女性文化”的垂青。在书中,刘纳沉痛地讲述着一个个有关近代女性的不幸故事。在作者笔下,无论是死于那个年代的女性,还是生于那个年代的女性,都使人感觉到性别这一天然枷锁的沉重。作者的叙述依然富有激情,她在为冰心感到“幸运”的同时又不得不沉痛地指出:“大多数出生在1900年的中国女性,还是要沿着母亲的路走过自己的一生。”通过对胡适母亲冯顺弟生平的考察,她看到了“典型的过渡时代的母子关系:以母亲的牺牲开始,却以儿子的牺牲告终。”而那年代的女性写作则“公共性远远压倒了私人性”,因而“在当时的诗坛完全不具重要性”。她描述着“失去了纯真”的女性诗歌,又沉痛地揭示辛亥革命成功后对于女性的排斥:“激进男性呼唤苏菲亚不过是革命那非常阶段的权宜策略”。而当她写到以冰心、庐隐、凌叔华、陈衡哲、苏雪林一代“写作的娜拉”的时候，则情不自禁地击节称赏：“她们特别地属于自己的时代。”

《颠踬窄路行》更像是一部有着亲切散文风格的学术随笔，作者仍然以丰富鲜见的史料和真挚清雅的文笔见长，而又时时流露智慧和情感。刘纳先生是把学术活动与人生探求融为一体来进行的，她思考历史女性的命运和写作，实际上也是对现实女性生存与权益的追问。因而，阅读本书，常常不自觉地陷入对当代女性状况的焦虑与思索。刘纳在《后记》中表示：“本书的写作给作者留下的竟是许多困惑。”对于读者而言，可能更多的则是沉思。

最近，在某期《名人传记》上，又读到刘纳先生为近代女词人吕碧诚写的传记，我由此推想她仍在把“近代女性文化”这一学术课题向纵深推进，并发挥自己所长探索传记文学的创作。随后不久，即读到了由她主编并撰写总序的“清末民初文人丛书”首辑十本，每本以作家姓名为书名，内容包括“评传”和“作品选”两部分。这套书出版于20世纪末当代人文知识分子对“清末民初文人”以及自身文化命运产生空前思考热情的背景下，显然具有特殊的借鉴意义。在刘纳看来，处在“清末民初”那样一个特定的“政治大变局”和“文化大变局”时期，作为拥有强烈“民族情结”和“文人使命”意识、试图在“新”与“旧”之间做出“选择”的末代文人，无论是激进还是保守，其宿命般的“局限”都是无法摆脱的。这种“局限”可以表述为：“对于生活和写作在清末民初的那一代文人来说，面对危如累卵的国势，他们不得不执着于民族处境与民族文化的独特性，这会影响他们对人类整体命运更深沉的关切，也妨碍了他们的才情得到更充分的实现。”

作为这套书的一位作者，刘纳选择了陈三立和吕碧城两个题目。

在整个20世纪，陈三立无论在政坛还是在文坛都已不具重要性。相反，当“文学革命”兴起时，他是被胡适指斥为“古人的钞胥奴婢”而遭到白眼的。在后来的“文学史”中也只能被无情地归入“腐朽的拟古主义与形式主义的诗派”之中(游国恩等《中国文学史》1979年版)。因此，刘纳将其评传题为《最后一位古典诗人》，似乎也顺理成章。但是这篇评传的意义并不仅仅在于描述了陈三立这位“末代诗人”的尴尬处境，同时在于将其置于中国诗史的大背景下加以考察，从而回答了文学史上一个长期令人困惑的问题，即保守派文人之所以趋于保守的历史原因和个性原因。在刘纳看来，散原老人并非无才，也并非不想“存己”，只是生活在二千年古典诗歌传统的营养液中，在惯性力量的控制下，个人的才情无论多么巨大，最终都不能不受到“熟烂形式”的“挤压”。一方面要“不失其己”，另一方面又不得不“入唐宋之堂奥”；一方面写诗已成习惯，另一方面又要“避熟避俗”力求“新警”；加之孤傲苦冷的暮年心境和文化怀旧心理，这就势必形成“末代文人”不得不置身其中而无法解脱的一座坚固的诗歌城堡。或如刘纳所概括的：“他以避俗避熟作为抵制因袭性的途径，而‘新警’到了头，便成晦涩生硬，甚至一望而知是故意做成的晦涩生硬。”因而“可怜的散原老人生不逢时，只能无奈地在古人布下的地雷阵般的意象圈里转来转去，只能为衰老的中国古典诗歌作一个悲酸苦涩的收束。”最后，当他们失去一切可能时，也就自然而然地把“诗”作为“精神避难所，并以其作为挽回传统文化沉沦厄运的最后希望之所在。”

较之陈三立，吕碧城则似乎既有生不逢时的一面，又有生逢其时的一面。生不逢时，是其作为“词史殿军”所遇到的与陈三立相同的创作窘境；生逢其时，是她作为“特异女性”在女权意识初萌的时代硬是给自己开辟了一条辉煌的生命之路。在《吕碧城》一书中，刘纳细腻地梳理着这位更具有近代特点的杰出女性所创造的奇迹，同时精微地探究着她生命深处执着的意念、闪烁的梦境和无奈的惋叹与惆怅。同是一代女杰，吕碧城有异于秋瑾的民族情结与男装意识，而抱持更具兼容性的世界主义和更具主体性的女性本色。“女人爱美而富情感，性秉坤灵，亦何羡乎阳德?”这真是极具个性的声音。正因为如此，吕碧城逃离舅父而复逃离职位，漫游天下而以保护动物为最后依归，无不显示其奇人奇性、特立独行之个性，从而“显示出时代主流以外的另一样新女性风采。”而作为“千年词史的殿军”，吕碧城尽管在治“旧”文学的学者圈内享有盛誉，尽管她自己又是“那时代最聪明、最具才情的文学女性”，尽管她还要“理直气壮的抒写女性性情”，“但是，这太难了。中国词早已形成完整严密的系统，它的句法规则与音律限制造就了其它文体形式不可替代的表达功能。在定型化的表达方式及其所对应的情感现象之间，早就建立起了密不可分的、甚至固定的联系。不唯吕碧城，她的前辈与同辈词人，谁也没有能力改变这一坚固的联系。吕碧城所能做的，只是对普泛性经验的有限度反抗。于是，与她的同代词人一样，师法梦窗词成为无奈中的有奈。”吕碧城只能为旧的文学时代殿军，而不能为新的文学时代开拓，是其历史命运的局限使然，非个性才情之制约。

从 20 世纪 80 年代初期到 90 年代末，刘纳先生以治新文学起步，复回首向世纪初文学追溯，其学术成果当然绝不只本文所涉及的四部著作。然仅就笔者所能看到的这几本书而言，我以为已充分地显示出研究者鲜明的学术个性。独辟蹊径的学术选题，广博丰厚的史料积累，真挚细腻的感悟和考辨，由文本而灵魂的深入追问，与清俊洒脱的描述互为表里的盎然充盈的激情，无不彰显魅力，引人入胜。在新时期出现的一代新文学学者中，刘纳先生或许并不属于以种种先锋姿态赢得显赫的那类人物，但是否显赫并非判断价值的主要依据。如果把学术活动同时也看作生命存在的一种方式，则这种活动是否具有鲜明的个性依托似乎更为重要。因为人非机械，更非以统计和考据为使命的学术电脑，真正的学者与批评家在从事研究和实施批评时，无一不是呼应着个我与对象既各自独立又高度融汇的灵魂的。从语言抵达心灵，以个性礼遇个性，原是一个从事人文学术研究工作的学者应当具备的素质，这种素质也并不妨碍理性和严谨。刘纳的著述，就给予我这样的启示。

刘纳先生的学术视野或许还将不断扩大，其学术风格或许还会有新的发展。而作为一个在其著述中受过恩惠的后学,我由衷地祝祷刘纳先生有更丰硕的学术与创作成果,并盼望读到她更多的好文章。(1998—2000)

海外汉诗二题

陈颖杜诗:浮华世象幻美情怀

人生易老天难老,世事无常心有常;最是黎敦迷人处,通幽曲径现异香。

这是我读了旅泰华侨诗人陈颖杜先生的两部诗集《静静的湄南河》和《爱的时光》后留下的印象。

打开《静静的湄南河》,第一首诗就是《在黎敦山上》。通过注解,知道黎敦山是泰国北部的一座山,诗人登此山,然后有此作。和历来的登山诗一脉相传,诗人由景及情,写自己在山顶发现的另一个世界,一个与普通人间有所不同的、为人们日夜向往的世外桃源。诗人的感慨、兴奋,透过"深深呼吸仙液似的空气""轻轻地移动脚步"这些语言款款流露尽致。因此我以为:《在黎敦山上》这首登山诗的抒情结构似乎正象征着陈颖杜诗歌世界的两个相互映衬的层次,一边是对置身其中、纷扰浮华世象的忧叹,一边却又是对永恒之爱、幻美之境的倾情吟唱。

陈先生的这两部诗集先后于前年和去年秋季收到，装帧设计清丽淡雅，如清风扑面，令人喜爱。教务之余，多次拜读集中数十首抒情短诗，读时既没有顾及排列次序，也没有抱着赶任务写评论的目的，久而久之，若有心得。除了上面的“两个世界”的印象，还对“诗的本质”有所思索，觉得这些诗醇厚质朴、浑然天成，倒像是回到了诗的源头。

后来注意到《静静的湄南河》的目录编排，也正好印证了我的第一个印象。这部诗集分为四辑，前二辑小标题分别是“爱的时光”和“风的梦想”，后二辑小标题则是“在曼谷大街上”和“礼拜堂内外”。不正好是“情怀”与“世象”两个不尽相同的抒情层面？当然，仅从标题判断难免有误，甚至可能由“曼谷大街”“礼拜堂”这些字眼联想到曼妙多姿的异国风情。那么，还是从诗作本身观察为好。

实际上，《在曼谷大街上》是作者为数不多的“组诗”创作，包括十二首写实性、讽刺性的自由体短诗，分别以“路边大排挡”“的士”“小店铺”“广告牌”“跨国超市”“空中电车”“街上卖花的小孩”“汽车”“电杆上的燕子”“五星级酒店”“街边卜卦者”“中秋节日”为题，几乎囊括了任何一个国际化现代都市都具备的纷然杂陈的生活要素。从常理上说，这些生活要素本身并不包含任何价值评判，因为它们都是城市市民赖以生存的物质世界，怀着感恩的心情赞美它们是合理的，而如果诅咒它们则必有特别的背景或原因。在人类社会，这所谓“特别的背景和原因”也仍然是人与人的“不平等”以及资本主义经济运营的普遍规则，是莎士比亚、巴尔扎克、莫泊桑、左拉早已描述并诅咒过的。泰国虽是信仰佛教的国度，看来也无法绕开弱肉强食、金钱至上的社会规则。

“路边大排挡”固然是“穷人向穷人讨生活”的小买卖，“的士”也不过是城市穷人挣口饭吃的工具，而“广告牌”，“大的占有半边天/小的穿孔插空 星罗棋布”，则“都在引诱人们口袋/引诱人们上当”，诗人最后这样为之定位：“这是城市的维他命/养育城市的有钱人/与无产者无关”。“五星级酒店”令诗人发出喟叹：“不要埋怨社会不公平/公平就没有五星级酒店”，在另外一首《金钱自述》中，诗人更是揭示了金钱“投机分子”的特性。

第四辑“礼拜堂内外”中的愤怒更多指向了经济生活以外的政治扒手、投机分子或国际小丑。自然，这类诗并不好写，容易流于说教和表面化，而除了个别诗章较为直露外，这一辑中的大多数篇章仍然是形象化、意象化的，具有一种寓言诗的味道。譬如《生活写实》一诗，以各类“低级动物”的丑恶表演和一群自由飞翔于天空的小麻雀进行对比，有所寄托而又予读者以想象的空间，篇末“在曼谷选举日”的小注似乎也能给读者提供某种参考信息。

自然，社会也罢，自然也罢，人心也罢，虽有其浮华、黑暗的一面，而其向真、向善、向美的本性，毕竟具有更为强大乃至永恒的动力，诗人的职责之一就是要如先知一样向人们传播爱和美的信仰，以使人类永不放弃希望。在这方面，我觉得陈颖杜先生的抒情短诗是尽到了自己的责任了。“人生是一首诗/充满活力 爱情 欢乐/每一句都闪烁着幸福/每一个字都要留住//人生像一朵花/开放时绮丽灿烂/

花也会凋谢/每一时刻都珍贵无比”，这是《人生》；“杞人忧天/欢乐离你远远/天塌下来当被盖/欢乐同你共眠”，这是《欢乐》；“忘记它/压在心头的只是空气/想着它/空气也会把人压死”，这是《忧愁》；“远处钟声连续/人们默默地在/向主祈祷/祈求地球安静/人类和平//神的爱是否已光临/黎明是否到来/圣火荣光普照/但愿在此平安夜/钟声继续敲响/打开人们心灵/带给人间安宁”，这是《平安夜》。然而我最欣赏的还是《蝴蝶》一首，诗人看到一只蝴蝶翩翩飞到诗人的书房，“有时停在《叶甫盖尼·奥涅金》的封面/有时又站在《鲁迅全集》上养神”，诗人不禁为之倾倒，愉快地、天真地猜想：“可爱的 原来你也想当/作家诗人”。然而接下来，诗人还是从蝴蝶的位置出发，善意地劝告这只蝴蝶：“劝告你还是回归自然/回归大自然/去享受有限生命的自由/不要图恋人间烟火/都是钩心斗角无日安宁”。一时之间，诗人似乎忘记了即使是自然界也同样存在着“优胜劣汰、适者生存”的问题，而只看到了“有限生命的自由”。

不过，这种天真、自然、毫不做作的诗歌姿态，倒使人想到了诗歌的源头。那种质朴、稚拙、率真，那种丝毫想不到修辞而仅靠诗歌的本质力量打动人的东西，不正是存在于最早的诗歌里头吗？现在，我从陈颖杜先生的诗里也发现了这些东西，突然感到久违了的清新、天然重新回到眼前。那么，为什么那些读过很多书、受过科班的教育、一心想造出世界上唯一漂亮句子的“专业诗人”反而把这些东西丢弃了呢？想来想去，唯一的解释可能就是：陈先生不是科班出身，不是根据已有的诗歌模式去写诗，也不是为了证明自己最善于“创新”，他为了生计经营了一辈子商业，六十五岁才“弃商从文”，他是完完全全用自己的心去写诗的。所谓“言者所以在意，得意而忘言”者，是也。

写到这里，不禁想到自己与陈先生偶然相识的愉快经历。前年秋天，在重庆参加西南师大新诗研究中心举办的世界诗学论坛，最后一天我们同台坐在一起，陈先生主持，我担任点评，彼此才开始交换名片，有了简短的交谈，他的谦和与儒雅给我留下了深刻的印象，后来参观时我们还曾同桌吃饭，并且拍照留念。再后来就收到他从香港寄来的著作，从这些书的前言后记中，才知道陈先生六十五以前艰苦创业、六十五岁以后弃商从文的传奇经历，我真的感到不可思议。但是细细琢磨陈先生一段话，我还是理解了他，而且自己似乎也从中悟出了某种道理：“1996 年我进入 65 岁时开始反思：人的生命有限，有限的生命如何使用才不浪费？在商场拼搏了数十年，难道就为了财富而劳碌一生？人为财死，鸟为食亡，生命太没有意义了。我决定把企业领导权全部移交妻子，又辞去社会的繁琐职务，把身上羽毛抖干净，排除一切干扰，弃商从文，拾起荒芜了半个世纪的笔杆，专心一意去圆少年时的梦——写作。”

这就是一位七旬老人对生命、对写作的透彻洞明的参悟和理解，也应当是对于他所撰写作品——无论是诗还是小说还是自传的最好的一个注解。

“不识庐山真面目，只缘身在此山中”，人的确常常迷失在自己建造的城堡之中，想活得明白一点，最好还是激流勇退，以使自己与城堡保持一段距离。（丙戌年正月初四）

豪迈的香港涅槃之歌

——读王一桃新著《香港火凤凰》

一桃先生或许是为香港写下最多诗句的诗人。迄今为止，他已出版了两部专写香港的诗集，并以此成为著名的城市诗人。《王一桃香港诗辑》以细腻多彩的笔触描绘了香港这一东方大都会种种令人目眩神迷的风光，而最近刚刚问世的《香港火凤凰》，则在承续前集抒情主题的基础上，特别突出了香港历经百年沧桑巨变之后的新生和回归这一崭新主题。诗人热情、率真地抒发了对这一具有历史性意义的时刻的喜悦之情，从而为其诗歌创作中的“香港主题”增加了新的历史内涵和美学内涵。

《香港火凤凰》的内卷部分共收入诗作 85 首，其中较长的诗章 4 首，八行抒情短诗 80 首，另有一篇歌词。就整体而言，可谓富丽堂皇，色彩斑斓，热情洋溢，节奏晓畅明快。

长诗《这就是香港》和《香港火凤凰》无论在抒情内容还是抒情手法上都算得上相得益彰的姊妹篇。两首长诗回顾了香港在近代中国史上历经的灾难和屈辱，赞美了百年之间香港同胞为建设现代化的香港所付出的艰辛努力，同时也刻画了“东方之珠”的繁华富庶及繁华富庶当中的殖民文化色彩，两首诗在最后都满怀豪情地放眼香港的今天和未来，表达出“香港明天更好”的时代主题，表达了世纪之交、历史转折之际一位爱国诗人对香港的真挚祝福和赞美。另一首长诗《1997：我的回答》则以答问的形式表示了诗人在香港回归之际做出的明智而坚定的选择。“你问我:‘一九九七走不走’/回答你的是一个鲜明的‘不’/‘不绝非心血来潮脱口而出/而是深思熟虑如出佛口”。这是一桃先生的心声,恐怕也是六百万香港同胞的共同意念。

形式上,这几首较长的抒情诗既自由畅达,又有较多的格律因素。局部(如韵式和音组、跨行)是自由的,整体上(如结构、诗段、诗行的对称和复沓)则是格律的。王一桃受现代自由诗影响而有不少欧化的句法和跨行方式,但他似乎更多地发扬了传统诗学的因素,如讲究对称,推重音韵,又善于将通俗的现代口语和典雅的文言诗行镶嵌在一起,造成很强的兼容效果。如“别时/渔港睡眼惺忪/只有几滴珠泪挂在眼帘/归来/都市笑语喧哗/化作繁星满海满天/下海时/寨前滚滚伤心碧/寨后萧萧故土寒/一上岸只见南来北往银鹰/将惊涛骇浪烫得一片舒坦”。既富有音乐美和朗诵效果,也富有建筑美和视觉美感。此外,王一桃喜欢将东方意象和西方意象并置对比以突现香港文化中西杂糅的奇特风貌又喜欢以排比诗行和排比诗段造成起伏跌宕的节奏,增强诗的感染力度和抒情效果。这类修辞方法在《香港火凤凰》诸诗中随处可见,兹不例举。

相对而言,我更喜爱一桃先生以八行诗体创作的吟咏香港风物的系列组诗。对八行体现代格律抒情短诗,一桃先生可说是驾轻就熟,游刃有余,他通过这种整齐而活泼的诗体把香港的现世繁华和光怪陆离表现得活灵活现,跃然纸上,是香港20世纪历史变迁、风土人情的写真,称得上玲珑剔透的精短“诗史”。在这些八行体诗组中还时有神奇的破格之笔，如《香港交响曲》之一，只用了八个富有香港色彩的意象而以叠加和拼贴的方式就突现出香港社会难以描绘的状态："港湾加港湾加港湾/石厦加石厦加石厦/招牌加招牌加招牌/喇叭加喇叭加喇叭/紫荆加紫荆加紫荆/灯花加灯花加灯花/鸽笼加鸽笼加鸽笼/跑马加跑马加跑马"。的确是妙手偶得的佳构。

总之，《香港火凤凰》既是一册新鲜的、个人风格突出的诗集，又是一部描绘香港百年涅槃的精美史册。透过这部著作，人们不仅可以看到一桃先生澎湃的爱国情怀和豪迈的抒情风格，也看到了香港充满魅力的文化品格和壮美的再生雄姿。

1997 年 7 月 22 日

桑恒昌与马启代

金石其论　骨血其诗

——桑恒昌《诗醒了 世界便睁开眼睛》小札

一

情感。自我。冷峻。砺炼。意象。理趣。震撼。

拜托了，蚂蚁兄弟。数星星。木雕。人，就是一点点。胸中块垒。都在路上。怎样的一种疼。拟相思。

生命之砺炼。诗意之提炼。意象之凝练。词句之锤炼。

二

说到恒昌先生，我有不少美好的回忆。无论作为诗人，亦或作为诗歌保姆，当代诗歌事业的推动者，可说可叹的实在不少。

一个片段：20 世纪 90 年代初，在青州，诗刊社举办的一次诗歌评论会议，老中青三代各发其言，代际界限颇为清晰。恒昌先生从诗人立场出发，独抒心声，说他自己写诗，从不管评论家说什么。这句话，结结实实，给我以震撼。

读其新集《诗醒了，世界便睁开眼睛》，《后记》七则短论字字有金石声，与廿年前那个发言遥相呼应，又一次打动我。我以为，这七则短论，完全不是那类就理论谈理论、就诗艺谈诗艺而毫不关涉实际写作的架空之论，它是一位有血有肉、有情有义、有担当有坚持、有执着有韧性的诗歌写作者从半世纪切身经验焕发出、闪烁着天光又鸣响着金石之声的心底之音。你可以不承认它们是一般意义上的理论，但却无法否认它们出自珍贵的个人经验。也许这经验只属于桑恒昌一个人，但恰恰因此，这经验反而有了普遍意义。因为唯有个性的，才更近乎或者抵达所谓共性。

理论若不是出自个体的经验，它一定是可疑的。

桑恒昌标举“情感写作”，斩钉截铁，毫不含糊。这与“感人心者莫先乎情”的传统直接对应，但却未必能赢得某些时髦理论家的理解。因为理论家想的是“创新”，是“超越”，这当然也没错，可一味“创新”，离开了包括情感在内的人的基本和永恒的生物性特质，这为创新而创新的热情难免一不小心会滑出轨道，变成凌空蹈虚的癫狂。再者，诗人作为鲜活生动的创作主体，个性既是他的立足之本，也是评论家实施批评的前提性标准，批评家怎能抛开作者只顾自说自话呢？

我从近三十年前结识恒昌先生，读其诗，印象最深的，一是情怀之深厚，二是诗语之警策。我不太确定，地域、环境对人的影响究竟有多大，然对于山东人之为人处世乃至言说方式，我总有种固执的偏见，以为一个典型的山东人，一定是话语不多却拥有一副火热肚肠的，所谓重情义、敢担当、有骨血、不巧言者是也。说到恒昌先生本人，我以为他在《后记·之三》所说"冷色调"的诗出自"凄冷的童年"是诚恳的、合理的，也完全理解他对人生"苦难"和"砺炼"会给予诗歌以养育的解释。有什么样的人生，就有什么样的诗美学，桑恒昌抒情诗中最具个性特征的亲情主题以及完全与其血脉相容的修辞方式，正是由他个人所承受的生命苦难和他作为诗人锥心泣血的语言敏感所砺炼生成的。

三

如果说《后记》七则短论涉及了桑恒昌几乎最重要的个人诗歌写作观点，则"情感""自我""冷峻""砺炼""意象""理趣""震撼"也几乎就是观察其人与诗在艺术层面浑然融汇的最常用的关键词。"情感"是其诗艺的出发点，"自我"是使其诗艺生动撩人的灵魂，"冷峻"是其诗艺的基本色调，"砺炼"则是其从生活到诗的升华路径和态度。

而"意象""理趣"和"震撼"作为构成其诗艺的基本元素，经由诗人主体苦心孤诣的艺术转换，即生命之艰难砺炼、诗意之凝神提炼、意象之经久凝炼、词句之苦苦锤炼，终盈盈然锻造出一个独属于桑恒昌的诗艺空间。

《诗醒了，世界便睁开眼睛》一集，共收诗 136 首。反复研读，细细体味，熟悉而又陌生的诗行，寻常而又灵异的意象，不断让我沉入到一种强烈而又沉凝的画境中。我不断地联想到“生命”“血亲”“魂魄”“自审”“苦行”这些词汇，最后几乎从每一首诗里都能够看到一位悟道者坚凝静穆的形象，《知了》末句那“另类的达摩”岂不正是这位体验型诗人生动的写照？

《拜托了，蚂蚁兄弟》只是众多亲情诗中的一首，却已充分体现了这些亲情诗的一般特征。诗人以死后让蚂蚁送自己回故乡的极端想象，创造了一个新词“亲娘土”，又把这“亲娘土”转换为回归故乡后穿在身上的“新衣”，简直令人不可思议地“魔幻”和“超现实”，这样的想象和砺炼、提炼、凝炼、锤炼焉得不“震撼”！

不错，桑恒昌诗中常常出现这类“超现实”的梦境，“超现实”而不“主义”。我指的是一种用灵魂之眼看到的比一般意义上的真实更为深沉、强烈、清晰、阔大而仿佛幻境一样的诗境。

《人，就是一点点》也有这样的“超现实”之灵觉。其实就全诗而言，此诗语句甚平易顺畅，诗从日常的时间概念入手，一转而为眼睛看不见、感觉觉不到的“分针的一大点”和“秒针的一小点”，又依次转化、跳荡到“细细的灯芯”和“心灯”，再“从生命的深处走过来/再往时间的深处走过去”，经过这样反反复复的生命与时间的相互贯通，诗人对生命细腻到极致、又尖锐到疼痛的发现和感受仿佛跨过千山万水的跋涉一样呈现出来了：“人就这样/一点一点地死去/又一点一点地活着”——这还只是时间性的“活着”，另一方面则是：“无论暗淡/无论灿烂/无论在大拇指尖/还是在小拇指尖/其实/人就是一点点”。说实话，我的真实感觉是，一个写诗的人，哪怕只写出这样的一首诗，就已经把人这个字眼写至绝境了，也足以配称为真正的诗人了。

《数星星》《木雕》《胸中块垒》《都在路上》《怎样的一种疼》《拟相思》都是这样经得起一行一行、一字一字推敲的精品，这些诗已足够让我领会到人与诗皆已渐入“老境”的恒昌先生那颗明澈之心和一份从容之意。

四

死过之后
又死过多少次
才成就了
这把美丽的骨头

这“美丽的骨头”，在高僧，是他身后的舍利；在诗人，是他不朽的诗行。

2014年12月16日

《火欲》：生命主题及其结构形态

不知什么缘故，今年春末夏初，泰山一带不似往年那么干旱，反而时阴时雨，气温也偏于凉爽。山上泉流未竭，山下麦地青青。这一切，似乎都在预言戊寅虎年将是一个好年景。随后，气象学家也告慰人们，那个令人烦恼的“厄尔尼诺现象”将逐步消歇。但烦恼过去，灾难对生命的威胁却仍将存在，这也已经成为人类的一个基本经验。而有了这个经验，人类便可以从容不迫地面对任何自然与非自然的灾难,这大约就是 20 世纪人类所获得的最可珍贵的理性精神吧。

正是在一个氤氲欲雨的日子,启代送来了他的新著《火欲》,这也是他离开泰安后我们第一次的重逢。十年暌违,我猛然意识到,当年 22 岁的校园诗人如今已经 32 岁了!十年之内,启代一面经受着生活的严峻考验,一面荜路蓝缕,奋力开拓出一块又一块种植诗歌的田地,一面还承担着抚老携幼的家庭和工作的责任。期间他和朋友自费印刷问世、而后曾给他们带来许多麻烦的第一部诗集《太阳泪》,他自己的《杂色黄昏》和《苦渡黄昏》两部诗集,都先后经他人之手转给我,但作为启代最早写诗时的朋友,我却以惯有的矜持等待着更适当的发言机会。因此除为我所喜爱的《秋意》和《生长一棵野草》写了两段鉴赏文字外,我保持了一份沉默。我期待着找到一个切入启代诗歌创作的更好的契机。

但是自《苦渡黄昏》出版后,将近五年的时间过去了,启代为别人印制的书越来越多,他自己的新作却迟迟未能见到。直到今日《火欲》问世,才得以透过百余首短短长长的诗作目睹了已步入而立之年的启代既陌生又熟稔的风采。

通过《火欲》,我知道了诗人的贵州、山海关及故乡之行,更由此窥见了仍然年轻的诗人血肉淋漓的心路历程。启代曾写过一些很美的爱情诗,但在《火欲》中,爱情诗已被深沉的怀乡诗和亲情诗所取代;启代也曾写过许多灵秀的感觉诗,而《火欲》却少了感觉诗,增加了记游诗。诗体和语言方面的变化也极明显,从《杂色黄昏》那种尖锐的、热烈的、惊警的语言方式到《苦渡黄昏》朝生活化、平面化和哲理化的转移，至《火欲》则出现了多种语言风格和诗体风格并存的状况。而向孔孚、桑恒昌借鉴的痕迹尤为明显。在我看来，借鉴既是一种认同，也是一种尝试，而在启代，更为重要的还是在认同和尝试之后回归自身，形成一个即使并不魁伟但却十分鲜明的个我。从这个要求出发，我似乎更愿意推重启代的前两部集子。至于《火欲》，我觉得只有第四辑中的《娃娃鱼》《酒肉之伤》诸首才真正显示了马启代独特的诗歌性格，因而也是这部集子中最有分量的作品。

如果说对历史、对社会的反思构成了80年代诗歌的基本主题的话，那么90年代诗歌的基本主题已转换为对生命和存在本身的追问。启代的诗作，其创作时间介于两个十年之间，这使他有条件对历史主题和生命主题都有所挖掘，而且表现得也很有个性。就历史主题而言，《白佛》(《杂色黄昏》第24页)和《泰山》(《苦渡黄昏》第62页)两首足为代表性作品，那种尖锐深刻的批判力量和严肃到冷酷的历史态度最能体现启代诗歌的个人特点。而生命主题，在前两部诗集中就更为突出，佳构也更多。温柔细腻的爱情诗，丰厚灵动的感觉诗，鲜活纤巧的咏物诗，都给人留下了深刻印象，如《杂色黄昏》中的《名称：或隐或现的历程》《那是我的语言》及《很多时候我是一颗树》，《苦渡黄昏》中的《生长一颗野草》《一个秋日的下午》《北方的河流》《竹子站在任何地方》诸首。而今翻阅《火欲》，使我重又想到了这些有性格的作品，并仍然固执地认为：《火欲》中最好的诗还是那些对生命做出较深刻思考的作品。

对生命的理解和沉思，启代有渗透着自己血肉体验和酷烈感悟的独特之处。

在这些有关生命主题的诗作中，往往存在着三种力量。其一是一个对生命构成威胁的悲剧性情境；其二是面临威胁和侵凌的、代表正面力量的生命本体（通常以某种物象的形式出现，有时则是抒情主人公自己）；其三是承载着生命哲学理念的一位仲裁者，也就是诗人自身。启代似乎对与生命相对立的反面力量格外敏感，他所赞美、所表现的生命力量往往处于一个危机四伏的境地，其生存正遭受着种种似乎与生俱来的摧残。然而尽管如此，启代又总是赋予这些生命体以顽强的抵抗力量，坚忍、自信、不屈，最后以巨大的能量予以反抗，成为这些生命体的主要特点。而作为仲裁者的诗人，则总是站在正面立场，给这些被摧残而又以各种形式进行反抗的生命体以坚定的支持，并做出简洁的哲理阐发。这构成了马启代此类诗作的一般结构形态。比如《老树》的四个诗段，第一、二两段是对“老树”昂然不屈姿态的阐释：“老去的是时间/灵魂还站在这里//根都醒着/紧紧抓住地球”，第三段暗示出一种反面力量的存在：“有那么多那么深的伤害”，第四段仍是诗人作为“老树”的代言人所做的哲理阐述：“到了这时/再无需什么枝枝叶叶/只求个干净”。再看《羊的独白》：

给我张狼皮吧/让我披上/不然/我无异于活在屠宰场/

披上这皮就安全多啦/除了极少几个猎手/周围不

是恭顺的姐妹/就是手足般的狼兄狼弟

为了免于“屠宰场”的威胁，“羊”甚至以“羊扮狼装”的扭曲形式来自卫，真是怵目惊心！

一方面是被迫害、被剥夺，另一方面还有来自主体自身的自我否定，这形成生命主题的另一种结构形态，表现在《日历》《照镜子》《醉》《写给我儿康康》《酒肉之伤》诸作之中。《娃娃鱼》是对被俗称为“娃娃鱼”的两栖类动物大鲵的诗性解释。在作者看来，娃娃鱼是因为不敢进化而“留恋水中温热与安全感”才成为娃娃鱼的，“因为不敢于死亡，也便永远不能新生”，然而作者最终还是赋予娃娃鱼以一种自我觉悟的可能：“每当夜深人静/你便可听到水泽深处的哭声/觉醒了的娃娃鱼/用波涛作手臂/猛拍昏睡的山谷”。这是一种来自灵魂深处的自我启蒙，正是通过这样的自我启蒙、自我觉醒，完成了生命在被剥夺和自我蒙昧状态中的蜕变。《火欲》生命主题的基本构成大致如此。

《火欲》对生命尊严的捍卫，往往带着强烈的思辩色彩和生命哲学的内容。这种思辩和哲学又往往借助自然物象表现出来，其表现一般来说是和谐、成功的，但有时则因为疏于发现“物象”与“情志”之间的最佳契合点而显得生硬，像《藕》：“每一个骨节/都被暗剑射成了蜂窝”，《瀑布》：“死/也化一把血亮的利刃/直刺大地的心脏”，《火柴》：“头颅就是炸弹/压缩着一代人的悲怨”等，似乎就值得细细推敲。另外一些地方，如第四辑中的某些诗章，语气峻急凌厉，而较少蕴藉节制，对诗的整体美也有影响。好的诗，不仅要有内在的空间感和张力感，语言、意象和结构也应该是既硬朗结实又柔软活泛的。

《火欲》所叙述的一个个生命突围与变革的故事，丰富了人、生命与灾难抗争的经验。这些经验，经由实践的选择和沉淀，相信会汇入我们这个世纪人类理性的水泽。

1998 年 5 月 23 日

盛海耕:有意义的坚守

一

现代汉语中的“保守”一词,在20世纪作为与“激进”对应的文化概念,近百年来几乎在任何情况下都是贬义,其内涵延伸出来往往就是“反动”,就如“激进”的内涵往往等同于“革命”一样。民国时期的大批自由主义文人学者自不必说,就连共和国时期所有在政治、文化、艺术思想方面持较温和、谨慎态度的人们也无不被冠以“保守”“右倾”“小脚女人”的称号,从而备受批判、打击。以至于“文革”结束后的农村政策明明是回归式的拨乱反正,却不得不以“改革”的名义实施。“保守”担负的罪名可谓大矣、久矣。

不错,从宏观的背景观察,20世纪以来的中国文化动向正如历史上任何一个时段,总的态势是动的,是革故鼎新、寻求变革的,然而这种动、这种变革恰恰来自于历史发展的自然要求,有着内在的历史规定性,同时这种动与变革又是辩证的、循序渐进而又有所保留的。持续的、极端的、非理性的、违反历史发展内在规律性的“激进”与“革命”,最终难免遭受历史的报复,“激进”与“革命”的非理性程度越强,付出的代价也就越大。

20 世纪后期,人们逐渐明白了这个道理,开始反思世纪初以来中国文化的两次激进运动及其正负两方面的影响,如果说“五四”新文化运动时期激进主义思潮其正面影响尚且大于负面影响却已经潜滋暗长的话,则“无产阶级文化大革命”便是这种文化激进主义畸形发展结出的一个文化恶果,已没有丝毫的合理性和进步意义。当代学者王元化先生正是从这个意义上对“庸俗进化论”和“激进主义”进行了冷静地反思。

在 2003 年 10 月一次诗人笔会的发言中,盛海耕以《提请注意三个理论观点》为题,引述了包括王元化先生在内的古今中外几位思想家、理论家关于文化和文学艺术发展的论述,来为他的诗学论点辩护。我以为,这篇文章集中表达了作为当代诗歌评论家的盛海耕在从事诗歌批评、学术研究以及文学鉴赏方面的理论出发点和主要原则,也是当时众多诗歌理论文章中一篇独立不倚、有所坚守而不是出于某种私欲盲目顺应大流的力作。

在这篇文章最后,作者流露出他撰写此文、引述三个理论观点“意在使本来就尊重传统的朋友们更加坚定自己的信念,更深入地思考中国新诗的继往开来问题,而使蔑视传统的‘先锋’们头脑稍稍清醒一点”。仔细披阅这篇文章,则看得出盛海耕更多地是批评——批评自 1985 年以来近二十年间大陆诗坛“蔑视传统的‘先锋’”,在他看来:“在 1985

年以后的二十余年时间里，在多如鸡毛鸭毛的‘先锋诗人’（我把‘新诗潮’‘后新诗潮’‘新生代诗’‘先锋诗’姑且统称为‘先锋诗’）手里，中国古代、近代、现代、当代诗歌的传统遭到了全面的野蛮的破坏。”他列举了这些“先锋诗”“反传统”的种种表现，诸如：生吞活剥欧美现代主义诗歌理论，皮相模仿其形式，取其糟粕，去其精华；虚情假意，为文造情，批量生产矫揉造作的作品；“为写诗而写诗”“玩诗”；嘲笑亵渎忧国忧民传统，思想贫乏，精神缺钙；丢掉了“情理象”融汇的审美传统；丢光了诗的音乐美；割裂诗人人格与诗格，甚至丢弃人格修养……

作为对照，作者同时也梳理了中国古代、近代以及现当代诗歌积累起来的“优秀传统”和某些“弱项”，尽管这种梳理还较为笼统，但还是能够传达出盛海耕对“诗主情、情贵真”“为人生而艺术”和“以忧国忧民情怀为核心的诗的人民性、批判性、理想性”“个性解放”“诗体解放与诗体创造”以及“韵律的和谐的音乐美”等传统诗歌理论的推崇和尊重。这种梳理、推崇、尊重与强调，冷静客观，实事求是，态度平和却又真诚果决，其立论既建立在对中国古、近、现代汉语诗歌史的理性考察基础上，也融汇着论者独特而鲜活的审美个性与个人阅读经验。在这里，我倒愿意借取汉语“保守”的另一含义即“保卫坚守”“保持不使失去”来评价盛海耕在当代诗歌建设中的态度，且认为他这种态度虽不以刻意“激进”而炫人眼目，然在几乎一边倒、非理性的“反传统”思潮中自有其特殊的文化建设意义。在社会、文化变革的时代，人人争先恐后，变着法儿扮演“时代先锋”的角色，殊不知丧魂失魄的“为先锋而先锋”,最后往往什么也抓不住,只能被证明是“伪先锋”。倒是那些甘于寂寞、勇于坚守、甚至被视为“顽固保守”“抱残守缺”的少数派才是货真价实的“先锋派”。因为他们在浮躁的喧嚷中,看到了更为本质的东西。

其实,盛海耕对于带引号的“先锋诗人”的批评在当代文坛并非空谷足音,他与那些有敏锐判断力、有良知的青年批评家所发出的声音实在如出一辙。我愿意引述一位“70后”批评家的言论来声援海耕先生:“在诗歌界,年轻一代的诗人指责他们前辈的诗歌沦落成了意识形态的传声筒,他们自己却把诗歌改装成了一些不着边际的字词迷津,或者一种玄学气质,最终堕落成为知识和技术的奴才。”还有:“写作远离自己当下的境遇,凌空蹈虚,无所事事,那还有什么真正的文学可言?多数的作家害怕生活……他们不约而同地到故纸堆、历史古迹、远方的乡村、空旷的天空、发达的西方、图书馆、博尔赫斯的迷宫、普鲁斯特闭抑的法国书房中去寻找写作的资源,他们信奉的真理就是:生活在别处,文学也在别处。”而“任何因外在诉求不触及内心而产生的先锋,都是伪先锋,这个界限是非常清楚的,否则我们就难以区分什么是真正的革命,什么是恶作剧和哗众取宠。在我们这个充满猎奇心理而且很容易把新的都看作好的时代里,对纯粹技术层面上的革命保持警惕是必要的……”(谢有顺:《先锋就是自由》,《活在真实中》,中国电影出版社2001年版)

看来,正如对“传统”需要进行辩证分析、有所取舍一样，对于20世纪80年代以来的“先锋文学”也同样需要进行一番甄别与辩证，以便区分出哪些是真正的艺术创新，哪些是“庸俗进化论”和“激进主义”思潮泛腾起来的“伪先锋”泡沫。而在20世纪80年代中期以来甚嚣尘上的所谓“反传统”声浪中，盛海耕先生与那些抱持理性态度和艺术良知的评论家们对中国诗歌优秀传统的尊重、维护与坚守，实在是难能可贵的。

二

《提请注意三个理论观点》连同其他几篇写于20世纪80年代末、90年代初的诗评、诗论文章，后来收入盛海耕先生的新诗论集《诗苑偶探录》自费出版。这些文章包括《新诗三愿》《诗情与国情》《夏日二题》《我呼唤》《大题小作》《论20世纪中国爱情诗》和《中苏抗战诗歌沉思录》，后两篇学术性更强，是对新诗中的爱情诗和抗战诗做出的主题学分析，而前五篇却与《提请注意三个理论观点》一样，是基于对当代诗歌创作与理论所出现的种种偏差所发出的真诚呼吁。概括言之，他对“新诗潮”或曰“先锋诗”的严厉批评主要集中于这些方面：一是不尊重传统以及与此相关的生吞活剥西方现代派诗艺；二是远离时代、社会和生活而出现的平庸、自恋、琐屑、非理性倾向；三是舍弃以抒情、意象、比兴、韵律等传统诗美因素，而代以符箓化、晦涩化、非诗化的倾向。《大题小做》一文更是将二十余条打着“新潮”旗号一度以所谓“片面的深刻”流行一时的诗论一一给以剖析，拆穿了西洋镜,使其露出了空无一物的窘迫。与这些恶劣的现象相反,盛海耕在他的发言、文章中一次又一次地“呼唤”,希望新诗作者、诗歌理论家们“贴近生活”“靠近传统”、慎重持论,提出了“诗情离国情太远”“懂不懂第一,美不美第二”这些个性鲜明的论点。自然,对于诗歌艺术的“可懂”性,对于现代诗歌理论中的“晦涩”,对于“诗美”的丰富含义,理论家们或许会有各种不同的理解与阐释,不见得过于狭窄地给出定义,但盛海耕对这些诗学概念所做的辨析自有其诗歌史的依据和说服力,比如在论述“懂不懂第一,美不美第二”这个观点时对达·芬奇画作《蒙娜丽莎》和李商隐诗歌欣赏心理的阐释,比如对于当代诗歌思潮中“生命觉醒”这个概念从三个方面做出的辨析(《夏日二题》),再比如对于新诗与旧诗关系问题的解说以及对中国的李金发、外国的“未来主义”诗歌相对不成功的归因(《我呼唤》),就合情合理,令人信服。

有了评价、选择新诗的个人标准,也就不难理解盛海耕新诗研究的其他一些成果了。其第一部学术专著《公刘传论》1993年由百花文艺出版社出版,是当时(似乎也是此后)国内唯一一部以诗人公刘为研究对象的著作。为什么要选择公刘这样一位历尽坎坷、备受误解、性格火辣的诗人呢?盛海耕在《自序》中这样表述:“公刘的诗文以什么东西吸引了我呢?简言之:他那忧国忧民的赤子情怀,以人民的眼睛和心灵观察一切、感受一切、褒贬一切、取舍一切、有所为有所不为、知其不可而为之的精神界之战士的高尚人格,富于人民性、政论性、阳刚美的、刚正冷峻、慷慨悲凉的独创艺术。”带着对诗人的尊敬与认同，作者对公刘其人、其诗、其论、其文、其影剧作了全面深入的考察研究，剖析了这位“归来者”诗人的人生轨迹、心路历程和文学观念。对其他当代诗人，他专文进行论述的有《牛汉诗的崇高美》《刘征寓言诗的讽刺艺术》《杨山诗的品格》以及《中州赤子说范源》，他的审美倾向通过文章标题中的“崇高”“讽刺”“品格”“赤子”这些关键词自然已经全然表明，特别值得指出的是最后一篇，他为一位成就、名气都不是很大而又早逝的诗人撰写的纪念性评论，可以看出他从事诗歌评论的鲜明风格：不赶时髦，不认名气，不为捧场，完全从个人对研究对象的价值认知与判断出发。与此相关的则是，对于所谓大家、名家的错误或失误也不买账，该商榷就商榷，该批评就批评，保持了文学批评、文学研究应有、但却不幸被多数“评论家”放逐了的独立、客观、科学态度。

在这方面，《与余光中先生论戴望舒书》一篇可谓难得之作。余光中也是我尊敬的诗人，其诗其文的成就早有公论，不必多言。但诗人气质和过度自信有时则会使他对一些问题思考不慎，从而失去判断力，比如对现代诗人戴望舒的评价就非同寻常的苛刻、不公正，某些诗学观点也显得偏颇甚至自相矛盾，令人不禁怀疑余光中竟然会有此种言论。其文在《名作欣赏》发表，影响甚大，但一时却无人提出异议。盛海耕以公开信形式撰写商讨文章，为戴望舒及其诗歌进行辩护，对余光中先生的误解、误评也一一加以回驳，文章刊发于《诗刊》1993 年 4 月号，被编辑部加“编者按”郑重推出。对是非的当仁不让的态度固然可嘉，更重要的则是“通过认真的分析,坦诚的商榷”“亲切友好而又实事求是的理论探讨”达到了“海峡两岸诗评家相互交流诗观、彼此切磋诗艺”的目的。

三

盛海耕出身于杭州大学外语系,20 世纪 80 年代以来在从事教学工作中开始涉足新诗鉴赏与评论,早期撰写的现当代新诗鉴赏文章多在 80 年代由中央人民广播电台广播,《论尝试集》《论郭沫若新诗的成败得失》《闻一多与唯美主义》则已经展现了盛海耕在学术研究中坚持独立思考、拒绝人云亦云的学术风格,敢于在胡适被冷落的时代推崇《尝试集》的创新价值,敢于在郭沫若炙手可热的背景下探讨其诗歌创作的“下坡路”,倒真是表现出一些鲁迅所说的“浙东人的硬气”。其实在《公刘传论》的“序言”和《诗苑偶探录》的“后记”中,盛海耕都表示出过他的这种态度,如“我总是先认识作品,再认识作家”,如“我的‘科研’也有一个好处,那就是总要有不吐不快的情思和见解,才动笔写。每篇文章多少总有一点自己的心得,有一点新意,说的总是对得住自己良心的真话,总是花过一番功夫的劳动所得,总要充分地摆事实、讲道理,总要讲究语言文字,尽可能把文章写得好懂、好读;而决不为应付‘考核’而写,没话找话说,绝不赶浪头赶时髦,说些连自己也未必相信的昏话,决不或公开或变相地抄袭他人,决不只下结论,不作论证,搞霸道文风,决不把一句平常话扭上十八扭,摆出学问渊博学理艰深模样来吓唬老百姓。”

从学者应有的学术道德和学术素养角度看，这样的目标并非高不可攀，甚至也可以说这些都是一个学者需要遵守的最低学术规范。然而在这个学术道德失范、多数学者沦为“学奴”、为财富和地位不惜丧失人格、造假抄袭成风的时代，真正敢于“有所为有所不为”、能够做到上述要求，倒似乎比申报项目和学位点、争取基金和出版经费更为困难。可是，一个伟大的、有着深厚人文积淀的民族，一个发展着的、有着崇高而宏伟目标的国家，一个长期接受文明教育、承担着延续和创造文明使命的人文知识分子，难道就甘愿这么屈辱地沉溺于一己的欲海甚至连洁身自好都做不到了吗？我们可否从盛海耕这番自白当中得到一些有益的启示呢？

在诗歌论坛上，盛海耕先生并不以活跃著称，他更喜欢默默地观察与思考，除了《公刘传论》与《诗苑偶探录》，还有一部译著《在俄罗斯内地》，是19世纪俄罗斯文学家康・巴乌斯托夫斯基的短篇小说集；另有一部上海教育出版社出版的《品味文学》，是一部专论文学鉴赏的著作。阅读他为数不多的文章与著作，其长期以来形成的独立思考、崇尚忧患意识和尊重民族传统的学术风格给人留下了深刻印象，我以为，当今学术界实在太需要这种主体突显、勇于坚守、绝不盲从的作风了。

2009年8月29日

《蓝色恋歌十四行》及其他

诗成商籁韵　酒老女儿红

董培伦先生是我到杭州后最早认识的诗人之一，承他信任，他近年出版的诗集《太空之吻》和早年情书选集都郑重签名赐赠给我，我也均认真拜读，留下了很深的印象。去年，董先生电话中告诉我，他正在以他早年参加部队时的恋爱生活为题材创作一部新的诗集，全部作品都采用汉语十四行体，还说到要通过对个人婚恋生活的回忆与提炼，来反思那段以"政审"来决定每个人终身大事的荒唐做法。听到这些，我很兴奋，觉得无论对作者本人还是当代爱情诗创作，如能写出、写好这样一部诗集都将是一个新的突破，其意义不言自明。

果然，不久之后，董先生就通过电子邮件把他已经写出的大部分十四行体"蓝色恋歌"发给我了，我输出一份带在身边，授课之余随时翻看、欣赏；今年五六月份，董先生又将他的修订版打印稿寄给我，还反复将其中一些诗精益求精地进行修改后发到我邮箱里来，令我十分感动。想到一首好诗的产生是多么不容易呵！

当我再一次从头仔细阅读这部最后定名为《蓝色恋歌十四行》的诗集时，突然想起我在评论他那部《董培伦情书选编》时说过的一段话，因为我对这些“恋歌”的印象与对他的“情书”的印象完全一样，都让我想到了绍兴的传统名酒“女儿红”。我当时是这么说的：“20 世纪 80 年代，董培伦以《沉默的约会》等优秀爱情诗章而成为受读者欢迎的著名爱情诗人，现在，《董培伦情书选编》方令我们知道诗人曾经有过的甜蜜的、动人的爱情故事。从爱情到爱情诗，长长的岁月积累起来的情愫终于酝酿成为艺术的美酒，不但证明了诗人自己的钟情、忠贞，也再一次证明了人类之爱的深远、长久与芬芳。时隔几十年之后，这坛陈年老酒就如长埋地下的‘女儿红’，其醇厚的芳香必能令今天的少男少女感受人间至情的魅力吧？”

不错，以“女儿红”这个意向比喻董培伦当年的“情书”和今日的“恋歌”，实在很对。想想吧，从 20 世纪 60 年代前半到“文革”结束，一个平凡的水兵的平凡的爱情、婚姻故事，经过了将近半个世纪的酝酿和回味，升华为一首首精美的十四行诗，这个过程不正如“女儿红”酿制于女儿诞生之时、芬芳于女儿成人出嫁之日那样的绵长隽永吗？诗当然可以是即兴的，也同样可以是历史的、回忆的，对于人生而言，或许历史的、回忆的内涵更为深厚悠长，因为隔着一段岁月回味，对历史和生命的体验与思考当会与当初很不一样，所谓“蓦然回首，那人却在，灯火阑珊处”，所谓“而今识尽愁滋味，欲说还休”，所谓“只有一个人爱你那朝圣者的灵魂，爱你衰老了的脸上痛苦的皱纹”，莫不是沧桑岁月为患难余生增添的特殊色彩和特别意义。如果说写诗从某种意义上就像酿酒，那么是不是“时间”也同样常常就成为窖藏一坛陈年老酒的必要条件呢？

或许二者之间究竟不同，但我却敢说，假如没有近半个世纪的酝酿，假如董培伦在恋爱的同时就开始用抒情诗表现他和女友的情感故事，则无论是诗思还是诗体必不是眼前这部《蓝色恋歌十四行》的样子。我只举诗集后面一首《像滚滚潮汐日夜轮流》中的几行为例，诗人这样感慨：

> 人人自危却要互相揭发
> 明知违心偏要争先恐后
> 要好同事变成互相戒备的路人
> 至爱亲朋变成你死我活的对头
>
> 亲爱的，我们的青春多么短暂
> 何时结束这旷日的争斗

如果没有改革开放三十年来的时代变迁，如果没有诗人自己的切身感受和前后比较，恐怕是不容易发出“我们的青春多么短暂/何时结束这旷日的争斗”这样的感慨的。而《蓝色恋歌十四行》与尘封地下二十年的“女儿红”之相同处，也正在这里。它已经不再是对爱情的即兴赞美，而是对爱情极具时间性、历史性的回味和反思，正如布莱克所期待于一流诗歌的，它们超越了情感而升华为“经验”。

事实上，假如仅仅着眼于两个人卿卿我我的恋情，恐怕要构筑一部诗集的规模是相当困难的，因为尽管爱情是诗歌的永恒主题，但若不渗入人类的全部生命经验则这爱情也容易流于浮泛、浮华，正因为如此，我觉得之所以在莎士比亚、勃朗宁夫人以及中国女诗人林子的爱情十四行之后还需要新的爱情十四行，就在于世界和人类生活不断地发生着新的变化，积累了更多的新鲜经验，爱情的外延更加丰富多彩，董培伦的“蓝色恋歌”其意义就在于它恰恰提供了新的爱情生活内容。他把人类的共同情感和他本人的特殊经验融汇贯通，写出了具有中国“文革”背景的爱情诗章。在空间上，《蓝色恋歌十四行》涉及中国南方的鹿城温州、“天堂”杭州以及诗人少年时代生活过的山东、辽北，穿插着大量中国传统文化中的浪漫爱情故事；在时间上，从20世纪60年代“阶级斗争”的文化背景到“文革”中的“文攻武卫”，以及物质匮乏时代人们困窘的日常生活，直到改革开放新时期对这段生活的反思。其诗情的浓度和表现的广度，对于诗人自身而言，都具有相当大的突破意义，对于今天的年轻读者，也是一部有着“诗教”意义的生活教科书。

我愿意列举《我的胸怀就是你的家》《人类就是这样代代传承》《我寄你一条阿尔巴尼亚毛毯》这些诗章，认为它们都艺术地承载了上述意义。我也愿意引述《我把诗选套上红色的封皮》这首佳作，借此感受那个过去了的时代之真实氛围：

“吃一堑，长一智”的格言

让我学会善意的欺骗
在不能说真话的年代
“善意”欺骗就是一顶保护伞

最近我借了一本海涅诗选
众人面前我不敢翻看
在批判“封、资、修”的当下
读外国诗歌就是反叛

但我喜欢海涅的抒情风格
更爱他诗中浓浓的诗意
为遮蔽告密者的目光
我把诗选套上红塑料的封皮

亲爱的，尽管海涅身披红色外衣
阅读他我还是有点心悸

作为一位以写作抒情诗见长的当代诗人，董培伦先生的作品一贯重视诗歌的形式因素，他的早期代表作《沉默的约会》就是一首带有格律因素的、韵律和谐的优美诗作。现在，或许是受着世界诗歌传统和中国前辈诗人的引诱，或许是他本人的一次新的弹跳，他选择了汉语十四行这种讲究格律的诗体来传达他的“蓝色恋歌”，捧出了一束沁人心脾的海蓝色诗歌之花。十四行，这古老的欧洲诗体，这被闻一多先生译作“商籁体”、而又为徐志摩、孙大雨、李金发、朱湘、冯至、唐湜等诸多新诗前辈所喜爱的汉语诗歌中的新品种，在传统英诗中是多么难以驾驭的一种诗体，闻一多先生说："这体裁是不容易做。"但是对于熟悉中国近体诗特别是"七律"的人们，也许"十四行""韵脚""起承转合"的结构种种规定并不特别难对付，况且一种诗体换了一种语言去写，总还会在引进过程中产生这样那样的"变体"，真正难的恐怕还是诗本身，即有没有新鲜的诗意和独创的诗艺。从这个角度说，我不敢保证《蓝色恋歌十四行》每一首都经得住推敲，但总体上却深得这种优雅诗体之内在和谐的韵律，洒脱、晓畅、精致，正符合了中国传统诗歌短小隽永的特点。设想作者不是这样"化整为零"地把回忆写成各自独立的抒情短诗，而是采用长篇叙事诗的形式，则恐怕十有八九要失败。盖商籁之易被中国人接受者，正因其符合中国人的抒情习惯也。

话已经说了不少，或许尚不足以表述出这部诗集的种种好处，这也难怪，对于艺术品的正确做法或许本不在于条分缕析，而只应细细品赏就够了。若是如此，则我还是重复一下我的文章标题吧，因为那正是我对这部诗集的更准确的评价：

诗成商籁韵，酒老女儿红。

2009 年 7 月 4 日

十年风雪两地情——《董培伦情书选编》三思

"亲爱的小辽辽：你好！从今天起我就开始叫亲爱的了

……今天，干部科的同志告诉我，‘同意你们保持恋爱关系。’这是天大的喜事，真是喜从天降。这是奋斗的结果，这是盼望的结果，这是等待的结果。这是皇天不负有情人！请你放心吧，今后不必遮遮盖盖了。我们的恋爱应该公布于众，广告天下！”

生活在21世纪的“80后”一代，一定无从猜测、更无法理解这段“情书”所传达出的特别信息。什么叫“同意你们保持恋爱关系”？什么叫“这是奋斗的结果”？什么叫“不必遮遮盖盖”？既然是两个人的恋爱，为什么还需要“干部科的同志”“同意”？既然已经恋爱了，为什么却是“奋斗的结果”和“等待的结果”？既然是无关他人的私人空间，又何必从“遮遮盖盖”转而“公布于众”“广告天下”？

无从猜测、难以理解的，又岂止是这段“情书”？《钢铁是怎样炼成的》中保尔与冬尼娅的“分手”，《青春之歌》里林道静对余永泽由崇拜到唾弃的“转变”，《刑场上的婚礼》中两位烈士在刑场上宣布结婚时那一瞬间的“幸福”，20世纪50年代的诗人闻捷所曾讴歌的“苹果树下”的爱情，恐怕也早已因为时代的变迁而令今天的少男少女们百思不解了吧？

可这一切，却都曾经那么真实而又激动人心，在数十年内被认为是最值得推崇和效仿的、属于“共产主义理想”范畴的“爱情婚姻价值观”或模式，经历过那个时代、接受过“共产主义理想”教育的中年以上的人们，看到这段“情书”，想必会有会心的联想或亲切的回忆。自然，通过“政治组织”的核准来缔结婚恋关系，今天看来或许有违反“人权”乃至“人性”的嫌疑，或许有不可思议的荒唐感，然而作为人类历史阶段中一段特别时期的爱情婚姻模式，其产生的原因和表现形态，却具有独特的文化人类学意义，值得认真研究。我想这应当是《董培伦情书选编》的意义之一吧？

从1963年春到1973年冬，长达十年的时间。这段时间，正是中国的社会政治、文化伦理、风俗人情发生天翻地覆变化（流行的术语是“变革”）的时代，其中从1966年到1972年又是“文化大革命”的高潮时期，只要想象一下，就可以知道这里面所包含着的丰富的文化史和社会发展史意义。“情书”尽管是两个人心与心的碰撞，但由于特殊的历史，这心与心的碰撞却也折射出了历史的面貌的一角。时过境迁之后，这两百二十多封信件字里行间透露出的社会信息仍然令人感觉有“味”，即在于此。兹再举一例：第四十八封信似乎专写“进步”问题，诗人说：“现在我只想谈一件事，关于我们相互之间的进步问题，这个问题对你我来说同等重要，我需要解决的是入党。你呢，是从一个社会青年，早日加入自己的团组织。我现在的主要缺点是不能很好的接近群众，别人反映我清高，我想这也很对，检查起来，我所接近的都是一些喜欢文艺的人……”同一封信，作者还谈到“学习”问题：“记得前些日子，寄给你几本书，你最好认真地读读，毛著学习更要抓起来，学不学是个阶级感情问题，这是当前的时代潮流，人人要学毛著，不学就不会进步，我建议你先看看毛著第一卷，第一篇：《中国社会各阶级的分析》一文，了解一下谁是我们的朋友，谁是我们的敌人，很有必要，对照一下自己更好，这篇文章我学了三遍，认识到自己也属小资产阶级出身，在思想上有很多地方存在着小资产阶级的感情，应引起警惕。”

引述这段“情书”，当然不是为了鄙薄作者那时纯真的信仰和政治热情，只是想从一个侧面说明彼时“渺小的个人”与“伟大的时代”的关系。如今的人们尽可以不理解、甚至会嘲讽这种纯真的信仰和政治热情，但却未必深思过之所以产生这种信仰和热情的复杂的原因。在“伟大的时代”当中，作为一个普通的海军战士，又如何能够超越什么呢？况且，每个时代其实都有其“不可抗拒”的特性，即如 21 世纪的今天的青年人，又有多少真正敢于并且真的“超越”了时代和人自身的局限？看看那成群结队的“追 X 族”其实就明白了。不过，人毕竟不是机器，即使是忠诚的战士，有时也会有发自心底的牢骚：“结个婚也真困难，又要政治审查，又要婚前体检，又要符合年龄规定，又要……真像孙悟空去西天取经一样，不知又多少障碍！”（第一百零九封信）可见人的天性是多么坚韧！

当然，那个时代不少东西的确是荒诞的，“情书”也为之留下了影子。譬如第二百三十六封信中提到的“681 药粉”，相信人们读了一定会想到今天类似的事情。“据一份材料介绍，这种药物的发现，相当于我国第一颗原子弹的爆炸成功。为治疗各种疾病开辟了广阔的道路。是一位贫农刘××发现的，他的妻子得了克山病，非常严重，跑遍了大医院，都没法治，最后，他用卤水为妻子治好了这种病。是 68 年 1 月份的事，故取名为 681，东北各地的医院正大量采用，有催眠镇静，强心利尿，消炎、增加食欲之功效。”在述说了传闻中神奇的药效后，作者写道："我看了一份介绍之后，我惊呆了，这简直是一种神药了。"神在哪里？"据说，东北各地军民，做馒头都用这种药，没病的可防病，有病的可去病。"其实，类似这种离奇的神话，今天的时代似乎也并不鲜见，人们制造且迷信神话的心理动力，借用那时流行的一句话，大概就是"历史有着惊人的相似"吧！

所以，有了对历史、对人性的真实的、深刻的了解，也就不必诧异于"文革"乃至今天的种种荒诞了。需要注意的只在于两点：一是如何尽可能地运用科学和理性避免陷入这种迷信、蒙昧的陷阱，二是抓住另一些美好的、永恒的东西，即人性中那些光明的、温暖的、有价值的东西，竭力使之发扬光大。

这也就是《董培伦情书选编》的第二个意义，他给我们留下了人世间最基本、最美好的东西："爱情"。使我们相信了，即使在那么荒唐的岁月，由人类的生存、繁衍性质决定的欲望、婚姻、情爱也还是那么顽强地、坚韧地存在着、生长着。尤其是，当我们想到作者当时的身份——高度政治化了的海军干部，而能通过"情书"披肝沥胆、毫不虚伪地表达对"爱"的执着时，真是又惊讶又感佩。

就像任何时代的爱情一样，彼此之间从最初的开始（当然是经人介绍、牵线）到最终的完婚，充满了类似于"战争"的那种时或信誓旦旦、时或拉锯、猜疑、谈判等种种现象。"你在来信中，都说些什么？是不是从你的心中讲出的？什么'算了'，什么'结束吧'，这样不好，小辽辽！你把爱情处理得太草率、简单了，像小孩'过家'一样，说干就干，说不干就不干！你难道想使我们的爱情变做昙花一现吗?”(第四十九封信)然而更多的则是恋人之间真诚细腻、无微不至的相互关怀和相互体贴,这使我们想起那位世纪老人信奉的名言:“有了爱,就有了一切!”1965 年 3 月,作者即将离开杭州,沿长江执行勘察任务,行前写信表达矛盾的心情:“长江在前,辽辽在后,前者令我顶礼膜拜;后者让我梦绕魂牵……”(第七十九封信)当收到爱人寄来的衣物和食品后感觉到的“幸福”令人陶醉:“急雨瓢泼,西北风烈,正是入寒时节！谁怜衣裳单？盼暖心切！寄的不是衣,爱人心一颗,扑入我胸怀,天寒心里热!”(第六十四封信)“自从透露了我睡得很好的秘密之后,这几夜总是失眠,每夜十二点就被警卫班的时钟敲醒了,一醒就失眠二、三个终点,一醒你就来打扰我,想啊想的……想你想得太多了,除了工作,除了诗思之外叫你占据了我整个心灵。辽辽,这是没法摆脱的,我也不想摆脱,我反倒以为这是一种幸福。”(第一百零九封信)

20 世纪 80 年代,董培伦以《沉默的约会》等优秀爱情诗章而成为受读者欢迎的著名爱情诗人,现在,《董培伦情书选编》方令我们知道诗人曾经有过的甜蜜的、动人的爱情故事。从爱情到爱情诗,长长的岁月积累起来的情愫终于酝酿成为艺术的美酒,不但证明了诗人自己的钟情、忠贞,也再一次证明了人类之爱的深远、长久与芬芳。时隔几十年之后,这坛陈年老酒就如长埋地下的“女儿红”,其醇厚的芳香必能令今天的少男少女感受人间至情的魅力吧？

而且,从文学写作的角度看,这些虽以“人性”为基础、倾情礼赞人间至爱却不能见容于那个迷茫风雪年代的“情书”,显然只能长期作为一种“地下文学”而存在,它们并非为发表而写作,即便多么缺少结构、内容多么琐屑,如今读来反而更觉亲切有味,自自然然显示了文学的本质。或者,它们作为当代文学“潜在写作”之一种,当另有一份独特的文学史意义乎?

2007 年 4 月 19 日

当代诗四题

诗人：夜莺，还是预警者？

在董培伦先生约我参加瑞安青年诗人林新荣诗歌研讨会的时候，我颇为踌躇。一方面，除了前辈诗人唐湜、莫洛，我对当代温州地区的诗歌创作十分陌生，贸然参加或者贸然发言都难免令人尴尬；另一方面，我也不熟悉林新荣和他的诗，去了而不说话当然不礼貌，泛泛而谈却又非我所愿。与其顾左右而言他，不如老老实实呆在家里读本闲书。但培伦先生说，他有两本林新荣的诗集，可以带在车上让我读读，并认为我读过之后一定会有话可说。

这样，我就和浙江省作协的几位诗人、评论家一起上路了。此时已是晚秋时节，车窗外面，一路上尽是万山红遍、层林尽染的好景致。而我只是偶或一瞥，大部分时间都是沉浸在林新荣渲染的诗境里，五六个小时的路程竟这样不知不觉赶了过去。车到瑞安，万家灯火，《涉水之痕》和《抵达》两本薄薄的诗集也已被我一页一页地翻过去了。

或许是心有戚戚的缘故吧,我对林新荣的诗有一种强烈的认同感。他的诗短小凝练,用词精确,意境幽远,给人以和谐、静谧、安宁之感。这一点,在他90年代的诗作中体现得特别好,特别美。他的诗耐读,他不是为凑句子写诗,而注重对自然、生活的体验与感悟,这是一种东方式的体验与感悟。

林新荣比较善于推敲词句和营造意境,亲和传统诗学,其诗往往有古典式的意境美。这似乎流露出林新荣的古典情怀。在超越世俗功利之后,能安静地坐下来,观察生活,体验人生,不虚夸,不浮躁。在这样一种状态下,他的诗进入了一种类似于禅悟的境界,特别是那些极短的小诗,通过一种类似于"月下归来僧敲门"的意境,传达出撞击心灵的力量。如《涉水之痕》中的《亭》:"茅篷的小亭/三两个净友"只两句话,类似唐诗的意境就出来了。干干净净、清清爽爽。

再者,林新荣的诗歌具有整体感。读他的诗,难以发现具有爆发力和冲击力的句子,他好像不太追求这个。中国传统诗学有所谓"有章无句、有句无章"之说,他的诗可能前者居多。这与他注重整体感有关。所以对于林新荣的诗,最好不要一句一句地去分析它,把它拆开来读,这样会破坏它的整体性,而只能去感觉它、感受它。当然这样一来,有时候也会导致对现代性的排斥。如《注射器》,他把注射器比喻成一种暴力,潜意识中流露出对现代文明的疏离,这可能妨碍他诗歌艺术的突破。

还有,林新荣在诗歌里,突出一种地域文化背景。古老的、具有乡土特征的文明，是不是还需要我们的关注？还能不能继续成为我们精神上的一种资源，这可能是个值得深思的问题。他在散文里有时谈到自己的诗风，提到有些读者不理解他，批评他的诗歌缺乏冲击力或爆发力，缺少一种宏大的力量，或曰“张力”，言下似有委屈之感。其实，何必刻意去追求这种“冲击力”呢？因为人总归是一种文化动物，总是不自觉地受到自己置身于其中的那种文化的制约，这就要求你从自己的文化出发，去思考，去写。林新荣的诗有戴望舒诗歌的气质，有着柔美的风格，简约而精致。这是一种属于南方的文化，你无法摆脱它，也不必摆脱它。不但不必摆脱，而且需要产生进一步的自觉。与此相关的是，他不热衷于城市化的、社会化的东西，而比较欣赏自然的状态，这是他的特点，也是他的优点。更可贵的是，他的诗里充满一种乡土气息，油菜花、鹰、丝瓜是他常用的意象，可能没有了这些东西，就不是林新荣了，我认为他的这些追求是值得赞许的。

他的诗视觉感很强。但这种视觉感是东方式的，用画来比喻，他的诗不是油画，而像传统的中国水墨画，但有些时候，又有某种印象派的成分。他还有一种过滤的本领，善于把多余的东西过滤掉，把最主要的东西留下来，造成了类似于中国画留白的效果。他的诗镜头感也很强，他常常用特写的方式去扫描、去捕捉意象，如《一只蟹》。也许是他喜欢纯净美，因而在他的诗里往往喜欢“一”，而很少展示“群”或者繁复的画面。

林新荣写了这么多年，赢得了很多欣赏他的师友，但似乎还没有产生足够大的影响。我想,这或许与他“宁静”的风格有关,这当然并不可怕,只要眼睛盯住生活,坚持走自己的路,靠作品说话,并且不断有超越自我的自觉,细心揣摩中外诗歌大师的经验,就会有持续进步的力量。但愿他能超越自己,敢于接受时间的检验。

从瑞安回来,我又拜读了诗人新编订的以故乡瑞安为抒情内容的诗集《天瑞地安》。他在自序中说道:“2005 年,我突然想起写诗近 20 年,从没有认真为家乡写过什么,于是开始为自己选题,用一双现代的眼睛去打量千年罗阳的风土人情,历史遗迹,文化名人。但家乡的历史遗产、自然风光、社会先贤,有的因年代久远被历史湮灭,有的因太熟悉而找不到感觉,真正写出来就更难了——因为先分析再选题,带着‘目的’去写,这种理念先行的做法,往往会弄丢了诗歌的基本文体特征,不像平时。写出来后,如果缺乏新鲜的情感体验,抑或缺少独特语言表达,或者别样的音乐旋律,肯定是得不到读者的认可的。”这里,一方面是对乡土主题的自觉意识的产生,一方面却又是对主题先行这种写法的警惕。因此他又说:“我知道此类题材的写作,是吃力不讨好的。一是不小心,会成了浅薄的歌功颂德或政治图解。二是它有地域局限性。三是角度和方向问题,若偏离了,会变成一种狭隘的个人意义上的寻根。这些都不是我的初衷。”由此看来,他对这种写作策略的利弊还是十分清醒的,这也打消了我的顾虑。因为我读过这部主题性很强的新集,并没有感觉到那种刻意表现一点什么的生硬,或者说那种概念化的、所谓宏大抒情以及时代主题的东西,林新荣还是林新荣，他还是画着他自己的风情水墨，还是重呈现而少铺排、少说教。诗分四辑，依次由自然而人文、由远景而近景、由民俗而文士地白描、渲染，最后构成的就是一幅以瑞安风物为主题的水墨风情画。节奏依然是舒缓的，色彩依然是淡雅的，基调依然是温馨的。如果说还有什么不足，那就是处于转型时期的已经受到商业化、工业化、现代化负面价值影响的瑞安的深层次的危机被诗人有意无意地忽略了。我以为，今日之乡土诗，不应该只满足于、沉醉于那种牧歌情调之中了，诗人不完全是夜莺，他也应该是预言者和预警者。

在艾青、蔡其矫之后，海子曾经可贵地听到过土地的质问，但是现在，哪位诗人还在关注着大地的痛苦呢？

我注意到，林新荣似乎也已意识到这个问题。他在为诗友撰写的评论中不是说过吗："传统意义上的柔媚的江南在诗中被一扫而空，剔除务尽，却从中增添了大量伤痛、死亡以及对粗糙生活的直接描摹，显示了简人对诗歌与生活的另一种能力，这种剥开生活表面的柔美，分明砸痛了不少读者的神经。给人感觉沉甸甸的，我以为，更能体现生命的意蕴，生活的本质。"（《蒲河中的简人》）我指出这一点，并非要求诗人一定也去这样写，只是感觉到，林新荣并没有逃离生活现场，至少他能欣赏另一种眼光、另一种风格，看到了风景后面的另外一些画面。

这样的敏感和尖锐是需要的，尤其对一个当代诗人。

2007 年 11 月 19 日

《群众呼声》与"中国喜剧"

河南王学忠有"平民诗人"之誉,其诗常由平民视角观察当代生活,看出的往往是最普遍而又最被忽视的另一种生活真实。这种真实,不同于当代媒体的正面报道,倒与狄更斯、巴尔扎克或者契诃夫小说世界中的情形相似。

当然,也不完全一样。因为时代不同,国度不同,制度也不同。或者可以把这种出现在当代中国的生活真实称为"中国喜剧"。

这里只说《群众呼声》一首短诗。

"群众"一词,是革命时代的专有政治性名词,其近义词为"人民""大众"或"民众",与其相对应的词则是"领导""干部",因有"干群关系""群众路线"之说。《现代汉语词典》对"群众"的解释有三:①泛指人民大众。②指没有加入共产党、共青团组织的人。③指不担任领导职务的人。可见不管取哪种解释,"群众"都应属于被统治、被领导的人群,或曰平民,也就是"老百姓"。

但是按照革命理论的要求,现代意义上的"群众"或"老百姓"并不等同于旧时的"子民"或"草民",而是革命的目的,是革命"解放"的对象。同时,领导干部与群众的关系又是源头活水的关系,所谓"从群众中来,到群众中去",故而又常常把"干群关系"比喻为父母与子女的关系。只是与旧时的"父母官"不同,领导干部变成了"子弟官"(由"子弟兵"推导出),有时又叫"公仆"。陈毅诗云:"靠人民,支援永不忘。他是重生亲父母,我是斗争好儿郎。革命强中强。”

既然如此,“为人民服务”之成为革命宗旨,也就顺理成章。“关心人民疾苦”“倾听群众呼声”自然也是题中应有之意。

“呼声”,字面的含义是“呼喊的声音”,而具有时代性的内涵则正如《现代汉语词典》所诠释的:“指群众的意见和要求”。

至此,《群众呼声》一诗的标题性质及其含义算是比较清楚了,换种说法,也就是“群众的意见和要求”,是一个政治性、原则性很强的词组。

诗分两段,相互对应,属于最古老的结构方式。两段的诗意基本上是对“群众呼声”这一词组所昭示的社会现象的诠释,然而是重复的,没有对这“呼声”的回应。客观上倒产生了意味深长的意义:只有群众呼声,没有干部回应,革命的宗旨是否已经失落?

诗的核心只是一个比喻性的修辞:群众呼声“犹如”爹妈对儿女的呼唤,这种呼唤,有时是“告诫”,有时是“叮咛”,有时有“诅咒”,有时有“卑躬”,却都是“语重心长”。

这种比喻,会让人想到被遗弃的老人孤苦无告的悲哀。这种“群众呼声”也会让人想起一部叫做《高山下的花环》的当代小说。这种对当代社会生活真实的观察与表现,同样真实地体现了诗人身为平民不得不然的焦虑、激愤甚至凄然。说实话,读了诗,联想到诗人艾青的《雪落在中国的土地上》和穆旦的《赞美》,那些为国家、民族付出辛劳和牺牲的劳苦大众,以及实际生活中那些没有呼应的“呼声”,的确叫人痛心。

可是,我不得不说,仅仅从固有的定义或比喻上表现“群众呼声”究竟有多少意义是令人怀疑的。因为时代在变,社会组织和社会关系在变,“干群关系”还能继续延续传统意义上的“父子关系”吗?仅仅靠家族和道德的呼声还能调动“公务员”的责任意识吗?

诗可以“怨”,从这个意义上说,《群众呼声》体现了平民诗人可贵的良知;而从诗的社会观念着眼,这种“怨”却又缺少了一种建立在现代民主政治和法制社会基础上的正义力量。

巴尔扎克时代的“人间喜剧”已成为历史,令人忧虑的当代“中国喜剧”理应经由中国社会的持续进步而收场。

2007年9月8日

以思念的光芒照亮忧伤

忧伤,一种久违了的古典的、浪漫的情怀。

不错,初读于炼的《忧伤》,唤起的竟然是有关拜伦、雪莱、彭斯、华兹华斯和亨利希·海涅爱情诗篇的温馨记忆。“繁星点点伫立天庭,纹丝不动高悬中天,几千年来遥遥相望,倾心相爱痛苦眷恋。”自然,令人刻骨铭心的思念不止沉淀在悠远的往昔,也曾经激荡于我们自己的青春岁月。“在生活中,我永远和你隔离,在灵魂里,我时时喊着你的名字。”

一样是走不尽的天涯路，一样是说不完的伤别离。

可是，每一个人都有不同于他人的独有的情感际遇，每一首诗也都蕴藏着属于自己的语符结构。于炼的《忧伤》属于于炼。

忧伤，诗人赋予你的是怎样的内涵呢？

是思念的光芒，是沉默的花香，是泪水的流淌。

思念的光芒源于时间的沉淀。我们猜测这是一个回忆中的爱情故事，相遇已成过去，可时间让它“宁静成一个水一样清透的夜晚”，于是，联想中的“眼睛”“月亮”一一映现，诗情也一下子搅动起最初的波澜：“啊，忧伤 我的一生都漫射着 思念的光芒”

一次升华。

沉默的花香来自严寒的提炼。“你”第二次出现，带来的是“祝福”，“是永远无怨的开放”，“无怨”一词，似乎透露出某种情感的秘密，而现在诗人是怀着一份感激赞美这种动人的大度。我们又猜测这个爱情故事是否曾经交织过某种令人负疚的成分，因为在这对于“花香”的回忆中，还有若许“沉默”和“沉重”的丝缕幽幽飘荡？

一番沉陷。

流淌的泪水发乎别离的孤苦。层层叠叠的日月，层层叠叠的怀想，积累起来的是彼此都难以承受的孤独和彼此望眼欲穿的寻觅，“离群的山羊”“野坡的枯黄”把这种孤独与寻觅告诉了我们。然而没有转折、没有奇迹、没有结局，忧伤又回到了忧伤。终于，我们被浸泡在了伤情的“泪河”之中：“啊！忧伤 你是一条泪河 日夜在我心中流淌”

一种抑制不住的伤逝。

静静的回忆,沉沉的感怀,苦苦的倾诉,诗人是这样一层一层剖露着自己的情怀,浪漫的然而是单纯的情怀。“月亮”“丁香”“山羊”的意象,锁定了诗的感情基调是自然、清纯与淡雅,没有透露社会的、文化的信息,但使我们感受被艺术化了的美丽的“忧伤”。

《忧伤》的结构因清晰的层次而显得归整,也有着古典诗歌、包括民歌那样的节奏或旋律,因此大致说来,它应该属于格律成分较多的抒情诗,意象与意象、诗行与诗行、诗节与诗节、诗意与诗意之间,都存在着内在的、密集的呼应。

诗歌中的忧伤永远是美丽的,因为照亮它的是美丽的思念的光芒。

2006 年 12 月 17 日

话说朗诵诗

虽说所有的诗歌作品都可以通过声音传达出来,但这并不意味着所有的诗都能被耳朵所接受。原因就在于朗诵诗作为现代抒情诗的一个特殊品种,有它独特的抒情特征、传播特征和接受特征。

首先,朗诵诗不同于那种“吟诵诗”。有人说朗诵诗富有音乐性,这并不错,问题在于富有一种什么形式的音乐性。因为仅有音乐性还不能被称为朗诵诗。比如某些旧体诗和十四行诗,虽有严整的格律却大多不适于朗诵;又比如某些象征派诗虽然强调旋律感，也并不适于朗诵。因此朗诵诗的音乐性，应该是具有“可朗诵性”的音乐性，《现代汉语词典》对“朗诵”一词的解释是：“大声诵读诗或者散文，把作品的感情表达出来”。“朗”，除了指“光线充足”之外，就是指“声音清晰响亮”。

其次，朗诵诗更不同于那些侧重于视觉效果和诗意含混的作品。比如大多数现代派诗，越来越趋向于对纤细的心理感觉经验的描述和追求语言方式的极端个人化，有意拆掉作者与读者之间、个人与社会之间的桥梁。伴随着诗歌创作的个人化，诗歌阅读活动也逐渐趋向于个人化，这也就谈不上朗诵。

应该说，朗诵诗作为现代抒情诗的一个品种，它应以主题鲜明、节奏明快、音调和谐、适合口头朗诵为基本的文体特点。具体说来，它还应该在以下几个方面有所突出：

一是直接抒情性。这是指作者将自己的情思尽量清晰、明朗、响亮地向读者和听众表达出来，在诗的结构、意象、语言诸方面都要考虑到与读者的直接沟通，这和一些现代派诗“感情内敛而加深，表现加曲而扩张”的特征是非常不同的。当然，直接抒情性并不表示以标语口号代替艺术构思和意象的营造，而是就朗诵诗直接面向读者和听众的特点而言。事实上，很多成功的朗诵诗都极为讲究艺术性和技巧，比如余光中的《乡愁》，流沙河的《就是那一只蟋蟀》，只不过这种艺术性和技巧同时又要不露痕迹、通俗自然而已。高平的《中国情结》和程维的《用诗歌祈祷和平》，一方面有比较完整的艺术结构，同时又切近最触目惊心的社会主题，避开了简单、直白的陷阱。这些作品让人联想到诗人绿原的诗句：

所以，诗永远是
人类最想说
而又没有说过
而又非说不可
而又只好这样说的
话

二是强烈的“现时性”或“即时性”。在这里，“现时性”或“即时性”同时包含现实性和时代性。从本质上说，朗诵诗是高度社会化生活的产物，和一般抒情诗不同，朗诵诗应该更多地侧重于表现社会性、现实性和时代性的主题，即使是写历史，写心灵，也应该是对社会和现实生活的折射。新诗历史上成功的朗诵诗如艾青的《雪落在中国的土地上》、戴望舒的《我用残损的手掌》、高兰的《哭亡女苏菲》、臧克家的《有的人》，无不具有强烈的现实感和时代感，尽管它们切入主题的角度有异。获奖作品《谁的母亲》《读书》，都以简洁朴素的语言凸现出我们时代某些最暗淡的缺陷和最揪心的呼喊，给人留下了深刻的印象。

三是抒情语言的可朗诵性。这大概是朗诵诗最主要的诗体特征。郭沫若一生写了那么多诗，但经常被人们朗诵的还是《凤凰涅槃》和《天上的市街》等少数作品，而这少数作品除了其它好处外，很重要的一点就是它们不但可以静赏，同时还可以朗诵。《凤凰涅槃》那错落有致的节奏，鲜活富丽的词汇和响亮的尾韵都很能调动起听众的共鸣。一般抒情诗可以不必太考虑诗歌语言是否响亮入耳,朗诵诗却不能不注意这一点。

四是与听众的直接交流性。一般意义上的抒情诗只限于个体的鉴赏和玩味,朗诵诗却可以、而且最好是直接面向读者(往往也是听众)进行双向交流。因为“朗诵”恰恰是朗诵诗的主要传播方式,朗诵诗只有在朗诵中才能获得最完美的实现。如果说一般意义上的抒情诗是平面的,则朗诵诗就是立体化的。

最后,需要强调的是朗诵诗艺术上的独创性。新诗诞生以来,就量而言,朗诵诗不可谓不多,但是一个普遍的问题是:很多朗诵诗在具备了以上一些文体特征以后却仍然不能打动人,原因即在于缺少了艺术上的独创性或者不可重复性。朗诵诗作者常常为了某个短期的政治目的或时髦主题而创作,结果往往就是以功利性代替艺术性,不能始终如一地面对永恒,实际上也就取消了朗诵诗的独创性。而这正是朗诵诗最容易“过时”、最容易出废品的根本原因。

1995 年 6 月 26 日

“中间代”诗人黄纪云的生命之思与历史之问

一

知道黄纪云，始于前两年骆寒超先生操办大型诗刊《星河》期间，在《星河》创刊座谈会上第一次见到他。他是《星河》的赞助人，也是《星河》的主编之一，同时又是《星河》众多作者中的一个。但由诗人身份了解、认识黄纪云，却是去年年底为参加“中国新诗与《星河》办刊方向研讨会”而提前拜读黄纪云诗集《岁月名章》才开始的。事先，骆寒超先生在电话里热情向我推荐这位诗人的诗，并希望我写文章谈谈我对黄诗的看法。在这种情况下，我专门到《星河》编辑部找到骆先生，拿到这本厚厚的、由人民文学出版社新出的诗集，认认真真地拜读一过，且作了一些记录，开会那天就较为简略地谈了下述印象：

> 黄纪云先生和我是同龄人，我从他 20 世纪 80 年代的诗作读起，感觉很亲切，不少诗思有共同点，也能感觉到他多方面探索的足迹。但我觉得真正能够体现

其圆满内心形象的作品，还是他“归来”之后的大量新作，一类是有关生命体验的诗，我欣赏《中年咏叹》的纯净风格和那种震动骨头的尖锐；另一类、也是数量更多的介入社会历史的诗，我惊讶作为事业成功者的诗人，竟也有那么强烈、刻骨的社会性和历史性焦灼，这些诗写来有超现实，有荒诞，也有戏谑，“随心所欲而不逾矩”，只是这个“矩”并不限于外在的整齐、和谐，而是一种更内在的尺度，一种博大的胸怀和气度，一种往来于天地的自由精神，一种打动人的思想穿透力。

不错，我对黄诗的印象正是这样的，即便是在研讨会过去若干天之后，我也仍然这样认为。

当代诗歌作者的代际划分，是20世纪80年代以来始终都很热闹的一个话题。涉及作者较多、影响也较大的两次命名，一是20世纪80年代中期关于“第三代诗人”或曰“新生代”的提法，二是21世纪初年“中间代”名称的出现，实则这两个名称所指代的诗人没有特别大的不同，只是成名时间略有先后，因为他们同属于20世纪60年代出生，也大都在20世纪70年代末或80年代进入新时期的大学校园，若就成长背景和身份而言，他们应同属于改革开放之初中国恢复高考以后出现的“大学生诗人”，这是他们与“朦胧诗”群体所不同的。

不过无论是“第三代”还是“中间代”，在写诗的起点上又是直接脱胎于“朦胧诗”那一代，只是因为年龄、教育背景、诗学观念的差异而与“朦胧诗”拉开了距离，他们中间最为激进的一些在20世纪80年代中期甚至以“山头林立”的姿态宣布了与“朦胧诗人”的断裂。于是在20世纪90年代,“第三代诗人”大致演变为两个相对突出的写作倾向,一个是以北京为中心的倾向于学院派的、后来被称为“知识分子写作”的群体,另一个是以云南及其它地区诗人为主体的倾向于口语、后来被称为“民间写作”的群体。所谓“中间代”,大致指包括这两大写作倾向、但范围更广泛、作者更多、诗学倾向更多元的庞大作者群。

正是从这个意义上,我愿意把黄纪云视为众多“中间代”诗人中的一位,也想从这个角度切入黄纪云的诗作,谈谈他诗歌主题的两个侧重点,即生命之思与历史之问。

二

在展开论题之前,不妨先从他早期的诗作说起。

《岁月名章》后面大约1/3的篇幅,是黄纪云早期的作品,创作时间大约从1979年到1986年,刚好是新时期“大学生诗人”从起步到产生独立意识的阶段,而黄纪云却因为离开校园走向创业反而一度中断诗歌写作,直到创业成功生活趋于稳定之后的21世纪才重新恢复了诗歌写作。

这些早期作品,流露出黄纪云多方面接受影响、多方面探索的痕迹,而最为显著的尝试,还是那种来自“朦胧诗人”影响的意象化抒情方式,我想可以拿《灯》和《鸟》这两首诗作略作点评。

《灯》是20世纪80年代初期之作,写的是生命路途中对“灯”这样一个意象的感受，全诗四个诗节，每节六个诗行，前两个诗节都是每三行一个层次，后两个诗节变成了每两行一个层次，虽然每个诗行是散文句法，但总体上还是比较整饬的。

在每一个诗节，作者反复以不同意象表述“灯”之于“我”的意义：第一个诗节有“大地的心”“一滴鲜红的血”与“黑魆魆的树林”“我的脚印”“漫长旅途的寂寞”之间意象的正反对置；第二个诗节有“感情的沙岸”“远方的大路”“委弃的玫瑰”与“心曲的柔波”“五月和石榴的光辉”“永恒的星座”之间意象的正反对置；第三个诗节有“上天的果实”“力量之树生根的土壤”与“大千世界恐怖的舞蹈”“黑暗王国空虚的平静”之间意象的正反对置；第四个诗节没有对置性意象，只有一个中心意象“火红的鸟”，十分鲜明，表达的是对“灯”的赞美和“灯”对于“我”的意义。整首诗的抒情方式都是用了密集的意象对置，先后对“灯”用“大地的心”“一滴鲜红的血”“上天的果实”和“火红的鸟”来比拟，与朦胧派诸诗人的一些意象化作品比较一下，当不难索解黄纪云早期诗歌艺术的渊源。

《鸟》是另一首以意象方式抒情的诗作。第一个诗节就以“潮湿的尸布”这样突兀的意象醒人耳目：“鸟，你寂寞的阴影，多么像一块潮湿的尸布，盖着大地的一角。”接下来，作者转写“春天的黧鸢”“白玉兰芬芳”“夜的笑涡”，但同时又夹杂着“痉挛的嘴唇”“殉难者”“缪斯冰冷的腮帮”这类冰冷、暗淡的意象。最后是悲剧性的场景，诗人以困惑的疑问写到：“如今你栖身在何方？/是严寒钳住了你的歌喉？/否则，面对绞索/你为什么不再歌唱？”即是说，“鸟”不知所之了，于是，“大海冻僵了。大地流动的皮肤结冰了。”诗人又一次发问：“在远方，鸟，你是负伤的帆樯，还是沉默的天堂？”

在不能确切知道该诗具体写作背景的情况下，只能感觉到一种强烈的失望情绪，这些都是经由“鸟”这一中心意象的在与不在渲染出的。顺便说一句，黄纪云此时写到“鸟”的诗还有一首《等花醒后》，最后有“鸟儿，你芬芳的祝福，/曾安慰过多少颗/苦难而贫瘠的心啊！”也可以反证“鸟”意象的正面意蕴。

同样，另外一些早期作品如《我的诗》，也是用了大量意象来做比拟，先后出现的有“墨客骚人的梦境”“青春的伏流”“心中的风灯”“黄昏”“黎明”以及“姑娘死去的爱情”，自然让人联想到舒婷《致橡树》《思念》这类诗中接二连三的比喻。

如此追根溯源，只是想说明黄纪云诗学的渊源。同时还想说明一点，在不少早期诗中，也确有某些难以索解的意象构成，加之诗句凝练不够造成的散漫，出现了某种晦涩成分，给阅读造成了一定的困难，这些似乎也对后来的作品有些影响。

三

现在，可以跨过90年代，来看看黄纪云21世纪以来诗歌创作的恢复期了。

首先，恢复期的作品量很大，令人感觉到作者的这次"归来"不是一种怀旧式的故地重游，而是一次新的人生和艺术的双重自觉，一次相当猛烈的厚积薄发。可以想象，由二十几岁的大学生转型为事业成功的中年人，一旦产生了这种人生和艺术的双重自觉，他会有多么多、又多么不一样的话要表达！

卷首的《瘦马》，以兀然的"一匹瘦马"意象入诗，构图简洁突兀，两行一节，共七个诗节，突显"瘦马"的疲惫、落魄状态，"在尘土飞扬的道路旁打盹儿"，作者强调"它需要歇一会儿/它需要安静"，"而它的眼珠，这浑浊的晶体/却需要清洗"。第六个诗节，诗人用了两个重复的诗行更加突出地强调："必须找到泉水/必须找到泉水"，而第七个诗节则强调了"找到泉水"的急迫性："在日落之前/在大风雪到来之前"！

诗或许是写实，但更可能是关于生命的隐喻，即通过"瘦马"的疲惫与对"泉水"的寻找象征生命的困境与再生。作者并没有相关的文字解释，读者自然不能简单地将诗与诗人自己的境况等同，而另一方面，如若作者没有对类似生命境况的体验与同情，又怎能把所写对象的精神世界揭示得独特、深刻？20 世纪初，郭沫若写《凤凰涅槃》，也是首先痛感于自我的不能把握，才以"凤凰自焚复更生"的想象象征对自我更生的渴望，同样，《瘦马》也不可能只是一副纯然客观的风景写生，一定也寄寓着诗人对自我生命的感悟吧？

我还注意到另外一首短诗《中年咏叹》，我以为这是一首提炼得十分纯净而感慨又十分深、十分坦诚的生命之诗：

打开自己的坟墓，除了白骨
还有三月的青草

天总是发蓝，蓝得令人发慌
因为影子再也回不到身上

夜又要来临，但再也找不到
那张做梦的床

白骨与青草的交响，没有回声
只是春风如此殷勤

蓦然回首，一座老宅在虚无中摇晃
门缝里全是眼睛

诗人似乎比较偏爱双行体的诗节，整部作品集这样的诗节相当多，或许双行诗节比较适宜表达纯净、凝练的诗思吧？在《中年咏叹》中的五个诗节共十个诗行中，诗人用的是再纯净不过的词语与意象，“坟墓”“白骨”“青草”“蓝天”“夜”“老宅”“眼睛”，透过这些纯净的意象词语，特别是最后一个诗节“蓦然回首，一座老宅在虚无中摇晃/门缝里全是眼睛”，诗人传达出的是一种相当悲观、消极的灰色情绪，从以积极的精神鼓舞人的传统社会学批评理论着眼，这样的诗情显然不符合要求，难免被断然否定。但诗的抒情功能告诉我们，诗未必只配做冲锋的号角和战斗的鼙鼓，常常也会是倾诉的泪水或疗伤的工具，即使“真的猛士”如鲁迅者，不也会生发“烟水寻常事，荒村一钓徒。深宵沉醉起，无处觅菰蒲”那样的无奈感喟么？况且，《中年咏叹》写的是“回首”过去，是作者面对流逝的年华自然流露出的真诚情怀，是一种敢于诚实面对自我的勇敢和气度，比那些到死都陶醉在虚妄功名中的人生清醒得多，何必过分夸大其“消极”意义呢？

的确，黄纪云一部分生命主题的诗作常常有一些超现实的噩梦意境，给人以不适的感觉，兹再举两例。一首是《我被劫持》，写的是“我被劫持在一片悬崖绝壁上”，然后是一系列可怕的诗境：“悬棺”“古怪的河”，最后自己被认定为“疯子”“遣送原籍判他的刑”；另一首是《灵魂的告白》，写的是两个并置的噩梦般的意境：其一为“天的树林在寒风中颤抖/一个被逐出山门的小尼姑走投无路/月光洗过的废墟冒着青烟/狗在舔着大地的伤口/风在伤口上撒了一把盐”，其二为“大地在惨叫中倒下/黎明的地平线上跳动着一只剥皮的青蛙/鲜血沾满了太阳的手/肉裂开了，灵魂裸露出来/天哪！上帝急得说不出话”，而所有这些令人不快甚至惊恐的意象、意境，是否可以仅仅从“积极”“消极”两个角度去评估作者的人生态度呢？我认为不可以，因为那样就过于狭隘了，还是应该看到作者直面人生的勇气和坦诚，当一个诗人断然拒绝用肤浅的浪漫主义麻醉人生，产生了对人的存在更为尖锐的自觉时，我认为这是难能可贵的。

实际上，黄纪云触及人生主题的诗作并非只有这样一种风格，也有不少诗作显露了明朗、敞亮的情怀。《我们每天的生活》是这样的,从一开始“无论用脚还是用手/我们每天都走向阳光下丁丁当当的生活”,到最后“而我们的目标/又是如此的确定/悬在半空/如中午的太阳一般确定”;短诗《大河》是这样的:“维系天地的大河/撕心裂肺的穿越/高山峡谷/大地苍茫//太阳升起的时候/大河穿越梦想”;另一首短诗《这条山路上》也是这样的:

这条山路上
有那么多的蚂蚁
忙忙碌碌,
它们都忙些什么?

谁都不知道。
但,这条山路知道——
结婚!
送葬!

我简直认为这是黄纪云最美的一首诗!美在哪里?美在精练、浑然、淳朴、自由!美在言有尽而意无穷,美在那种洞彻生活的达观与宽容。当然,蚂蚁生活的内容被作者提炼为“结婚、送葬”,或许含有批评的动机,但我更倾向于理解为是对蚂蚁的赞美。因为就蚂蚁而言,大概也没有什么形而上的思考与追求,也不会有选择什么“主义”、什么“道路”的痛苦,“结婚、送葬”事实上就是生活的重要内容,完成它们就是完成生命,难道需要嘲讽、需要批判吗?其实,不用作者挑明,读者也能揣测出这首诗可能有的“言外之意”,

那就是对乡土人生狭隘主题的反思与痛切，这是个"五四"以来时髦的主题，但反过来用欣赏的眼光，我也倾向于赞美这样淳朴的乡土人生，就像余华小说《活着》所揭示的，对于中国的农民来说，"活着"本身就是一个沉重的主题，有什么理由不对之报以同情的态度呢？

总之，黄纪云诗作的生命主题是多样的、多色彩的、多侧面的，既有对个人生命的反思与追问，也有对整体人生的描摹与感悟，通过这些诗，黄纪云尽到了一个当代诗人该尽的责任，丰富了当代诗生命主题的侧面和色彩，是值得肯定的。

四

现在，我想谈谈黄纪云抒情诗的另一个主题：历史主题。

我所说的"历史主题"，指的是与个人性的生命主题相对应的、以社会文化为思考对象的抒情主题。谈论这个侧面的前提是诗歌具有"兴观群怨"的社会功能，而《岁月名章》中的不少诗作确实有较强烈的社会文化内容，我认为这是理解黄纪云诗歌的重要角度。

在他的早期作品中，就曾经有过《呼唤》这样的政治抒情诗，说明他对社会的关注由来已久，而作为一个创业者，也无法想象他会游离于真实的社会之外。我想列举几首他恢复写作之后的作品，作为他历史主题诗作的代表，这些作品包括《你知道吗？我看见——有感于"毒奶粉"事件》《夜晚，我从飞机上看你》《大城市》《城市》《猴子》《王土》《防盗窗》《逃荒》《难产》《门和窗及其它》《德政》以及《随感与诗》中的一些篇章。

《你知道吗？我看见——有感于"毒奶粉"事件》从"毒奶粉"事件受害婴儿母亲的角度，对受害者表示痛惜，对不可思议的人祸表示愤怒的谴责和质问，中间插入一个特别的诗节，引入了"鸟群"的意象："冬去春又来，盲流的鸟群/又从森林里飞回/它们将在高楼上筑巢/装无数具悬棺/为它们夭折的同伴"，显然是通过这一抒情意象曲折表达对受害婴儿的痛惜、同情。

《逃荒》《难产》，似乎是对刚刚过去的一段历史中农村社会的回顾和思考，它们都有些近乎荒诞的成分，但这种荒诞其实又跟那个时代本身有关，荒诞并不是艺术手法，而是产生于生活自身，诗歌只不过把这种荒诞呈现出来就是了，就如荒诞派戏剧《等待戈多》所表现的那样。《难产》以小叙事诗的形式讲述了农村一个家庭因为一头牛的死亡引发的悲剧：第八生产队的一头大黄牛"阿丽"难产，因村里的拖拉机送难产的儿媳妇去医院，耽搁了接兽医的时间，"阿丽"死了，儿媳妇也因难产死了，队长韩老五因死了牛而怕担罪责也吊死了……显然，诗中所写牛比人更重要的年岁是经过极"左"政治的中国人都熟悉的，诗折射了极"左"政治统治下人的悲剧，类似的故事在莫言一部中篇小说中也有，题目就叫《牛》。

《逃荒》的讲述更为奇突、精警，劈头两行"逃荒到外乡的人，是没有方向的/左脚和右脚，就是'两条路线'的斗争”，很有力度。接下来诗人用类似戏谑的口吻叙述了逃荒路途中可能有的种种情况：或者是做一个跨过还是绕过倒毙者的决定，或者是“太阳升起的时候，你可能站在/海市蜃楼上，手里拿着一只破碗”，或者是“大雪初霁，明月当空，你的面前/出现一座香火缭绕的庙宇/你只能用菩萨的笑容充饥”。最后又对“逃荒”作了延伸性的揶揄。

黄纪云有不少诗涉及城市与乡村意象，这可能与他自己从乡村到城市的经历有关。对于乡村，他有一份固执的情结，从早期的《春夜思乡》《牧羊女》《长草的小路》到后来《故乡的海》，这种情结是不变的，而对于城市，他的态度却有些矛盾或不信任。《大城市》一诗写出了这种错综复杂的情绪，《骄傲的高楼》《老别墅》《夜晚，我从飞机上看你》似乎更多表现了对城市的负面情绪，这种情绪在与乡村的对比中尤其突兀，比如《城市的梦呓》这首诗所写，诗人毫不犹疑地表示：

> 我走不进你的梦。
> 用尽所有的力量，
> 用尽从乡下带来的解放鞋
> 和草编的翅膀，我走不进你的梦，
> 我的城市。因为你的梦没有天空。
> 因为你的梦如同一只木桶，
> 水都被欲望吸干了，
> 只剩下酒味、烟味、香水味，
> 还有惨叫如哀鸿。

最后，诗人突发奇想，也更决绝地表达出这样的幻想：

如果，我真的走不进你的梦，
我宁愿是只萤火虫，
与大地一起荒芜，
也不愿装点你的梦。

也许这就是真实的黄纪云？他的灵魂，就如艾青一样是属于土地的吗？

从20世纪70年代末，到21世纪的第二个十年，黄纪云穿梭于现实人生与诗歌艺术之间，在进入古人所说的“知天命”时刻，所思所想自然与青春时代有所不同，但一定也有某种“一以贯之”的因素吧？如果细心体察，当会从他的诗里一一寻找到从“情感”抒发到“智慧”升华的线索。他似乎也一直偏爱“鸟”的意象，在他近期作品中，也有一首题为《呵，鸟儿》的诗，也该视为黄纪云最精炼的作品之一，那只在河面上“低回”“在大河与落日之间”“在英雄与智者之间”“不停地飞”的鸟儿，寄寓着诗人的什么样的情思呢？诗人关于“逝者如斯夫”的发问，究竟是对“鸟儿”还是对自己的呢？

当我们经历了生活，从生活中获得生命的智慧时，我们的人生就凝结成了透明的晶体，就接近了完成。

2013年01月13日 杭州午山

附录

白居易:杭苏宦情与江南诗意

江南好,风景旧曾谙。日出江花红胜火,春来江水绿如蓝。能不忆江南?

江南忆,最忆是杭州。山寺月中寻桂子,郡亭枕上看潮头。何日更重游?

江南忆,其次是吴宫。吴酒一杯春竹叶,吴娃双舞醉芙蓉。早晚复相逢?

——白居易《忆江南词》

一

白居易活了七十五岁,这在唐代诗人中应该算是高寿了。七十五年当中,从三十一岁出仕校书郎到七十岁自太子少傅分司任上自动退休,居官的日子倒差不多有四十年,这在众多的唐诗人里也属于少见。只是这居官的近四十年,虽有江州司马之三年迁谪的“困顿”,但平心而论,大抵尚属平顺。然在白居易,无论是刑部侍郎还是太子少傅分司,却似乎都少有自我价值实现的良好感觉。读其诗,给人印象最深的，竟是对仕宦生涯一而再、再而三的厌倦，而微乎其微的快乐感往往只产生于每次卸任之时。

例外似乎只有一次，那是他出任杭州刺史的三年岁月。

二

说来，杭州和苏州，曾经是白居易少年时代所经历的一个真实的梦境。

多少年后，当他果真由杭州而苏州，作为苏州郡最高行政长官第一次举行盛宴款待郡僚的时候，不禁在诗酒酣宴之余提笔写下一篇《吴郡诗石记》，提到了自己于贞元初年避兵江南期间深慕当时两郡刺史韦应物、房孺复的往事："贞元初，韦应物为苏州牧，房孺复为杭州牧，皆豪人也。韦嗜诗，房嗜酒，每与宾客一醉一咏，其风流雅韵，多播于吴中。或目韦、房为诗酒仙。时予始年十四五，旅二郡，以幼贱不得与游宴，尤觉其才调高而郡守尊。……翌日苏、杭苟获一郡足矣！"以江南雄郡郡守之尊而兼有诗酒游宴之享，却又远离京中是非，自然是那个时代难得的理想人生，何况是少年时代留在心底的美梦呢！

或者这也就是后来他罢去京中官职而"乞求外任"的心理动因之一？

本来，摆脱了贬谪的厄运，由偏远寒荒的忠州而重返京城，又在"归朝"后的两年之内连续"三迁"，自司门员外郎擢升为主客郎中兼知制诰，不久又拜中书舍人，白居易理应知足常乐了，何以偏偏要寻求外任呢？身在庙堂自然不好直抒心曲,然而一旦走出长安、特别是踏上奔赴杭州的南行之路时,那种“遍寻山水自由身”的轻松和愉悦就再也掩抑不住了。

“杭州五千里,往若投渊鱼。虽未脱簪组,且来泛江湖……秋风起江上,白日落路隅。回首语五马,去矣勿踯躅。”这种心情,岂不正是诗人“久在樊笼里,复得返自然”之本性的真实流露?

此后三年,他携妻将雏在杭州度过一生中最轻松愉快的日子。作为郡守,他意识到杭州之于朝廷的重要性和自己的责任,决心“夙兴夕惕,焦思苦心。恭守诏条,勤恤人庶。下苏凋瘵,上副忧勤。”事实上在历任杭州地方官中,他的确也是不但留下美好政声而且又深得百姓爱戴的一位。其中,称得上功在当时、利在千秋的德政应为治理西湖、疏浚李泌六井的工程了。史书有载:“(居易)迁杭州刺史。始筑堤捍钱塘湖,锺泻其水,溉田千顷。复浚李泌六井,民赖其汲。”(《新唐书·本传》)即如白居易本人,对此也似乎颇感欣慰甚至自豪,三年后任期已满而不得不离开杭州时有《别州民》诗云:“税重多贫户,农饥足旱田。唯留一湖水,与汝救凶年。”到了北宋,另一位大诗人苏东坡任职杭州时也对这位前辈的政绩称赞不已,其在《六井记》中提到:“唐宰相李公长源始作六井,引西湖水以作民用。其后刺史白公乐天治湖浚井,刻石湖山,至于今赖之。”

自然,使君原本是诗人,对于杭州的湖山之美自然是不会轻易放过的。“公事渐闲身且健,使君殊未厌杭州。”(《腊后岁前遇景咏意》)三年中,西湖之美,江潮之壮,市井之喧,山寺之幽，这位诗人长官真可谓足迹殆遍，题咏不厌其烦。已有学者提到："从有关文献看，历代文人品题杭州山水名胜的诗作，当以白居易的作品数量最多，影响也最大。如果说题咏天竺灵隐二寺的作品，在白居易之前，已有初盛唐诗人宋之问、李白的诗作流传；那末，对杭州最著名的风景区西湖的题咏，则自白居易始。……白居易不仅是最早题咏西湖的诗人，而且就其咏西湖风景诗作的数量和质量而言，在我国古代诗人中，亦无出其右者。"（蹇长春《白居易评传》）此说或者还可以略加斟酌，但除了苏东坡，似乎也真没有"出其右者"的了。

早在20世纪70年代末，杭州市园林管理局曾编选过一部《西湖诗词选》作为内部资料印发，全书从五十二种包括《全唐诗》《全宋词》在内的古今诗词集中选辑了近六百首吟咏杭州湖山的诗词，其中苏轼和白居易的作品最多，分别是三十四首和二十三首（实际数量并不止于此），而白氏之"乱花渐欲迷人眼，浅草才能没马蹄"与苏氏之"水光潋滟晴方好，山色空蒙雨亦奇"的名句也早就成了介绍西湖美景的经典解说词。看来，若要索解中国文人的江南情结以及文人诗词中的江南意象，白苏二人是绝对绕不过去的话题。

三

白居易有关杭州湖山的诗词，大部分写于官居杭州三年时期，小部分写于晚年定居洛阳之后，因有眼前风物与忆中景色之分。

眼前风物又有全景扫描与局部特写之别。《余杭形胜》《杭州春望》《答客问杭州》和《正月十五夜月》当为全景扫描诸作中的佳品，城市之概观，湖山之形态，人文之脉络，以及诗人之心象，皆款款道来，为后人想象唐朝时候的钱塘形胜提供了足够丰富的凭依。而《湖亭晚归》是叙写醉卧湖亭之懒散的，《钱塘湖春行》是描摹西湖沙堤一带之熔融春景的，《西湖晚归，回望孤山寺》和《夜归》所写皆为湖滨夜景，《忆杭州梅花》《孤山寺遇雨》以及《题玉泉寺》《题石门涧》《潮》诸首，或忆写春梅，或点染雨景，或抒发思古幽情，或感慨潮去潮来，都算是大杭州下的小景观，相当于局部特写。《钱塘湖春行》写孤山下、白堤边春景，历来令人陶醉，自不必说，而另一首《寄韬光禅师》之写杭州城外韬光寺的七言律诗似乎也不容轻忽，而该视为白诗中的精品。诗曰：

一山门作两山门，两寺原从一寺分；
东涧水流西涧水，南山云起北山云。
前台花发后台见，上界钟声下界闻。
遥想吾师行道处，天香桂子落纷纷。

这是白居易几年之后在苏州刺史任上写的。由此诗，不但可以感受白氏闲适诗灵动飘逸的一面，而且可以想见此老官居杭州时的另一种生活心态：他没有脱却浸染已深的宗教信仰，反而在杭州诸寺氤氲的香火中找到了更多的宁静。且看《题玉泉寺》中的诗人：“湛湛玉泉色，悠悠浮云身。闲心对定水，清净两无尘。手把青筇杖，头戴白纶巾。兴尽下山去，知我是谁人。”这当然不像一位高官，而只能是一位心净无尘的居士矣！还有一首《留别天竺灵隐两寺》大概是离别杭州前所写，更是明确不过地表明了他在杭州时对佛道的热情：“在郡六百日，入山十二回。宿因月桂落，醉为海榴开。黄纸除书到，青宫诏命催。僧徒多怅望，宾从亦徘徊。寺暗烟埋竹，林香雨落梅。别桥怜白石，辞洞恋青苔。渐出松间路，犹飞马上杯。谁教冷泉水，送我下山来。”

一方面是世俗的职责，一方面是诗人的雅兴，另一面则是精神的依托，对于白居易来说，这三个方面的意向离奇而又和谐地寓于一体，共同形成了他的看似复杂、其实单纯的人格。

“看似复杂”，是说他的许多次选择不能为深陷红尘的人们所理解，譬如在京中做官可以更多接近上层因而更易于升迁，为什么偏偏选择外任？譬如一个身在官府而又不算年老的诗人，何以那么热衷于释梵佛道？“其实简单”，则是觉得白居易秉承儒教，青年时代即立志报效朝廷，无奈宦途艰险令他日益灰心，早就产生了“朝隐”的念头，故所到之处绝不贪恋权柄而只对湖山佛寺感兴趣。据说白居易离开杭州的时候，把自己本不丰厚的俸钱“多留守库”（《唐语林》卷二），又说杭州老百姓为送别他们敬重的“市长”，出现了“耆老遮归路，壶浆满别筵”（白居易《别州民》）的场面，白居易自己也有诗为证：“三年为刺史，饮水复食蘖。唯向天竺山，取得两片石。此抵有千金，无乃伤清白。”（《三年为刺史二首》之二）在很长一段时间内，我们总以为封建时代的官员无官不贪、无官不坏，又以为遵奉佛道的人大抵“虚伪”。可是看看白居易之所作所为，再看看那些现代官僚和贪官污吏之衮衮诸公“无所畏惧”的嘴脸,该会感到多少困惑!而就是这样,当学者们写到白居易之乐山向佛时,还禁不住连说几个“消极”“局限”!那么,我们自己可有局限?

诗人远去,湖山依然青绿,而吟咏江南风物的诗章更是历久常新。“新篇日日成,不是爱声名。旧句时时改,无妨悦性情。但令长守郡,不觉却归城。祗拟江湖上,吟哦过一生。”这包含着幽远、淡泊的人生意蕴的诗句大概是作为诗人的白居易为杭州留下的更为宝贵的遗产,较白堤更具意义的艺术创造。

多年以后,他总是抱着怅惜的心情怀念他的三年杭州生涯:

为我踟蹰停酒盏,与君约略说杭州。
山名天竺堆青黛,湖号钱塘泻绿油。
大屋檐多装雁齿,小航船亦画龙头。
所嗟水路无三百,官系何因得再游。

四

白居易少年时代因羡慕韦应物、房孺复诗酒风流而发出的“翌日苏、杭苟获一郡足矣”的感喟,竟然变成了现实,这使白居易深感欣慰。唐长庆四年暮春,三年杭州刺史任满,这位诗人长官恋恋不舍地离开杭州转赴太子左庶子新职,“处处回头尽堪恋,就中难别是湖边”,是他离杭时心境的写真。考虑到当时长安复杂的政治格局,白居易于秋季行到洛阳,即向朝廷(穆宗崩,长子李湛即位,为敬宗。)提出

“分司东都”，得到同意。只是让他没有想到的是，在洛阳刚刚安顿好，转年（宝历元年）即接到新的任命：到苏州做刺史。

这是否就叫做“梦想成真”？

“江南诸州，苏州为大。兵数不少，税额至多。土虽沃而尚劳，人徒庶而未富……即奉成命，敢不誓心。必拟夕惕夙兴，焦心苦节。唯诏条是守，唯人瘼是求。”这是白居易上任甫始所作《苏州刺史谢上表》中的表白，可以看出他对又一次江南宦居生活的兴奋以及欲勤力王事、效忠朝廷的心意。此心意，在当时诗作《自到郡斋仅警讯曰坊专公务未及宴游偷闲走笔题二十四韵兼寄常州贾舍人湖州崔郎中仍称吴中诸客》也有流露：“渭北离乡客，江南守土尘。涉途初改月，入境已经旬。甲郡摽天下，环封极海滨。版图十万户，兵籍五千人。自顾才能少，何堪宠命频！冒荣惭印绶，虚奖负丝纶。候病须通脉，防流要塞津。救烦无若静，补拙莫如勤。削使科条简，摊令赋役均。以兹为报效，安敢不躬亲？”

白居易虽为诗人，又兼以宦情淡薄，但也许是心情好的缘故，他在杭苏任上总还是工作第一、恪尽职守的。“移领钱塘第二年，始有心情问丝竹。”（《霓裳羽衣歌·和微之》）到了苏州，尽管没有留下类似在杭州治理西湖、疏浚六井那样的工程（或者与时间短暂有关），而烦剧的郡务已令诗人“清旦方堆案，黄昏始退公。可怜朝暮景，消在两衙中。”（《秋寄微之十二韵》）有时甚至达到“经旬不饮酒，逾月未闻歌”（《题笼鹤》）的程度。直到几个月之后，才引领政务走上轨道，也才有余暇宴郡僚、登阊门、酬诗酒。资料记载：

> 中幅极尽理烦治剧之略,盖到郡经旬,而规模已定矣。一结即先忧后乐意,乃知居易实具经世之才,而当时未竟其用为可惜也。分司以后,时不可为,不得已托诗酒以自娱耳。"救烦无若静,补拙莫如勤"十字,凡为令守者,当录置左右。(《唐宋诗醇》卷二五)

当然,白居易这次领苏州刺史的原因,与在朝中高位上的老朋友李程、窦易直、裴度关系甚大。故在《去岁罢杭州今春领吴郡惭无善政聊写鄙怀兼寄三相公》表示:"为问三丞相,如何秉国钧?那堪最剧郡,付与苦慵人?岂有吟诗客,堪为持节臣?不才空饱暖,无惠及饥贫。昨卧南城月,今行北境春。铅刀磨欲尽,银印换何频?杭老遮车辙,吴童扫路尘。虚迎复送空,惭见两州民。"这首诗不似一般性的应酬诗,因为除了对友情的答谢,也还委婉而得体地透露出白居易对自己任职杭苏而不负"上"望的某种政治表态成分。

似乎也还可以猜测,白居易在知天命之年能先后任职杭苏二郡,实现了"苏杭之风景,韦房之诗酒,兼有之"的旧梦,或者皆与他这些高官老友的相助有关?也许在某时某刻、偶然之间,他曾经向友人们透露过这少年时代的梦境,而被哪位友人听到耳中、又记在了心里?

可惜的是,与杭州三年不同,这次苏州刺史的任职却因为突然出现的"健康原因"而中断了……

第二年早春时节,白居易先是出游坠马,摔伤了腰脚,好不容易渐渐痊愈,又新添了眼疾,一时满眼朦胧:"散乱空中千片雪，蒙笼物上一重纱。纵逢晴景如看雾，不是春天亦见花”(《眼病二首》之一)在这种情况下，工作的热情大打折扣，又萌生了“休官”的念头：“公私颇多事，衰惫殊少欢。迎送贵客懒，鞭挞黎庶难。老耳倦声乐，病口厌杯盘。既无可恋者，何以不休官？”(《自咏五首》之三)又说：“日觉双眸暗，年惊两鬓苍。病应无处避，老更不宜忙。徇俗心情少，休官道理长。今秋归去定，何必重思量。”(《重咏》)

于是请了百日长假，百日假满即告自行休官。当年秋天，白居易与妻子女儿乘船循运河回到了洛阳。离开苏州时，吏民夹岸相送长达十余里，令白居易深为感动。和州刺史刘禹锡有诗《白太守行》纪其盛：“闻有白太守，抛官归旧溪。苏州十万户，尽作婴儿啼。太守驻行州，阊门草萋萋。挥袂谢啼者，依然两眉低……”白居易则答曰：“去年到郡时，麦穗黄离离。今年去郡日，稻花白霏霏。为郡已周岁，半岁罹旱饥。襦裤无一片，甘棠无一枝。何乃老与幼，泣别尽沾衣。下惭苏人泪，上愧刘君辞。”(《答刘禹锡白太守行》)

虽然是来去匆匆，但是苏州就如杭州一样，永远地留在了白居易的诗中和心里。他曾在郡务之暇一登阊门，饱览苏州的繁华与胜景，描绘了“处处楼前飘管吹，家家门外泊舟航”的富庶之乡的风俗；他曾经骑马出城，游览天平山上白云泉和砚石山上灵岩寺；他也曾借公务泛舟太湖，留下了“渐看海树红生日，遥见包山白带霜”以及“掩映橘林千点火，泓澄潭水一盆油”的漂亮诗句；更是写出了表现歌舞和音乐演奏的名诗《霓裳羽衣曲》《小童薛阳陶吹觱篥歌》。在与郡僚欢宴之际，他通过一首《九日宴集醉题郡楼兼呈周殷二判官》如此描写他所看到的“江南秋景”：

> 江南九月未摇落，柳青蒲绿稻穗香。
> 姑苏台榭倚苍霭，太湖山水含清光。

以及令人陶醉的苏州歌舞：

> 胡琴铮鏦指拨刺，吴娃美丽眉眼长。
> 笙歌一曲思凝绝，金钿再拜光低昂。

几年之后，当他又一次请了百日长假，假满自动罢去刑部侍郎而定居洛阳之后，他寄给继他之后任职苏州的好友刘禹锡一首《忆旧游》，款款流露出他对苏州以及僚友的怀念之情：

> 忆旧游，旧游安在哉？
> 旧游之人半白首，旧游之地多苍苔。
> 江南旧游凡几处，就中最忆吴江隈。
> 长洲苑绿柳万树，齐云楼春酒一杯。
> 阊门晓严旗鼓出，皋桥夕闹船舫回。
> 修娥慢脸灯下醉，急管繁弦头上催。
> 六七年前狂烂漫，三千里外思徘徊。
> 李娟张态一春梦，周五殷三归夜台。
> 虎丘夜色为谁好，娃宫花枝应自开。
> 赖得刘郎解吟咏，江山气色合归来。

五

其实，打开一部《白居易集》翻翻，就会看到除了居官杭苏时所写几十首有关江南的诗章之外，北归特别是定居洛阳之后忆写杭州、苏州的作品仍有不少。而且，正由于别后回忆，杭苏之美所代表的“江南”经由时间的淘洗反而更清晰、更明媚、更令诗人憧憬了。从某种意义上说，这些“回忆中的江南意象”构成了唐诗、更是白居易本人诗歌中最为动人的部分，或者说构成了中国传统文学中有关“江南意象”的最具经典意义的原型。

不用说，三首《忆江南词》的意义就体现在这里。

《乐府诗集》卷八三云：“《忆江南》，一名《望江南》。《乐府杂录》曰：《望江南》，本名《谢秋娘》。李德裕镇浙西，为妾谢秋娘所制，后改为《望江南》。因白氏词，后遂改名《江南好》。”由此可见白氏这三首词的影响之大。

历来诸家选词，皆由唐、五代词开始，而白氏之《忆江南词》总在必选之列。这固然是从文体演变的角度着眼，而这一组有关“江南”的文学意象本身，亦如上面所说早已成为中国文学中的一个原型。只是随着时代演变和批评理论新说（譬如否定说）的出现，近年忽有一种说法，即认为白居易这组“忆江南词”虽以“江南”为题，而具体所写并无真正的“江南特征”，如此文不对题，算不上佳作。此说似乎标新立异，但仔细一想，却又难免令人生疑。

江南也罢，塞北也罢，从地理角度说，四时风物不同只是相对而言,实则同属中土,你中有我,我中有你,难分难解。所谓泾渭分明,也只是就其最表面的颜色区分着眼,哪能理解为水火不容的关系?况且考虑到白居易壮年遭贬、中年奉佛以及仕途险恶的身世之慨,其诗歌中的“江南”已经不是一个单纯的地理概念,怎么可以单单从地理环境的“江南特征”方面对《忆江南词》做出否定性的酷评呢?

不错,与他大量表现杭苏风物的诗章一样,这组词也从大处着眼描摹了他记忆中的“江南”景致,而且写来颇有层次。第一首是宏观的整体印象,突出“江花”之“红”与“江水”之“绿”;第二首继写杭州之忆,突出的是“山寺月中寻桂子,郡亭枕上看潮头”的闲趣;第三首再忆苏州,突出的则是“吴酒一杯”和“吴娃双舞”的享乐。但是透过这些赏心乐事,还应该看到白居易由此生发出的对“江南”意象的精神性吁求,因为在他生命的旅程中,早在少年时代就已形成的“江南情结”经过中年时代五年杭苏生活的再体验,此时在他的老年也已经变成了一个不能重温的梦幻。就是说,对白居易而言,“江南”可绝不仅仅是一个地理概念,而更像一个类似于精神家园的词汇。白氏固然缺少一点仙风道骨,但又总是试图把并不美满的、纷扰的现实世界改造成自己的精神乐园,于是最终,他发现精神的乐园只能由自己的心灵产生。有诗为证:“心泰身宁是归处,故乡可独是长安?”又曰:“大隐住朝市,小隐入丘樊。丘樊太冷落,朝市太嚣喧。不如作中隐,隐在留司官。似出复似处,非忙亦非闲。不劳心与力,又免饥与寒。终岁无公事,随月有俸钱……人生处一世,其道难两全。贱即苦冻馁,贵则多忧患。唯此中

隐士,致身吉且安。穷通与丰约,正在四者间。(58岁在洛阳作《中隐》)

而他之所以在京官与外任之间选择外任,在长安与洛阳之间选择洛阳,无一不是这种“中隐”心态的具体体现。自然,在老年之后卜居的洛阳城里,刻意营造他那所有着江南“水之媚”的住所,在池塘边竖起他从杭苏二州带回的天竺石、太湖石,在池中栽种上属于江南的白莲花,又常常荡舟池中,以得之于西湖的鱼宴招待他的诗友们,实在也就不难理解了。

是呵,“吴苑四时风景好,就中偏好是春天。霞光曙后殷于火,水色晴来嫩似烟。士女笙歌宜月下,使君金紫称花前。诚知欢乐堪留恋,其奈离乡已四年!”(《早春忆苏州,寄梦得》)

能不忆江南?

2007年9月/2007年11月17日 杭州

新诗研究的重要收获

朱德发

《冷雨与热风——现代诗思问录》是子张近十年潜心研究新诗的学术成果，它从总体上已超越了那种印象式或感悟式的评论层次，而在很大程度上达到了探究诗理构建诗学的学术境界，虽然并非篇篇都逼近这样的高度，但是大部分诗论却显示出较高的学术品位和较强的理论意义。全书除附卷共分四卷，每卷的研究对象各有侧重，无不对中国新诗研究开拓新域增加新值，并显示出各自的独特性与新颖性。第一卷以高屋建瓴的宏观视野对中国20世纪40年代现代主义思潮诗歌诗评进行多方位的考辨与多层面的论析，既有纵向梳理潮流演变的历史感又有诗性诗意阐述的深度感，特别是对该派"知性抒情原则""双重抒情主题"的分析确有独特的史识与见地，对现代主义诗歌的几点思考更富有诗学的启示性，像这样全面综合地深入开拓地研究20世纪40年代现代主义诗歌的学术成果在国内学界实属少见。第二卷是从文体学的角度对初期象征诗派、新月诗派、现代诗派、七月诗派、"归来的诗人"以及"第三代诗人"在新诗体式建构上的独特贡献作了令人诚服的评析，不论对诗体理论的考察与阐释或者对诗体范式创构的概括与辨析，大都具有开创性的意义，至少充实了目前中国新诗体式研究的薄弱点。第三卷以不同的视点透析个体诗人和诗歌现象，虽然这些个案研究聚焦于某一诗人、某本诗集或某种诗歌现象，但却充分显示出研究主体正在形成的学术个性和微观分析的深细功力；尤其写得简洁精悍、带有史学品格的《现代城市诗发展述评》，以及朱健、牛汉、冯骥才、冯玉祥等的深刻而又精炼的诗论，更是为诗评界忽略的诗人所开拓的新篇章，也表现出研究者艺术触角的敏锐与细微。第四卷是为一个当代诗人写专论，既有对吕剑其人其诗的总述又有对吕剑乡土诗和友情诗的分论，既有与诗人的通信又有对诗人的访问记，不论是评论还是叙事，研究者的笔锋都饱含着诚挚的感情，由此可以想见子张为了诗评诗论不知付出多少心血去熟悉去拥抱自己的研究对象。总之，这是一部有开拓有创意、有灵气有才气的学术著作，是中国新诗研究的重要收获。

子张对中国新诗研究取得令人瞩目的佳绩，特别是对于现代主义诗歌、城市诗歌研究已走在学科的前沿，成为国内有一定实力和知名度的青年学者和诗评家，《冷雨与热风——现代诗思问录》的出版就是最有力的证明。一个青年学者之所以能在中国新诗研究领域取得一定的发言权和占有一席之地，从主体条件看，主要在于：一是子张对中国新诗有浓厚的审美兴趣和坚韧的研究毅力。从我们成为师生关系起，在我印象里他所写的论文或提出的问题，几乎都是有关中国新诗研究的重要课题和新诗发展的命运问题，他想得深想得远，即使一些问题难度较大或者争论不下也总是孜孜不倦地探求和询问，勤于思考，虚心求教，记得《现代城市诗发展述评》一文，他不厌其烦地探索与修改，精益求精，直到《中国现代文学研究丛刊》录用发表方停止推敲。可见，只有在学术研究上肯下苦功夫与深功夫的青年学子，才能在研究的征途上留下一串串闪光的足迹。二是子张具有自觉的创新意识，厌弃那些陈陈相因、人云亦云的老调重弹，敢于冲破成规禁忌，以思想解放的冲击力和创造力去拓展新诗研究领地，这是青年学者可贵的学术性格。如以“40年代现代主义诗歌”这一新概念来取代“九叶诗派”“新现代派”“西南联大诗人群”等命名，既科学又有整体感，这就是对中国新诗研究的别开生面的创新；再如选取文体学的视野来审察考析诸多新诗流派的文体变革与诗体建构，或选取独特角度对个案诗人诗作进行探索和评析，都体现出研究者强烈的创新意识。学术研究贵在创新重在创新，如果一个致力于新文学研究的青年学者只会鹦鹉学舌不会独立思考，那是最没有出息的学界庸人。三是子张的严谨扎实的治学态度一直得到学术界的承认和老一辈学者的好评。他每篇论文的创新之见都不是玄思空想，而是从系统地阅读资料或赏析诗作中提炼、引申、生发和升华出来的，言之成理，论之有据，资料的实证性与思维的超越性总是糅合在一起。每当研究一个新课题时，他先从搜集资料入手，既到图书馆查阅原始资料又亲自访问诗人去获取活资料，直到把能够寻找到的资料都拿到手，他才进入真正的研究状态，反复阅读反复体验，不断深化不断拓展，不断发现不断升华,然后围绕新发现新见解形成自己的逻辑框架,写成一篇篇观点新颖、论证扎实的论文,如论 40 年代现代主义诗潮诗歌的六篇长文就充分体现出这种严谨的学风和一丝不苟的治学态度。梁启超在《中国近三百年学术史》中曾说:“无论做哪门学问,总是以别伪求真为基本工作。因为所凭借的资料若属虚伪,则研究出来的结果当然也随之虚伪,研究工作便白费了。”即使倡导新历史主义文化批评的大师海登·怀特也不否认资料在研究中的重要地位,他认为,每一部历史文本都呈现为叙述话语的形式,它包括一定数量的资料,解释这些资料的理论观念,以及描述过去事件的叙述结构。既然资料的详细占有是进入文学研究的先导,那子张的新诗研究重视资料的积累就是一种值得赞扬的基本功了。此外,子张的艺术思维相当灵敏相当流畅,在这部书中得到充分的体现。他所研究的新诗流派和个体诗人大都具有现代主义诗美倾向,而现代主义诗歌则强调表现心灵这一最高真实既不能通过理性去把握又不能直抒胸怀,只能借助于有形具像的客观对应物来暗示来象征,使诗歌成了一座象征的森林,这就造成了现代派诗歌的朦胧性、模糊性和多义性。如果研究者缺乏审美思维的灵敏性和艺术思维的流畅性,那就很难对现代派诗歌进行有深度的解读和有明晰度的阐释。不仅新诗研究要求主体思维富有敏锐性与流畅性,就是对其他文学品类进行评论和研究也需要主体思维具有这种灵敏流畅的反应能力和感受能力。

1999 年 4 月 17 日写于山东师范大学寓所

不言桃李下必成蹊

——子张的《冷雨与热风》

袁忠岳

子张是山东人，可给人印象却像南方人。那一张白净的脸，那一副并不硬朗的身板，与山东人的高大粗壮相去甚远。加上他走路轻手轻脚，说话慢声细语，这南方味就更重了。但若认为他性格也像相貌一样柔弱，那就错了。他兼有南方人细腻、多情与北方人执着、爽直的双重优点。

如在学术研究上，他认准了诗，就一往情深，痴心不改，孜孜以求，为此投入了巨大热情，终于在不长的时间内取得突飞猛进的进展。那就是他对于40年代现代主义诗歌的研究和对于新诗文体的历时性研究。前者作为硕士论文，后者作为新文学文体史丛书之一，在差不多的时间内几乎同时完成。严谨的治学精神，客观的科学态度，深邃的历史眼光，敏感的审美意识，均体现在这些才气横溢、见地不凡的文章中。

从当代诗人的评论与研究中，我们更可以看出子张的人格修养与诗学品格。那就是他的正义感，他在诗美追求中对民族苦难的深切体认与对正直不阿人格的无限敬重。

他选择李广田、吕剑、牛汉、朱健、木斧等诗人作为自己的研究对象，不是偶然的。心相通，情相应，对于诗的本质、人的价值认识一致，才有如此和谐的诗情交融。在评论写作中，他又把这些诗人看作良师益友，从他们身上汲取丰富的思想与美感的营养。这种把诗和人、评和学统一起来的研究路子，对自身的成长是非常有益的。

子张不是那种急功近利、招摇过市的所谓“青年评论家”。他不浮躁，不趋风，不赶热潮，不沽名钓誉，更不拉帮结派。他生性沉静，甘于寂寞，喜欢用一种闲适的心情来做学问，采诗东篱下，悠然见泰山。这种默默地耕耘会给他带来意外的收获，不言的桃李，下必成蹊。

1999 年 4 月 25 日 济南

《冷雨与热风》后记

偶然翻开梁实秋先生1927出版的论文集《浪漫的与古典的》，读到他谈批评的两篇文章《喀赖尔的文学批评观》和《文学批评辩》，发现他对喀赖尔（Thomas Carlyle ，今译为卡莱尔）的批评观并无好感，倒是对与卡莱尔同时代的翟佛来（Jeffrey）颇表认同。梁先生最后表明："批评家须要的不是普遍的同情，而是公正的判断。批评的任务不是作文学作品的注解，而是作品价值的估定。解说的方法，传记的方法，历史的方法，我们都可以承认是文学批评方法的一部分，但不能认为是批评的终点，更不能认为批评方法的正则。纯正的批评方法，乃是严谨的判断。"

掩卷反观诸己，深感距离梁实秋先生所划定的批评之境还十分遥远，即使如卡莱尔所谓文学批评的"解说"职能，我又何尝曾经达到？我生于60年代之初，那是个意识形态膨胀而文化经济贫困的时期，就文化素养而言，我以及我们这一代人皆属于先天营养不良。成人之后也从未置身于文化的中心地带，隔岸观火，隔靴搔痒，不但磨练不出一番好身手，而且连批评的勇气和自信也始终不很“先锋”。多年以前，樊骏先生就曾在通信中鼓励我不必“拘谨”，而我直到如今却并未改变多少，真是愧疚难已。

唯有一点尚可心安，那就是自己还不太懒惰，也常常有一些炫目的梦想，这就使我不小心真的走上了所谓“学术与批评之路”，而且是“诗的学术与批评之路”。大概也正是因为我还算勤快，“竖子可教”，我也就遇到了许多文章可读、为人可鉴、令我永志不忘的前辈、良师和益友。1987年初秋，刘增人老师带我参加省现代文学年会，我递交了第一篇有关现代诗的学术论文并且做了大会发言；1988—1989年在山东师大与朱德发、蒋心焕、吕家乡、宋遂良、袁忠岳先生以及一些锐气十足的中青年老师有了较深入的接触与交流，使我眼界大开，特别是朱老师关于“学术勇气”的教诲，至今深铭于心。进入90年代，先是承青岛大学冯光廉、刘增人老师不弃，约我参加“近百年文学体式流变·诗歌体式卷”的撰写，这样就与鲁原老师有了一次愉快的合作；接着在魏建学长的促进下，又报考了南京大学现当代文学专业的在职硕士研究生，三年下来，虽然劳顿不堪，但的确受益良多。除了袁忠岳、丁帆老师作为我的导师给予我十分具体的指导外，叶子铭、许志英、朱寿桐、董健诸老师也给我留下了深刻的印象。而在我“研究”“批评”的过程中，吕剑、蔡其矫、唐湜、樊骏、王富仁、刘纳、吴思敬先生以及我身边的师友们所给我的鼓励和切实帮助，皆使我无法淡忘。

若干年来，老师们为了引领我进入那个美丽的梦境，付出了各自的心血与汗水，也认可了我潦草的“作业”。这里我只举一个例子。吕家乡老师是我在1989年读助教进修班时的班主任,他不仅是值得敬佩的诗学前辈,也是曾在风雨中庇护过我的仁师,结业之后他始终关注着我的治学境况。前几年,我寄上一篇刚刚发表的论文请他指教,结果他很快就答我以密密麻麻的三张信笺,极为恳切地指出了为我所忽略的一些问题。但是同时他又给我以最高的奖励,他说:“您的论文写得很扎实,例如您认真地考察了新月派所采用的13种‘外国诗型’,这种苦工是才子们所不屑为的。但我以为做研究的人,凡是重要一些的论点,都不可人云亦云,而要据第一手材料自己去捉摸一下。这一点你我可谓同道。……这两年您在研究和创作上都取得了不少成绩,且呈上升之势。您是‘一步一个脚印’地走过来的。足迹虽不能说多么辉煌,但确实亮堂堂。作为一个退伍的老兵,我是感佩而且欣喜的。”我把这段话抄在这里,并非借以走私自炫,而意在表明:即使在愚钝如我这样的弟子身上,也承载着老师们的多少血汗和期待!

现在,当这部书稿即将编讫的时候,我又得到了尊敬的朱德发老师和袁忠岳老师为它撰写的热情的“序言”,这意味着在我肤浅的书稿旅行的路途上,两位先生仍将是它尽职尽责的“导师”。我除了继续努力还有什么话说!

书稿以内容的不同,编为四卷,朱、袁两位老师已在“序言”中作了中肯的介绍,这里不多说。“附卷”中的《是窗口,也是桥梁:台湾现代诗歌专题课笔谈》记录了当时同学们对课程积极的参与,存在这里以示纪念。《编辑室日志》是一篇学术随笔,多少表达了我内心对学术的一点信仰,故也存于此。至于唐祈先生的那封信,原是为编写教材向唐老求助得到的。但就在写过这封信不足一个月,没有容我致谢,唐祈先生就突然去世了。为了表示对已经作古的这位诗坛前辈的感谢和悼念,我把这封复信附入书中,同时,对现代诗感兴趣的同道或许也可以将这封信作为一份值得参考的资料。

回到开头,仍旧说到批评,我似乎略有所悟。其实"解说"也罢,"判断"也罢,都不能代表批评的全部,而且也都不是批评的基础。批评的职能不应该是狭窄的、唯我独尊的,而批评的基础则应该是那种使我们能够准确、公允、有效地实施批评的东西。置身在今天这样一个丰富而宽容的文化环境中,我们最需要弥补的就是感情、思想、知识和技术的贫困。富有才能宽容,宽容才能公正,公正才有资格去批评和研究。

这就是此时此刻我想要说的话。

十年费经营,苦乐惟自知;
聚沙成一卷,可堪慰亲朋。

最后,感谢清华兄约我加盟这套丛书。

子张

1999 年 4 月 24 日 海岳书屋

张欣教授访谈

王钰哲　张　欣

王钰哲(简称王):张老师您好,最近您的新书《新诗与新诗学》出版,从杭州诗人戴望舒开始,谈了新诗现代化、新诗文体与当代新诗好几个方面,您能否为我们简单勾勒一下您的治学道路,或者谈一下您学术研究方向的变化?

张欣(简称张):《新诗与新诗学》是偶然中结出的果实,如果不是单位要编辑出版一套文丛,这本书大概不会以现在的面目出现。我从20世纪80年代初工作以后,先后在中学、教师进修学校担任语文教师,首先对山东籍现代作家产生研究兴趣,开始编纂相关年表,并最早撰写了关于散文作家吴伯箫的论文提交山东省写作年会,此文被参加会议的黄原老师看中,推荐给母校的学报发表。随后不久,调回到母校讲授现代文学史课程,跟着前辈教师编写教材,写"应景评论",1987年提交山东省现代文学研究会的《作为现代诗人的李广田》是我正式涉足新诗研究的第一篇论文,发表后被中国人民大学报刊资料复印中心全文复印。1992年,刘纳先生将我另一篇关于现代城市诗的论文刊布于《中国现代文学研究丛刊》,这两次学术经验对我来说十分珍贵,当时给了我不小满足。此后就这样跟着感觉走,或者机缘凑巧,不得不应对,这才慢慢积累起一些东西。比如参加冯光廉、刘增人先生主持的"近百年中国文学体式流变史"课题,与鲁原先生合作撰写"新诗体式卷"的经历,以及在职攻读南京大学现当代文学专业研究生期间撰写有关"40年代现代诗"毕业论文的经历,都让我对新诗史有了更多了解。直到1999年,张清华先生主编"山东青年批评家丛书",慷慨邀我加入,于是有了我自己的第一本书《冷雨与热风——现代诗思问录》。

回首来路,步履蹒跚,才疏学浅,仓廪空虚,岂敢言"治学"!

王:在如今这样一个物欲横流、人心浮躁的社会中,诗歌已不再受众人瞩目,难以避免地走向边缘化,喜欢诗歌的人少了,潜心研究诗歌甘于坐冷板凳的人更是不多,是什么东西吸引您如此执着于新诗研究呢?您认为作为一名新诗研究者应该具备怎样的素质和心态呢?

张:这个提问似乎包含一个推理过程呢!我谢谢你的厚爱,不过容我说句心里话:第一,我认为以诗歌的荣衰判断社情人心是可疑的;第二,我之"研究"诗歌,既不"潜心",也非"执着",基本上是个人兴趣和机缘凑巧使然;第三,新诗学是个年轻的学科,但若说从事新诗研究,我觉得基本路径与其它学科并无二致,可以从很多前辈那里借鉴经验,像朱光潜、朱自清、钱锺书、李健吾都是自成风格的一流学者，不妨考察一下他们的“治学道路”。相对而言，当代学者由于种种原因，学养和定力均有所不足，我辈更是如此。令人欣慰的是，青年一代学人中有不少佼佼者，外语基础好，视野开阔，才识过人，有望衔接上现代学术的“断层”。

王：最近一段时间来，诸多诗人都驻足于高校投身学术，如果说创作诗歌主要依赖形象思维，较感性，而研究诗歌则需要较强的逻辑理性思维，两种思维模式似乎彼此矛盾。老师您也同时身兼诗人与学者这双重身份，能否为我们简单谈一下这两种身份之间的相互影响，还有您相对更为看重哪一种身份？

张：我知道的确有不少诗人、小说家进了高校，至于是不是“投身学术”，则不敢确定。可能有几种不同的情况吧，一种是兼职，高校借重的是他们的作家身份和创作经验，增加学校光环和活跃气氛的；一种是诗人、作家个人实施身份转型或选择生存环境，愿意从事教学、寻求宁静或自我充电的；真正从事学术研究的也有，不过不会太多。毕竟创作和学术的路子有所不同，朱光潜、余光中、白先勇都在高校，但朱是学者，余和白是诗人或小说家。当然也有兼具两种身份且做得都很优秀的，比如 T. S. 艾略特，沈从文曾经是小说家，后来成了研究服装史的专家，郭沫若、闻一多、陆志韦、陈梦家都曾是诗人，后来也成功转型为学者。每个人禀赋、兴趣和习惯不一样，不好一概而论，我个人觉得兼具两种甚至多钟禀赋当然更好一点，学术使人冷静，艺术涵养性情，二者互补，人生更有趣吧。

自我从教以来，以子张笔名撰写、发表论文、随笔和诗，且由香港傅天虹先生促我出版一册《子张世纪诗选》，旁人或以为不务正业，在我却是生命自由的有趣体验。其实，若无功利目的，学术生涯和写作生涯都该是带着体温的生命旅行，是对自由的向往和逐步靠近，所以从较高层面理解，我以为学术和艺术是相通的，好的论文应该有诗的灵魂，好的诗也应该是智慧和思想的结晶。

王：据了解，新诗在中小学语文教学乃至大学语文教学中一直没有受到足够重视，历年高考作文也将诗歌这一体裁排除在外，这对新诗的发展和传播应该会有相当大的负面影响，您如何看待这一现象并能否给出一些建议呢？

张：这个问题比较复杂，一两句话恐说不清楚。关于语文教材中的新诗选目，前些年曾引发争议，近年情况大为好转，那些过于意识形态化、缺乏美感的作品慢慢被淘汰了，人们开始接触一些新诗精品，读新诗的习惯或许会慢慢培养起来吧？当然，语文学习的功利化是影响新诗接受的最重要因素，但这可不是短期内能改变的。至于高考作文限制文体，我倒觉得不是问题，高考是人才选拔，注重均衡、普遍与应用的一面，会不会写诗是相对个人化的才能，二者有所区分不见得就是对诗歌的排斥。再说，旧诗也罢，新诗也罢，历来都是“小众文学”品种，千万别抱“人人写诗”、打造“诗歌大国”的幻想，真有那种现象怕也不是好事。

王：同样是最近，诗人与诗学家撰写相对更为面向大众的随笔文章似乎也在成为潮流，如北大出版社推出的“汉园新诗批评文丛”，老师您也经常在报刊上发表随笔文章，那您如何看待“诗人散文”这一现象，还有您怎么评价北岛、王家新、刘春等人的诗学随笔。

张：诗人兼写散文随笔，这个现象再正常不过了。因为不是所有的情思都可以用诗表达，况且不同才情、不同年龄、不同境遇也都影响着作者对文体的选择。余光中最得意的就是他的左右手，右手写诗，左手为文，他那篇《缪斯的左右手》就是详论这个问题的，不妨一翻。邵燕祥、牛汉、舒婷、北岛也是诗文俱佳，令人侧目。说到我个人，其实很喜欢尝试各种不同文体，只是才情有限，诗和散文都还徘徊在门外，不过我倒没想过放弃。

王：虽然在当代，诗歌已经一定程度上被边缘化了，但依然有许多乐意阅读和创作诗歌的青年学子，老师您能否通过自己的创作和学术经历，谈一下如何培养自身的诗歌阅读和写作能力呢？

张：诗永远都不会“中心化”，永远不会占据粮食和蔬菜的位置，喜欢诗并乐于写诗，应该是出于个人喜好，没必要把它神圣化或神秘化，诗人也完全不必顾影自雄，当然也不必顾影自怜，一切顺其自然即可。真正的诗人，某种意义上是天生的，很难通过“培养”诞生大诗人，当然这不是说，诗歌阅读和写作训练不重要。20 世纪 80 年代，诗歌部落遍及全国，那是个读诗、写诗的年代，可是坚持到今天并卓然成一家的有几个？历史的淘汰往往无情。但是即使被淘汰，我觉得也没什么，你毕竟激情澎湃地付出过热情，也一定收获了丰富的内心感受，你曾经有过关于诗的高峰体验，对于一个热爱诗歌的人来说，这还不够吗？

王：您从事学术研究已近三十年了，在做人、做事、做学问等方面为青年学者提供了很好的榜样。您能否概括一下您在新诗学方面的治学经验？对有志于文学研究，尤其是新诗学研究的青年学者有哪些期望与建议？

张：今年我从事教学工作刚好满三十年，这三十年我的第一身份只是教师，从中学语文教到大学中文系现当代文学，也兼教过不少杂七杂八的课。我承认对于教学，我有理想，有热情，有收获，我为结识那么多有才华的学弟学妹感到幸运，也为他们后来的成长、成就感到骄傲。做人，我认可真诚，不喜机巧油滑，“与人相交淡如水更要有始终，君不见红叶色艳先凋零”。做事，我同意林语堂名言：“文章可幽默，做事须认真”，至于做学问，我羡慕钱锺书的博学、李健吾的灵慧、施蛰存的多趣和李敖的狂狷，可惜我对他们只有“高山仰止、景行行止，虽不能至，心向往之”的份儿，退一万步只好要求自己“有一说一”了。

我曾经在其它文章中表示过，我们这代人的成长环境不理想，整个小学、中学阶段处于乱世，大学阶段也基本上属于“速成班”，既不能跟民国时期的大学比，更不敢奢望世界一流大学的学术环境，这种“先天不足”所形成的障碍使我在求学路上步履维艰。因此，所谓“治学”，对我而言，实在只是一个不断“补课”、求真的过程，回顾20世纪80年代以来的文学写作和文学研究，我感觉这一代人的工作其实都没有超越“正本清源”“拨乱反正”的范围，真正新鲜的经验至少要从“70后”甚至“80后”学人的著述中看到。每当看到这些小我十几岁的新人才华横溢的文笔，我都禁不住击节称赏，我愿意从他们那里获取新知。

故而，恕我在他们面前保持沉默吧，因我实在还没有教训人的资格。

2011年2月26日 重庆—杭州

原刊浙(内)《当代文学前沿》2011年第1期

图书在版编目(CIP)数据

历史·生命·诗:子张诗学论稿 / 子张著. —杭州:浙江大学出版社,2017.3
ISBN 978-7-308-16628-7

Ⅰ.①历… Ⅱ.①子… Ⅲ.①诗歌研究—中国—现代②诗歌研究—中国—当代 Ⅳ.①I207.22

中国版本图书馆 CIP 数据核字(2017)第 020708 号

历史·生命·诗:子张诗学论稿
子张 著

责任编辑 宋旭华
文字编辑 王荣鑫
责任校对 丁沛岚 马一萍
封面设计 木 夕
出版发行 浙江大学出版社
(杭州市天目山路 148 号 邮政编码 310007)
(网址:http://www.zjupress.com)
排 版 浙江时代出版服务有限公司
印 刷 浙江海虹彩色印务有限公司
开 本 850mm×1168mm 1/32
印 张 16
字 数 320 千
版 印 次 2017 年 3 月第 1 版 2017 年 3 月第 1 次印刷
书 号 ISBN 978-7-308-16628-7
定 价 88.00 元

版权所有 翻印必究 印装差错 负责调换

浙江大学出版社发行中心联系方式 (0571)88925591;http://zjdxcbs.tmall.com